KB113153

ARC DE TRIOMPHE
by Erich Maria Remarque

세계문학전집 332

개선문 2

Arc de Triomphe

에리히 마리아 레마르크

장희창 옮김

민음사

18

라비크는 정거장에서 나왔다. 피곤하고 추레한 모습이었다. 마늘 냄새를 풍기는 사람들, 개를 데리고 있는 사냥꾼, 닭과 비둘기가 든 바구니를 품에 안은 여자들과 함께 찜통 같은 기차에서 열세 시간을 보냈던 것이다. 그리고 그 전에는 국경에서 삼 개월을 보냈고…….

황혼 속에서 무언가가 번쩍거렸다. 그는 눈을 들어 보았다. 마치 롱푸앙 주위에 거울로 만든 피라미드들이 있어, 5월의 마지막 잿빛 햇살을 반사하는 듯했다.

그는 멈추어 서서 더 자세히 살폈다. 거울로 만든 피라미드들이었다. 튤립 화원 뒤로 도처에 유령처럼 줄을 지어 있었다. "저건 도대체 뭐하는 것들이죠?" 하고 그가, 옆에서 파헤쳐진 화단을 정리하고 있는 정원사에게 물었다.

"거울이지요." 정원사는 올려다보지도 않고 대답했다.

"그건 알아요. 요전에 왔을 때는 없었는데."

"여기 오신 지 오래됐나요?"

"삼 개월 만입니다."

"그렇군요. 삼 개월 만이라! 이건 지난 두 주 동안 만들어진 거요. 영국 왕을 위해서. 그분이 여기 오면 자기 얼굴을 비춰 볼 수 있도록 말이오."

"소름끼치는 일이군요."

"물론이오." 정원사는 놀라는 기색도 없이 말했다. 라비크는 계속 걸어갔다. 삼 개월, 삼 년, 사흘. 시간이란 무엇인가? 무(無)이면서 또한 일체가 아닌가. 마로니에는 지금 꽃이 만발했으나, 그때는 나뭇잎 하나도 달려 있지 않았다. 독일은 다시 협정을 어기고 체코슬로바키아를 몽땅 점령했다. 제네바에서는 망명객 요제프 블루멘탈이 국제연맹 건물 앞에서 히스테릭한 웃음 발작을 일으키고는 권총으로 자살했다. 벨포르에서 귄터라는 가명을 사용하면서 간신히 이겨 낼 수 있었던 폐렴의 남은 부분이 지금도 그의 가슴속 어딘가에 남아 있다. 그리고 여자 가슴처럼 부드러운 오늘 저녁에, 그는 다시 여기로 돌아온 것이다. 하지만 이 모든 것들은 별로 놀랄 일도 아니다. 사람들은 많은 것들을, 의지할 곳 없는 인간의 유일한 무기인 숙명적인 태연함으로 받아들였다. 하늘은 어디에서나 마찬가지였다. 언제나 똑같은 하늘이었다. 하늘은 살인과 증오, 희생과 사랑 위에 펼쳐져 있었다. 나무들은 무심하게 해마다 새로운 꽃을 피웠다. 자두처럼 푸른 황혼은 여권이나 배반, 절망과 희망엔 아랑곳하지 않고, 시시각각으로 변하며 다가왔다가는 가 버렸다. 다시 파리에 올 수 있게 된 것은 잘된 일이었다. 이 은회색 빛 거리를 따라 아무 생각도 없이 천천히 걸어가는 것은 즐거운 일이다. 아직도 주어진 시간은 충분하고, 아늑하게 녹아드는 이때. 아득한 슬픔과 아직 살아 있다는 영원 반복의 부드러운 행복감이 서로 섞이는 경계선 상에서 이런 시간을 가질 수 있다는 것은 얼마나 유쾌한 일인가. 처음 도착했을 때의 이러한 시간, 다시 칼이나 화살로 공격을 받기 전까지의 시간, 이러한 기이한 동물적 느낌, 멀리까지 미치고 멀리서부터 오는 이 숨소리, 마음의 거리를 따라 사실이라는 음울한 불꽃과 십자가에 못 박힌 과거지사와 앞으로 닥쳐올 가시철망을 아무 느낌도 없이 솔솔 불며 스쳐 지나가는 이러한 바람; 정지 상태, 흔들림 속의 침묵, 일순간의 휴식, 활짝 열렸으면서 동시에 굳게 닫힌 존재, 세상의 무상함 속에서 부드럽게 똑딱이며 나아가는 영원…….

　모로소프는 앙테르나쇼날의 종려나무 방에 앉아 있었다. 포도주 병을 앞에 놓고 있었다. "이보게, 보리스." 하고 라비크가 말을 건넸다. "내가 마침 제때 돌아온 것 같네. 그건 부브레[1] 아닌가?"

　"변함없지. 이번엔 34년산일세. 좀 달달하고 세지. 다시 와서 반갑네. 삼 개월 됐지, 안 그런가?"

　"그래. 다른 때보다는 오래 걸렸어."

---

1) 부브레 산 백포도주.

모로소프는 구식의 탁상 초인종을 흔들었다. 초인종은 마을 교회당 종소리처럼 울렸다. '지하 묘지'엔 전등은 있었지만, 전기 초인종은 없었다. "지금은 자네 이름이 뭔가?" 하고 모로소프가 물었다.

"여전히 라비크야. 경찰에서는 이 이름을 대지 않았어. 보체크, 노이만, 군터가 내 이름이었지. 생각나는 대로 말이야. 라비크란 이름은 포기하기 싫었네. 이 이름이 마음에 들어."

"자네가 여기 살았다는 건 놈들이 알지 못했군, 안 그래?"

"물론 아니지."

"그럴 거야. 안 그랬더라면 틀림없이 단속을 나왔을 텐데. 그럼 자네는 다시 여기서 살 수 있겠군. 자네 방은 비어 있네."

"여주인이 사건을 알고 있나?"

"몰라. 아무도 몰라. 자네가 루앙으로 갔을 거라고 해 두었어. 자네 짐은 내 방에 두었고."

여자애가 쟁반을 들고 들어왔다. "클라리스, 라비크 씨에게 잔을 갖다드려." 하고 모로소프가 말했다.

"어머, 라비크 선생님!" 여자애는 이를 드러내 보였다. "다시 오셨군요? 반년 이상 떠나계셨지요, 그렇죠?"

"삼 개월이야, 클라리스."

"그럴 리가요. 반년이 넘은 줄 알았는데."

여자애는 발을 질질 끌며 나갔다. 그리고 곧 지하 묘지의 뚱뚱한 웨이터가 포도주 잔을 손에 들고 들어왔다. 쟁반에 담지 않은 채로. 그곳에서 너무 오래 일했기 때문에, 편하게 했다. 모로소프는 무슨 말이 나올지 얼굴만 봐도 알 수 있어서 앞질러 말했다. "됐어, 장, 라비크 씨가 얼마나 오래 떠나 있었는지, 바로 맞혀 봐. 확실히 맞힐 수 있겠나?"

"그럼요, 모로소프 씨! 확실히 알고말고요! 날짜까지도 압니다. 그러니까 그게 꼭……." 웨이터는 일부러 말을 끊었다가 미소를 지으며 말했다. "정확하게 넉 주 반이지요."

"맞았어." 하고 라비크는 모로소프가 대답하기 전에 말해 버렸다.

"맞았어." 하고 모로소프도 맞장구를 쳤다.

"당연한 일이죠. 틀려 본 적이라곤 없으니까요." 그렇게 말하고 장은 방을 나갔다.

"저 친구를 실망시키고 싶진 않았어, 보리스."

"나도 마찬가지야. 다만 시간이란 것이 일단 과거지사가 되면 얼마나 어처구니없는 것인가를 보여 주고 싶었네. 위안도 되고, 놀라기도 하고, 무관심해지기도 하지. 난 1917년 모스크바에서 네오브라센스크 근위연대 비일스키 중위의 모습을 놓치고 말았었네. 우리는 친구였지. 그 친구는 북쪽으로 가서 핀란드를 지나갔지. 난 만주를 경유하여 일본으로 갔고. 그리고 팔 년 후 우리는 여기서 다시 만났는데, 그때 나는 그 친구를, 1919년 5월에 하얼빈에서 마지막으로 만났던 것처럼 생각했고, 그 친구는 나를 1921년 헬싱키에서 만났던 걸로 생각했어. 이 년 하고 수천 킬로미터나 차이가 났던 거지." 모로소프는 포도주 병을 들어 잔에 부었다. "어쨌든 저 친구들이 자네를 기억해 주니까, 집에 돌아온 것 같은 기분이 들지 않나, 안 그래?"

라비크는 잔을 들이켰다. 포도주는 순하면서 차가웠다. "그동안 난 독일 국경에 아주 가까이 가 있었어." 하고 라비크가 말했다. "아주 가까운 곳이었어. 바젤 남쪽이었지. 도로를 기준으로 한쪽은 스위스였고 다른 한쪽은 독일이었어. 나는 스위스쪽에 서서 버찌를 먹었고, 씨는 독일에다 뱉을 수 있었지."

"어때, 고향에 돌아간 기분이 나던가?"

"천만에. 그 어느 때보다도 고향에서 멀리 떨어져 있는 기분이었네."

모로소프는 씽긋이 웃었다. "이해할 수 있네. 그래 독일은 어떻던가?"

"예전과 똑같아. 점점 더 어려워져. 그뿐이야. 국경은 훨씬더 살벌하게 지키고 있어. 한번은 스위스 쪽에서, 또 한번은 프랑스 쪽에서 체포됐었어."

"왜 한 번도 편지를 보내지 않았던 거야?"

"경찰이 어디까지 손을 뻗치고 있는지 몰라서 그랬던 거야. 놈들은 종종 악착같이 일을 벌이잖아. 누구도 위태롭게 만들지 않는 게 상책이야. 어쨌든 우리 알리바이는 그렇게 완전하지 않거든. 전쟁터의 오래된 격언을 생각해 보게. 가만히 누워있다 사라져 버려라. 자네는 뭐 다른 거라도 기대했던가?"

"아니."

라비크가 그를 쳐다보았다. "편지라고." 이윽고 그가 입을 열었다. "편지라니? 편지 같은 건 아무짝에도 쓸모없어."

"그렇긴 해."

라비크는 주머니에서 담뱃갑을 꺼냈다. "떠나가 있으면 모든 게 변한다는 게 참 이상해."

"착각하지 말게, 이 사람아."

"착각이 아니야."

"떠나 있는다는 건 좋은 거야. 다시 돌아오면 다르게 보이니까 말이야. 그러고 나서 새로 시작하는 거지."

"그럴지도 모르지, 안 그럴 수도 있고."

"자네 속을 통 모르겠군. 좋아, 마음대로 생각해. 체스나 한 판 둘까? 그 교수는 죽었어. 유일한 맞수였는데 말이야. 레비는 브라질로 가 버렸고. 웨이터 자리를 구했다는군. 요즘엔 세상이 정신없이 빨리 돌아가. 어디에도 정들면 안 되겠어."

"정들면 안 돼."

모로소프는 라비크를 유심히 쳐다보았다. "그런 뜻으로 말한 건 아니야."

"나도 그래. 하지만 이런 곰팡내 나는 종려나무 묘지를 좀 떠나면 안 될까? 여기를 삼 개월이나 떠나 있었는데도 여전히 똑같은 냄새가 나. 주방 냄새, 먼지와 걱정 냄새. 참, 자네는 몇 시에 퇴근이지?"

"오늘은 자유야. 오늘 저녁은 비번이거든."

"잘됐군." 라비크는 슬쩍 미소를 지었다. "우아한 밤, 옛 러시아의 밤, 그리고 커다란 잔으로 마시는 밤이 되겠군."

"같이 가려나?"

"아니, 오늘은 안 돼. 피곤해. 며칠 동안 잠을 거의 못 잤어. 어쨌거나 편안했다고는 할 수 없어. 한 시간 정도만 어디 가서 앉아 있지. 그렇게 해 보지 못한 지 벌써 오래됐으니까."

"부브레라고?" 하고 모로소프가 물었다. 그들은 카페 코리제 밖에 자리를 잡고 앉아 있었다. "왜? 아직 일러, 이 양반아. 지금은 보드카의 시간이야."

"그래. 하지만 난 부브레를 마시겠네. 난 그걸로 충분해."

"왜 그러나? 적어도 코냑 정도는 마셔야지?"

라비크가 고개를 가로저었다. "어디서든 도착한 첫날밤엔 왕창 취해야 하는 거야." 하고 모로소프가 잘라 말했다. "과거의 그림자를, 슬픈 얼굴을 멀쩡한 기분으로 바라보는 건 실없는 영웅주의야."

"난 그런 걸 쳐다보지 않아, 보리스. 차분하게 내 인생을 즐기는 거야."

라비크는 모로소프가 자기의 말을 믿지 않는다는 걸 알았다. 그러나 애써 믿게 하려고 하지 않았다. 그는 길 쪽 첫 번째 줄의 탁자에 조용히 앉아 술을 마시며, 몰려다니는 저녁 산보객들을 바라보았다. 파리를 떠나 있는 동안에는, 그의 마음속에서 모든 것은 분명하고 확실했다. 그런데 지금은 구름이 끼고 창백하고 울긋불긋해지고, 기분 좋게 미끄러져 지나갔다. 너무 급히 산을 내려온 사람들의 경우처럼, 아래쪽 골짜기의 소음이 틀어막은 솜을 통해서 들려오듯 아득하게 들려왔던 것이다.

"호텔에 오기 전에 다른 데 들렀었나?" 하고 모로소프가 물었다.

"아무 데도."

"베버가 여러 번 자네 안부를 물었어."

"전화할 거야."

"자네 꼴이 별로 마음에 안 들어. 무슨 일이 있었는지 말 좀 해 보게."

"별일 아니네. 제네바 국경은 경비가 너무 삼엄했어. 처음엔 그래도 그쪽에서 시도해 봤지. 그러고 나서 바젤에서 넘어 봤지만, 마찬가지로 어려웠어. 결국 넘기는 넘었지만 감기가 들었지. 밤에 들판에서 비와 눈을 맞았던 거야. 별 도리가 없었던 거지. 그래서 폐렴에 걸렸어. 벨포르에서 어떤 의사가 나를 병원에 데려다주었는데, 몰래 넣었다가 몰래 꺼내 주었어. 그리고 그 후 열흘 동안 자기 집에 숨겨 주었지. 돈을 보내 줘야겠어."

"그래, 이젠 괜찮은 거야?"

"그럭저럭."

"그래서 독주를 안 마시는군?"

라비크가 미소를 지었다. "뭐하려고 그런 이야기를 자꾸 하나? 난 좀 피곤해. 우선 적응을 해야겠어. 이상한 일이야. 오는 도중엔 오만가지 생각이 다 들었는데, 막상 오고 나니 아무 생각도 나지 않아."

모로소프는 그러지 말라고 눈짓을 했다. "라비크." 그가 아버지의 말투로 말했다. "자네는 자네 아버지인 보리스, 인간 마음의 전문가인 나하고 이야기를 나누고 있는 걸세. 빙빙 돌리지 말고 곧장 물어보게. 그래야 속이 시원할 거 아닌가."

"좋아. 조앙은 어디 있지?"

"모르겠어. 그 여자에 대해선 이삼 주 전부터 들은 게 없네.

보지도 못했어."

"그럼 그전에는?"

"그전에는 한동안 자네 안부를 묻더군. 그러고는 그만이었어."

"그럼 이제 셰에라자드에도 나오지 않아?"

"안 나와. 오 주쯤 전에 그만뒀어. 그만둔 후 두 번인가 세 번인가 왔었지. 그러고 나서는 그만이야."

"이젠 파리에 없단 말인가?"

"아마 없을걸세. 내가 보기엔 그래. 그렇지 않다면 셰에라자드에서 가끔 보지 않았겠나?"

"무얼 하는지 모르겠나?"

"아마도 영화와 관계된 일일 거야. 옷 보관소 여직원한테 그런 말을 했던 것 같아. 하지만 자네도 알 테지. 그런 건 그저 핑계에 불과한 거야."

"핑계라고?"

"그럼, 핑계지." 하고 모로소프는 못마땅하게 말했다. "그럼 뭐겠어, 라비크? 자네는 그렇지 않을 거라고 믿었나?"

"그래."

모로소프는 입을 닫았다. "기대하는 것하고 아는 건 별개야." 하고 라비크가 말했다.

"멍청한 낭만주의자나 할 소리야. 제대로 된 걸 마시게. 그런 레몬 따위는 말고. 고급 칼바도스라도 마셔 보지그래."

"칼바도스는 곤란해. 코냑으로 하지. 자네 마음이 후련해진다면 말이야. 하긴 칼바도스도 상관없어."

"이제 됐네." 하고 모로소프가 말했다.

창들. 즐비한 지붕들의 푸른 실루엣. 퇴색한 붉은색 소파. 침대. 이것들과 더불어 견뎌야 했다. 그는 소파에 앉아 담배를 피웠다. 모로소프가 그의 짐을 가져다주었고, 그를 만나려면 어디로 오면 될 것인지 일러 주었다.

그는 낡은 옷을 벗어 치웠다. 목욕을 했다. 뜨거운 물로 한참 동안, 비누를 듬뿍 써서. 삼 개월 동안의 때를 씻고 피부에서 밀어냈다. 깨끗한 내의를 입고, 다른 옷으로 갈아입었다. 면도도 했다. 무엇보다 터키탕에 가고 싶었지만, 너무 늦어서 그만두었다. 모든 것을 끝내고 나니 한결 기분이 좋았다. 그런 기분을 좀 더 누리고 싶었다. 그런데 창가에 앉아 있자니 갑자기 공허함이 온몸 구석구석에서 기어 나왔다.

그는 잔에다 칼바도스를 따랐다. 그의 짐들 속에서, 술이 조금 남은 칼바도스 병이 나왔던 것이다. 조앙과 함께 마셨던 그날 밤이 떠올랐다. 그러나 아무 느낌도 없었다. 너무 오래전 일이었다. 오래 묵은 고급 칼바도스였다는 것만 생각났다.

달이 천천히 지붕들 위로 올라왔다. 건너편 지저분한 마당이 그림자와 은빛 궁전으로 변했다. 약간의 상상력이면 모든 것은 오물에서 은으로 변화될 수 있다. 창으로 꽃향기가 흘러들어왔다. 밤의 패랭이꽃이 풍기는 진한 냄새였다. 라비크는 창밖으로 몸을 내밀고 아래를 내려다보았다. 바로 밑 창문턱에 꽃 상자가 하나 놓여 있었다. 저것은, 아직도 거기 살고 있다면, 아마도 망명객 비젠호프 것일 게다. 라비크는 언젠가 그 친구의 위장을 청소해 주었다. 일 년 전 크리스마스 때였다.

병이 비었다. 그는 병을 침대 위로 내던졌다. 병은 그곳에 검은 태아처럼 나동그라져 있었다. 그는 자리에서 일어났다. 뭐 때문에 침대를 노려보는 것인가? 여자가 없다면, 하나를 데려오면 그만이다. 파리에서는 간단한 일이었다.

그는 좁은 거리들을 지나 에투알 광장으로 갔다. 밤의 도시의 따뜻한 삶이 샹젤리제에서 그를 엄습했다. 그는 급히 돌아서서 점점 더 발걸음을 늦추며 호텔 미랑으로 갔다.

"잘 있었나?" 하고 그가 문지기에게 물었다.

"아니, 선생님이시군요!" 하고 문지기가 벌떡 일어섰다. "선생님, 오랜만에 오셨군요."

"그래, 한참 만이지. 난 파리에 없었어."

문지기는 작은 눈으로 기민하게 그를 훑어보았다. "부인은 여기 안 계시는데요."

"알아. 벌써 오래됐지."

문지기는 명민한 친구였다. 듣지 않고도 상대의 질문을 알아차렸다. "넉 주 됐습니다. 넉 주 전에 옮기셨어요."

라비크는 담뱃갑에서 담배 한 개비를 꺼냈다. "부인께선 이제 파리에 안 계시나요?" 하고 문지기가 물었다.

"칸에 있어."

"칸에요!" 문지기가 커다란 손으로 얼굴을 쓰다듬었다. "저도 십팔 년 전에는 니스의 호텔 룰에서 문지기 노릇을 했지요. 믿기세요?"

"믿지, 믿고말고."

"그땐 잘 나갔죠! 팁이 엄청났어요! 종전 후 호시절이었어요! 요즘엔……."

라비크는 시원시원한 손님이었다. 노골적인 암시를 듣지 않고도 호텔 직원의 기분을 알아차렸다. 그는 주머니에서 5프랑 지폐를 한 장 꺼내 책상 위에 놓았다.

"고맙습니다, 선생님. 재미 많이 보십시오! 전보다 더 젊어보이십니다, 선생님!"

"나도 기분이 그래. 잘 자게."

라비크는 거리로 나왔다. 무엇 때문에 그 호텔로 갔던가? 이젠 셰에라자드로 가서 실컷 퍼마시기만 하면 된다.

그는 별이 총총한 하늘을 쳐다보았다. 이렇게 된 건 다행이다. 불필요하게 오고갈 언쟁은 면한 셈이다. 자기도 알고 있었고, 조앙도 알고 있었다. 결국에는 그렇게 될 수밖에 없었다. 여자는 유일하게 옳은 일을 했다. 설명은 구차하다. 설명은 한 수 낮은 짓이다. 감정 속에 설명이 개입할 수는 없다. 오직 행동이 있을 뿐이다. 다행히도 조앙은 그런 것에 대해 아무것도 모른다. 그녀는 곧장 행동을 했다. 끝난 것이다. 땡 하고 종을 친 것이다. 밀고 당기고 할 필요는 없다. 나도 그냥 해치운 것이다. 그런데 나는 왜 여기서 얼쩡대고 있는가? 공기 탓인지도 모르겠다. 파리의 5월과 저녁이 빚어낸 이 부드러운 직조물 탓일 거다. 그리고 물론 밤 때문일 거다. 밤이 되면 인간은 언제나 낮과는 달라진다.

그는 호텔로 돌아왔다. "전화 좀 쓸 수 있나?"

"물론입니다. 하지만 전화박스는 없습니다. 여기 전화기만 있는데요."

"그거면 충분하네."

라비크는 시계를 들여다보았다. 베버가 병원에 있을지도
몰랐다. 마침 마지막 야간 진찰 시간이었다. "베버 선생 계신
가요?" 그가 간호사에게 물었다. 간호사의 목소리는 낯설었
다. 새로 온 간호사였다.

"베버 선생님은 지금 통화하실 수 없는데요."

"거기 계시나요?"

"네, 계세요. 하지만 지금 전화받으실 순 없는데요."

"이봐요." 하고 라비크가 말했다. "가서 라비크한테서 온
전화라고 말해 주세요. 지금 당장. 중요한 일이니까. 전화기를
들고 기다리겠어요."

"알겠습니다." 하고 간호사는 망설이며 말했다. "말씀은 드
리겠지만, 아마 안 나오실 겁니다."

"봐야 알겠지요. 어쨌든 물어봐요, 라비크라고 하세요."

베버가 잠시 후 전화를 받았다. "라비크! 어딘가?"

"파리. 오늘 도착했어. 수술 중인가?"

"응. 이십 분쯤 걸릴 거야. 급성 맹장염이야. 끝나고 만날
까?"

"내가 바로 갈게."

"좋아. 언제?"

"곧."

"좋아. 기다리겠네."

"자, 여기 괜찮은 술이 있어." 하고 베버가 말했다. "신문도 있고, 의학 잡지도 있어. 편히 쉬게."

"한잔 줘. 수술복하고 장갑도."

베버가 라비크를 쳐다보았다. "간단한 맹장이야. 자네 위신이 떨어져. 간호사를 데리고 금방 해치울게. 자넨 피곤할 게 틀림없어."

"베버, 제발 나한테 그 수술을 맡겨 주게. 안 피곤해. 컨디션 좋다고."

베버가 큰소리로 웃었다. "다시 일하려고 꽤나 서두르시는군. 좋아, 맘대로 하게. 이해가 가네."

라비크는 손을 씻고 수술복을 걸치고 장갑을 끼었다. 수술실. 그는 에테르 냄새를 깊이 들이마셨다. 외제니가 수술대 머리맡에 서서 마취를 하고 있었다. 그리고 아주 예쁘고 젊은 두 번째 간호사가 수술 기구를 늘어놓고 있었다. "오랜만이오, 외제니." 하고 라비크가 말했다.

외제니는 하마터면 점적기(點滴器)를 떨어뜨릴 뻔했다. "안녕하세요, 라비크 선생님." 하고 그녀가 대답했다.

베버는 싱긋이 웃었다. 그녀가 라비크에게 그런 식으로 말을 건넨 것은 처음이었다. 라비크는 환자 위로 몸을 구부렸다. 고성능 수술 등(燈)이 하얀빛으로 강렬하게 내리비쳤다. 그 빛은 주변의 세계를 차단했고, 생각을 떨쳐 버리게 했다. 객관적이고 냉혹했으며, 무자비하면서도 마음에 들었다. 라비크는 아리따운 간호사가 넘겨 주는 메스를 받아들였다. 얇은 장갑을 통해 강철의 차가움이 전해졌다. 감촉이 좋았다. 흔들거

리는 불확실성을 벗어나, 다시 명석한 정확성의 세계로 돌아
가게 되어 기분이 좋았다. 메스로 찔렀다. 가늘고 붉은 핏자국
이 메스를 따라왔다. 모든 것이 갑자기 단순해졌다. 돌아온 이
후 처음으로 자기 자신을 느꼈다. 소리도 없이 이글거리는 불
빛. 이제 집으로 온 거야 하고 그는 생각했다. 마침내!

19

"그 여자가 와 있네." 하고 모로소프가 말했다.

"누구 말인가?"

모로소프는 자기 제복의 주름을 쓰다듬어 폈다. "시치미 떼지 말게. 대로상에서 자네 애비 보리스를 그렇게 약 올리는 법이 아닐세. 자네가 두 주 동안 왜 세 번이나 셰에라자드에 왔는지 내가 모를 것 같은가? 한 번은 푸른 눈에다 머리가 검은 굉장한 미녀와 함께 왔고, 두 번은 혼자서 왔잖아? 인간이란 약한 존재야. 안 그러면 무슨 매력이 있겠나?"

"관두게." 하고 라비크가 말했다. "창피는 그만 주란 말이야. 지금은 내게 힘이 필요해. 수다스러운 문지기 같으니."

"내가 말을 꺼내지 말걸 그랬나?"

"물론이지."

모로소프는 옆으로 비켜서면서 두 미국인을 들여보냈다.

"그럼 돌아가게. 다른 날 저녁에 다시 오는 게 어때."

"여자 혼자 와 있나?"

"혼자라면 우리는 여왕님이라도 들여보내지 않아. 자네도 알다시피 말이야. 지그문트 프로이트라면 자네 질문을 좋아할 테지."

"지그문트 프로이트를 입에 담다니. 자네 취했군. 매니저인 체드쉐네제 대위에게 일러바칠 거야."

"체드쉐네제 대위는 말이야, 내가 중령이었던 연대에서 소위 중 하나였어. 한마디로 어린애였다고. 매니저도 그걸 기억하지. 어디 한 번 일러바쳐 보게."

"좋아. 들어가게 해 주게."

"라비크!" 모로소프는 육중한 두 손을 그의 어깨에 얹었다. "멍청한 짓 하지 말게! 그 푸른 눈 미인한테 전화를 걸어 같이 오란 말이야. 꼭 들어가겠다면 말이야. 산전수전 다 겪은 늙은 친구의 간단한 충고야. 값이야 아주 싸지만, 효과 만점이라고."

"싫어, 보리스." 라비크가 그를 쳐다보았다. "여기서 장난질해 봤자 아무 소용없어. 난 그런 짓은 싫단 말이야."

"그럼 집으로 돌아가게." 하고 모로소프가 말했다.

"그 곰팡내 나는 종려나무 방으로 가라고? 아니면 내 골방으로?"

모로소프는 라비크를 내버려 두고, 택시를 잡으려는 한 쌍을 앞질러서 걸어갔다. 라비크는 그가 돌아올 때까지 서서 기다렸다. "자네는 내가 생각했던 것보다 머리가 잘 돌아가는군." 하고 모로소프가 말했다. "안 그렇다면 벌써 안으로 들어

갔을 테지."

그는 금테를 두른 모자를 뒤로 젖혔다. 그리고 말을 계속하려 했을 때, 흰색 턱시도를 입은 술 취한 젊은 남자가 입구에 나타났다. "대령님! 경기용 마차를 부탁해요!"

모로소프는 줄을 지어 있는 맨 앞 택시에 손짓을 하고, 약간 비틀거리는 그 사내를 안내해 태웠다. "웃지 않으시는군." 하고 술에 취한 자가 말했다. "대령님이라 부른 건 괜찮은 농담이었지요, 안 그래요?"

"아주 좋았어요. 경기용 마차라고 하신 건 더욱 좋았고요."

"다시 한 번 생각해 보았네." 하고 모로소프가 돌아와서 말했다. "들어가게. 다른 사람들 눈은 무시해. 나라도 그렇게 하겠어. 언제든 일어날 일이니, 지금 곧 일어난다고 해도 어쩌겠나? 갈 데까지 가 보는 거야. 어찌 됐든 말이야. 도 아니면 모라고."

"나도 생각 좀 해 봤어. 차라리 다른 데로 가겠어."

모로소프는 재미있다는 듯이 라비크를 쳐다보았다. "좋아." 이윽고 그가 말했다. "그럼 삼십 분 내로 다시 만나지."

"아니, 그것도 그만두게."

"그럼, 한 시간 후에 만나."

두 시간 후에 라비크는 클로셰도르에 앉아 있었다. 아직도 손님이 거의 없었다. 매춘부들은 앵무새가 홰에 앉아 있듯 아래층 기다란 바에 앉아 수다를 떨고 있었다. 그 옆에서는 코카인을 파는 장사치들이 서성거리며 여행자를 물색했다. 2층에서는 짝을 이룬 몇 쌍이 앉아서 양파 수프를 먹고 있었다. 라비크의 맞은편 구석 소파에서는 두 레즈비언이 속삭이면서 셰리 브랜드를 마셨다. 한 여자는 남성복에 넥타이를 매고 외알 안경을 끼고 있었다. 다른 여자는 붉은 머리에다 몸매가 풍성한 여성으로, 가슴과 등을 시원하게 드러낸 번쩍거리는 야회복을 입고 있었다.

멍청하군 하고 라비크는 생각했다. 왜 셰에라자드에 들어가지 않았던가? 무엇이 두렵단 말인가? 무엇 때문에 달아났는가? 더 심해졌어. 그건 나도 알아. 삼 개월 동안 그것은 무너지지 않았고, 더욱 강렬해졌어. 아닌 척해 봤자 아무 소용도 없어. 꼬불꼬불 골목길을 따라 몰래 기어갔을 때도, 숨겨진 방에서, 별도 없는 낯선 밤의 방울방울 떨어지는 고독 속에서 기다리고 또 기다렸을 때도 언제나 나와 함께했던 것은 그것이 거의 유일하지 않았던가. 헤어져 있었기에 그리움은 말할 수 없이 더욱 강렬해졌던 것이다. 그리고 이제…….

억눌린 듯한 비명 소리에 그는 정신이 번쩍 들었다. 그동안 여자들 몇 명이 들어와 있었다. 그중 한 여자가, 피부가 아주 흰 흑인처럼 보이는 여자가 상당히 취해서는 꽃으로 장식한 모자를 뒤로 젖혀 쓰고 있었는데, 식사용 나이프를 던지고는 천천히 계단을 내려갔다. 아무도 그녀를 제지하지 않았다. 그때 웨이터가 계단을 올라왔고, 또 다른 여자가 거기에 서 있다가 그의 앞을 막았다. "아무 일도 아녜요." 하고 그녀가 말했다. "아무 일도 아니라니까요."

웨이터는 어깨를 으쓱하곤 돌아섰다. 라비크는 구석에 앉앉던 붉은·머리의 여자가 일어서는 것을 보았다. 그와 동시에 웨이터를 막고 있던 여자가 아래층으로 급하게 뛰어갔다. 붉은 머리의 여자는 손으로 풍만한 가슴을 누른 채 가만히 서 있었다. 여자는 조심스럽게 손가락 두 개를 펴고는 안쪽을 들여다보았다. 야회복이 3~4센티미터 찢어졌고, 그 아래로 입을 벌린 상처가 보였다. 피부는 조금도 보이지 않고, 얼룩덜룩한 초록빛 야회복 속에서 입을 벌린 상처만 보였다. 붉은 머리 여자는 믿을 수 없다는 듯이 그 상처를 멍하니 들여다보았다.

라비크는 자기도 모르게 몸을 일으켰으나, 이내 주저앉고 말았다. 한 번의 추방으로 충분했다. 그는 남성복을 입은 여자가 붉은 머리의 여자를 소파 쪽으로 잡아당기는 것을 보았다. 바로 그 순간 두 번째 여자가 바에서 브랜디를 한 잔 들고 계단을 올라왔다. 남장 여자는 의자 위에 무릎을 꿇고, 한 손으로 붉은 머리 여자의 입을 틀어막았고, 상처를 누르고 있던 다른 손은 잡아뗐다. 그러자 두 번째 여자가 브랜디를 상처에 들이부었다. 원시적인 소독법이군 하고 라비크는 생각했다. 붉은 머리 여자는 신음 소리를 내며 몸을 부르르 떨었다. 그러나 다른 여자가 그녀를 강철처럼 억세게 눌러 꼼짝하지 못하게 했다. 다른 두 여자는 다른 손님들에게 보이지 않도록 몸으로 탁자를 가리고 있었다. 모든 일이 아주 순식간에 그리고 능숙하게 해치워졌다. 낌새를 알아차린 사람은 거의 없었다. 일분 후에 마술을 부리기라도 한 것처럼, 동성애 여성과 남성 한 패거리가 들이닥쳤다. 그들은 구석 탁자를 빙 둘러쌌고, 붉은 머리 여자의 몸을 일으켜 붙들었다. 다른 여자들은 큰소리로 웃고 떠들고 하며, 그들을 엄호했다. 그들은 아무 일도 없었던 것처럼 술집을 나가 버렸다. 손님 대부분은 아무것도 알아차리지 못했다.

"멋지게 해치웠지요, 어떻습니까?"

누군가가 라비크의 등 뒤에서 물었다. 웨이터였다.

라비크는 고개를 끄덕였다. "무슨 일이지?"

"질투지요. 저 변태들은 곧잘 흥분하거든요."

"다른 일행들은 어디서 그렇게 빨리 모여들었지? 천리안이라도 가진 것 같군."

"저것들은 냄새로 알아요, 손님." 하고 웨이터가 말했다.

"누군가가 전화를 했겠지만, 정말 신속하군."

"저것들은 냄새로 알아요. 저것들은 죽음하고 귀신처럼 달라붙어 있거든요. 서로 고발하는 법이 없어요. 무조건 경찰은 피하고 보는 거지요. 저것들이 원하는 건 바로 그겁니다. 자기들끼리 처리하지요." 웨이터는 라비크의 잔을 탁자에서 집어 들었다. "한 잔 더 하실 겁니까? 무얼 드셨지요?"

"칼바도스."

"알겠습니다. 한 잔 더."

웨이터는 가벼운 걸음으로 물러갔다. 라비크는 얼굴을 들었다. 그 순간 조앙이 몇 자리 건너편에 앉아 있는 것이 보였다. 그가 웨이터하고 말을 나누는 사이에 들어왔던 것이다. 그래서 여자가 들어오는 것을 보지 못했다. 여자는 두 남자와 함께 앉아 있었다. 그가 여자를 본 것과 동시에 여자도 그를 보았다. 볕에 그을린 얼굴이 창백해졌다. 여자는 그에게서 눈을 떼지 않은 채 잠시 그대로 앉아 있었다. 그러고는 거칠게 탁자를 옆으로 밀어붙이고는 일어나 그에게로 다가왔다. 걸어오는 동안 얼굴이 달라졌다. 부드럽고 말끔한 표정이었다. 다만 두 눈은 멍하니 수정처럼 투명했다. 라비크가 예전에 본 적이 없었던 밝은 빛이었다. 분노에 가까운 그 어떤 힘이 내비쳤다.

"돌아오셨군요." 여자는 숨죽인 듯 낮은 목소리로 말했다.

여자는 그의 앞으로 바싹 다가와 섰다. 일순간 그를 껴안을 듯한 몸짓을 했다. 그러나 그렇게 하지 않았다. 손을 내밀지도 않았다. "돌아오셨군요." 하고 여자가 되풀이했다.

라비크는 대답하지 않았다.

"언제 돌아오셨지요?" 이윽고 여자는 전과 마찬가지로 나지막하게 물었다.

"두 주 전에."

"두 주라고요……. 그런데 난 몰랐지요……. 당신은 한 번도……."

"당신이 어디 있는지 아무도 모르더군. 당신 호텔에서도, 셰에라자드에서도."

"셰에라자드에서도요……. 난……." 하다가 여자는 말을 멈추었다. "왜 한 번도 편지하지 않았죠?"

"그럴 수 없었어."

"거짓말이지요."

"좋아. 쓰고 싶지 않았어. 다시 돌아오게 될지 나도 몰랐으니까."

"또 거짓말하는군요. 그런 건 이유가 안 돼요."

"그렇지 않아. 돌아올 수 있든가 돌아오지 못하든가, 둘 중 하나였어. 그걸 이해하지 못한다고?"

"이해 못 하겠어요. 하지만 이건 알 수 있어요. 당신은 돌아온 지 두 주나 되는데 나에게……."

"조앙." 하고 라비크가 침착하게 말했다. "당신의 그을린 어깨가 파리에서 그렇게 된 건 아닐 테지."

웨이터가 코를 킁킁거리고 지나가며, 조앙과 라비크를 슬쩍 쳐다보았다. 조금 전에 있었던 사건의 여파가 아직 남아 있는 듯했다. 애써 아무렇지도 않은 듯 붉고 흰 체크무늬 식탁보로부터 접시와 나이프와 포크 두 벌을 치웠다. 하지만 라비크는 낌새를 알아차렸다. "아무 일도 없네." 하고 그가 말했다.

"아무 일도 없다니요?" 하고 조앙이 물었다.

"아무것도 아냐. 조금 전에 일이 좀 있었거든."

여자가 그를 곰곰이 쳐다보았다. "여기서 여자를 기다리고 있는 거죠?"

"맙소사, 아냐. 아까 어떤 사람들이 문제를 일으켰어. 어떤 사람이 피를 흘렸지만, 이번엔 나서지 않았어."

"나선다고요?" 여자는 갑자기 깨달았다. 표정이 돌변했다. "당신 여기서 뭘 하는 거예요? 다시 붙잡힐 수도 있어요. 이젠 사정을 알아요. 이번엔 육 개월 징역이에요. 달아나야 해요! 당신이 파리에 있는 줄 몰랐어요! 다시는 안 돌아올 거라 생각했어요."

라비크는 대답하지 않았다.

"당신이 다시는 돌아오지 않을 거라고 생각했어요." 하고 여자가 되풀이했다.

라비크가 여자를 쳐다보았다. "조앙……."

"아녜요! 이 모든 게 사실이 아녜요! 사실이 아니라고요! 아무것도!"

"조앙." 하고 라비크가 가만히 말했다. "당신 탁자로 돌아가."

갑자기 여자의 눈이 젖었다. "당신 탁자로 돌아가." 하고 라비크가 다시 말했다.

"당신 때문이에요!" 여자가 불쑥 말했다. "당신 때문이에요! 당신한테 책임이 있다고요!"

그녀는 후다닥 돌아서서 가 버렸다. 라비크는 탁자를 한쪽으로 밀어 버리고 앉았다. 칼바도스 잔이 보여 마시려다가, 마시지 않았다. 조앙과 이야기하는 동안은 마음이 편안했다. 그런데 이제 흥분을 느꼈다. 이상한 일이었다. 피부 아래 가슴 근육이 부르르 떨렸다. 어째서 이 부분만 떨리는 걸까? 그는 잔을 들고, 손을 들여다보았다. 손은 떨리지 않았다. 그는 조앙 쪽을 쳐다보지 않고서 잔을 비웠다. 웨이터가 지나갔다. "담배 한 갑 갖다주게." 하고 라비크가 말했다. "카포랄로."

그는 담배에 불을 붙이고 반쯤 남은 술을 들이켰다. 다시 조앙의 시선이 느껴졌다. 저 여자는 무얼 기대하는 걸까? 내가 지금 자기 눈앞에서 취해 비참하게 쓰러지기를 바라는 걸까? 그는 웨이터를 불러 계산을 했다. 그가 일어나는 순간, 여자는 같이 온 남자들 중 하나와 신나게 떠들기 시작했다. 그가 여자의 탁자 옆을 지나갈 때도 여자는 눈을 들지 않았다. 억지로 미소 짓는 그녀의 얼굴은 딱딱하고 차갑고 무표정했다.

　라비크는 거리를 돌아다니다 무심결에 보니 다시 셰에라자드 앞이었다. 모로소프의 얼굴이 환하게 미소를 지었다. "됐어. 제군! 거의 제정신이 아니로군. 예언이 들어맞으면 언제나 기분이 좋은 거지."

　"기뻐하긴 너무 일러."

　"자네도 마찬가지야. 너무 늦게 오지 않았나."

　"알아. 그 여자를 벌써 만나고 오는 길일세."

　"뭐라고?"

　"클로셰도르에서."

　"그게 무슨 말인가……." 하고 모로소프는 당황해하며 말했다. "인생은 정말이지 언제나 새로운 계책을 마련하고 있군."

　"여긴 언제 끝나나, 보리스?"

　"몇 분이면 되네. 이제 손님이 없어. 옷을 갈아입어야겠어. 그동안 좀 들어와 있게. 보드카 한 잔 내줄 테니까."

　"됐어. 여기서 기다릴게."

　모로소프가 그를 쳐다보았다.

　"기분이 어떤가?"

　"토할 것 같네."

　"그럼, 다른 걸 기대했나?"

　"그랬지. 사람은 늘 새로운 걸 기대하잖아. 옷 갈아입고 오게."

　라비크는 벽에 기대어 섰다. 옆에서 꽃 파는 노파가 꽃을 치우고 있었다. 사라고 권하지도 않았다. 노파가 꽃을 사라고 하면 좋겠다는 멍청한 생각마저 들었다. 이 사람한테는 꽃도 필요 없다고 노파가 생각하는 것 같았다. 그는 줄지어 있는 집들을 내다보았다. 몇몇 집의 창에는 아직도 불이 켜져 있었다. 택시들은 천천히 지나갔다. 나는 무엇을 기대했던가? 그는 분명히 알고 있었다. 하지만 조앙이 선수를 칠 줄은 꿈에도 몰랐다. 그러나 그렇게 하면 안 된다는 법이라도 있는가? 선수를 칠 권리는 누구한테나 있는 게 아닌가!

웨이터들이 나왔다. 그들은 밤새도록 붉은 웃옷과 굽 높은 장화를 신은 캅카스인이고 체르케세인이었다. 그런데 이제 피곤한 시민으로 돌아왔다. 모두들 어색한 일상복을 입고 천천히 집으로 돌아간다. 모로소프가 제일 늦게 나왔다. "어디로 갈까?" 하고 그가 물었다.

"오늘은 여러 군델 다녔어."

"그럼 호텔에 가서 체스나 두지."

"뭐라고?"

"체스 말이야. 목제 말로 두는 것 말이네. 기분전환도 되고 정신집중도 되고."

"좋아." 하고 라비크가 말했다. "왜 안 두겠어?"

그는 눈을 떴다. 조앙이 방 안에 있다는 걸 금방 알아차렸다. 아직 어두워 모습은 보이지 않았지만, 거기에 있었다. 방도 창문도 공기도 그리고 그 자신까지도 달라져 있었다. "어리석은 짓은 그만둬!" 하고 그가 말했다. "불을 켜고 이리로 와."

여자는 가만히 있었다. 여자의 숨소리조차 들리지 않았다. "조앙." 하고 그가 불렀다. "숨바꼭질은 그만두지."

"그럴게요." 하고 여자가 나지막하게 말했다.

"그럼 이리로 와."

"제가 올 걸 알았나요?"

"몰랐어."

"문이 열려 있었어요."

"문은 거의 언제나 열려 있어."

여자는 잠시 조용히 있다가 말했다. "당신이 아직 돌아오지 않았을 거라고 생각했어요. 내 생각에……. 당신이 어딘가에 앉아서 술을 마시고 있을 거라고 생각했어요."

"나도 그렇게 할까 생각했어. 하지만 그 대신 체스를 뒀어."

"뭐라고요?"

"체스를 뒀다고. 모로소프와 함께. 물 없는 수족관 같은 아래층 소굴에서 말이야."

"체스라고요!" 여자는 구석에서 나왔다. "체스라고요! 어쩌면 그럴 수가……. 체스를 두다니요, 이런 판에…….."

"나도 그럴 거라고 생각하진 못했어. 하지만 가능했어. 아주 좋았어. 한 판 이기기도 했으니까."

"당신은 아주 차갑고, 냉혹한 사람이에요……."

"조앙." 하고 라비크가 말했다. "옥신각신은 그만두지. 말다툼은 찬성이지만, 제발 오늘은 그만하지."

"옥신각신하는 게 아네요. 난 끔찍하게 불행하다고요."

"좋아. 이런 이야기는 전부 그만두기로 해. 도대체 싸움이라는 건 사람이 적당히 불행할 때 할 수 있는 거야. 내가 아는 한 친구는, 아내가 죽은 순간부터 장례가 끝날 때까지, 자기 방에 틀어박혀 체스 문제만을 생각했어. 모두들 그자를 몰인 정하다고 여겼지. 하지만 나는 알아. 그 친구는 자기 아내를 세상 그 무엇보다도 사랑했어. 달리 어떻게 할 도리가 없어서 그랬던 거지. 아내를 생각하지 않기 위해 밤낮으로 체스 문제에 매달렸던 거야."

조앙은 이제 방 한가운데에 서 있었다. "그래서 당신도 그렇게 했다는 거죠?"

"아니지. 그건 다른 사람 이야기라고 말했잖아. 당신이 들어왔을 때 나는 그냥 자고 있었어."

"그래요. 당신은 자고 있었어요! 자고 있었단 말예요!"

라비크는 팔꿈치로 상반신을 버텼다. "아는 사람이 또 하나 있었는데, 그 사람 역시 아내가 죽었지. 그런데 그 친구는 침대에 누워 이틀 내내 잠만 잤어. 죽은 아내의 어머니는 그걸 보고 길길이 날뛰며 화를 냈지. 인간이란 여러 가지 모순된 일을 하면서도 그와 동시에 완전한 절망 상태에 있을 수 있다는 걸 그 어머니는 이해하지 못했던 거야. 불행을 위해 얼마나 많은 예법이 고안되었는지 생각해 보면 정말 기이해! 내가 정신없이 취해 있는 걸 당신이 봤다면, 예의범절을 지켰다고 인정받았을 테지. 하지만 체스를 두고 자 버렸다는 것이, 내가 거칠고 무정하다는 근거가 될 수는 없어. 간단한 이야기야. 어때?"

쨍그랑 하고 유리 파편 튀는 소리가 들렸다. 조앙이 화병을 들어 방바닥에 내동댕이쳤던 것이다. "잘됐어." 하고 라비크가 말했다. "안 그래도 그게 보기 싫었거든. 하지만 유리 파편을 밟지 않도록 조심해."

여자는 파편들을 옆으로 찼다. "라비크." 하고 여자가 말했다. "당신은 왜 이런 짓을 하는 거예요?"

"그래." 하고 그가 대답했다. "왜냐고? 용기를 내려고 그러는 거야. 그것도 눈치채지 못했어, 조앙?"

여자가 얼굴을 얼른 그에게로 돌렸다. "그런 것 같네요. 하지만 당신 마음에 어떤 일이 벌어지고 있는지 조금도 모르겠어요."

여자는 조심조심 사방에 흩어진 파편을 밟고 걸어와 그의 침대에 걸터앉았다. 이번에는 밝아 오는 새벽빛에 여자의 얼굴이 뚜렷이 보였다. 여자의 얼굴이 피곤하지 않은 것을 보고 그는 놀랐다. 긴장된 얼굴은 젊고 맑았다. 여자는 그가 보지 못한 가벼운 외투를 걸치고 있었다. 클로셰도르에서 입고 있던 것과는 다른 옷이었다.

"당신이 다시는 돌아오지 않을 거라고 생각했어요, 라비크."

"오래 걸렸지. 더 빨리 올 수는 없었어."

"왜 편지를 한 번도 안 했어요?"

"편지가 무슨 소용 있었겠어?"

여자는 시선을 돌렸다. "그래도 더 나았을 거예요."

"내가 영영 돌아오지 않았더라면 더 좋았겠지. 하지만 내가 피할 데는 이 나라, 이 도시밖에 없어. 스위스는 너무 작고, 그 밖에 다른 나라에는 파시스트들이 득실거리고."

"하지만 여기도…… 경찰이…….'

"경찰이 나를 붙잡을 확률은 예전이나 마찬가지야. 그땐 재수가 없었어. 그 일을 되씹을 필요도 없고."

라비크는 손을 뻗어 담뱃갑을 집었다. 담배는 침대 옆 탁자 위에 있었다. 중간 크기인 아담한 탁자에는 책과 담배, 그리고 물건이 몇 개 놓여 있었다. 흔히 침대 옆에 두곤 하는 인조 대리석 판을 붙인 작은 탁자나 까치발 탁자를 라비크는 싫어했다.

"저도 한 대 주세요." 하고 조앙이 말했다.

"뭘 좀 마실래?" 하고 그가 물었다.

"네. 누워 계세요. 제가 가져올게요."

여자는 병을 집어 잔 두 개에 부었다. 한 잔은 그에게 건네주고, 다른 한 잔은 자기가 집어 들고 단숨에 비웠다. 마시는 동안 그녀의 외투가 어깨에서 떨어졌다. 차츰 밝아 오는 새벽녘 어스름 속에서 라비크는 여자가 걸친 옷을 알아보았다. 그가 앙티브로 갈 때 여자에게 선물로 사 준 것이었다. 왜 이 옷을 입은 것일까? 그가 여자에게 준 유일한 옷이었다. 그는 그런 일은 생각해 본 적도 없었고, 생각해 보려고도 하지 않았던 것이다.

"내가 당신을 봤을 때 말예요, 라비크, 갑자기……." 하고 여자가 말했다. "아무것도 생각할 수 없었어요. 앞이 캄캄했어요. 그리고 당신이 가 버렸을 때……. 당신을 다시는 보지 못할 거라고 생각했어요. 바로 그때 그렇게 생각한 건 아니었어요. 처음엔 당신이 클로셰도르로 돌아오기를 기다렸어요. 당신이 꼭 돌아올 거라 생각했어요. 그런데 왜 돌아오지 않은 거죠?"

"왜 내가 돌아가야 하는 거야?"

"당신하고 함께 나가야 했어요."

그 말이 사실이 아니라는 걸 그는 알았다. 그러나 더 깊이 생각하고 싶지 않았다. 그는 갑자기 아무것도 생각하고 싶지 않았다. 조앙이 지금 곁에 있는 것만으로 충분하다고 생각해 본 적은 없었다. 여자가 무엇 때문에 왔는지, 여자가 도대체 무엇을 원하는지 그는 몰랐다. 그러나 갑자기 여자가 바로 옆에 있는 것만으로도 충분했다. 이상하게도 마음속 깊이 안심이 되었다. 이게 뭔가? 하고 그는 생각했다. 벌써부터 그랬던가? 자제심을 넘어서 버린 것일까? 어둠, 피의 반란, 상상력의 강요와 위협이 시작되는 그 지경에 도달했단 말인가?

"당신이 나를 떠나려 한다고 생각했어요." 하고 조앙이 말했다. "당신은 정말 그걸 원했던 거죠! 사실대로 말해요!"

라비크는 대꾸하지 않았다.

여자가 그를 바라보았다. "난 알고 있었어요. 알고 있었다고요!" 여자는 굳게 확신하며 되풀이했다.

"칼바도스 한 잔 더 주지."

"그게 칼바도스였어요?"

"그래. 몰랐던 거야?"

"몰랐어요." 여자는 술을 따랐다. 여자는 술병을 들고 있는 동안 다른 쪽 팔을 그의 가슴에 대었다. 갈비뼈 사이로 느낌이 전해졌다. 여자는 자기 잔을 집어 들고 마셨다. "그래요. 칼바도스네요." 하고는 다시 그를 쳐다보았다. "역시 오기를 잘했어요. 나는 알고 있었어요. 오길 잘했어요."

날은 점점 환해졌다. 덧문들이 나직하게 삐걱거리기 시작했다. 아침 바람이 불어왔다. "내가 잘 온 거죠?" 하고 여자가 물었다.

"모르겠어, 조앙."

여자가 그에게로 몸을 굽혔다. "당신은 알아요. 알아야만 해요."

그녀 얼굴이 그의 얼굴에 바싹 다가오자, 여자의 머리카락이 그의 어깨 위로 드리웠다. 그는 여자의 얼굴을 들여다보았다. 잘 아는 얼굴이었다. 아주 낯설면서 동시에 아주 낯익고, 언제나 똑같으면서도 끊임없이 변하는 얼굴이었다. 이마의 피부가 벗어진 것이 보였다. 윗입술에 칠한 붉은 립스틱은 푸석푸석하게 말랐고, 화장도 제대로 하지 않았다. 그는 지금 자기 얼굴 앞에 바싹 다가와 있어, 이 순간 그로부터 다른 모든 세계를 완전히 차단해 버리는 얼굴의 모든 것을 보았다. 그럼에도 그 얼굴을 신비롭게 만드는 것은 자신의 상상력에 지나지 않는다는 것을 알았다. 이보다 더 아름답고, 더 총명하고, 더 청순한 얼굴들이 있다는 것도 알았다. 하지만 이 얼굴은 다른 얼굴에는 없는 압도적인 힘을 자기에 대해 가지고 있다는 것도 알았다. 그 힘은 그 자신이 그 여자의 얼굴에 부여한 것이었다.

"그래." 하고 그가 대꾸했다. "좋아. 어쨌든 잘됐어."

"난 견디지 못했을 거예요, 라비크."

"무얼 말인가?"

"당신이 떠나 버린 걸 말예요, 영원히."

"당신은 내가 다시는 안 돌아올 거라고 생각했다면서?"

"그건 다른 문제예요. 당신이 다른 나라에서 산다면 그건 다른 문제예요. 그럼 우리는 그냥 떨어져 있을 뿐이니까요. 내가 당신에게 갈 수도 있고요. 그러나 여기 같은 도시에 있으면서…… 모르겠어요?"

"알아."

여자는 몸을 일으키고 머리를 매만졌다. "나를 혼자 내버려 두면 안 돼요. 당신은 내게 책임이 있어요."

"당신은 지금 혼자야?"

"당신은 내게 책임이 있어요." 하고 말하며 여자는 미소를 지었다.

일순간 그는 여자가 얄밉다는 생각이 들었다. 미소 짓는 모습도, 말하는 모습도 혐오스러웠다. "어리석은 소리 마, 조앙."

"왜요. 바로 당신이었어요. 그때부터. 당신이 없으면……."

"그래. 체코슬로바키아 점령도 내 책임이지. 자, 이젠 그만하자. 날이 밝았어. 당신은 곧 가야 해."

"뭐라고요?" 여자가 그를 뚫어져라 쳐다보았다. "내가 여기 있으면 안 된다고요?"

"안 돼."

"그렇군요……." 여자는 나지막한 목소리로, 갑자기 화가 치밀어 말했다. "그렇군요! 당신은 이제 나를 사랑하지 않는군요."

"맙소사." 하고 라비크가 말했다. "아직도 그 소리를 하다니. 지난 몇 달 동안 당신은 어떤 멍청이들과 지낸 거지?”

“멍청이들이 아녜요. 내가 어떻게 지냈어야 하나요? 호텔 미랑에 앉아 벽만 쳐다보고 있다가 미쳐 버릴 걸 그랬나요?”

라비크는 반쯤 몸을 일으켰다. “고백은 그만둬!” 하고 그가 말했다. “고백을 듣고 싶진 않아. 다만 대화 수준을 높이고 싶을 뿐이야.”

여자가 멍하니 그를 쳐다보았다. 입도 눈도 풀려 있었다. “어째서 걸핏하면 나를 비판하는 거죠? 다른 사람들은 나를 탓하지 않아요. 당신한테는 나의 모든 게 늘 문제가 되는군요.”

“그래.” 하고 라비크는 칼바도스를 한 모금 들이켜고는 벌러덩 드러누웠다.

“정말이에요.” 하고 여자가 말했다. “당신을 어떻게 생각해야 할지 모르겠어요. 당신은 내가 말하고 싶지 않은 걸 억지로 말하게 해요. 그러고는 사람을 괴롭혀요.”

라비크는 한숨을 쉬었다. 조금 전까지만 해도 무슨 생각을 했던가? 사랑의 어둠, 상상력의 힘, 그것들은 얼마나 신속하게 변해 버리는가! 그것들 스스로가 그렇게 만드는 것이다. 끊임없이 그렇게 만드는 것이다. 그것들이 가장 열성적으로 꿈을 파괴한다. 하지만 그것들은 그밖에 무엇을 할 수 있단 말인가? 실제로 무엇을 할 수 있단 말인가? 길을 잃고 내몰린 아름다운 자들, 그들은, 대지 깊숙한 곳 그 어디에 있는 거대한 자석, 그 위에서 각양각색 모습으로 살고 있지 않은가. 그들에겐 자신만의 의지와 자신만의 운명이 있다고 생각한다. 하지만 도대체 그들은 무엇을 할 수 있단 말인가? 나 자신도 그들 중 하나가 아닌가? 의심이나 하고, 답답하게 조심조심하고, 싸구려 풍자나 입에 담지 않는가. 마음속으론 이미 어떤 일이 도리 없이 벌어지고 만다는 걸 알면서도 말이다.

조앙은 침대 발치에 쪼그리고 앉았다. 잔뜩 골이 난 아름다운 청소부처럼 보이기도 했고, 달에서 날아와 어찌할 바를 모르는 그 어떤 존재 같기도 했다. 어스름은 이제 아침의 붉은 햇살로 변해 그들을 비췄다. 새 아침은 저 멀리, 지저분한 마당들과 연기에 그을린 지붕들을 넘어 창 안으로 입김을 불어 넣는다. 그 속엔 아직도 숲과 생명이 깃들어 있었다.

"조앙." 하고 라비크가 물었다. "당신은 왜 온 거야?"

"왜 그런 걸 물어요?"

"그래, 내가 왜 그런 걸 물을까?"

"왜 묻고 또 묻는 거죠? 제가 여기 있잖아요? 그걸로 충분하지 않아요?"

"그래, 조앙. 당신 말이 맞아. 그걸로 충분해."

여자가 얼굴을 들었다. "마침내! 하지만 당신은 사람의 기쁨을 사그리 뺏어야 후련해지는군요."

기쁨! 이 여자는 기쁨이라고 말하지 않는가! 수많은 검은 프로펠러들에 의해, 다시 소유하겠다는 숨 가쁜 욕망의 회오리에 밀려와 놓고는 기쁨이라고? 바깥은 창가 이슬 같은 기쁨의 순간이다. 대낮이 기세를 부리기 전 십 분간의 고요함이다. 하지만 제기랄, 이 모든 것이 다 뭐란 말인가? 이 여자의 말이 옳지 않은가? 이슬이나 참새, 바람과 피가 정당한 것처럼 이 여자도 정당하지 않은가? 무엇 때문에 나는 묻는 것인가? 나는 도대체 무엇을 알려 하는가? 여자는 여기에 와 있다. 날아들어왔다. 밤나비처럼, 나방처럼, 공작의 눈처럼, 아무 생각도 없이 날아 들어왔다. 그런데 나는 누운 채 그 날개의 점들과 섬세하게 찢어진 자리들의 수를 세고, 조금 탈색된 색깔을 들여다보고 있는 것이다. 그녀는 이렇게 왔다. 그녀가 찾아왔기 때문에 내가 이렇게 잘난 척 떠들고 있는 거야 하고 그는 생각했다. 만일 이 여자가 찾아오지 않았더라면 나는 여기 누워 궁상이나 떨었을 게 뻔하다. 남자다운 체 자신을 속이려 애쓰지만, 실은 여자가 와 주기를 남몰래 기다렸을 것이다.

그는 담요를 옆으로 밀쳐 버리고, 침대 가장자리 쪽으로 두 다리를 내던졌다. 그리고 슬리퍼를 신었다. "왜 그래요?" 조앙이 놀라서 물었다. "나를 내쫓을 거예요?"

"아니. 키스하려고. 벌써 그랬어야 하는데. 난 멍청이야, 조앙. 바보 같은 소리만 지껄였어. 당신이 와 줘서 정말 반가워!"

여자의 눈이 순간 반짝였다. "일부러 일어날 필요는 없어요. 그대로 키스해도 되는데." 하고 여자가 말했다.

집들 뒤로 아침의 붉은 햇살이 높이 솟아 있었다. 위쪽 하늘은 연하고 푸른 빛깔이었다. 구름 몇 점이 거기에서 잠든 플라밍고처럼 떠다녔다. "저걸 좀 봐, 조앙! 날씨가 끝내주네! 비 내리던 장면 기억나?"

"그럼요. 줄기차게 내렸지요. 온천지가 잿빛이고, 비만 내렸죠."

"내가 떠날 때도 내렸어. 비만 주룩주룩 내리고 당신은 절망하고. 그런데 이제……."

"그랬어요. 그런데 이젠……." 여자가 말했다.

여자는 그의 옆에 바싹 붙어 누워 있었다. "이젠 모든 게 다 있어." 하고 그가 말했다. "꽃밭까지 있으니 말이야. 피난민 비젠호프의 창가엔 패랭이꽃이 있고, 저 아래 밤나무 마당엔 새들이 지저귀고."

그는 여자가 울고 있다는 걸 알았다. "어째서 당신은 안 묻는 거죠, 라비크?"

"벌써 너무 많은 걸 물었어. 당신도 아까 그렇게 말하지 않았던가?"

"이건 다른 이야기예요."

"물어볼 건 아무것도 없어."

"그동안 일어났던 일인데요."

"아무 일도 없었잖아."

여자가 머리를 가로저었다.

"당신은 나를 어떻게 생각하는 거야, 조앙?" 하고 그가 말했다. "저기 밖을 내다봐. 저 붉은빛, 황금빛 그리고 푸른빛을. 저 태양이 어제 비가 내렸는지 아닌지 묻기라도 한단 말인가? 중국이나 스페인에 전쟁이 일어났는지 아닌지? 지금 이 순간에 천 명의 인간이 죽었는지, 혹은 태어났는지를 묻는단 말인가? 태양은 저기에 있어. 점점 치솟고 있어. 그게 전부야. 그런데 당신은 내가 묻기를 기다린다는 거야? 이런 햇살 아래 당신 어깨는 구릿빛이 됐어. 그런데 당신에게 그걸 물어보라고? 이 붉은 햇살 속에서, 당신 눈은 그리스인들의 바다처럼, 보랏빛이고 포도주 빛이야. 그런데 무슨 일이 있었는지 물어보라고? 당신은 돌아왔어. 그런데 나는 바보가 되어, 과거라는 시든 나뭇잎을 파헤치란 말이야? 당신은 도대체 나를 어떻게 생각하는 거야, 조앙?"

여자는 더 이상 눈물을 흘리지 않았다. "그런 이야기는 오랜만에 들어요." 하고 여자가 말했다.

"그럼 당신은 돌대가리들하고 지냈군. 여자는 숭배받든가 아니면 버림받는 거야. 그 중간은 없어."

여자는 그에게 바싹 붙어 잠이 들었다. 다시는 떨어지지 않으려는 듯. 여자는 깊이 잠들었고, 그는 자기 가슴으로 여자의 가볍고 규칙적인 호흡을 느꼈다. 그리고 한동안 그대로 깨어 있었다. 호텔에서 아침의 시끌벅적한 소음이 들리기 시작했다. 쏴 하고 쏟아져 내리는 물소리, 덜커덩거리는 문소리. 아래층에서는 피난민 비젠호프가 깨어나 기침하는 소리가 창밖으로 들려왔다. 조앙의 양쪽 어깨가 품 안에서 느껴졌고, 여자의 따뜻하고 잠들어 있는 피부의 감촉이 전해졌다. 고개를 돌리자, 완전히 긴장이 풀린 채로 잠든 여자의 얼굴이 보였다. 순진무구함 그 자체인 맑은 얼굴이었다. 숭배하든가 아니면 버린다라는 말을 떠올렸다. 말은 그럴듯하다. 하지만 누가 감히 그럴 수 있단 말인가! 누가 그러기를 원한단 말인가?

20

그는 잠에서 깨어났다. 조앙은 곁에 누워 있지 않았다. 욕실에서 물소리가 나는 것을 듣고 그는 몸을 일으켰다. 그 즉시 잠에서 완전히 깨어났다. 지난 몇 달 동안 그런 습관이 들었던 것이다. 금방 잠에서 깨어나야, 먼저 달아날 수 있는 것이다. 시계를 들여다보았다. 아침 10시였다. 조앙의 야회복이 외투와 함께 바닥에 내던져져 있었다. 여자의 꽃무늬 구두는 창 앞에 있었다. 한 짝은 쓰러진 채로.

"조앙." 하고 그가 불렀다. "한밤중에 샤워를 하다니 무슨 일이야?"

여자가 문을 열고 말했다. "당신을 깨우고 싶지 않았어요."

"상관없어. 언제든지 잘 수 있으니까. 하지만 당신은 뭐 때문에 벌써 일어났지?"

여자는 목욕 모자를 쓰고 있었고, 몸에서는 물방울이 뚝뚝 떨어졌다. 두 어깨는 밝은 갈색으로 번쩍거렸다. 꽉 끼는 투구를 쓴 아마존 여전사처럼 보였다. "전 이제 올빼미가 아네요, 라비크. 셰에라자드엔 이제 안 나가요."

"알고 있어."

"누구한테서 들었죠?"

"모로소프한테서."

여자는 잠시 살피는 듯한 눈길로 그를 쳐다보았다. "모로소프라고요." 하고 여자가 말했다. "그 늙은 수다쟁이요. 그 사람이 다른 말은 안 했나요?"

"아무 말도 안 했어. 할 말이 뭐 있겠어?"

"밤의 문지기가 떠벌릴 건 아무것도 없어요. 그런 사람들은 옷 보관소 여자들과 마찬가지예요. 직업적 험담꾼들이라고요."

"모로소프 욕은 하지 마. 밤의 문지기와 의사 들은 직업적 염세주의자야. 둘 다 인생의 음지 쪽에서 살거든. 하지만 고자질은 안 해. 그 사람들은 의무적으로 신중해야 하거든."

"인생의 음지쪽이라고요?" 하고 조앙이 되물었다. "누가 그런 걸 원해요?"

"아무도 원하는 사람은 없지. 하지만 대부분의 사람들은 그 안에서 살고 있어. 게다가 모로소프는 그때 당신을 위해 셰에라자드에 일자리를 마련해 주었잖아."

"그렇다고 눈물을 흘리며 영원히 감사드릴 수는 없어요. 나는 그 사람들을 실망시키지는 않았어요. 받는 돈만큼 값을 했다고요. 안 그랬더라면 그 사람들이 나를 붙잡아 두지는 않았겠죠. 게다가 그분은 당신을 위해서 한 일이었어요. 나를 위해서가 아니라."

라비크가 담배를 집었다. "어째서 그 친구를 그렇게 나쁘게 생각하는 거야?"

"이유는 없어요. 그냥 싫어요. 그 사람은 상대를 늘 노려보아요. 그 사람한테 신뢰가 가지 않아요. 당신도 믿지 말아요."

"뭐라고?"

"그 사람을 믿어선 안 된다고요. 당신도 알다시피, 프랑스 문지기들은 모두 경찰 끄나풀이에요."

"다른 건 또 없어?" 하고 라비크가 차분하게 말했다.

"물론 날 믿지 않을 거예요. 셰에라자드에선 모두가 알아요. 누가 알아요, 혹시 그 사람이⋯⋯."

"조앙!" 하고 그는 이불을 걷어차며 일어섰다. "멍청한 소리 그만둬! 도대체 무슨 일이 있는 거야?"

"아무것도 아녜요. 나한테 무슨 일이 있겠어요? 난 그 사람이 그냥 싫어요. 그게 전부예요. 그 사람은 당신한테 안 좋은 영향을 준다고요. 그런데 당신은 늘 그 사람하고 어울리잖아요."

"나 참." 하고 라비크가 말했다. "그 때문에 그러는 거야?"

갑자기 여자가 미소를 지었다. "그래요. 그 때문이에요."

라비크는 단지 그 때문만은 아니라고 느꼈다. 무언가 다른 이유가 있는 것 같았다. "아침 식사는 뭐 먹지?" 하고 그가 물었다.

"화났어요?" 하고 여자가 되물었다.

"아니."

여자는 욕실에서 나와 두 팔로 그의 목을 감쌌다. 엷은 파자마 천을 통해 여자의 물기 있는 살결이 느껴졌다. 그는 몸뚱이를 느꼈고, 자기 피를 느꼈다.

"당신 친구를 질투해서 화가 났어요?"

그는 머리를 가로저었다. 투구, 아마존 여전사. 대양에서 올
라온 요정. 매끄러운 피부 위의 물기와 청춘 냄새. "비켜." 하
고 그가 말했다.

여자는 대답하지 않았다. 높이 솟은 광대뼈에서 턱까지의
선, 입. 너무도 두터운 눈꺼풀. 그의 풀어헤쳐진 파자마 밑 맨
살을 압박하는 여자의 젖가슴. "비키라고, 아니면……."

"안 비키면, 어떻게 할 거예요?" 하고 여자가 물었다.

열린 창 앞에서 벌 한 마리가 윙윙거렸다. 라비크는 눈으로
그 벌을 좇았다. 피난민 비젠호프의 카네이션에 이끌려 날아
왔다가, 지금은 다른 꽃을 찾아다니는지도 몰랐다. 벌은 방 안
으로 날아 들어오더니, 씻지 않고 창가에 놓아둔 칼바도스 잔
에 가서 앉았다.

"제가 보고 싶지 않았어요?" 하고 조앙이 물었다.

"보고 싶었지."

"많이요?"

"응."

벌이 날아올랐다. 몇 차례 잔 둘레를 돌았다. 그러고는 윙윙
거리면서 창문을 통해 태양 속으로, 피난민 비젠호프의 카네
이션 쪽으로 돌아갔다.

라비크는 조앙 옆에 누워 있었다. 여름이군 하고 그는 생각
했다. 여름, 아침의 목장, 마른 풀 향내를 풍기는 머리카락, 클

로버 같은 피부. 시냇물처럼 소리 없이 흐르고, 또 흘러 아무런 소망도 없이 모래밭을 넘쳐흐르는 고마운 피. 매끄러운 수면에 한 얼굴이 뚜렷이 비치며 미소 짓는다. 빛나는 이 순간, 그 어떤 것도 메마르거나 죽어 있지 않다. 자작나무와 포플러나무, 고요함 그리고 잊힌 하늘에서 메아리처럼 돌아와 혈관을 두드리는 나지막한 속삭임.

"여기 있고 싶어요." 조앙이 그의 어깨에 기대 말했다.

"여기 있어. 잠도 좀 자고. 우린 잠을 거의 못 잤어."

"안 돼요. 가야 해요."

"지금 그런 야회복 차림으로는 아무 데도 못 가."

"다른 옷을 가져왔어요."

"어디?"

"외투 속에 입고 왔어요. 물건들 사이에 신발도 있고요. 난 다 있어요."

여자는 어디로 가야 하는지 말하지 않았다. 왜 가야 하는지도 밝히지 않았다. 라비크도 묻지 않았다.

벌이 다시 나타났다. 이번엔 목표도 없이 윙윙거리며 날지 않고, 곧장 잔 있는 데로 날아가, 그 가장자리에 앉았다. 칼바도스 맛을 조금 아는 것 같기도 했다. 아니면 달콤한 과즙 맛을.

"정말 여기 머물 생각이었어?"

"그럼요." 조앙은 꼼짝도 하지 않은 채 대꾸했다.

롤랑드는 술병과 잔을 담은 쟁반을 들고 왔다. "술은 그만둬." 하고 라비크가 말했다.

"보드카 안 드실래요? 스브로브카예요."

"오늘은 안 마셔. 커피나 좀 주지. 아주 진한 걸로."

"알겠어요."

그는 현미경을 옆으로 치웠다. 담배에 불을 붙이고 창가로 갔다. 바깥 플라타너스에는 신록이 우거졌다. 지난번에 왔을 때는 아직 벌거숭이였었다.

롤랑드가 커피를 가지고 왔다. "이전보다 여자들이 많아졌군." 하고 라비크가 말했다.

"스무 명이 더 늘었어요."

"장사가 그렇게 잘돼? 지금, 6월에?"

롤랑드는 그의 앞에 앉았다. "상상할 수 없을 정도로 장사가 잘돼요. 사람들이 돌아 버린 것 같아요. 오후부터 일찌감치 시작되거든요. 하지만 밤이 되면……."

"날씨 때문에 그럴지도."

"날씨 때문은 아녜요. 예전 5월과 6월엔 이렇지 않았거든요. 이곳 꼴을 보면 좀 미친 것 같아요. 바의 형편은 믿을 수 없을 정도고요. 우리 집에서 프랑스 사람들이 샴페인을 마시는 걸 상상이나 하겠어요?"

"불가능하지."

"외국인들이라면 이해할 수 있죠. 우린 외국인을 위해 샴페인을 마련해 두니까요. 하지만 프랑스 사람이! 심지어는 파리 사람까지! 샴페인을 찾는다니까요! 그것도 현금을 치르고서! 뒤본네나 맥주나 핀이 아녜요. 믿어져요?"

"눈으로 확인하기 전엔 믿을 수 없지."

롤랑드가 그에게 커피를 따라 주었다. "그리고 영업을 보더라도." 하고 그녀가 말을 이었다. "귀가 먹먹할 정도예요. 아래층에 내려가 보면 아실 거예요. 벌써 이 시간부터 시작이에요! 당신 검진을 기다리는 조심성 많은 베테랑들 말고도 넘쳐나요. 벌써 무리로 몰려와 앉아 있어요! 사람들이 도대체 어찌된 걸까요, 라비크?"

라비크가 어깨를 으쓱했다. "침몰하는 대양 증기선 이야기가 떠오르는군."

"우리 경우엔 아무것도 침몰하지 않아요, 라비크! 성업 중이에요!"

문이 열렸다. 니네트가 들어왔다. 스물한 살인, 짧은 핑크 비단 바지를 입은, 소년처럼 날씬한 애였다. 얼굴이 성녀 같은 이 애는 이 유곽에서 잘나가는 매춘부 중 하나였다. 지금 그 니네트가 빵과 버터와 잼 두 개를 쟁반에 담아 들어왔다.

"선생님이 커피를 들고 계신다는 말을 마담이 들으시고는……." 하고 그녀는 쉰 목소리로 톤을 낮추어 말했다. "맛 좀 보시게 잼을 갖다드리랬어요. 집에서 만든 거예요!" 니네트는 갑자기 씽긋 웃었다. 천사의 얼굴이 느닷없이 부서져 불량소년의 얼굴로 변했다. 니네트는 쟁반을 탁자 위로 밀어 놓고는 춤추는 걸음으로 나가 버렸다.

"저것 좀 봐요." 하고 롤랑드가 한숨을 쉬었다. "금방 건방지게 된다니까요! 자기가 잘 팔린다는 걸 알거든요."

"당연하지." 하고 라비크가 대꾸했다. "언제 그래 보겠어? 그리고 이 잼은 어떻게 된 거지?"

"마담의 자랑거리예요. 손수 만들었대요. 리비에라의 소유지에서 말예요. 정말 괜찮아요. 맛 좀 보시죠?"

"잼은 싫어. 특히 백만장자 여성이 만든 건 말이야."

롤랑드는 병뚜껑을 돌려 열고는 잼을 몇 숟가락 듬뿍 퍼내어 두꺼운 종이에 발랐다. 그리고 버터 한 조각과 토스트 몇 조각을 함께 넣고는 둘둘 말아 라비크에게 건네주었다. "나중에 그냥 버려요." 하고 그녀가 말했다. "마담 생각을 좀 해 주시라고요. 마담은 당신이 먹었는지 안 먹었는지 나중에 살펴볼 거예요. 나이 들고, 꿈도 없어진 여자의 마지막 자존심이잖아요. 예의치레나 해 주시죠."

"알았어." 라비크는 일어서서 문을 열었다. "엄청 시끌벅적하군." 하고 그가 말했다. 아래층에서 목소리와 음악 소리, 웃음소리와 부르는 소리가 들렸다.

"저게 다 프랑스 사람들인가?"

"아뇨. 대부분 외국인들이에요."

"미국인들?"

"아녜요. 그게 묘해요. 대개는 독일 사람들이에요. 독일 사람들이 저렇게 많이 온 적은 한 번도 없었어요."

"이상할 것도 없지."

"대개는 프랑스어를 유창하게 해요. 몇 년 전에 왔던 독일 사람들과는 딴판이에요."

"그럴 거라고 생각했어. 털보[2]들도 많이 온 거 아닌가? 신

---

2) 1차 세계 대전 당시 프랑스 병사들의 별명.

병들이나 식민지 주둔 병사들 말이야?"

"그들은 늘 있어요."

라비크가 고개를 끄덕였다. "독일 사람들은 돈깨나 뿌리겠지, 안 그런가?"

롤랑드가 큰소리로 웃었다. "맞아요. 마시고 싶어 하는 사람이라면 다 초대해요."

"특히 군인들한테 선심을 쓸 것 같은데. 하지만 독일은 통화 반출이 금지돼 있거든. 국경도 폐쇄됐고. 당국의 허가가 있어야만 국외로 나갈 수 있어. 그리고 허가를 받는다 해도 10마르크 이상은 가지고 나갈 수 없어. 그런 판국에 돈을 잔뜩 가지고 프랑스 말을 유창하게 하는 쾌활한 독일인이라니, 어째 이상하지 않아?"

롤랑드는 어깨를 으쓱했다. "그럼 어때요. 돈만 가짜가 아니면……."

그는 8시가 지나 호텔로 돌아왔다. "전화 온 건 없었나?" 하고 그가 문지기에게 물었다.

"아뇨."

"오후에도?"

"없었어요. 하루 종일."

"혹시 찾아와서 나를 찾은 사람은?"

문지기는 고개를 가로저었다. "아무도요."

라비크는 계단을 올라갔다. 2층에선 골드베르크 부부가 다투는 소리가 들렸다. 3층에선 어린애 하나가 울어 댔다. 그 애는 생후 1년 2개월인 프랑스 시민 루시앙 질베르만이었다. 어린애의 양친인 커피 상인 지크프리트 질베르만과 본래 성(姓)이 레비인 그의 처 넬리는 프랑크푸르트암마인 태생이었다. 그래서 아이는 이 부부의 보물 덩어리이자 투기 대상이었다. 어린애는 프랑스에서 태어났기 때문에, 부부는 어린애 덕택에 이 년 더 빨리 프랑스 여권을 발급받을 수 있으리라는 희망을 품고 있었던 것이다. 그리하여 루시앙은 한 살배기의 지혜로 집안의 폭군이 되었다. 4층에서는 전축 소리가 들려왔다. 이전에 오라니엔부르크 강제수용소 생활을 했던 피난민, 볼마이어의 것으로서, 독일 민요를 들려주었다. 복도는 양배추와 황혼 냄새를 풍겼다.

라비크는 책이나 보려고 방으로 들어갔다. 예전에 사 두었던 세계사 책 몇 권을 끄집어냈다. 특별히 흥미 있는 읽을거리는 아니었다. 단 하나 취할 점은 오늘날 일어나는 그 어느 일도 새롭지 않다는, 꽤나 우울한 만족감을 느끼게 한다는 것이었다. 모든 일은 이미 수십 차례나 반복되었던 것이다. 거짓말, 약속 파기, 살인, 바르톨레메오 대학살의 밤, 권력욕에서 비롯된 부패, 끊임없는 전쟁. 인류 역사는 피와 눈물로 쓰인 것이었다. 그리고 천 개나 되는 과거의 피투성이 상(像)들 중에서 선의(善意)의 은빛을 발하는 것은 하나 정도에 불과했다. 선동가, 사기꾼, 아버지와 친구를 살해한 자, 밤술에 취한 이기주의자, 칼을 든 채 사랑을 설교하는 광신적인 예언자. 이들의 존재는 언제나 변함없이 등장한다. 인내심 많은 국민들은 황제와 종교와 광인을 위하여 의미 없는 살육 속으로 거듭 빠져든다. 끝없이.

그는 책을 옆으로 치웠다. 열린 창문을 통해 아래층에서 목소리가 들렸다. 누구의 목소린지 알 수 있었다. 비젠호프와 골드베르크의 아내였다. "지금은 안 돼요." 하고 루트 골드베르크가 말했다. "남편이 곧 돌아올 거예요. 한 시간 안에."

"한 시간이면 충분해요."

"더 일찍 올지도 몰라요."

"어디 갔나요?"

"미국 대사관에요. 매일 저녁 가요. 밖에 서서 가만히 쳐다보기만 해요. 그뿐이에요. 그러고는 돌아와요."

비젠호프가 뭐라고 말을 했지만, 라비크는 무슨 말인지 알수 없었다. "당연해요." 하고 루트 골드베르크가 심술궂은 목소리로 대꾸했다. "안 미친 사람이 어디 있어요? 그 사람이 늙었다는 건 나도 알아요."

"그만둬요." 하고 한참 후에 그녀가 말했다. "난 지금 흥미가 없어요. 그럴 기분이 아니라고요."

비젠호프가 뭐라고 대꾸했다.

"말은 잘하시네요." 하고 그녀가 말했다. "어쨌든 그 사람에겐 돈이 있어요. 그리고 난 지금 땡전 한 푼 없어요. 그리고 당신은……."

라비크는 일어났다. 전화를 쳐다보곤 잠시 망설였다. 10시가 거의 다 되었다. 조앙에 대해서는 아침에 그녀가 나간 뒤로 아무것도 듣지 못했다. 밤에 돌아올 건지 그녀에게 물어보지는 않았다. 돌아올 거라고 확신했던 것이다. 하지만 지금은 더 이상 확신하지 않았다.

"당신한테는 간단한 문제잖아요! 재미나 보자는 거잖아요. 다른 건 아무것도 없어요." 하고 골드베르크 부인이 말했다.

라비크는 모로소프에게로 갔다. 방은 잠겨 있었다. 그는 계단을 내려가 '지하묘지'로 갔다. "누가 전화를 걸면 내가 밑에 있다고 말해 주게." 하고 그는 접수원한테 말했다.

모로소프는 거기 있었다. 붉은 머리의 사내와 체스를 두고 있었다. 구석에는 여자들 두서너 명이 앉아 있었다. 여자들은 수심 가득한 얼굴로 뜨개질을 하거나 책을 읽고 있었다.

라비크는 한동안 체스판을 들여다보았다. 붉은 머리는 고수였다. 조금도 개의치 않고 척척 두었다. 모로소프가 불리했다. "이런, 이럴 수가 있나, 이게 뭔가?" 하고 그가 말했다.

라비크는 어깨를 으쓱했다. 붉은 머리의 사내가 얼굴을 들고 쳐다보았다. "이분은 핑켄슈타인 씨야." 하고 모로소프가 말했다. "방금 독일에서 오시는 길이야."

라비크가 고개를 끄덕였다. "거기는 지금 어때요?" 하고 그가 건성으로 물었다.

붉은 머리의 사내는 어깨를 으쓱하곤 대꾸도 하지 않았다. 라비크도 대답을 기대하지 않았다. 처음 몇 년 동안엔 성급하게 묻기도 하고, 망했다는 소식을 학수고대 기다리기도 했다. 그러나 이제는 전쟁이 터져야 문제가 해결된다는 건 누구나 다 아는 일이었다. 어느 정도 분별력 있는 자라면, 군수산업을 일으켜 실업자 문제를 해결하려는 정부 앞에는 두 가지 가능성밖에 없다는 걸 누구나 다 알았다. 전쟁 아니면 국내의 파국. 그러므로 전쟁은 필연이었다.

"장군!" 핑켄슈타인은 조금도 흔들리지 않는 목소리로 내뱉고는 일어섰다. 그러고는 라비크 쪽을 쳐다보았다. "자려면 어떻게 하면 되지요? 여기 온 후로 잘 수가 없어요. 잠들었는가 하면 금방 깨곤 말아요."

"술을 마셔야지요." 하고 모로소프가 말했다. "부르고뉴[3]를, 부르고뉴를 잔뜩 마시거나 맥주를."

"술은 안 마셔요. 죽도록 피곤을 느낄 때까지 몇 시간이고 돌아다녔지만, 아무 소용도 없어요. 잘 수가 없어요."

"알약을 몇 개 드리지요." 라비크가 말했다. "함께 위층으로 올라갑시다."

"갔다가 돌아오게, 라비크." 하고 모로소프가 그의 등에 대고 소리쳤다. "나를 여기 혼자 내버려 두지 말라고, 친구."

여자 몇몇이 얼굴을 들고 쳐다보았다. 그러고는 변함없이 뜨개질과 책 읽기를 계속했다. 그들의 생명이 거기에 달려 있기라도 한 듯. 라비크는 핑켄슈타인과 함께 자기 방으로 갔다. 방문을 열자 창을 통해 밤공기가 어둡고 차가운 파도처럼 밀려왔다. 그는 깊이 숨을 들이마시고 전등을 켜고는 재빨리 방 안을 둘러보았다. 아무도 없었다. 그는 핑켄슈타인에게 알약을 몇 개 주었다.

"고마워요." 하고 핑켄슈타인은 조금의 표정 변화도 없이 말하고는 그림자처럼 밖으로 나갔다.

---

3) 부르고뉴 산(産) 포도주.

갑자기 라비크는 조앙이 오지 않을 거라는 생각이 들었다. 오늘 아침에 벌써 그런 생각이 들었었다. 다만 믿고 싶지 않았을 뿐이었다. 누군가가 뒤에서 말을 한 것 같아 몸을 홱 돌렸다. 모든 것이 갑자기 단순하고 명백해졌다. 그 여자는 그와 함께 얻고자 하는 것을 이미 얻었다. 그리고 이제 여유를 부리는 것이다. 도대체 나는 무엇을 상상했던가? 그 여자가 나를 위해 모든 걸 내던지리라고 믿었던가? 이전처럼 내게 돌아올 거라고 말이다. 멍청한 녀석! 물론 다른 남자가 생겼을 것이다. 다른 남자가 있을 뿐 아니라 포기하고 싶지 않은 다른 생활도 즐기고 있을 것이다.

그는 다시 아래층으로 내려갔다. 꽤나 참담한 기분이었다. "전화 온 덴 없었나?"

방금 출근한 야간 접수원이 머리를 가로저었다. 입에 마늘 소시지를 가득 문 채 우물거렸다.

"전화 오면 알려 줘. 잠시 내려가 있겠네."

그는 모로소프에게로 돌아갔다.

그들은 체스를 한 판 두었다. 모로소프가 이겼고, 만족하며 사방을 둘러보았다. 여자들은 그동안 소리 없이 사라지고 없었다. 그가 종을 흔들었다. "클라리스! 로제로 한 병 줘."

"저 핑켄슈타인은 재봉틀처럼 체스를 두는군." 하고 그가 단정적으로 말했다. "침이라도 뱉고 싶어! 수학자라더군. 난 완전무결을 싫어해. 인간적이지 않아." 하고 그가 라비크를 쳐다보았다. "그런데 이런 날 밤에 어째서 호텔에 있는 건가?"

"전화 올 데가 있어."

"과학적인 방식으로 살인하기로 다시 계약을 맺었군?"

"어제 어떤 친구의 위를 잘라 냈어."

모로소프는 잔 두 개를 가득 채웠다. "그런데도 자네는 퍼질러 앉아 술이나 마시고 있군." 하고 그가 말했다. "거기선 자네의 희생자가 끙끙 앓고 있는데도. 좀 비인간적이야. 자네도 위통쯤은 앓아야지."

"맞아." 하고 라비크가 대꾸했다. "그래서 세상이 비참한 거야, 보리스. 우리는 우리가 저지르는 짓을 절대로 못 느끼거든. 그런데 자네는 왜 하필이면 의사들한테서부터 개혁을 시작하려고 하나? 정치가나 장군 들이 더 시급한 대상인 것 같은데. 그러면 세계평화가 금방 올 걸세."

모로소프는 뒤로 몸을 기대고 라비크를 찬찬히 관찰했다. "의사와는 개인적으로 친해서는 안 될 것 같군." 하고 그가 단정적으로 말했다. "신뢰심이 좀 없어져 버리니까 말이야. 난 자네하고 늘 취하도록 마셔 댔어. 그러니 어떻게 내 수술을 자네에게 맡기겠나? 자네는 내가 모르는 다른 의사보다 물론 훌륭할 테지. 그런데도 나는 다른 의사한테 가겠네. 모르는 사람에 대한 신뢰감. 이건 심원한 인간적 특성이야. 이봐! 의사들은 병원에 파묻혀 살아야 하고, 속세로 나와선 안 돼. 자네들의 선배인 마술사나 마법사 들은 그걸 알았어. 내가 수술을 받는다면 나는 초인간적인 것을 믿겠네."

"나도 자네를 수술하긴 싫네, 보리스."

"왜?"

"자기 형제를 수술하기를 좋아하는 의사는 없으니까."

"그렇지 않더라도 나는 자네에게 수술을 맡기지 않겠네. 나는 자다가 심장마비로 죽을 거야. 그걸 기대하며 신나게 일하는 거지." 모로소프는 즐거워하는 아이처럼 라비크를 쳐다보았다.

그리고 일어섰다.

"난 가야겠네. 문화의 중심지 몽마르트에서 문을 열어야지. 도대체 인간은 무엇 때문에 사는 걸까?"

"그걸 생각하기 위해서겠지. 다른 질문은 없나?"

"있어. 인간이 그런 걸 생각해서 좀 철이 들자마자, 곧 죽어 버리는 건 또 무슨 일인가?"

"철들어 보지도 못하고 죽어 버리는 인간도 수두룩하네."

"얼버무리지 말게. 혹시나 영혼의 윤회에 대한 이야기는 하지 말라고."

"우선 자네에게 다른 걸 물어보고 싶어. 사자는 영양을 죽이고, 거미는 파리를 죽이고, 여우는 닭을 죽여. 그런데 자기들끼리 전쟁하고 싸우고 죽이는 유일한 종이 누구겠나?"

"그런 건 애들한테나 묻게. 만물의 영장을 자처하는 인간들에게 물어보라고. 사랑이니 호의니 자비라는 말을 만들어 낸 자들한테 말이야."

"좋아. 그럼 이 자연계에서 자살할 수 있고, 또 자살을 하는 유일한 존재는 무엇이겠나?"

"그것도 인간이 아닌가. 영원이라든가 신이라든가, 부활 같은 걸 만들어 낸 인간이지."

"훌륭한데." 하고 라비크가 말했다. "자네도 알다시피 우리 인간은 정말 모순덩어리야. 그런데도 자네는 우리가 왜 죽는지를 알고 싶다는 건가?"

모로소프는 깜짝 놀라 얼굴을 들었다. 그러고는 술 한 모금을 꿀꺽 들이켰다. "자네는 궤변쟁이야." 하고 말했다. "미꾸라지 같은 친구."

라비크는 그를 멍하게 쳐다보았다. 조앙! 하고 그의 마음속에서 무언가가 그렇게 말했다. 지금 그녀가 저 때 묻은 유리문을 밀고 들어온다면 얼마나 좋을까. "잘못은 말이야, 보리스." 하고 그가 말을 이었다. "우리가 생각하기를 시작했다는 거네. 우리가 욕정과 식욕의 행복만을 알았다면 이런 일은 결코 안 일어났을 거야. 누군가가 우리를 실험하고 있는 거네. 하지만 그자는 아직 해결책을 찾지 못한 것 같아. 자, 불평은 그만하세. 실험당하는 동물일지라도 직업에 대한 긍지는 있으니까."

"백정들은 그렇게 말하지. 하지만 소들은 결코 그렇게 말하지 않아. 과학자는 그런 소릴 하지만, 모르모트는 절대로 그런 말을 안 하네. 의사는 그렇게 말하지만, 흰쥐는 결코 그렇지 않아."

"옳아. 만세! 근거는 많고도 많군. 자, 보리스, 아름다움을 위해 건배하지. 일순간의 사랑스러운 영원을 위해! 자넨 그밖에 인간만이 할 수 있는 걸 알고 있나? 웃는 것과 우는 거네."

"그리고 취하는 거지. 브랜디에, 포도주에, 여자에, 희망에, 절망에 취하는 거야. 그리고 인간만이 아는 게 또 있어. 그걸 알겠나? 자기가 죽는다는 사실 말이야. 그리고 그 해독제로 상상력이 주어진 거야. 돌은 실재해. 식물도 동물도 마찬가지야. 다 합목적이야. 그것들은 자기가 죽어야 한다는 걸 몰라. 하지만 인간은 알아. 영혼이여, 용기를 내라! 높이 날아라! 흐느끼지 말라, 이 합법적인 살인자야! 우린 방금 인류 찬가를 목청 높여 부르지 않았나?"

모로소프는 잿빛 종려나무를 쥐고 마구 흔들었다. 먼지가 뿌옇게 날아올랐다. "감동에 벅찬 남국적 희망의 씩씩한 상징이여, 프랑스 호텔 여주인의 꿈의 나무여, 만세! 그리고 자네, 고향 없는 사나이, 허공의 덩굴나무, 죽음의 소매치기도, 만만세! 자네가 낭만주의자라는 걸 자랑으로 여기게!"

그는 라비크를 보며 씽긋 웃었다.

라비크는 웃음을 돌려주지 않고 문 쪽을 쳐다보았다. 문은 벌써부터 열려 있었다. 야간 접수원이 들어왔다. 탁자 쪽으로 다가왔다. 전화가 왔군 하고 라비크는 생각했다. 이제! 마침내!

그는 일어나지 않았다.

기다렸다. 두 팔에 긴장감이 팽팽하게 느껴졌다.

"담배 가져왔습니다. 모로소프 씨." 하고 접수원이 말했다. "사환 애가 지금 막 가져왔군요."

"고마워." 모로소프는 러시아 담배가 든 갑을 주머니에 넣었다. "그럼 라비크, 이만 실례. 나중에 또 보게 될까?"

"아마도. 잘 가게, 보리스."

위장이 없는 사내가 라비크를 뚫어져라 쳐다보았다. 속이 거북했지만, 토할 수 없었다. 토할 수 있는 것이 이미 없어졌기 때문이었다. 다리가 없어졌는데도 발이 아픈 그런 인간 같았다.

사내는 안절부절못했다. 라비크는 주사 한 대를 놓았다. 사내가 살아날 가망성은 별로 없었다. 심장도 튼튼한 편이 아니고, 한쪽 폐는 피막 공동(空洞)으로 가득했다. 삼십오 년 일생 동안 그렇게 건강하지 않았다. 몇 해째 위궤양에 시달렸고, 결핵에 걸렸다 회복되었으며, 지금은 암을 앓고 있었다. 병원 기록을 보면, 사내는 결혼한 지 사 년 되었고, 아내는 출산 중에 죽었으며, 애는 그 삼 년 후 결핵으로 죽었다. 친인척도 없었다. 지금 여기 이렇게 누워 그를 물끄러미 쳐다보고만 있다. 죽고 싶지 않고, 인내심도 있고 용기도 있다. 하지만 자기가 이제부터 장을 통해서만 영양을 섭취해야 한다는 걸 모른다. 인생의 몇 안 되는 즐거움 중 하나인, 겨자 오이도, 요리한 쇠고기도 이제 먹을 수 없다는 걸 모른다. 그저 이렇게 누워 냄새를 풍기고, 난도질당했으면서도 자기 두 눈을 움직이게 하는, 영혼이라고 불리는 그 어떤 것을 가지고 있다. 낭만주의자라는 것을 자랑으로 여기라고! 인류의 찬가라고.

라비크는 체온과 맥박 기록표를 도로 걸어 놓았다. 간호사는 일어서서 기다렸다. 옆 의자에는 간호사가 짜기 시작한 붉은 스웨터가 놓여 있었다. 뜨개질 바늘은 스웨터에 그대로 꽂혀 있었고, 실 뭉치는 바닥에 뒹굴고 있었다. 아래로 처져 있는 가느다란 실은 가느다란 핏줄기처럼 보였다. 마치 스웨터가 피를 흘리고 있는 것 같았다.

여기 누워 있는 이 사내는 하고 라비크는 생각했다. 주사를 맞았더라도 고통과 꼼짝도 못하는 몸과 호흡장애와 악몽의 끔찍한 밤을 보내야 할 것이다. 그런데도 나는 여자를 기다리고 있고, 여자가 오지 않는다면 고통스러운 밤이 될 거라고 생각하고 있다. 여기 이렇게 죽어 가는 사내, 한쪽 팔이 뭉개진 채 옆방에 누워 있는 가스통 페리에, 그리고 다른 수천 명과 비교하면, 그리고 또한 오늘 밤 세상에서 일어나고 있는 여러 일들과 비교하면, 그것이 얼마나 가소로운지를 나는 안다. 그런데도 아무 도움도 안 된다. 소용도 없다. 도움도 안 된다. 아무것도 변화시키지 못한다. 여전히 그대로다. 모로소프가 뭐라고 말했던가? 자네는 왜 위통도 앓지 않느냐고? 그렇다, 왜 그런 걸까?

"무슨 일이 있거든 전화해요." 하고 그가 간호사에게 말했다. 케이트 헤그슈트렘한테서 전축을 선물받은 간호사였다.

"이분은 아주 순해요." 하고 그녀가 말했다.

"이분이 어떻다고?" 라비크가 놀라서 물었다.

"아주 순하다고요. 착한 환자예요."

라비크는 사방을 둘러보았다. 간호사가 선물로 받을 만한 물건이라곤 아무것도 없었다. 아주 순하다고? 간호사들은 이따금 정말 이상한 표현을 쓰는군! 이 가련한 사내는 자기 혈구와 신경세포를 총동원해 죽음에 맞서고 있다. 순하다는 말을 갖다 붙일 형편은 아닌 것이다.

그는 호텔로 돌아갔다. 문 앞에서 골드베르크를 만났다. 잿빛 턱수염에, 금빛 굵은 시곗줄을 조끼에 매단 늙은이였다.

"좋은 저녁입니다." 하고 골드베르크가 말했다.

"그렇습니다." 라비크는 비젠호프의 방에 있는 그의 마누라를 떠올렸다. 그래서 "산보 좀 하실래요?" 하고 물었다.

"벌써 갔다 왔지요. 콩코르드 광장까지 갔다가 돌아오는 길입니다."

콩코르드, 거기엔 미국 대사관이 있었다. 별빛 아래 하얀 건물이 말없이 공허하게 서 있었다. 비자를 찍어 주는 스탬프가 있는 노아의 방주였지만, 도달할 수 없는 곳이었다. 골드베르크는 그 앞에서, 그 바깥에서 크리용 곁을 서성이며, 출입구와 어두운 창들을 응시하고 있었다. 렘브란트의 그림이나 코이누르 다이아몬드를 감상이라도 하듯이.

"좀 더 걷지 않으시겠습니까? 개선문까지 갔다 돌아오면 어떠세요?" 하고 라비크가 물으면서 생각했다. 내가 위층의 두 사람을 구해 주면, 조앙은 내 방에 와 있을 거다. 아니면 그 동안에 올 것이다.

골드베르크는 머리를 가로저었다.

"그냥 올라가야겠습니다. 집사람이 틀림없이 기다리고 있을 거요. 두 시간 이상 나가 있었으니까요."

라비크는 시계를 들여다보았다. 12시 30분이 가까웠다. 구원할 필요도 없었다. 마누라는 벌써 오래전에 자기 방으로 돌아와 있을 것이다. 그는 골드베르크가 천천히 계단을 올라가는 것을 바라보았다. 그러고는 접수원이 있는 곳으로 갔다. "전화 온 데 없었나?"

"없었습니다."

그의 방은 환하게 불이 켜져 있었다. 그 상태로 방을 나갔었다는 것이 생각났다. 침대보는 갑작스럽게 눈이라도 내린 듯 빛을 발했다. 그는 나가기 전에 탁자에 놓아두었던 쪽지를 집어 들었다. 삼십 분 후에 돌아오겠노라고 적어 놓았던 것이다. 그는 쪽지를 찢어 버렸다. 마실 것을 찾아보았으나, 아무것도 없었다. 그는 다시 아래로 내려갔다. 접수원에겐 칼바도스가 없었다. 코냑만 있었다. 라비크는 헤네시 한 병과 부브레 한 병을 집어 들었다. 그리고 잠시 동안 접수원과 이야기를 나누었다. 그 친구는 생클루에서 열리는, 두 살짜리 말들의 이번 경마에서는 룰루 2세의 우승 확률이 가장 높다는 이유를 설명했다. 스페인 사람인 알바레스가 지나갔다. 그는 조금 절룩절룩했다. 라비크는 신문 하나를 사 가지고 방으로 돌아왔다. 얼마나 긴 밤이 될 것인가. 사랑을 하면서 기적을 믿지 않은 자는 구원될 수 없노라고, 변호사 아렌젠은 1933년 베를린에서 말했었다. 그러고는 석 주 후, 애인의 밀고로 강제수용소로 끌려갔던 것이다. 라비크는 부브레의 마개를 따고, 탁자에서 플라톤 한 권을 가져왔다. 몇 분 후 책을 밀어 버리고 창가에 가 앉았다.

전화통을 노려보았다. 빌어먹을 시커먼 기계. 조앙한테 전화를 걸 수는 없었다. 조앙의 새 전화번호를 몰랐다. 어디에 사는지조차도 몰랐다. 여자에게 물어보지도 않았고, 여자도 아무 말이 없었다. 일부러 말을 안 했을 것이다. 여전히 그 무슨 변명거리가 있을 것이다.

그는 약한 포도주를 한 잔 마셨다. 멍청하군 하고 그는 생각했다. 오늘 아침까지만 해도 여기 있었던 여자를 기다리다니.

석 달 반 동안 만나지 않았으면서도, 지금은 하루를 못 봤는데 이렇게 안달하다니. 다시 만나지 못했더라면 차라리 간단했을 것이다. 그에 익숙해졌을 것이다. 그런데 지금은······.

그는 일어났다. 그래도 소용없었다. 불확실함이 마음을 좀먹었다. 시시각각 불신이 마음속 깊이 파고들었다.

그는 문 쪽으로 갔다. 잠기지 않았다는 걸 알고 있었다. 그런데도 다시 한 번 확인했다. 신문을 읽기 시작했지만, 베일을 통해 읽는 것 같은 기분이었다. 폴란드에서의 소동. 피할 수 없는 충돌. 폴란드 회랑[4]에 대한 요구. 영국과 프랑스가 폴란드와 동맹을 맺음. 임박한 전쟁. 신문을 바닥에 내던지고 불을 껐다. 어둠 속에 누워 기다렸다. 잠을 이룰 수 없었다. 다시 불을 켰다. 헤네시 병이 탁자 위에 있었다. 병을 따지 않았다. 다시 일어나 창가에 가 앉았다. 밤은 시원하고 청명하고 별들이 총총했다. 고양이 몇 마리가 우는 소리가 마당에서 들려왔다. 팬티만 걸친 한 사내가 건너편 집 발코니에 서서 몸을 긁적거렸다. 큰 소리로 하품하고는, 불이 켜진 자기 방으로 다시 들어갔다. 라비크는 침대 쪽을 쳐다보았다. 아무래도 잠을 이룰 수 없을 것 같았다. 책을 읽는다는 것도 무의미했다. 바로 전에 읽었던 것도 거의 기억나지 않았다. 밖으로 나가자, 그게 제일이다. 하지만 어디로? 모든 게 다 마찬가지였다. 나가고 싶지도 않았다. 무엇인가 좀 알고 싶었다. 제기랄, 그는 코냑

---

4) 베르사유 조약에서 독일이 폴란드에 넘긴 땅. 바다 쪽 출구에 그단스크 (단치히)가 있다.

병을 손에 들었다가 다시 내려놓았다. 그리고 가방을 뒤져 수면제를 몇 알 끄집어냈다. 붉은 머리 핑켄슈타인에게 준 것과 같은 것이었다. 그 친구는 지금 잠들었을 거다. 라비크는 수면제를 삼켰다. 잠을 잘 수 있을지 의심스러웠다. 다시 한 알을 삼켰다. 만일 조앙이 온다면, 깰 순 있겠지.

여자는 오지 않았다. 다음 날 밤에도 오지 않았다.

21

외제니가 위장 없는 사내가 누워 있는 방으로 얼굴을 들이 밀었다.

"전화 왔어요, 라비크 씨."

"누군가요?"

"몰라요. 물어보지 않았어요. 교환수가 밖에서 온 전화라고 말하더군요."

라비크는 처음 순간에 조앙의 목소리를 알아듣지 못했다. 소리가 가물가물하고 아주 감이 멀었다. "조앙." 하고 그가 물었다. "어디에 있는 거야?"

파리 밖에서 전화를 거는 듯했다. 리비에라 근처 어느 곳이 아닐까 하는 생각도 들었다. "제 집에 있어요." 하고 여자가 말했다.

"여기 파리에 있다고?"

"물론이죠. 다른 곳이 어디 있겠어요?"

"아픈가?"

"아뇨. 왜요?"

"병원에 전화를 거니까 말이야."

"호텔로 걸었더니, 안 계셔서요. 그래서 병원으로 걸었어요."

"무슨 일 있는 거야?"

"아뇨. 무슨 일이 있겠어요? 어떻게 지내시는지 궁금해서요." 여자의 목소리가 이제 더 분명하게 들렸다. 라비크는 담배 한 개비와 성냥 통을 꺼냈다. 그리고 담배 한쪽 부분을 팔꿈치로 누른 채 성냥개비 한 개를 뜯어내 불을 붙였다.

"여긴 병원이야, 조앙." 하고 그가 말했다. "여기로 전화 걸면, 사고 아니면 병이라고 생각하기 마련이거든."

"전 아프지 않아요. 침대에 누워 있긴 해도 아프진 않아요."

"다행이군." 라비크는 흰색 방수포를 덮은 탁자 위 성냥 통을 이리저리 밀었다. 그리고 닥칠 일을 기다렸다.

조앙도 기다렸다. 여자의 숨소리가 들렸다. 여자는 그가 먼저 입을 열었으면 했다. 그 편이 여자에게 더 편했다.

"조앙." 하고 그가 말했다. "난 지금 전화를 오래 할 수 없어. 환자의 붕대를 끌러 놓고 와서, 가 봐야 하거든."

여자는 잠시 침묵했다가 말했다. "왜 전화하지 않았어요?"

"전화를 어떻게? 난 당신 전화번호도 모르고, 지금 사는 곳도 몰라."

"당신한테 말했잖아요."

"안 했어, 조앙."

"아녜요. 말했어요." 여자는 이제 확실하게 다졌다. "틀림없어요. 기억나요. 당신이 잊었을 뿐이라고요."

"그래. 내가 잊었어. 다시 한 번 말해 줘. 여기 연필이 있으니까."

여자는 그에게 주소와 전화번호를 말했다. "당신한테 틀림없이 말했어요, 라비크. 정말이에요."

"알았어, 조앙. 난 가 봐야 해. 오늘 저녁이나 같이 먹을까?"

여자는 잠시 말문을 닫았다. "왜 우리 집엔 한 번도 안 와요?" 이윽고 여자가 물었다.

"좋아. 갈 수도 있어. 오늘 저녁. 8시?"

"지금 오면 안 돼요?"

"지금은 일을 해야지."

"얼마나 걸려요?"

"한 시간 정도."

"그럼 그때 와요."

그렇군, 네가 밤에는 시간이 없군, 그렇게 생각하며 그가 물었다. "왜, 밤에 가면 안 되는 거야?"

"라비크." 하고 여자가 말했다. "당신은 가끔 아주 간단한 걸 몰라요. 난 당신이 지금 오기를 바란다고요. 저녁까지 기다리고 싶지 않아요. 그렇지 않다면 뭣 땜에 이 시간에 전화하겠어요?"

"알겠어. 여기서 끝나는 대로 갈게."

그는 곰곰이 생각에 잠겨 쪽지를 접고 돌아섰다.

파스칼 거리 모퉁이에 위치한 건물이었다. 조앙은 맨 위층에 살았다. 여자가 문을 열었다. "들어와요." 하고 여자가 말했다. "오셔서 기뻐요! 얼른 들어와요."

여자는 남자 것처럼 재단한 간결하고 검은 가운을 걸치고 있었다. 라비크가 좋아하는 이 여자의 특징들 중 하나였다. 여자는 부드러운 망사나 비단으로 지은 옷은 결코 입지 않았다. 여자의 얼굴은 보통 때보다 더 창백했고 좀 흥분해 있었다. "자, 이리 오세요." 하고 여자가 말했다. "당신을 내내 기다렸어요. 내가 어떻게 사는지 좀 보세요."

여자가 앞장을 섰다. 라비크는 미소를 띠었다. 여자는 능숙했다. 모든 질문을 사전에 차단했던 것이다. 그는 아름답고 쭉 뻗은 어깨를 쳐다보았다. 햇빛이 여자의 머리카락을 비쳤다. 그 순간 여자는 숨 막힐 정도로 아름다웠다.

여자는 그를 커다란 방으로 데려갔다. 대낮의 햇살이 가득한 스튜디오였다. 높고 넓은 창으로 라파엘로 거리와 푸르동 거리 사이의 공원이 내려다보였다. 오른쪽으로는 포르트드라뮤에트까지 바라볼 수 있었다. 그 너머로 숲 일부가 황금빛과 초록빛으로 반짝거렸다.

방은 어중간하게 현대적인 감각으로 장식되어 있었다. 너무 시퍼런 덮개를 씌운 기다란 소파, 실제보단 편해 보이는 안락의자 몇 개, 너무 낮은 탁자, 고무나무 한 그루, 미제 전축, 그리고 구석엔 조앙의 트렁크들 중 한 개가 놓여 있었다. 눈에 거슬릴 만한 것은 없었다. 그러나 라비크 마음엔 그다지 들지 않았다. 아주 마음에 들든가, 아니면 아주 혐오스럽든가 둘 중 하나지, 어중간한 것은 그의 관심을 끌지 못했다. 그리고 고무나무는 참기 어려운 물건이었다.

그는 조앙이 자기를 살핀다는 것을 느꼈다. 여자는 그가 어떻게 생각할지 확신할 수 없었다. 하지만 일단 위험을 무릅쓸 필요는 있다고 확신했던 것이다.

"멋져." 하고 라비크가 입을 열었다. "널찍하고 좋아."

그는 전축 뚜껑을 열었다. 레코드판을 자동으로 바꾸는 장치를 갖춘, 트렁크 식 고급 전축이었다. 옆 테이블에는 레코드판들이 한 무더기 있었다. 조앙은 몇 장을 집어 전축에 올려놓았다. "어떻게 하는지 아세요?"

그는 알고 있었지만 "몰라." 하고 대답했다.

여자가 단추 하나를 돌렸다. "놀라워요. 몇 시간이라도 돌아가요. 일어나서 판을 갈거나 바꿀 필요가 없어요. 누워서 귀를 기울이기만 하면 돼요. 그리고 밖이 점점 어두워지는 걸 보면서 꿈을 꾸는 거예요."

전축은 고급이었다. 라비크는 그 상표를 알았다. 2만 프랑쯤 나가는 물건이었다. 부드럽게 둥실거리는 음악이 방 안을 가득 채웠다. 파리의 감상적인 노래들이었다. "나는 기다리겠어요……."

조앙은 몸을 앞으로 굽힌 채 서서 귀를 기울였다. "마음에 들어요?" 하고 여자가 물었다.

라비크는 고개를 끄덕였다. 그는 전축이 아니라 조앙을 쳐다보고 있었다. 음악에 빠져 도취된 얼굴. 이 여자는 어쩌면 이처럼 가벼운 기분이 될 수 있을까. 내겐 없는 이런 가벼움 때문에 이 여자를 얼마나 사랑했던가! 이제 끝난 거야 하고 그는 아무런 고통도 없이 생각했다. 이탈리아를 떠나 안개 자욱한 북구의 나라로 돌아가는 사람 같은 기분이었다.

여자는 몸을 일으키고 미소를 지었다. "이리로 와요. 침실은 아직 못 봤잖아요."

"꼭 봐야 해?"

여자는 순간 살피듯이 그를 쳐다보았다. "보고 싶지 않아요? 왜요?"

"보고 싶지. 왜 싫겠어?" 하고 그가 말했다.

"물론 봐야지."

여자는 그의 얼굴에 스치듯이 키스를 했다. 그는 여자가 왜 그러는지 알았다. "자, 이리로 와요." 하고 여자는 그의 팔을 끌었다.

침실은 프랑스 식으로 꾸며져 있었다. 커다란 침대는 루이 16세식으로 일부러 고풍스럽게 장식한 것이었다. 콩팥처럼 생긴 같은 종류의 화장대, 모조품인 바로크 풍 거울, 현대식 오뷰송 양탄자, 의자와 안락의자 들, 모든 게 값싼 영화세트장 물건들이었다. 그중 아주 괜찮은 트렁크도 있었다. 16세기 플로렌스의 채색한 트렁크로, 주위 것들과는 전혀 어울리지 않아, 졸부가 된 문지기의 자식들 사이에 낀 공주 같은 느낌을 주었다. 트렁크는 아무렇게나 구석에 떠밀려져 있었다. 오랑캐꽃을 꽂은 모자, 그리고 은빛 구두 한 켤레가 그 값비싼 뚜껑 위에 놓여 있었다.

침대는 헝클어진 그대로 어수선했다. 라비크는 조앙이 어디 누웠었는지 알 수 있었다. 화장대에는 향수병이 여러 개 있었다. 붙박이 장롱 중 하나는 열린 채였다. 그 속엔 옷이 여러 벌 걸려 있었다. 예전보다 더 많았다. 조앙은 라비크의 팔을 놓지 않았다. 여자가 그에게 기대었다. "마음에 들어요?"

"훌륭해. 당신한테 아주 잘 어울려."

여자는 고개를 끄덕였다. 그는 여자의 팔과 가슴을 느꼈고, 생각할 겨를도 없이 여자를 끌어안았다. 여자는 순순히 자신을 내맡겼다. 여자의 두 어깨가 그의 두 어깨와 맞닿았다. 여자의 얼굴은 이제 편안했다. 처음에 보였던 흥분의 기미는 가라앉았다. 여자는 확신하는 게 분명했다. 라비크가 보기에 억눌려 있던 만족감 이상의 것이었다. 아니, 거의 눈에 띄지 않는 아련한 승리의 그림자였다.

이런 천한 꼴을 받아들이는 그들이 참 웃기는 존재라는 생각이 들었다. 나는 여기서 말하자면 이류 제비족이 된 거야. 순진함을 가장한 뻔뻔스러움으로, 계집의 애인이 계집에게 꾸며 준 방까지 보다니. 게다가 여자는 그런 짓을 하면서도, 사모트라케의 니케인 양 굴지 않는가.

"당신한텐 이런 게 없어서 유감이에요." 하고 여자가 말했다. "집 말예요. 집에 있으면 기분이 완전히 달라져요. 우울한 호텔 방에서 지낼 때완 달라요."

"당신 말이 옳아. 이렇게 모든 걸 보게 해 줘서 고마워. 난 그만 가 볼게, 조앙……."

"간다고요? 벌써? 이제 막 왔잖아요."

그는 여자의 두 손을 잡았다. "난 가겠어, 조앙. 영원히. 당

신은 다른 사람과 살잖아. 난 내가 사랑하는 여자를 다른 남자
들과 나누어 가질 순 없어."

여자는 두 손을 뿌리쳤다. "뭐라고요? 무슨 말이죠? 저
는…… 누가 당신한테 그런 말을 했죠? 그 따위 말을!" 여자
가 그를 노려보았다. "알겠어요! 물론 모로소프일 테죠. 그
런……."

"모로소프가 아냐! 누가 말해 주지 않아도 다 알아. 저절로
알게 된 거야."

여자의 얼굴은 순식간에 분노로 새파랗게 질렸다. 여자는
안심하고 있었지만, 이제 일이 터져 버린 것이다. "알아요! 제
게 이런 아파트가 있고, 셰에라자드에서 일을 하지도 않으니
까 그렇다는 거죠! 그러니까 누군가가 나를 돌봐준다는 거죠!
물론 그럴 테죠! 그렇지 않을 리 있겠어요!"

"난 누가 당신을 돌봐준다고 말하진 않았어."

"마찬가지 말이에요! 난 알아요! 당신은 처음에 나를 그 구
질구질한 나이트클럽으로 데려갔고, 거기 나를 혼자 내버려
두었어요. 그러고는 제가 누구하고 말을 나누거나, 누가 내 걱
정을 해 주기라도 한다면, 누군가가 나를 돌봐준다고! 하는 거
예요. 그런 문지기는 더러운 상상력을 발휘하는 것 말고는 할
일이 없나 보네요! 사람이 자기 몫을 하고, 스스로 일을 하고,
사람값을 한다는 것을, 팁이나 챙기는 그런 인간은 알 수 없다
고요! 그런데도 당신이, 당신이, 하필이면 당신이 그걸 믿는단
말이죠! 창피한 줄 아세요!"

라비크는 여자를 돌려세우고, 양팔을 붙든 채 높이 들어올

렸다. 그러고는 여자를 침대 모서리 너머 침대 위로 내던졌다. "그만!" 하고 그가 말했다. "이젠 그런 헛소린 집어치워!"

여자는 깜짝 놀라 그대로 누워 있었다. "날 때리진 않을 거죠?" 이윽고 여자가 물었다.

"무슨 소리. 난 입씨름을 그만두고 싶을 뿐이야."

"놀랄 일도 아니네요." 하고 여자가 소리를 죽여 나직하게 말했다. "놀랄 일도 아니라고요."

여자는 그대로 누워 있었다. 얼굴은 멍하고 창백했다. 입술은 새파랗게 질렸고, 두 눈은 유리같이 흐릿했다. 가슴은 반쯤 헤쳐지고, 다리 하나는 허옇게 속살을 드러낸 채 침대 모서리에 걸쳐져 있었다. "난 아무 생각 없이 당신에게 전화를 걸었단 말예요." 하고 여자가 말했다. "함께 지낼 걸 생각하고 너무 기뻤다고요……. 그런데 이렇게 되다니! 이렇게 되다니!" 여자는 경멸조로 되풀이했다. "난 당신이 다른 사람과는 다르다고 생각했어요!"

라비크는 침실 입구에 서 있었다. 모조 가구로 꾸민 방과 침대에 쓰러진 조앙을 쳐다보았다. 그 모든 게 정말 잘 어울린다는 생각이 들었다. 화가 치밀어 올랐다. 아무 말도 말았어야 했다. 그냥 갔어야 했다. 그렇게 해서 모든 걸 끝냈어야 했다. 그러나 그렇게 했다면 여자가 다시 자기를 찾아올 것이고, 그렇게 되면 결국 마찬가지였다.

"당신이." 하고 여자가 되풀이했다. "설마 당신이 그럴 줄은 몰랐어요. 당신은 다를 거라고 생각했어요."

그는 대답하지 않았다. 모든 게 너무 천박해 참기 어려웠다.

갑자기 자신을 이해할 수 없었다. 여자가 다시 오지 않는다면 자기는 결코 잠들 수 없을 거라고, 사흘씩이나 그렇게 생각했다니. 이 모든 게 도대체 나와 무슨 상관이란 말인가? 담배를 꺼내 불을 붙였다. 입이 바짝 말라 있었다. 전축은 여전히 돌아가고 있었다. 처음에 걸었던 「나는 기다리겠어요」라는 음악이 계속 들려왔다. 그는 옆방으로 가서 그것을 꺼 버렸다.

그가 돌아왔을 때에도 여자는 꼼짝 않고 그대로 누워 있었다. 조금도 움직이지 않은 것 같았다. 그러나 가운은 조금 전보다 더 넓게 헤쳐져 있었다. "조앙." 하고 그가 말했다. "그런 이야기는 안 할수록 더 좋아……."

"내가 시작한 건 아녜요."

여자의 머리에 향수병이라도 던져 버린다면 속이 후련할 것 같았다. "알아." 하고 그가 말했다. "내가 시작했어. 그러니 이제 내가 끝내야지."

그는 몸을 돌려 나가려 했다. 하지만 스튜디오 출입문에 이르기도 전에 여자가 그의 앞을 가로막았다. 여자는 쾅 하고 문을 닫아 버리고, 그 앞에 서서 두 손과 두 팔로 나무 문을 짓눌렀다. "이게 다예요!" 하고 여자가 말했다. "이제 끝낸다고요! 이제 끝내고 가 버린다고요. 그렇게 간단한 거예요? 하지만 난 아직도 할 말이 있어요! 당신이, 당신이 원해서 클로셰도르에서 나를 만났잖아요. 내가 누구하고 같이 있는지도 보았어요. 그리고 그날 밤 내가 당신에게 갔을 때도 당신은 아무렇지 않았어요. 당신은 나와 함께 잤고, 다음 날 아침까지도 아무렇지 않았어요. 그때도 당신은 만족하지 못해 다시 나하고 잤어요. 난 당신을 사랑했고, 당신은 정말 멋졌어요. 당신은 아무 것도 알려고 하지 않았어요. 그래서 난 전에 없이 당신이 좋았어요. 당신은 그런 사람이고 또 변할 사람도 아니라고 생각했어요. 당신이 잠들었을 때 난 울었고, 입을 맞추었고, 행복했어요. 그리고 집에 와서도 당신을 그리워했어요. 그런데 이제! 이제 와서 나를 탓하다니요. 나하고 자고 싶었을 땐 관대하게 손을 저어 용서하고 잊어버렸던 것을, 이제 끄집어내어 내 탓이라 비난하고, 그 일을 들추어 내 얼굴 앞에 들이미는군요! 당신은 모욕당한 미덕의 수호자 같은 꼴로 서 있어요. 질투하는 남편처럼 야단법석을 떠는군요! 도대체 나한테서 뭘 원하는 거죠? 당신에게 무슨 권리가 있다는 거죠?"

"아무 권리도 없어." 하고 라비크가 말했다.

"좋아요! 그 정도라도 아시니 다행이네요. 그런데 왜 오늘은 내 얼굴에 그걸 들이미는 거죠? 그날 밤 내가 당신한테 갔을 때는 왜 그러지 않았어요? 물론 그때는……."

"조앙……." 하고 라비크가 말했다.

여자는 입을 닫았다.

여자는 가쁘게 숨을 몰아쉬며 그를 노려보았다.

"조앙." 하고 그가 다시 말했다. "그날 밤 당신이 왔을 때 난 당신이 내게 돌아온 줄 알았어. 그걸로 만족했지. 하지만 착각이었어. 당신은 돌아오지 않던 거야."

"제가 당신한테 돌아가지 않았다고요? 그게 뭐예요? 당신한테 갔던 건 귀신이었나요?"

"당신은 내게 오기는 했지만, 돌아온 건 아니었어."

"무슨 말인지 모르겠어요. 거기에 무슨 차이가 있는 거예요?"

"당신은 알아. 그땐 난 몰랐지. 하지만 오늘 알게 되었어. 당신은 다른 사람하고 살고 있잖아."

"그래요. 난 다른 남자와 살고 있어요! 또 그 이야기네요! 내가 친구 몇 사람 사귀면, 그게 다른 남자와 사는 게 되는군요! 그럼 나더러 종일 문을 걸어 잠그고 누구하고 말도 하지 말라는 거군요. 그래야 다른 남자와 산다는 소리를 안 듣는 거죠?"

"조앙." 하고 라비크가 말했다. "같잖은 소린 그만해!"

"같잖다고요? 누가 같잖은가요? 당신이야 말로 같잖아요."

"좋을 대로. 내가 당신을 억지로 문에서 밀어내야 하나?"

여자는 움직이지 않았다. "설혹 내가 다른 남자와 함께 있었다고 해도 그게 당신과 무슨 상관이에요? 당신은 알고 싶지 않다고, 스스로 말했잖아요."

"알았어. 사실 알고 싶지도 않았어. 이미 끝났다고 생각했지. 끝나 버린 건 나하고 상관도 없다고. 하지만 착각이었어. 난 좀 더 잘 알아야 했어. 내가 자신을 속이려고 했는지도 몰라. 내가 약해서겠지. 하지만 그렇다고 해서 아무것도 변하지는 않아."

"어째서 변한 건 없다는 거죠? 자신도 잘 몰랐다고 말하면서……."

"옳고 그르고의 문제가 아냐. 당신은 다른 남자와 살았을 뿐 아니라, 지금도 살고 있어. 그리고 앞으로도 그럴 거야. 그

때는 그걸 미처 몰랐어."

"거짓말 말아요!" 여자는 갑자기 차분한 어조로 그의 말을 막았다. "당신은 알고 있었어요. 그때도."

여자는 그의 눈을 똑바로 쳐다보았다. "그래." 하고 그가 말했다. "알고 있었다고 해 두지. 하지만 난 알고 싶지 않았어. 알았지만 믿고 싶지 않았다고. 당신은 이런 기분을 이해하지 못할 거야. 여자한테는 그런 일이 일어나지 않으니까. 그리고 그것과 이건 또 다른 문제야."

여자의 얼굴은 갑자기 출구 없는 절망적인 공포에 사로잡혔다. "하지만 내게 나쁜 짓을 하지도 않은 사람을 다짜고짜 내쫓을 순 없어요. 당신이 갑자기 나타났다고 해서 말예요! 그게 이해가 안 돼요?"

"이해가 돼." 하고 라비크가 말했다.

여자는, 구석으로 몰려 뛰어오르려던 참에 갑자기 땅이 꺼져 버린 고양이같이 그 자리에 멍하니 서 있었다. "이해가 된다고요?" 하고 여자가 놀라며 되물었다. 눈에서 긴장한 빛이 사라졌다. 여자는 어깨를 축 늘어뜨렸다. "이해한다면서 왜 날 괴롭히는 거예요?" 여자는 지친 목소리로 말했다.

"문에서 비켜." 그는 겉보기보다는 편하지 못한 안락의자에 가서 앉았다. 조앙은 머뭇거렸다. "자." 하고 그가 말했다. "도망가지 않을게."

여자는 천천히 그에게로 와 기다란 소파에 털썩 주저앉았다. 여자는 기진맥진해 있었다. 그러나 라비크는 여자가 지치지 않았다는 것을 알았다. "마실 것 좀 주세요." 하고 여자가 말했다.

그는 여자가 시간을 벌려고 그런다고 생각했다. 하지만 아무래도 상관없었다.

"병이 어딨어?"

"저기 찬장에요."

라비크는 나지막한 찬장을 열었다. 찬장 안에는 병들이 줄을 지어 있었다. 대개는 흰색의 크렘 드 멘테였다. 그는 불쾌한 시선으로 쳐다보며 그것들을 옆으로 밀어 놓았다. 한쪽 구석에 반 병쯤 남은 마르텔과 칼바도스 한 병이 있었다. 칼바도스 병은 마개를 따지 않은 그대로였다. 그는 그것을 그대로 두고 코냑 병을 집어 들었다. "페퍼민트 술을 마실 거야?" 하고 그가 어깨 너머로 물었다.

"아녜요." 하고 여자가 기다란 소파에서 대꾸했다.

"그래. 그럼 코냑으로 하지."

"칼바도스도 있어요." 하고 여자가 말했다. "칼바도스를 따세요."

"코냑이면 충분할 텐데."

"칼바도스를 따세요."

"다음 기회에."

"코냑은 싫어요. 칼바도스를 마시고 싶어요. 제발 마개를 따요."

라비크는 다시 찬장 안을 들여다보았다. 오른쪽에는 다른 남자를 위한 흰색 페퍼민트 브랜디. 왼쪽에는 그를 위한 칼바도스. 모든 걸 어엿한 주부처럼 차려 놓았군. 감동을 먹고도 남겠어. 그는 칼바도스 병을 집어 들고 마개를 땄다. 아무려면 어떤가? 어리석은 이별의 장면을 좋아하던 술로 감상적으로 물들이는 거지. 멋진 상징이야. 그는 잔을 두 개 집어서 탁자 쪽으로 돌아갔다. 조앙은 그가 칼바도스를 따르는 동안 그를 뚫어지게 쳐다보았다.

창밖 오후는 황금빛으로 물들어 있었다. 한층 더 선명하고, 하늘은 더 밝아졌다. 라비크는 시계를 보았다. 3시가 조금 지났다. 초침을 보았다. 시계가 멈추었다고 생각했던 것이다. 그러나 초침은 둥그런 원을 이루는 점들 위로 황금빛 작은 새 주둥이처럼 째깍거리며 지나갔다. 꿈이 아닌 현실이었다. 여기 와서 이제 반시간쯤 지난 것이다. 크렘 드 멘테라니 대단한 취미군 하고 그는 생각했다.

조앙은 기다란 푸른색 소파에 쪼그리고 앉아 있었다. "라비크." 하고 여자가 부드럽게, 지치긴 했어도 조심스럽게 불렀다. "당신이 이해한다고 한 건 속임수예요, 아니면 정말이에요?"

"트릭이 아니라 정말로 그런 거야."

"이해한다고요?"

"물론."

"그럴 거라고 생각했어요." 여자가 미소를 지었다. "그럴 줄 알았다고요, 라비크."

"그 정도를 이해하는 건 별것도 아냐."

여자가 고개를 끄덕였다. "시간이 필요해요. 지금 당장 그 사람한테 말할 순 없어요. 그 사람은 아무 잘못도 없어요. 당신이 다시 돌아올 거라곤 생각지도 못했거든요. 지금 당장 그 사람한테 말할 순 없어요."

라비크는 칼바도스를 쭉 들이켰다. "자세하게 말할 필요가
뭐 있겠어?"

"당신은 알아야 해요. 이해해 줘야 해요. 난…… 난 시간이
필요해요. 그 사람은…… 그 사람이 무슨 일을 저지를지 난 몰
라요. 그 사람은 날 사랑해요. 나를 필요로 해요. 그 사람은 아
무 잘못도 없어요."

"물론 그 사람 잘못은 아냐. 시간이 문제라면 얼마든지 걸
려도 좋아, 조앙."

"아녜요. 얼마 걸리진 않을 거예요. 지금 당장은 아니지만
요." 여자는 소파 쿠션에 몸을 기댔다. "그리고 이 아파트는,
라비크…… 당신 추측과는 달라요. 난 지금 돈을 벌어요. 전보
다도 많이요. 그 사람이 도와주었거든요. 그 사람은 배우예요.
난 영화에서 작은 역을 맡고 있어요. 그 사람이 주선해 준 덕
분으로."

"그럴 거라고 생각했어."

여자는 귀를 기울여 듣지 않았다. "난 소질은 별로 없어요."
하고 여자가 말했다. "자신을 속이고 싶진 않아요. 하지만 나
이트클럽에서는 빠져나오고 싶었어요. 거기선 아무 희망도
없다고요. 여기선 가능성이 있어요. 소질은 없지만요. 난 독립
하고 싶어요. 당신은 이런 걸 같잖다고 생각하겠지만……."

"아냐." 하고 라비크가 말했다. "일리가 있어."

여자가 그를 쳐다보았다. "당신은 그 때문에 파리로 왔던
거잖아, 그때?"라고 그가 물었다. "그랬어요."

저렇게 앉아, 나지막하게 하소연하는 순진무구한 여인, 하고 그는 생각했다. 생활에 쪼들리고 나의 핍박을 받으면서도. 여자는 차분하다. 애초의 폭풍우는 가라앉았다. 저 여자는 나를 용서할 것이다. 내가 금방 가 버리지만 않는다면, 지난 몇 달 동안의 일을 상세하게 털어놓을 것이다. 강철 난초 같은 여자. 나는 깨끗이 결별하려고 여자를 찾아왔는데, 이제 꼼짝달싹도 못하고, 네가 옳다고 인정하지 않을 수 없게 되었다.

"좋아, 조앙." 하고 그가 말했다. "이제 그만큼 됐으니까, 앞으로 꼭 성공할 거야."

여자가 몸을 숙였다. "그렇게 생각해요?"

"틀림없어."

"정말이에요, 라비크?"

그는 일어섰다. 삼 분만 더 지나면, 영화에 대한 전문적인 이야기를 듣게 될 거다. 이런 여자와 토론을 벌인다는 건 말도 안 돼 하고 그는 생각했다. 질 게 너무도 뻔하다. 이런 여자의 손아귀에서 논리 같은 건 밀랍처럼 녹고 만다. 결국엔 행동으로 끝낼 수밖에.

"그런 의미로 말한 건 아냐." 하고 그가 말했다. "그런 건 당신의 전문가에게 물어보시지."

"벌써 가시려고요?" 하고 여자가 물었다.

"가야 해."

"왜 좀 더 있지 않으세요?"

"병원에 가야 해."

여자는 그의 손을 잡고 그를 유심히 쳐다보았다. "병원 일을 끝내 놓고 온다고 하셨잖아요."

이제 다시는 안 올 거라고 말해 버릴까 하고 그는 생각했다. 하지만 오늘은 이걸로 충분하다. 여자를 위해서도, 나를 위해서도 이 정도면 됐다. 말을 하려고 해도 이 여자는 가로막기만 한다. 하지만 말할 날은 저절로 올 것이다. "여기 있어요, 라비크." 하고 여자가 말했다.

"그럴 수 없어."

여자는 일어서서 그에게 바싹 몸을 기댔다. 이런 짓까지 하다니 하고 그는 생각했다. 케케묵은 수법. 값싸고 효과도 없는 수작. 별 수작을 다하는군. 하지만 고양이더러 풀을 뜯어 먹으라고 누가 요구할 수 있겠는가? 그는 발걸음을 옮겼다. "가야 해. 병원에 죽어 가는 사람이 있어."

"의사한텐 언제나 좋은 핑계가 있군요." 여자는 천천히 말하며 그를 빤히 쳐다보았다. "여자들처럼 말이야, 조앙. 우리는 죽음을 조종하고, 당신들은 사랑을 조종하지. 거기에 세상 모든 이유와 모든 권리가 있어."

여자는 대꾸하지 않았다.

"그리고 우리에겐 튼튼한 위장이 있어." 하고 라비크가 말했다. "우리에겐 그게 필요해. 그게 없으면 우리는 아무것도 못 해. 우리는 다른 사람이 기절을 해야, 그때부터 기운을 내기 시작하는 거야. 안녕, 조앙."

"다시 올 거죠, 라비크?"

"너무 심각하게 생각하지 마. 여유를 가져. 저절로 알게 될 테니."

그는 서둘러 문 쪽으로 갔고, 뒤를 돌아보지 않았다. 여자는 따라오지 않았다. 그러나 그는 여자가 자기를 바라보고 있다는 걸 알았다. 이상하게 마비된 듯한 느낌이었다. 마치 물속이라도 걷는 기분이었다.

22

골드베르크 부부의 창문에서 비명 소리가 들렸다. 라비크는 순간 귀를 기울였다. 골드베르크 영감이 아내 머리에 무엇을 내던지거나 그녀를 두들겨 팬 것 같지는 않았다. 더 이상 다른 소리는 들리지 않았다. 다만 사람이 뛰어가는 소리, 피난민 비젠호프의 방에서 오고가는 흥분에 찬 대화, 그리고 문이 덜걱거리는 소리가 났을 뿐이다.

그리고 바로 다음 순간, 누군가가 그의 문을 두드렸고, 여주인이 허겁지겁 뛰어 들어왔다. "빨리요, 빨리, 골드베르크 씨가……."

"어쨌다고요?"

"목을 맸어요. 창문에다. 빨리……."

라비크는 책을 내던졌다. "경관은 왔나요?"

"물론 안 왔어요. 왔다면 당신을 부르러 오진 않았겠죠! 부인이 지금 막 발견했어요."

라비크는 그녀와 함께 아래층으로 달려 내려갔다. "줄을 끊었나요?"

"아직 안 했어요. 그대로 받쳐 들고 있어요……."

어둑어둑한 방 안 창가에 사람들의 그림자가 웅성거리며 서 있었다. 루트 골드베르크, 피난민 비젠호프, 그 밖에 또 누군가가 있었다. 라비크는 스위치를 돌려 불을 켰다. 비젠호프와 루트 골드베르크가 골드베르크 영감을 인형처럼 팔에 안고 있었다. 그리고 또 다른 세 번째 사내는 창문 손잡이에 매어 놓은 넥타이 매듭을 풀려고 허둥거렸다.

"끊어서 내려요."

"칼이 없어요." 루트 골드베르크가 비명 소리를 질렀다.

라비크는 자기 가방에서 가위를 꺼내 넥타이를 잘랐다. 넥타이는 두껍고 매끄러운 비단이라 자르는 데 한참 걸렸다. 골드베르크의 얼굴은 바로 라비크 코앞에 매달려 있었다. 불쑥 나온 두 눈, 벌어진 입, 희고 가느다란 턱수염, 늘어진 혀, 주름진 목으로 깊이 파고 들어간 흰 무늬들이 있는 짙은 녹색 넥타이. 영감의 몸뚱이는 그런 꼴로 비젠호프와 루트 골드베르크의 팔에 안긴 채 가볍게 흔들거렸다. 무시무시하게 굳어 버린 웃음을 띤 채 소리도 없이 이리저리 흔들리고 있는 듯했다.

루트 골드베르크는 얼굴이 벌겋게 달아올라 눈물을 펑펑 쏟았다. 그 옆에서는 비젠호프가 살아 있을 때보다 더 무거운 영감의 몸뚱이를 떠받치며 비지땀을 흘렸다. 두 얼굴은 젖어 있었고, 대경실색한 채 신음 소리를 냈다. 반면에 다른 하나의 머리는 부드럽게 흔들거리며 이를 드러낸 채 말없이 저 세상을 응시하다가 라비크가 넥타이를 잘라 내자 루트 골드베르크 쪽으로 떨어졌다. 그 바람에 그녀는 비명을 질렀고, 펄쩍 뛰어 물러서며 두 팔을 놓아 버렸다. 그러자 시체는 두 팔을 흔들거리며 한쪽으로 미끄러져 내렸다. 기괴한 어릿광대의 몸짓으로 그녀의 뒤를 쫓아가려는 듯했다.

라비크는 넘어지는 시체를 붙들었고, 비젠호프의 도움을 받아 바닥에 뉘였다. 목을 졸라 맨 넥타이를 풀고는 검진을 시작했다.

"영화관에 갔었어요." 하고 루트 골드베르크가 넋두리를 했다. "이 사람이 나더러 영화관에 가라고 하기에. '루트헨, 당신은 오락이라곤 몰라요. 쿠르셀 극장이나 가 보는 게 어때? 지금 가르보가 나오는 영화를 상영 중이야. 크리스티네 여왕 말이야. 가서 한번 보는 게 어때? 좋은 좌석을 잡도록 해요. 팔걸이의자 좌석이나 칸막이 좌석을 잡도록 해요. 불행에서 두 시간쯤 도망칠 수 있다는 건 좋은 일이니까.' 하고 이 사람은 침착하고 다정하게 말하며 제 뺨을 톡톡 두드렸어요. '그리고 끝나면 몽소 공원의 케이크 가게에서 초콜릿과 바닐라 아이스크림을 먹고 와요. 당신 좋을 대로 해 보구려, 루트헨.' 하지 않겠어요. 그래서 다녀왔지요. 그런데 갔다 와 보니……."

라비크는 일어섰다. 루트 골드베르크는 넋두리를 멈추었다. "당신이 나가고 난 후, 곧 이런 짓을 한 것 같군요." 하고 그가 말했다.

여자는 두 주먹을 입에 댔다. "이 사람은……."

"한번 해 보기로 해요. 우선 인공호흡을. 하실 줄 알죠?"라
비크가 비젠호프에게 물었다.

"아뇨. 잘 못합니다. 조금 알기는 하지만."

"잘들 보세요."

라비크는 골드베르크의 두 팔을 잡고 뒤로 당겨 마룻바닥
에다 대었고, 다시 앞으로 끌어당겨 가슴을 짓눌렀다, 그리고
다시 뒤로 당겼다가, 다시 앞으로 당겼다. 골드베르크의 목구
멍에서 꼬르륵 소리가 나기 시작했다. "살아 있군요!" 하고 여
자가 소리를 질렀다.

"아뇨. 기관이 압축되는 소립니다."

라비크는 그런 동작을 몇 차례 해 보였다. "자, 이런 식으로
해 보세요." 하고 그가 비젠호프에게 말했다.

비젠호프는 망설이면서 골드베르크의 뒤로 가 무릎을 꿇고
앉았다. "자, 시작해요." 하고 라비크가 재촉했다. "팔목을 잡
아요. 아니, 팔뚝이 낫겠네요."

비젠호프는 진땀을 흘렸다. "좀 더 세게." 라비크가 말했다.
"폐에 들어간 공기를 모조리 뽑아내야 합니다."

그는 주인 여자 쪽으로 몸을 돌렸다. 그동안 다른 사람들이
방 안에 들어와 있었다. 그는 주인 여자에게 밖으로 나오라고
눈짓을 했다. 복도에서 그는 "죽었어요." 하고 말했다. "안에
서 하고 있는 짓은 소용없어요. 그냥 한번 해 보는 거지요. 아
무것도 아녜요. 기적이나 일어나면 모를까."

"그럼 이제 어떻게 하죠?"

"늘 하던 대로 해야지요."

"구급차를 부를까요? 긴급 구조를? 그러면 십 분 내로 경찰이 달려와요."

"어쨌든 경찰은 불러야 해요. 골드베르크 부부에게 증명서는 있나요?"

"있어요. 제대로 된 걸로. 여권도 있고 신분증명서도 있어요."

"비젠호프는?"

"체류 허가증이 있어요. 기간을 연장한 비자가 있어요."

"됐어요. 그럼 저 사람들은 문제없어요. 두 사람한텐 제가 여기에 있었다는 말은 하지 않도록 일러두세요. 부인이 돌아왔다가 시체를 발견하고 비명을 질렀고, 비젠호프가 넥타이를 잘라서 내렸고, 구급차가 올 때까지 인공호흡을 시도했다고 말예요. 할 수 있겠지요?"

여주인은 새 같은 눈으로 그를 주시했다. "물론 하지요. 어차피 저는 여기 있어야 하잖아요. 경찰이 오면 말예요. 되도록 조심하겠어요."

"좋습니다."

그들은 다시 방으로 돌아갔다. 비젠호프는 골드베르크 위로 몸을 숙인 채 인공호흡을 하고 있었다. 얼른 보면 두 사람이 마룻바닥에서 체조라도 하는 것처럼 보였다. 주인 여자는 문간에 서 있었다. "여러분." 하고 그녀가 말했다. "구급차를 부르겠어요. 그러면 따라온 위생요원이나 의사는 곧 이 사실을 경찰에 알려야 해요. 경찰은 늦어도 삼십 분 안에는 올 거예요. 그러니 여러분 중 서류가 없는 분은, 지금 곧 짐을 꾸리세요. 적어도 늘어져 있는 물건만이라도 지하 묘지로 날라 가시고, 거기 계시도록 하세요. 경찰이 방을 수색하거나 증인을 대라고 할지도 모르니까요."

방은 곧 치워졌다. 주인 여자는 루트 골드베르크와 비젠호프에게 일러 놓겠다는 뜻으로 라비크에게 고개를 끄덕였다. 그는 잘라낸 넥타이 옆에, 바닥에 놓았던 가방과 가위를 집어들었다. 넥타이는 상표가 보이도록 놓여 있었다. S. 푀르더, 베를린. 적어도 10마르크는 나가는 물건이었다. 골드베르크가 잘나갈 무렵에 산 것이었다.

라비크는 그 가게를 알았다. 그도 거기서 물건을 산 적이 있었다. 그는 자기 물건을 트렁크 몇 개에 챙겨 모로소프의 방으로 날랐다. 만일의 사태에 대비하자는 것일 뿐이었다. 아마도 경찰은 문제 삼지도 않을 것이다. 하지만 그래도 조심하는 편이 나았다. 페르낭에서의 기억이 아직도 뼈에 사무쳤던 것이다. 그는 '지하 묘지'로 내려갔다.

많은 사람들이 거기서 흥분해 이리저리 뛰고 있었다. 서류가 없는 피난민들이었다. 비합법적인 무리였다. 하녀 클라리스와 웨이터인 장의 지휘 아래 트렁크들을 지하 묘지 옆 지하실로 감추었다. 지하 묘지에는 마침 저녁 식사가 준비되어 있었다. 식탁이 차려져 있었고, 빵을 담은 바구니들이 여기저기 놓여 있었다. 주방에서는 기름과 생선 냄새가 풍겼다.

"시간은 충분해요." 하고 장이 초조해하는 피난민들에게 말했다. "경찰은 그렇게 빨리 오진 않아요."

피난민들은 요행수를 믿지 않았다. 행운에 익숙하지 않았던 것이다. 그들은 간단한 소지품을 들고서 허둥지둥 지하실로 밀려들었다. 스페인에서 온 알바레스도 있었다. 주인 여자가 경찰이 온다는 걸 호텔 전체에 알렸던 것이다. 알바레스는 라비크 쪽으로 마치 잘못했다는 투의 미소를 지었다. 라비크는 그가 왜 그러는지 알 수 없었다.

바싹 마른 친구가 침착하게 다가왔다. 언어학자이자 철학 박사인 에른스트 자이덴바움이었다. "기동훈련이군요." 하고 그가 라비크에게 말을 걸었다. "총연습이군요. 선생은 지하 묘지에 계실 겁니까?"

"아닙니다."

지난 육 년간 베테랑이었던 자이덴바움은 어깨를 으쓱했다. "나는 그대로 있을 겁니다. 도망치고 싶지 않아요. 사건에 대한 증거수집 이상의 일은 없을 겁니다. 죽어 버린 독일 유대인 늙은이에게 누가 흥미를 갖겠어요?"

"그 사람한텐 흥미가 없겠지요. 하지만 살아 있는 비합법적 피난민한테는 다르지요."

자이덴바움은 코걸이 안경을 고쳐 썼다. "난 아무래도 상관없어요. 지난번 일제 단속 때 제가 어떻게 한 줄 아십니까? 그때는 경사가 이 지하 묘지까지 내려왔었지요. 이 년도 더 지난 이야깁니다만. 난 웨이터의 흰옷을 입고 서비스를 했어요. 경관에게 브랜디를 가져다주었다고요."

"그거 괜찮은 아이디어네요."

자이덴바움이 고개를 끄덕였다. "도망치는 데도 신물이 날 때가 옵니다." 그는 저녁 식사로 뭐가 나왔는지 알아보려고 어슬렁어슬렁 주방으로 갔다.

라비크는 지하 묘지 뒷문으로 빠져나와 마당을 가로질러 갔다. 고양이 한 마리가 그의 발을 뛰어 넘어갔다. 다른 사람들은 그를 앞질러 갔다. 그들은 길에 나서자 사방으로 흩어졌다. 알바레스는 좀 절룩거렸다. 수술을 받으면 나을 거라고, 라비크는 멍한 가운데서 그렇게 생각했다.

그는 플라스 드 테른에 앉아 있었다. 갑자기 조앙이 오늘밤에 올지도 모른다는 느낌이 들었다. 왜 그런 생각이 들었는지는 몰랐다. 다만 갑자기 그런 생각이 들었다.

그는 저녁 식사 값을 치르고, 천천히 호텔로 돌아갔다. 따뜻한 날씨였다. 좁다란 길에는 시간제 대실(貸室) 호텔의 간판들이 초저녁 어둠 속에서 붉게 빛났다. 창문의 커튼 사이로 불빛이 새어 나왔다. 선원 몇 사람이 매춘부들을 따라갔다. 그들은 모두 젊었고, 포도주와 여름 때문에 후끈 달아올라 떠들어 대더니, 호텔 중 하나로 들어갔다. 어디선가 하모니카 소리가 들려왔다. 한 가지 생각이 마치 조명탄처럼, 라비크의 마음속으로 치솟아 올라, 활짝 펼쳐지고 두둥실 떠다니며, 어둠으로부터 마술 같은 광경을 만들었다. 호텔에서 자기를 기다리는, 모든 걸 다 내던지고 자기에게 돌아왔노라고 말하려는 조앙의 모습이었다. 그를 압도하고 기쁨으로 넘치게 하는……

그는 멈추어 섰다. 내가 왜 이러는 걸까? 뭐 때문에 내가 여기 서 있는 걸까? 왜 내 손은 목덜미나 머릿결을 쓰다듬듯 공기를 느끼는 것일까? 너무 늦었다. 아무것도 돌이킬 순 없다. 아무도 되돌아오지 않는다. 한번 지나간 시간이 결코 다시 돌아오지 않는 것과 마찬가지다.

그는 호텔로 돌아왔다. 마당을 가로질러 뒷문을 통해 지하 묘지로 갔다. 문간에서 보니 많은 사람들이 모여 있었다. 자이덴바움도 보였다. 웨이터가 아닌 손님으로 앉아 있었다. 위험은 지나간 모양이었다. 그는 안으로 들어갔다.

모로소프는 자기 방에 있었다. "막 나가려던 참이었네." 하고 그가 말했다. "자네 트렁크를 보고, 또 스위스로 튀었다고 생각했어."

"별 문제 없나?"

"그래. 경찰은 다시 안 올 거야. 시체도 벌써 혐의가 풀렸어. 명백한 사건이니까. 위층에 뉘어 두었어. 지금쯤은 관에 안치되었을걸."

"잘됐군. 그럼 나도 다시 내 방으로 돌아갈 수 있겠네."

모로소프가 큰소리로 웃었다. "그 자이덴바움이란 친구 말이야!" 하고 그가 말했다. "그 친구 계속해서 현장에 남아 있었어. 코걸이 안경을 걸치고, 서류인지 무언지가 든 가방을 들고서 말이야. 변호사와 보험회사 대리인 행세를 하면서, 경관과 날카롭게 각을 세우던걸. 골드베르크 영감의 여권을 내주지도 않았어. 회사에서 꼭 필요한 거고, 경찰은 신분증명서밖에 가져갈 권리가 없다고 주장했지. 그리고 그게 먹혀들었어. 그 친구 자신은 무슨 증명서라도 가지고 있는 걸까?"

"종이 쪼가리 하나도 없지."

"대단한걸." 하고 모로소프가 단언했다. "그 여권은 금덩어리나 마찬가지야. 유효기간이 아직 일 년이나 남았거든. 누군가는 그걸로 살아갈 수 있어. 파리에선 어려울지도 몰라. 자이 덴바움처럼 대담한 친구가 아니라면 말이야. 사진을 바꾸는 건 식은 죽 먹기야. 새로 생겨날 아론 골드베르크가 너무 어리 다면, 생년월일을 바꾸어 줄 싸구려 전문가들이 있으니까 말 이네. 현대식 윤회라고나 할까. 여권 한 장이 몇 사람의 생명 을 구원하는 셈이지."

"그럼 자이덴바움은 앞으로 골드베르크가 되는 건가?"

"자이덴바움은 싫다고 했어. 자기 위신이 깎인다는 거야. 그 친구는 지하 생활을 하는 세계시민들 중에서 돈키호테야. 자기 같은 인간에게 어떤 일이 닥칠지에 대해 지나치게 숙명 론적인 호기심이 있어서, 빌려 온 여권으로 속이고 싶지 않다 는 거지. 자네는 어때?"

라비크는 고개를 가로저었다. "나도 필요 없어. 나도 자이 덴바움 편이네."

그는 자기 트렁크를 집어 들고 계단을 올라갔다. 골드베르 크 부부가 살던 복도에서 늙은 유대인을 지나쳐 갔다. 그 유 대인은 검은색 카프탄을 입었고, 턱수염을 길렀으며, 관자놀 이 양쪽으로 머리를 길게 내려, 성서에 나오는 장로의 얼굴 같 았다. 노인은 고무창을 댄 신발이라도 신은 듯 소리 없이 걸었 고, 어둑어둑한 복도를 희미한 그림자처럼 둥실둥실 떠가듯 움직였다. 그는 골드베르크의 방문을 열었다. 그 순간 촛불과 같은 불그스레한 빛이 새어 나왔다. 이상한 통곡 소리도 들렸 다. 반쯤 억눌린 듯 반쯤 미친 듯, 거의 멜랑콜리하고 단조로 운 통곡 소리였다. 대신 울어 주는 여자들의 곡소리구나 하고 그는 생각했다. 그런 게 아직도 남아 있었던가? 그렇지 않으면 루트 골드베르크의 곡소리였던가?

그는 자기 방 문을 열었다. 조앙이 창가에 앉아 있는 것이 보였다. 여자가 벌떡 일어났다. "당신이군요! 무슨 일이에요? 왜 트렁크를 들고 있어요? 또 떠나야 해요?"

라비크는 트렁크를 침대 옆에 놓았다. "아무 일도 아냐. 약간 조심했을 뿐이야. 죽은 사람이 있어서. 경찰이 와야 했거든. 이제 다 끝났어."

"전화를 했더랬어요. 누군가가 전화를 받고, 당신이 이제 여기 안 계신다고 하잖아요."

"주인 여자였을 테지. 언제나처럼 조심하면서 시치미를 뗀 거야."

"허겁지겁 달려와 보니, 방은 열려 있고, 텅 비었잖아요. 당신 물건도 없고요. 나는 생각했어요……. 라비크!" 여자의 목소리가 떨렸다. 라비크는 애써 미소를 지었다. "보다시피 난 믿을 수 없는 인간이야. 그렇게 의지할 만한 인간이 못된다고."

문 두드리는 소리가 났다. 모로소프가 병 몇 개를 손에 들고 들어왔다. "라비크, 자네가 탄약을 까먹다니……."

모로소프는 조앙이 어둠 속에 서 있는 걸 보고도 못 본 척했다. 라비크는 그가 조앙이 있다는 걸 눈치챘는지 어쩐지 알 수 없었다. 그는 술병을 넘겨주자마자 들어오지도 않고 그대로 가 버렸다.

라비크는 칼바도스와 부브레를 탁자 위에 놓았다. 열린 창문으로 복도에서 들었던 목소리가 들려왔다. 곡성(哭聲)이었다. 점점 커졌다가 다시 점점 작아졌으며, 다시 커졌다. 골드베르크의 방문도 따뜻한 밤공기에 열려 있을 것이다. 이런 따스한 밤에, 마호가니 가구가 들어찬 방에서, 늙은 아론의 굳어버린 시체는 이제 서서히 썩어 들어가기 시작했을 것이다.

"라비크." 하고 조앙이 말했다. "슬퍼요. 왜 그런지 몰라요. 하루 종일 그랬어요. 여기 있게 해 주세요."

그는 금방 대답하지 않았다. 기습당한 느낌이었다. 이렇게 나올 줄은 몰랐다. 아닌 밤중에 홍두깨였다.

"얼마 동안?"

"내일까지요."

"길지는 않군."

여자가 침대에 걸터앉았다. "우린 그걸 절대로 잊을 순 없나요?"

"절대로 못 잊어, 조앙."

"바라는 건 없어요. 당신 옆에서 자고 싶을 뿐이에요. 아니면 소파에서라도 자게 해 주세요."

"안 돼. 난 또 나가 봐야 해. 병원으로."

"괜찮아요. 기다릴게요. 지금까지도 자주 그랬잖아요."

그는 대답하지 않았다. 자신이 이렇게 차분하다는 사실이 놀라웠다. 그가 돌아오는 길에 느꼈던 온기와 흥분은 자취도 없이 사라졌다.

"당신도 병원에 꼭 가실 필요는 없잖아요." 하고 조앙이 말했다.

그는 잠시 말문을 닫았다. 이 여자와 함께 자면, 나는 지는 거야. 돈도 없으면서 어음에 사인하는 것과 같다. 여자는 자꾸자꾸 찾아올 테지. 그리고 자기가 획득한 것에 대한 권리를 주장할 거야. 그때마다 여자는 아무것도 양보하지 않고, 오히려 무언가를 요구하겠지. 그리고 마침내 나를 완전히 자기 수중에 넣고 말 거야. 그러고 나서는 권태에 사로잡혀 나를 떠날 테지. 자신의 무기력함과 좌절된 욕망의 희생양이 되어 연약해지고 타락해 버린 나를 말이다. 여자가 의도적으로 그러는 건 아니다. 여자는 그런 것에 대해 조금도 모른다. 하지만 결과는 그렇게 되고 말 거다. 생각해 보면 간단한 일이다. 하룻밤을 같이 지낸다고 해서 무언가가 금방 달라지지는 않는다. 하지만 매번 그럴 때마다 저항력의 한 부분을 잃게 되고, 인생에 있어서 절대로 썩어서는 안 될 부분을 잃어버리고 마는 것이다. 가톨릭 교리문답서는 기묘하고도 조심스러운 공포심을 품고서, 이것을 성령에 대한 죄라고 불렀고, 또한 전체 교리와 모순을 일으키면서까지 그 죄는 이 세상에서도, 저 세상에서도 용서받지 못한다고 음침하게 덧붙였던 것이다.

"그건 맞는 말이야." 하고 라비크가 말했다. "내가 병원에 꼭 갈 필요는 없어. 하지만 난 당신이 여기 있는 게 싫어."

여자가 발끈한 반응을 보일 거라고 예상했다. 그러나 여자는 차분하게 말했다. "어째서 안 되는 거예요?"

설명해 줘야 하나? 설명할 수나 있을까? "당신은 이젠 여기에 어울리지 않아."

"난 여기 사람이에요."

"아니야."

"어째서요?"

그는 침묵했다. 얼마나 대단한 여잔가! 간단한 질문으로 그를 궁지로 몰았던 것이다.

"당신은 알아." 하고 그가 말했다. "그런 어리석은 질문은 그만둬."

"당신은 이제 내가 필요없어요?"

"그래." 그렇게 대답하고 그는 자신도 모르게 덧붙였다. "이런 식으로는 싫다고."

골드베르크의 방에서 나는 단조로운 울음소리가 창문으로 흘러들어왔다. 곡성이었다. 파리 뒷골목에서 들려오는, 레바논 양치기들의 애도였다.

"라비크." 하고 조앙이 말했다. "당신은 저를 도와야 해요."

"당신을 혼자 내버려 두는 게 당신을 가장 잘 돕는 거야. 그리고 당신도 나를 내버려 두라고."

여자는 귀를 기울이지 않았다. "당신은 저를 도와야 해요. 제가 당신을 속였는지도 몰라요. 하지만 앞으론 안 그럴게요. 그래요, 제겐 다른 남자가 있어요. 하지만 그 사람의 경우는 당신과는 달라요. 만일 같다면 제가 이곳에 오지도 않았을 거예요."

라비크는 주머니에서 담배를 꺼냈다. 바싹 마른 종이의 느낌이었다. 바로 이거다. 이제 알겠어. 베여도 고통을 주지 않는 차가운 메스 같은 거야. 확실한 것은 결코 고통스럽지 않은 법이다. 이전과 이후에만 고통이 있을 뿐이다.

"절대로 같지 않지." 하고 그가 말했다. "그러면서도 언제나 같아."

이 무슨 같잖은 소리를 지껄이고 있는 건가 하고 그는 생각했다. 신문에서나 보는 궤변이다. 진실이란 입 밖으로 내면 이렇게 초라해지는 거다.

조앙이 일어서며 말했다. "라비크, 한 사람만을 사랑할 수 있다는 건 거짓이라는 걸 당신도 알잖아요. 물론 그런 사람도 있어요. 그런 사람들은 행복해요. 하지만 뒤죽박죽 엉망이 되어 버린 사람들도 있어요. 당신도 그건 알겠죠?"

그는 담배에 불을 붙였다. 안 쳐다보아도, 여자가 어떤 모습일지 짐작이 갔다. 창백하고, 두 눈은 어둡고, 말없이 집중하고, 애원하듯 연약한 모습이지만 결코 이길 수 없는 그런 얼굴. 그날 오후 그녀의 아파트에서도 그런 얼굴이었다. 수태를 고지하는 천사, 믿음과 옹골찬 확신으로 가득하여 사람을 구원하겠노라고 내세우지만, 실은 자신한테서 벗어나지 못하도록 그 사람을 서서히 십자가에 못 박는 그런 천사와도 같았다.

"알아, 하지만 그건 핑계일 뿐이야."

"핑계가 아녜요. 그렇게 하면서 행복할 순 없어요. 어쩌다가 그런 상태에 빠져 버려 헤어날 수 없는 거예요. 무섭고, 실타래처럼 뒤엉킨 운명이에요. 발작이라고요. 어떻게든 헤쳐 나가야 해요. 달아날 수 없다고요. 끝까지 따라오는 걸 어떻게 해요. 쫓아와서 나를 붙드는 걸요. 원하지 않지만, 그게 저보다 더 억세요."

"왜 그렇게 따지고 들어? 그게 더 억세다면 그걸 따르면 되는 거야."

"그렇게 하고 있어요. 어쩔 도리가 없다는 걸 알아요. 하지만……." 여자의 목소리가 변했다. "라비크, 난 당신을 잃고 싶지 않아요."

라비크는 입을 다물었다. 담배를 빨았지만 느낌이 없었다. 나를 잃고 싶지 않다고? 하지만 다른 남자도 안 놓치고 싶은 거지. 문제는 바로 그거야. 네가 그럴 수 있다는 게 문제라고! 그래서 난 네게서 도망가야 해. 그 남자 하나의 문제가 아니야, 그놈이야 금방 잊힐 테지. 넌 그래 놓곤 이런저런 변명을 할 테지. 그러나 넌 스스로 자기 덜미를 잡아 놓고선 벗어나지 못해. 그게 문제라고. 넌 다시 거기서 벗어나겠지. 하지만 그런 일은 또 일어나게 마련이야. 거듭해서 되풀이되는 거라고. 그 모든 게 네 마음속에 이미 도사리고 있으니까 말이야. 예전 같으면 나도 그럴 수 있을 거야. 하지만 이제 그럴 순 없어. 그래서 난 네게서 도망쳐야 해. 이젠 그렇게 할 수 있어. 다음번에는…….

"당신은 그게 무슨 특별한 경우인 걸로 알지만." 하고 그가 말했다. "이 세상에서 흔해 빠진 일이야. 남편과 애인 문제지."

"그렇지 않아요!"

"천만에. 여러 형태가 있을 수 있고, 당신도 그중 하나야."

"그런 말씀을 하시다니!" 여자는 벌떡 일어났다. "당신은 그런 것과는 전혀 달라요. 이전에도 그렇지 않았고, 앞으로도 결코 그렇지 않아요. 다른 사람은 훨씬 더……." 여자는 말을 중단했다. "아녜요, 그렇지 않아요. 설명을 못 하겠어요."

"안전과 모험의 관계라고나 할까. 그 편이 듣기에 낫군. 하지만 같은 이야기야. 하나를 그대로 가지고 싶고, 다른 하나도 안 놓치고 싶은 거지."

여자가 머리를 가로저었다. "라비크." 하고 여자가 어둠 속에서 그의 마음을 흔드는 목소리로 말했다. "그런 건 좋게도 말할 수 있고, 나쁘게도 말할 수 있어요. 그래도 변하는 건 없어요. 난 당신을 사랑해요, 당신을 사랑한다고요. 죽을 때까지. 난 알아요. 내 마음속에서 그것만은 확실해요. 당신은 내지평선이에요. 내 모든 생각은 당신한테서 끝나요. 어떤 일이 일어나건 언제나 당신을 떠나지 않는 한도에서예요. 거짓이 아녜요. 당신한테서 벗어날 수 없어요. 제가 자꾸만 당신을 찾아오는 건 그 때문이에요. 그래서 뉘우치지 못하고 죄가 있다고 느끼지도 못하는 거예요."

"감정에는 죄가 없는 법이야, 조앙. 왜 그런 생각을 하지?"

"나도 곰곰이 생각해 봤어요. 생각하고 또 생각해 봤다고요, 라비크. 당신과 나에 대해서 말예요. 당신은 나를 완전히 차지하려고 한 적이 없어요. 당신 자신은 잘 모르겠지만요. 언제나 나에 대해서는 닫아 놓은 부분이 있었어요. 난 당신 속으로 송두리째 들어가 본 적이 단 한 번도 없었어요. 정말 그러고 싶었지만요! 얼마나 그러기를 바랐는지 몰라요! 당신이 언제라도 떠날 것 같았어요. 한 번도 안심할 수 없었다고요. 경찰이 당신을 내쫓았고, 그래서 당신이 떠나야 했다고 하지만, 똑같은 일이 다른 식으로도 얼마든지 일어날 수 있을 거예요. 언젠가는 당신 스스로 떠나 버릴지도 몰라요. 훌쩍 떠나, 다시는 나타나지 않고, 어디론지 가 버리고……."

라비크는 몽롱한 어둠 속에서 자기 눈앞에 있는 얼굴을 뚫어져라 쳐다보았다. 여자가 한 말에도 일리가 있었다.

"언제나 그랬어요." 하고 여자가 계속해서 말했다. "언제나 그랬다고요. 그러다가 나를, 나만을 영원히 송두리째 원하는 사람이 나타났어요. 있는 그대로의 나를 원하고, 조금도 빈말은 하지 않는 사람이에요. 나는 큰소리로 웃었고, 그렇게 원하지도 않으면서 장난이나 치려고 했던 거예요. 별로 위험할 것 같지도 않았고, 때가 되면 쉽게 떠나 버릴 수도 있을 것 같았어요. 그런데 갑자기 일이 더 커지고 만 거예요. 내가 원하기도 하고 저항하기도 했지만, 아무 소용없었어요. 그렇다고 그 사람한테 빠져 버린 건 아녜요. 내 마음이 온통 바랐던 건 아니라고요. 일부분만 그를 원했던 거예요. 하지만 바로 그게 나를 밀고 나갔어요. 서서히 일어나는 산사태처럼 말예요. 처음엔 웃어넘겼지만, 갑자기 붙잡을 게 없어지고, 막을 수도 없게 되는 것과 같은 거예요. 하지만 난 그 사람 게 아니에요, 라비크. 난 당신 거예요."

그는 담배를 창밖으로 내던졌다. 담배는 반딧불처럼 마당으로 떨어져 내렸다. "일어난 일은 일어난 거야, 조앙. 이제 그걸 바꿔 놓을 순 없어."

"난 아무것도 바꾸고 싶지 않아요. 모든 건 지나갈 거예요. 난 당신 거예요. 왜 내가 돌아왔나요? 왜 내가 당신 방문 앞에서 있지요? 왜 여기서 당신을 기다리죠? 당신이 나를 내쫓아도, 왜 내가 다시 돌아오는 거죠? 당신이 날 믿지 않는다는 걸 알아요. 당신은 내게 다른 이유가 있다고 생각하죠. 도대체 무슨 이유가 있겠어요? 만일 그 다른 이유가 나를 만족시켰다면, 난 돌아오지 않았을 거예요. 당신을 잊고 말았을 거예요. 내가 당신에게 바라는 걸 안정이라고 말하지만, 그건 옳지 않아요. 내가 바라는 건 사랑이라고요."

말장난이야 하고 라비크는 생각했다. 달콤한 말, 부드럽지만 기만적인 위안, 구원, 사랑, 서로에게 속함, 되돌아왔다는 것, 이 모두가 말장난, 달콤한 말장난일 뿐이다. 단순하게 거칠게 잔인하게 서로를 끌어당기는 두 육체를 위해 얼마나 많은 말들이 동원되었던가! 그 어떤 상상력과 거짓말, 감정과 자기기만의 무지개가 그 위에 걸렸던가! 이별의 이 밤에, 어둠 속에 조용히 서서, 이런 달콤한 말들의 비가 내 머리 위로 떨어지는 걸 그대로 맞고 있는 거다. 이별, 이별, 이별 외에 다른 뜻이라곤 없는 말들의 빗방울을 그대로 맞고 있다. 입 밖에 내면 모든 건 사라지고 만다. 사랑의 신의 이마는 피로 물들어 있다. 말에 대해선 아는 게 없다.

"이제 그만 가지, 조앙."

여자가 일어섰다. "여기 있고 싶어요. 여기 있게 해 주세요. 하룻밤만요."

그는 머리를 가로저었다. "당신은 나를 뭘로 보는 거야? 난 자동인형이 아냐."

여자가 그에게 기대었다. 여자가 떨고 있는 게 느껴졌다.

"상관없어요. 여기 있게 해 주세요."

그는 조심스럽게 여자를 떼어 냈다. "나를 그대로 둔 채, 다른 남자를 속이기 시작해선 못써. 안 그래도 그 남자는 앞으로 괴로울 텐데."

"지금 혼자서 집으론 못 가요."

"혼자 오래 있을 건 아니잖아."

"아네요, 혼자예요. 벌써 며칠 됐어요. 그 사람은 집에 없어요. 파리엔 없다고요."

"그런가……." 라비크가 나직하게 대답하며 여자를 쳐다보았다. "어쨌든, 당신은 솔직하기는 해. 당신을 어떻게 해야 할지 알 수 있게 해 주니 말이야."

"그 때문에 온 건 아네요."

"물론 아닐 테지."

"그 말도 하지 않을걸 그랬어요."

"옳아."

"라비크, 혼자서 집으로 가긴 싫어요."

"그럼 내가 바래다줄게."

여자는 천천히 한 걸음 뒤로 물러섰다. "당신은 이제 날 사랑하지 않는군요……." 여자는 나직하게 거의 위협하듯이 말했다.

"그 말을 듣고 싶어서 온 거야?"

"네……. 그것도 있어요. 그뿐만은 아니지만……. 하지만 그것도 포함돼 있어요."

"그것참, 조앙." 하고 라비크가 조바심을 내며 말했다. "그렇다면 당신은 방금 가장 솔직한 사랑의 고백을 들은 셈이야."

여자는 대꾸하지 않고 그를 쳐다보았다. "그렇게 생각하는 거야, 당신이 누구하고 살건 개의치 않고, 당신을 어떻게든 여기 붙잡아 둘 거라고 생각하는 거야?"

여자는 천천히 미소를 지었다. 미소라기보다는, 누군가가 여자 마음에 불을 붙이기라도 한 듯 내면에서부터 비쳐 오는 불빛이었다. 그 불빛은 천천히 올라와 여자의 두 눈에까지 도달했던 것이다. "고마워요, 라비크." 그리고 잠시 후 조심스럽게, 여전히 그를 응시하며 말했다. "나를 버리지 않으실 거죠?"

"그건 왜 묻는 거야?"

"날 기다려 줄 거죠? 나를 버리지 않을 거죠?"

"그럴 위험은 별로 없을 것 같은데. 당신과 지내 온 경험으로 미루어본다면 말이야."

"고마워요." 여자는 어느새 달라져 있었다. 빨리도 마음이 풀리는군 하고 그는 생각했다. 하지만 그러면 안 될 이유라도 있단 말인가? 여기서 자지 않고도, 자기가 원했던 걸 이루었다고 믿는 것이다. 여자가 그에게 키스를 했다. "그러실 줄 알았어요, 라비크. 당신은 그럴 수밖에 없어요. 그럼 갈래요. 바래다주지 않아도 돼요. 이젠 혼자 갈 수 있어요."

여자는 문간에서 멈추어 섰다. "다시 오지는 마." 하고 그가 말했다. "아무 걱정도 하지 말라고. 당신은 절대로 침몰 안 해."

"물론이죠. 잘 자요, 라비크."

"잘 가, 조앙."

그는 벽 쪽으로 가서 불을 켰다. 당신은 그럴 수밖에 없어요 라는 말을 되새기며 그는 몸서리를 쳤다. 진흙과 황금이 뒤섞인 여자. 거짓과 충격, 기만과 뻔뻔스러운 진실이 뒤죽박죽 섞

여 만들어진 여자가 아닌가. 그는 창가에 앉았다. 아래층에서
는 아직도 나직하고 단조로운 곡성이 들려왔다. 남편을 내내
속이다가, 막상 그가 죽으니까 통곡하는 여자. 아마도 그녀의
종교가 그렇게 정해 놓았기 때문일 것이다. 라비크는 자기가
좀 더 불행한 기분이 들지 않는 게 이상했다.

23

"제가 돌아왔어요, 라비크. 제가요." 하고 케이트 헤그슈트렘이 말했다.

그녀는 호텔 랑카스테르의 자기 방에 앉아 있었다. 전보다 더 말라 있었다. 피부 아래의 살은, 어떤 섬세한 기구들이 속을 파내기라도 한 듯 푹 꺼져 있었다. 몸 윤곽은 더 두드러져 보였고, 살갗은 살짝 건드리기만 해도 찢어질 비단 같았다.

"난 당신이 아직도 플로렌스에 있는 줄 알았어, 아니면 칸이나, 아니면 벌써 미국으로 들어갔다고 생각했는데." 하고 라비크가 말했다.

"내내 플로렌스에 있었어요. 피에졸레에 말예요. 더 이상 견딜 수 없을 때까지 거기 머물렀어요. 제가 함께 가자고 설득하려 했던 걸 기억하세요? 책, 불, 저녁 그리고 평화를 얘기했죠? 책은 있었어요, 난롯불도. 하지만 평화는? 라비크, 아시시의 프란체스코의 도시조차도 소란스럽게 되고 말았어요. 저 너머 나라처럼 모든 게 시끄럽고 불안해졌어요. 성 프란체스코가 새들에게 사랑을 설교하던 곳에서, 이제는 제복을 입은 인간들이 대열을 지어 이리저리 행진하고, 자만심과 호언장담과 근거 없는 증오심에 취해 있어요."

"늘 그래 왔던 대론데, 뭘 그래요, 케이트."

"이전엔 그 정도는 아니었어요. 몇 년 전만 해도 우리 집 집사는 맨체스터 바지를 입고 세무가죽 구두를 신은 친근한 사람이었어요. 하지만 이젠 기다란 장화를 신고, 검은 셔츠를 입고, 황금빛 단검을 찬 영웅이 되어 연설을 하고 다녀요. 지중해는 이탈리아 것이 되어야 한다, 영국은 멸망해야 마땅하고, 니스와 코르시카와 사부아는 이탈리아에 반환되어야 한다는 둥 말예요. 라비크, 그 옛날부터 전쟁에 이겨 본 일이라곤 없는 이 귀여운 나라가, 에티오피아와 스페인에서 승리를 거둔 후론 미쳐 버렸어요. 내 친구들도, 삼 년 전만 해도 분별력 있는 사람들이었는데, 이제는 삼 개월이면 영국을 정복할 수 있다고 진심으로 믿는 거예요. 나라 안이 온통 들끓고 있어요. 무슨 일이 일어난 걸까요? 난 야만적인 갈색 셔츠가 싫어 빈에서 달아났는데, 이번엔 검은 셔츠의 광풍 때문에 이탈리아에서 도망쳤어요. 어딘지는 모르지만 초록 셔츠도 있다더군요. 미국은 물론 은빛 셔츠지요. 온 세상에 셔츠의 광풍이 부는 걸까요?"

"그럴지도 모르지. 하지만 아마도 곧 달라질 거요. 붉은빛으로 통일될걸."

"붉은빛으로요?"

"그래요. 피처럼 붉은빛으로."

케이트 헤그슈트렘은 마당을 내려다보았다. 늦은 오후 햇살이 밤나무 잎사귀들 사이로 새어나와, 부드러운 초록빛으로 비추고 있었다. "믿기 어려워요." 하고 여자가 말했다. "이십 년 만에 두 번의 전쟁이라니, 너무해요. 저번 전쟁으로 아직도 지쳐 있는데."

"승리자들만 그렇지. 패배자들은 아니오. 이기면 경솔해지는 법이지."

"그래요, 맞아요." 여자가 그를 유심히 쳐다보았다. "그럼 곧 닥칠지도 모르겠네요, 어때요?"

"그렇게 멀지는 않은 것 같아. 나도 겁이 나요."

"제게는 시간이 충분하다고 생각하세요?"

"왜 아니겠어?" 라비크는 머리를 들어 여자를 쳐다봤다. 여자는 그의 눈길을 피하지 않았다. "피올라는 만나 봤어요?" 하고 그가 물었다.

"네, 한두 번. 그 사람은 아직도 흑사병에 걸리지 않은 몇 안 되는 사람들 중 하나더군요."

라비크는 대답하지 않았다. 그는 기다렸다.

케이트 헤그슈트렘은 탁자 위에 놓인 진주 목걸이를 집어 들고 두 손으로 만지작거렸다. 목걸이는 가늘고 기다란 손가락들 사이에서 마치 값비싼 염주와도 같아 보였다. "저는요, 제가 방랑하는 유대인 같다는 생각이 들어요." 하고 여자가 말했다. "평화를 찾아다니는 유대인 말예요. 하지만 저는 안 좋은 시대에 방랑을 시작한 것 같아요. 그런 유대인은 어디에도 없어요. 다만 여기에, 여기에 아직 그 찌꺼기가 남아 있을 뿐이에요."

라비크는 진주를 쳐다보았다. 진주란 형체 없는 잿빛 연체동물이, 조개껍질 속으로 들어온 이물질, 즉 모래 한 알에 자극을 받아 만들어 낸 것이다. 우연한 자극으로부터 저렇게 부드러운 빛을 내는 아름다움이 생겨났다. 주목할 만한 일 아닌가. "당신은 미국으로 갈 작정이었잖아요, 케이트." 하고 그가 말했다. "유럽을 떠날 수 있는 한 그래야 해요. 다른 일은 무엇이든 이미 늦었고."

"나를 쫓아내고 싶은 거죠?"

"천만에요. 하지만 지난번엔 일을 정리하고 미국으로 돌아갈 작정이라고 하지 않았나요?"

"그래요. 하지만 이제는 가고 싶지 않아요. 좀 더 여기에 있고 싶어요."

"파리의 여름은 뜨겁고 불쾌한데."

케이트는 진주 목걸이를 옆으로 치웠다. "이번이 마지막 여름이라면, 그렇지도 않아요, 라비크."

"마지막이라니?"

"그래요. 제가 돌아가기 전 마지막 여름이지요."

라비크는 입을 닫았다. 이 여자는 혹시 아는 걸까? 피올라가 여자에게 무슨 말을 했단 말인가?

"셰에라자드는 어때요?" 하고 케이트가 물었다.

"못 가 본 지 오래됐죠. 모로소프 말로는 매일 밤 만원이라

114

던데. 다른 나이트클럽도 다 마찬가지고."

"여름인데요?"

"그러게 말이오. 여름에는 가게가 대부분 문을 닫았는데. 놀랍지 않아요?"

"아뇨. 사람들은 종말이 오기 전에 무엇이든 움켜잡으려 하기 때문이에요."

"그렇겠군." 하고 라비크가 말했다.

"저를 한번 데리고 가 주실래요?"

"물론, 케이트. 당신이 원할 때면 언제라도. 난 당신이 이제 그런 데는 가지 않는 줄 알았어요."

"저도 그렇게 생각했어요. 하지만 생각이 바뀌었어요. 저도 할 수 있는 한 무언가를 움켜쥐겠어요."

그가 여자를 다시 쳐다보고는 말했다. "좋아, 케이트. 당신이 좋을 때 언제든 갑시다."

그는 일어섰다. 케이트는 그와 함께 문간까지 갔다. 그리고 가냘프기 짝이 없는 모습으로, 건드리기만 해도 사각거리는 소리를 낼 것 같은 메마르고 비단 같은 살결로 출입구에 기대어 섰다. 눈은 매우 또록또록 하고 전보다 더 컸다. 여자가 그에게 손을 내밀었다. 손은 뜨겁고 건조했다. "제 몸이 안 좋다고, 왜 말씀해 주지 않았어요?" 하고 케이트는 마치 날씨라도 묻듯 가볍게 물었다.

그는 물끄러미 여자를 바라보며 대답하지 않았다.

"말씀했더라도 저는 견딜 수 있었을 거예요." 하고 여자가 말했다. 조금도 나무라는 기색이 없는, 빈정대는 듯한 미소의 그림자 같은 것이 여자의 얼굴을 스쳐 지나갔다. "잘 가요, 라비크."

위를 잘라 낸 그 사내는 죽었다. 사흘 내내 끙끙 앓았고, 모르핀도 별로 효과를 보지 못했다. 라비크와 베버는 그가 죽는다는 걸 알았다. 그들은 그가 그 사흘간 신음하지 않게 해 줄 수도 있었다. 하지만 그렇게 하지 않은 것은, 이웃을 사랑하라고 설교하고, 이웃사람의 고통을 덜어 주는 것을 금하는 종교가 있기 때문이었다. 그 종교를 보호하는 법률도 있었다.

"친척한테 전보는 쳤나?" 하고 라비크가 물었다.

"친척이 없어." 하고 베버가 말했다.

"연고자라도 있을 테지?"

"아무도 없어."

"아무도 없다고?"

"아무도. 다만 그자가 사는 곳의 아파트 문지기가 왔다 갔어. 백화점 카탈로그라든가 알코올중독과 결핵, 성병 예방 팸플릿 같은 것 말고 편지라곤 온 적이 없다는 거야. 방문객이라곤 없었대. 수술비와 넉 주치 입원비는 미리 지불했어. 그러니까 두 주치를 더 지불한 셈이지. 문지기 여자는 그 사내를 계속 돌봐주었기 때문에, 그의 소유물을 전부 받기로 약속했다는군. 그래서 두 주치 입원료도 무조건 돌려 달라는 거야. 그 친구에게 어미처럼 해 주었다는 거지. 자네도 그 어미라는 여자를 봤어야 하는데. 그 친구를 위해 온갖 경비를 다 대 주었다는 거야. 집세도 지불해 주었고. 그래서 문지기에게 한 마디 했지. 죽은 사람은 여기 우리 병원에서는 돈을 미리 지불했고, 그러니 아파트 월세도 그렇게 하지 않을 이유가 있었겠느냐고 말이야. 게다가 이런 모든 문제는 경찰이 할 일 아니냐고 했지. 그랬더니 나한테 욕을 바가지로 퍼붓더군."

"문제는 돈이야." 하고 라비크가 받았다. "돈이 그렇게 수작을 부리게 한다고."

베버가 큰소리로 웃었다. "당국에 알려 두세. 자기네들이 알아서 처리하겠지. 장례 문제도."

라비크는 친척도 위장도 없는 사내를 다시 한 번 쳐다보았다. 그는 거기 누워 있었다. 얼굴은 지난 한 시간 동안, 삼십오 년의 평생 동안 단 한 번도 볼 수 없었을 정도로 심하게 변해 있었다. 마지막 숨결 그대로 굳어 버린 경련으로부터, 죽음의 엄격한 표정이 서서히 그 모습을 드러냈다. 우연한 요소는 녹아 없어졌고, 임종의 표정도 씻겨 나갔으며, 말없는 가운데 어느새, 일그러진 평균적인 얼굴로부터 영원의 마스크가 형성되고 있었다. 한 시간만 지나면 그 영원한 마스크만 남게 될 것이다.

라비크는 방을 나왔다. 복도에서 야근 간호사와 만났다. 간호사는 막 출근하는 길이었다. "12호실 남자는 죽었어." 하고 그가 말했다. "삼십 분 전에 죽었다고. 이제 옆에서 지켜볼 필요는 없어." 그는 간호사의 얼굴을 보며 다시 물었다. "당신한테 뭐 남겨 준 건 없나?"

간호사는 망설였다. "없어요. 아주 차가운 분이었어요. 마지막 며칠 동안은 말도 거의 하지 않더군요."

"그래, 그랬지."

간호사는 주부 같은 표정으로 라비크를 쳐다보았다. "그분에겐 정말 멋진 화장 상자가 있었어요. 전부 은으로 된 건데, 남자용으론 너무 우아한 편이었어요. 여성용으로 안성맞춤인데."

"그 사람한테 그 말을 했어?"

"그런 이야기를 한 번은 나누었죠. 화요일 밤에. 그때 그분은 좀 진정된 상태였어요. 하지만 그분은 은은 남자한테도 어울린다고 그러더군요. 솔도 고급이고, 요즘에는 그런 물건을 살 수 없다는 말도 했어요. 그밖엔 거의 아무 말도 않더군요."

"이젠 그 은 상자도 경찰로 넘어가겠군. 친척이 없다니까."

간호사는 알겠다는 듯이 고개를 끄덕였다. "아까워요! 상자가 시커멓게 변할 거예요. 미리 닦아 두어야 하는 건데."

"그래, 아깝게 됐어." 하고 라비크가 말했다. "차라리 당신한테 줬더라면 나았을 건데. 그랬다면 적어도 한 사람은 기쁘게 했겠지."

간호사는 감사의 표시로 미소를 지었다. "괜찮아요. 전 아무것도 바라지 않았어요. 죽어 가는 사람이 선물을 주는 일은 아주 드물죠. 회복되는 사람만 선물을 해요. 죽어 가는 사람은 자기가 죽는다는 사실을 믿지 않으려고 해요. 그래서 아무것도 안 주는 거예요. 그리고 어떤 사람은 악한 마음으로 안 주려고 해요. 선생님은 믿지 않으시겠지만, 죽는 사람들은 참 무시무시해요! 죽기 전엔 못 하는 말이 없다고요!"

불그레한 뺨에다 얼굴은 어린애 같은 간호사는 솔직하고 또랑또랑했다. 간호사는 자기의 작은 세계와 관련되지 않는

다면, 주위에서 무슨 일이 일어나건 아무 관심이 없었다. 간호사에게 죽어 가는 사람이란 버릇없는 애거나, 아니면 어찌할 줄 모르는 애와 같았다. 그들이 죽을 때까지 그저 시중만 들면 되고, 죽고 나면 또 새 사람이 오는 것이다. 어떤 사람은 건강해져서 고마움을 표하고, 어떤 사람은 그렇지 못하고, 어떤 사람은 그대로 죽어 버린다. 언제나 그런 식이다. 불안해질 이유는 조금도 없다. 봉마르슈 백화점 바겐세일 기간에 가격이 25퍼센트 인하될 것인지, 또는 사촌형제인 장이 재봉 직공인 안과 결혼할지 안 할지가 훨씬 중요한 문제인 것이다.

사실 그게 더 중요하지 하고 라비크는 생각했다. 혼돈 앞에서 우리를 막아 주는 자그마한 원. 그게 없다면 우리는 어떻게 될 것인가?

그는 카페 트리옹프 앞에 앉아 있었다. 밤하늘은 희끄무레하고 구름이 잔뜩 끼어 있었다. 대기는 따스하고, 어디선지 소리도 없이 번개가 번쩍였다. 보도 위는 더 많은 사람들로 북적거렸다. 푸른 공단 모자를 쓴 여자가 그의 탁자 옆에 와서 앉았다.

"베르무트 한 잔 사 주실래요?" 하고 여자가 물었다.

"그러지 뭐. 하지만 날 혼자 내버려 둬. 기다리는 사람이 있으니까."

"같이 기다려도 되잖아요."

"안 그러는 게 좋을걸. 종합체육관 여자 레슬링 선수를 기다리고 있으니까 말이야."

여자가 미소를 지었다. 화장이 너무 짙어 미소는 입술에서만 드러났다. 그 외에는 온통 흰색 탈바가지였다. "같이 가요." 하고 여자가 말했다. "난 멋진 아파트에 살아요. 테크닉도 좋다고요."

라비크가 머리를 흔들었다. 5프랑 지폐 한 장을 탁자 위에 놓으며 말했다. "자, 여기. 잘 가라고. 장사도 잘하고."

여자는 지폐를 접어 양말 안에 밀어 넣었다. "우울증이에요?" 하고 여자가 물었다.

"아니."

"우울증이라면 간단하게 고쳐 드려요. 아주 멋진 친구가 있거든요. 어려요." 여자는 잠시 뜸을 들이다가 말했다. "유방이 에펠탑 같아요."

"다음에 갈게."

"좋아요." 여자는 일어서서 두세 개쯤 떨어진 탁자로 가 앉았다. 다시 몇 차례 이쪽을 쳐다보았다. 그러고는 스포츠 신문을 사더니, 스코어를 소리 내어 읽기 시작했다.

라비크는 탁자 옆을 끊임없이 지나가는 인파를 멍하니 바라보았다. 실내에서는 밴드가 빈 왈츠를 연주했다. 번개는 점점 거세어졌다. 젊은 동성애자들 한 패거리가 앵무새 떼처럼 아양을 떨고 소란을 피우며 옆자리에 앉았다. 그들은 최신 유행인 구레나룻을 길렀고, 윗저고리는 어깨 부분은 너무 넓게 벌어졌고 허리통 부분은 지나치게 잘록했다.

한 소녀가 라비크의 탁자 앞에서 걸음을 멈추고 그를 쳐다보았다. 어디선가 본 듯한 얼굴이었다. 하지만 그가 아는 사람은 많았다. 소녀는 의지할 데 없어 호소하는 듯, 가냘픈 매력을 풍기는 매춘부처럼 보였다.

"절 못 알아보시겠어요?" 하고 그 애가 물었다.

"알지." 하고 라비크는 말했지만 조금도 짐작이 가지 않았다. "어떻게 지내?"

"잘 지내요. 그런데 정말 저를 모르시겠어요?"

"이름이 생각나지 않아. 물론 널 알긴 하지만. 참 오랜만이야."

"그래요. 그땐 선생님이 보보를 따끔하게 혼내 주셨지요." 아이가 미소를 지었다. "제 생명도 구해 주셨는데, 이젠 저를 몰라보시는군요."

보보라고, 생명을 구했다고, 산파. 라비크는 그제야 기억이 났다. "뤼시엔이로군, 그래." 하고 그가 말했다. "당연하지. 그때의 뤼시엔은 아팠고, 지금은 건강해. 그러니까 금방 알아보지 못한 거야."

뤼시엔의 얼굴이 빛을 발했다. "정말이군요! 정말 기억하시네요! 산파한테서 100프랑 도로 찾아 주신 걸 감사드려요."

"그건…… 그래, 그렇지……." 그때 부쉐 부인한테 돈을 받아 내지 못하자, 자기 주머니를 털어 조금 보내 주었던 것이다. "다 받아 내지 못해 미안했어."

"그것만 해도 충분해요. 전 다 잃은 걸로 생각했는데요."

"좋아. 뭣 좀 마실래, 뤼시엔?"

뤼시엔은 고개를 끄덕이고 조심스럽게 그의 곁에 앉았다. "탄산 거품이 있는 생자노를 마시겠어요."

"어떻게 지내, 뤼시엔?"

"아주 잘 지내요."

"아직도 보보하고 같이 있어?"

"네, 물론이죠. 그 사람도 이젠 달라졌어요, 좋아졌어요."

"잘됐군."

물을 것도 별로 없었다. 자그마한 재봉사가 자그마한 매춘부가 되었을 뿐이다. 애써 꿰매 주었더니 이 꼴이 되고 만 거다. 나머지 일은 보보 녀석이 맡아서 해치웠다. 이제 임신 걱정은 없었다. 매춘부를 해도 될 자격이 하나 더 추가된 것이다. 이 아이는 이제 막 이 길로 들어섰다. 좀 어린 티가 나는 게 노련한 중년 고객의 구미를 끌어당길 것이다. 닳고 닳아 퇴색해 버리지는 않은 도자기인 셈이다. 뤼시엔은 한 마리 새처럼 조심스럽게 마셨다. 그러나 두 눈은 이미 주변을 살피고 있었다. 유쾌한 일은 아니었다. 그렇다고 크게 상심할 일도 아니었다. 짤막한 여행길에 나선 한 조각 생명일 뿐이었다. "만족하고 사는 거니?" 하고 그가 물었다.

뤼시엔이 고개를 끄덕였다. 보기에도 그 애는 실제로 만족하고 있었다. 만사 오케이라고 생각했다. 일부러 꾸밀 이유는 없었다. "혼자세요?" 하고 여자애가 물었다.

"그래, 뤼시엔."

"이런 날 저녁에요?"

"응."

여자애는 수줍게 쳐다보며 미소 지었다. "전 지금 시간이 있어요." 하고 여자애가 말했다. 도대체 나라는 인간은 어떻

게 된 걸까? 하고 라비크는 생각했다. 내가 그렇게 굶주려 보
인단 말인가? 매춘부란 매춘부가 돈으로 사는 한 조각 사랑을
팔겠다고 나한테 덤벼들지 않는가. "네 집까지는 너무 멀어,
뤼시엔. 난 시간이 그렇게 많지 않아."

"집으로 갈 필요 없어요. 보보가 알면 안 되니까요."

라비크가 여자애를 쳐다보았다. "보보는 아무것도 모르니?"

"왜요, 알아요. 다른 사람들과의 일은 다 알아요. 늘 감시를
하거든요." 여자애가 미소를 지었다. "그 사람은 아직 어려요.
안 그러면 돈을 못 챙긴다고 생각해요. 어쨌든 선생님한텐 돈
을 받고 싶지 않아요."

"그래서 보보가 알면 안 되는 거니?"

"그 때문이 아녜요. 그 사람이 질투할 거예요. 그럴 땐 사나
워지거든요."

"누구한테나 질투하는 거니?"

뤼시엔은 의아스러워하며 쳐다보았다. "그렇진 않아요. 다
른 사람과는 영업일 뿐이니까요."

"그러니까 돈을 안 받을 때만 그렇다는 거구나?"

뤼시엔은 망설였다. 천천히 얼굴이 붉어졌다. "그런 게 아
녜요. 다른 뭔가가 있구나 하는 생각이 들 때만 그래요." 여자
애는 다시 망설였다. "제가 기분을 내면 그런다니까요."

뤼시엔은 눈을 들지 않았다. 라비크는 탁자 위에 쓸쓸하게
놓인 여자애의 손을 잡았다. "뤼시엔." 하고 그가 말했다. "기
억해 줘서 고마워. 그리고 같이 가자고 해 줘서 말이야. 뤼시
엔은 매력적이야, 나도 같이 가고 싶어. 하지만 나는 내가 수

술한 적 있는 여자하고는 잘 수가 없어. 이해하겠어?"

여자애는 기다랗고 짙은 속눈썹을 치켜뜨며 얼른 고개를 끄덕였다. "알아요." 하고 여자애는 일어났다. "그럼, 가 볼게요."

"잘 가, 뤼시엔. 안녕. 병에 안 걸리게 조심해."

"네."

라비크는 종이쪽지에다 무언가를 적어 주었다. "이걸 아직 안 가지고 있다면, 마련하도록 해. 그게 제일 잘 들어. 그리고 보보한테 돈을 다 주지는 마."

여자애는 미소를 띠며 고개를 가로저었다. 그래 봤자 다 줄 거라는 걸 여자애도 알았고, 그도 알았다. 라비크는 그 애가 사람들 사이로 사라질 때까지 바라보았다. 그러고는 웨이터를 불렀다.

푸른 모자를 쓴 여자가 다시 다가왔다. 그 동안의 모습을 다 보고 있었던 것이다. 여자는 접은 신문으로 부채질을 하면서 의치로 가득한 입을 벌렸다. "당신은 고자가 아니면 호모로군요, 한심한 양반." 하고 여자는 스쳐 지나가며 친근하게 말했다. "잘해 보세요. 그리고 아깐 고마웠어요."

라비크는 부드러운 밤공기 속을 걸었다. 번개가 지붕들 위를 번쩍이며 지나갔다. 대기는 고요했다. 루브르 박물관 입구에는 불이 밝혀 있었다. 문이 열려 있었고, 그는 안으로 들어갔다.

야간 전시회 날들 중 하루였다. 진열실 중 일부에 조명이 밝혀 있었다. 그는 밝게 불을 밝힌 거대한 묘지처럼 보이는 이집트 진열실을 지나갔다. 삼천 년 이전의 왕들이 돌이 되어 쪼그리고 앉은 채로 혹은 선 채로 꼼짝도 하지 않고, 어슬렁거리고 다니는 학생들과 유행이 지난 모자를 쓴 여자들, 그리고 할 일이 없어 지겨워하는 늙수그레한 남자들을 화강암의 눈으로 응시했다.

그리스 진열실에서는 밀로의 비너스 앞에서, 그 여신과 그 어느 면에서도 비교할 수 없는 소녀들 몇 명이 소곤대며 서 있었다. 라비크는 멈추어 섰다. 이집트인들의 화강암과 초록빛 섬장암(閃長巖) 상을 보고 나니, 이런 대리석은 퇴폐적이고 연약해 보였다. 부드럽고 풍만한 비너스는, 만족해하며 목욕을 하는 가정주부다운 데가 있었다. 아름다우면서도 아무런 생각이 없었다. 도마뱀 살해자인 아폴로는 운동을 더 해야 하는 동성연애자 같았다. 하지만 이들은 모두 진열실 안에 있고, 그 때문에 죽어 있는 것이다. 이집트인들은 죽어 있지 않았다. 이집트 상들은 묘지나 신전을 위해 만들어졌기 때문이다. 그리스 상들은 태양과 공기, 그리고 아테네의 황금빛 태양이 그 틈으로 새어 들어오는 기둥들이 필요했다.

라비크는 더 걸어갔다. 계단이 있는 커다란 홀이 싸늘한 기운으로 나타났다. 그리고 갑자기, 모든 것을 압도하며 치솟은, 사모트라케의 니케가 나타났다.

니케를 본 것은 오랜만이었다. 지난번에 보았을 때는 흐린 날이었다. 대리석이 초라하게 보였고, 박물관의 먼지투성이 겨울 햇빛 속에서, 승리의 여신은 머뭇거리며 얼어붙은 듯했다. 그런데 오늘은 계단 위에 높다랗게, 조각난 대리석제 배의 뱃머리에 서서, 조명등 빛으로 찬란하게 빛나며 날개를 활짝 펴고, 바람에 나부끼는 옷은 전진하려는 몸뚱이에 찰싹 달라붙은 채, 언제라도 과감하게 날아갈 듯 서 있다. 여신 뒤로는 포도주 빛 살라미스 바다가 철썩이고 있는 듯했다. 하늘은 기대에 찬 벨벳으로 어둡게 덮여 있었다.

여신이 그 무슨 도덕을 알고, 그 무슨 문제를 알겠는가. 밀어닥치는 폭풍우도 모르거니와, 유혈 사태의 컴컴한 배경을 알 리도 없다. 아는 것은 승리와 패배뿐. 그리고 이 둘은 거의 같은 것이다. 여신은 유혹이 아니라 날아오름이며, 매혹이 아니라 무관심이다. 여신에게 비밀이란 없다. 성을 감춤으로써 오히려 그것을 드러내는 비너스보다 더욱 자극적이다. 여신은 새와 배, 바람과 파도 그리고 수평선과 같은 것이다. 여신에게 고향은 없다.

여신에게 고향 같은 건 없어 하고 라비크는 생각했다. 고향 같은 게 왜 필요하단 말인가. 승리의 여신은 용기와 투쟁이 있는 곳이라면, 모든 뱃전이 자신의 고향인 것이다. 절망하지만 않는다면 패배한다고 하더라도 그곳이 바로 여신의 고향. 여신은 또한 승리의 여신일 뿐 아니라, 결코 포기하지 않는 모든 모험가들과 피난민들의 여신인 것이다.

그는 주위를 둘러보았다. 홀에는 아무도 없었다. 대학생들과 베데커 여행 안내서를 손에 든 사람들은 집으로 돌아갔다. 집으로 돌아간다고? 그러나 잠시 동안 다른 사람의 가슴속에 폭풍우 같은 것을 불러일으키는 것 외에는 가진 게 없는 인간에게 도대체 어떤 집이 있단 말인가? 사랑이 고향 없는 사람들의 마음에 충격을 가할 때, 그들을 뿌리째 뒤흔들며 완전히 사로잡아 버리는 것은 그 때문이 아닐까? 그들은 그것밖에는 가진 것이 없지 않은가? 내가 사랑을 피하려 한 것도 그 때문이 아니었던가? 하지만 그래도 사랑은 나를 뒤따라오고 사로잡아 굴복시키지 않았던가? 익숙하고 정든 땅에서보다, 낯선 곳의 미끄러운 빙판에서 다시 몸을 일으키기는 더 어려웠다.

무엇인가가 얼핏 눈에 띄었다. 무언가 조그맣고, 펄럭이는 흰 것이다. 나비였다. 열린 출입구를 통해 날아 들어온 게 틀림없다. 아마도 연인 한 쌍 때문에 향기로운 잠에서 후다닥 깨어, 튈레리의 따스한 장미꽃 화원에서 날아왔다가, 수많은 태양과도 같은 불빛에 눈이 부셔 당황해하며 이 출입구 안으로, 커다란 문들이 가리고 있는 안전한 어둠 속으로 도망쳐 들어온 것이 분명하다. 그러고는 이제 어쩔 줄 몰라 비틀거리면서도 용기를 내 넓은 홀을 파닥거리며 날고 있는 것이다. 그러다가 홀에서, 대리석 돌림띠나 창문 돌출부, 혹은 높다란 곳에서 빛을 발하는 여신의 어깨 위에서 피곤에 지쳐 잠들었다가 죽어 갈 것이다. 아침이 오면 꽃을, 생명을, 그리고 꽃들의 달콤한 꿀을 찾을 것이고, 결국은 찾아내지 못하고 어느새 다시 천년 묵은 대리석 위에서 잠들고 말 것이다. 결국에는 더 쇠약해지고, 부드럽고 믿음직한 다리들도 힘이 빠져 바닥으로 떨어지고 말 것이다. 벌써 초가을에 지고 마는 얇은 나뭇잎들처럼.

감상에 지나지 않는 거야 하고 라비크는 생각했다. 승리의 여신과 피난민 나비. 이것들은 싸구려 상징일 뿐이다. 하지만 싸구려 사물들, 싸구려 상징, 싸구려 느낌, 싸구려 감상보다 더 사람 마음을 움직이게 하는 게 무엇이 있단 말인가? 그것들을 그렇게 싸구려로 만드는 것은 무엇 때문일까? 너무도 명백한 진실이라서 그런 게 아닐까? 생사의 궁지에 몰리면, 신사연하는 속물근성은 자취를 감추는 법이다. 나비는 아치형 천장의 어둑어둑함 속으로 사라졌다. 라비크는 밖으로 나왔다. 따뜻한 공기가 훅 하고 불어왔다. 목욕물처럼 미지근했다. 그는 멈추어 섰다. 싸구려 감정! 나 자신이 싸구려 중에서도 가장 싸구려 감정에 사로잡혀 있지 않은가? 드넓은 뜰을 가만히 응시했다. 그곳엔 몇 세기 동안의 망령들이 쪼그리고 앉아 있었다. 느닷없이 주먹질을 당한 느낌이었다. 그 타격에 하마터면 쓰러질 뻔했다. 막 날아가려고 하는 흰 니케가 아직 그의 눈앞에 어른거렸다. 그러나 그 뒤 어둠으로부터 다른 얼굴이 나타났다. 가시 투성이 장미 덤불에 걸린 인도인의 베일처럼, 그의 상상력이 만들어 낸 싸구려이면서도 값비싼 얼굴이었다. 그는 베일을 힘껏 잡아당기려 했으나, 가시들이 꼭 붙들고 놓아주지 않았다. 가시는 황금빛 비단실을 붙들어 매고 있었다. 그것들은 서로 얽혀 있어서, 무엇이 가시 돋친 가지인지, 무엇이 어른거리며 빛나는 베일인지 구분할 수 없었다.

얼굴! 얼굴! 그것이 싸구려인지 값비싼 것인지 누가 묻는가. 단 하나밖에 없는 얼굴인지, 천 번 만 번 볼 수 있는 얼굴인지 누가 묻는가? 우선은 그런 질문을 던질 수 있을지 모른다. 하지만 일단 사로잡히면 분별력을 잃고 만다. 우연히 그 이름을 가지게 된 개별적인 인간이 아니라, 사랑의 포로가 되면 말이다. 상상력의 불길로 장님이 되고 만다면, 그 누가 판단을 내릴 수 있단 말인가? 사랑은 가치라는 걸 모르는 법이다.

하늘은 낮게 가라앉았다. 소리도 없는 번갯불이 번쩍하며, 어둠 속에서 유황을 품은 구름을 찢어발겼다. 무더운 기운이 천 개의 장님 눈을 가지고 형체도 없이 지붕 위를 덮고 있었다. 라비크는 리볼리 거리를 따라 걸었다. 아케이드 아래로 쇼윈도가 휘황찬란하게 빛을 발했다. 사람들의 물결이 그곳을 따라 밀려갔다. 자동차들은 눈부신 반사광의 사슬을 이루었다. 이렇게, 나라는 인간은 수천 명 중 한 사람으로서 번쩍거리는 잡동사니와 귀중품을 늘어놓은 진열창 앞을, 두 손을 호주머니에 찌른 채 천천히 걸어가고 있는 것이다. 저녁 산책자 중 한 사람으로서. 그러나 내 속에서는 피가 요동치고, 두 손아귀에 들리는, 해파리 같은 덩어리의, 뇌라고 불리는, 맥박치는 구불구불한 회백색 덩어리 속에서는, 현실을 비현실로 비현실을 현실로 보이게 하는 그런 전투가 미친 듯이 벌어지고 있다. 나는 팔들이 나를 밀치고, 몸뚱이들이 나를 스치고, 눈들이 나를 살핀다는 것을 느낀다. 나는 자동차 소음, 목소리, 그리고 엄연한 현실이 부글거리며 끓어오르는 소리를 듣는다. 나는 그 한가운데 있으면서도 달나라보다 더 먼 혹성에 와 있다. 논리와 사실 들의 저 너머에 있는 것이다. 나의 내부에서 무언가가 이름을 부르짖는다. 그것이 이름이 아니라는 걸 알면서도 부르짖는다. 그것은 침묵을 향해 이름을 부르짖는다. 침묵은 언제나 있었으며, 침묵 속에서 이미 무수한 부르짖음이 사라져 갔고, 그 침묵으로부터 어떠한 대답도 들려오지 않았다. 그 무언가는 이름을 알면서도 여전히 이름을 부르짖는다. 사랑의 밤과 죽음의 밤의 부르짖음을, 황홀경과 무너져 내리는 의식의 부르짖음을, 밀림과 사막의 부르짖음을. 나는 천 가지 대답을 알 수도 있지만, 이 한 가지 대답만은 나의 영역 밖에 있다. 나는 결코 그 대답을 얻을 수 없는 것이다.

사랑! 이 말로 얼마나 많은 것을 표현해야 했던가? 더없이 부드러운 살결의 애무로부터 정신의 아득한 격동에 이르기까지, 단순하기 그지없는 집안 소원으로부터 죽음의 감동에 이르기까지, 제정신이 아닌 적나라한 욕정에서부터 야곱과 천사의 격투에 이르기까지. 라비크는 이제 마흔을 넘겼고, 많은 학교에서 교육을 받았고, 두들겨 맞고 쓰러졌다가 경험과 지식으로 다시 일어섰다. 세월이라는 필터에 걸러지고 더욱 단단해지고, 비판적이 되고 더욱 냉정해졌다. 나는 그것을 원치 않았고, 믿지 않았으며, 그것이 다시 한 번 찾아오리라곤 생각지도 않았다. 그런데 이제 그것이 눈앞에 있다. 그 모든 경험도 소용없고, 그 모든 지식도 그것을 더욱 불타오르게 할 뿐이다. 메마른 냉소주의와 위기의 세월에 쌓아올렸던 장작보다 감정의 불길 위에서 더 타오르기 좋은 게 어디 있겠는가?

그는 걷고 또 걸었다. 밤은 아득하게 울려 퍼졌다. 무작정 걸었고, 몇 시간이 지났는지 몇 분이 지났는지도 모른 채 정신없이 걸었다. 다시 라파엘 거리 뒤쪽 공원에 와 있는 자신을 발견하고는 그다지 놀라지도 않았다.

파스칼 거리의 집. 창백한 빛의 방들, 높다란 곳에 자리 잡은 방들, 몇 군데는 불이 밝혀 있다. 조앙의 방 창문들이 보였다. 환하게 빛나고 있었다. 여자는 집에 있었다. 어쩌면 집에 없고 불만 켜져 있을지도 몰랐다. 그 여자는 어두운 방에 들어가는 걸 싫어했으니까. 그 점은 그도 마찬가지였다. 라비크는 길을 건넜다. 자동차 몇 대가 집 앞에 서있었다. 그중에 노란색 로드스타가 있었다. 보통 자동차를 경주용처럼 개조한 것이었다. 그것이 다른 사내의 차일 수도 있다. 배우가 타기에 적당한 자동차다. 붉은색 가죽 시트, 비행기에나 있을 만한 계기판, 그리고 불필요한 기구들이 잔뜩 있었다. 그래, 그 사내 것임이 분명하다. 질투하는 건가? 그런 생각에 그는 깜짝 놀랐다. 그 여자와 연결된 우연한 대상을 보고 질투한다고? 나와는 아무 관계도 없는 것을 보고 질투한단 말인가? 방향을 바꾸어 버린 사랑은 질투할 수 있다. 하지만 그곳을 향하고 있으면서 질투할 수는 없는 법이다.

그는 다시 공원으로 돌아갔다. 어둠 속에서 흙냄새와 차가워진 푸른 잎들의 향기와 뒤섞여 꽃 냄새가 풍겼다. 곧 뇌우가 닥칠 것 같은 짙은 내음이었다. 그는 벤치를 발견하고 앉았다. 이건 내가 아니야 하고 그는 생각했다. 나를 버린 여자의 집 앞 여기 벤치에 앉아 그 집 창을 올려다보고 있는, 지각한 이 연인은 내가 아니야! 낱낱이 분석할 줄은 알면서도, 그 주인이 될 수 없어 욕망에 마구 흔들리고 있는 이 작자는 내가 아니야! 여기 있는 이 바보, 시간을 되돌릴 수만 있다면, 자신의 귀에 말도 안 되는 소리를 지껄여 대는 이 허망한 금발 여자를 되찾을 수만 있다면, 몇 년의 세월이라도 바치겠다고 생각하는 이 작자는 내가 아니라고! 여기 이렇게 앉아 온갖 변명을 하고 질투를 하고, 힘이 쭉 빠져 가련한 상태로, 저놈의 자동차에 불이라도 지르면 후련하겠다고 생각하는 이 작자는 내가 아니라고!

담배를 더듬어 찾았다. 나직한 불빛. 보이지 않는 연기. 성냥불의 짧은 혜성 궤도. 나는 왜 저 방에 올라가지 않은 건가? 무슨 일이 있었다는 건가? 아직도 너무 늦진 않았다. 불은 아직도 켜져 있다. 이 정도 문제는 얼마든지 처리할 수 있다. 그런데도 너는 왜 여자를 데리고 나오지 않는 건가? 모든 사정을 다 아는데도 말이다. 여자를 데리고 나와 다시는 놓아주지 않으면 되지 않는가?

그는 어둠 속을 응시했다. 그래 봤자 무슨 소용일까? 무슨 일이 있겠는가? 다른 사내를 쫓아낼 수도 없다. 다른 사람 마음으로부터 아무것도, 그리고 아무도 쫓아낼 수는 없는 법이다. 여자가 나에게로 왔을 때, 왜 그 여자를 차지하지 않았던가? 왜 그렇게 하지 않았던가?

담배를 내던졌다. 그것만으론 충분하지 않았기 때문이다. 바로 그 때문이다. 나는 더 많은 것을 바랐던 것이다. 그 여자가 온다고 해도, 다시 온다고 해도, 그것으로는 충분하지 않다. 모든 것을 잊고 물속에 가라앉혀 버린다 해도, 그것만으로는 절대로 충분하지 않다. 이상하고 무서운 일이긴 하지만, 결코 충분하지 않다. 그 무언가가 뒤틀리고 말았다. 그 언젠가부터 상상력의 빛이 더 이상 거울에, 그 빛을 받아 자신 속으로 더욱 강렬하게 되비추어 주는 거울에 적중하지 않았던 것이다. 이제 빛은 거울을 빗나가, 채울 수 없는 맹목적인 허공으로 흩어져 버린 것이다. 이제 그 어떤 것도 빛을 되찾아올 수는 없다. 어떤 거울도, 천 개의 거울도 소용 없다. 거울들은 빛의 일부분만을 사로잡을 수 있을 뿐, 그 빛을 도로 가져올 수는 없다. 그 빛은 망령이 되어 텅 빈 사랑의 허공을 외롭게 떠돌고, 빛나는 안개만이 허공을 채운다. 안개는 아무 형체도 없고, 사랑하는 사람의 머리 주위로 어떤 무지개도 생겨나게 할수 없다. 마법의 고리는 깨졌다. 슬픔만 남았고, 희망은 산산조각 났다.

누군가가 집에서 나왔다. 남자였다. 라비크는 몸을 일으켰다. 한 여자가 뒤따라 나왔다. 그들은 큰소리로 웃었다. 그들은 아니었다. 자동차 중 하나가 시동을 걸더니 출발했다. 그는 다시 담배를 한 개비 꺼냈다. 내 형편만 달랐다면 그 여자를 붙들어 둘 수 있었을까? 하지만 도대체 무엇을 붙잡아 둔단 말인가? 오직 환영일 뿐이다. 그 이상도 이하도 아니다. 하지만 환영이라도 충분하지 않은가? 언제 그 이상의 것을 얻기라도 했던가? 그 누가 이름도 없이 감각의 밑바닥에서 넘쳐흐르는 생명의 시커먼 소용돌이에 대해 조금이라도 안단 말인가? 나를 공허한 소란에서 벗어나게 하여 사물로, 책상과 램프와 고향으로, 그리고 당신과 사랑으로 변화시키는 그 소용돌이에 대해서 말이다. 거기엔 오직 예감과 무시무시한 어스름이 있을 뿐이다. 그것으로 충분하지 않은가?

하지만 충분하지는 않았다. 그것을 믿을 때에야 비로소 충분하게 되는 것이다. 수정이 일단 의심이라는 망치에 부서지고 나면, 접합제로 붙일 순 있지만 그 이상은 아무것도 할 수 없다. 지난날 백색으로 빛났던 수정을 접합제로 붙이고 속임수로 가려 봤자 산만하게 흩어지는 빛만 보일 뿐이다! 아무것도 되돌아오지 않는다. 아무것도 다시 만들어지지 않는다. 아무것도. 조앙이 다시 돌아온다 하더라도 이전과 같을 수는 없다. 접합제로 얼기설기 붙인 수정. 때는 늦었다. 아무것도 시간을 되돌리지 못한다.

날카롭고 참기 어려운 고통이 느껴졌다. 그의 내부에서 무언가가 찢겼다. 갈기갈기 찢어졌다. 제기랄, 맙소사 하고 그는 생각했다. 이렇게 괴로워하다니. 이것 때문에 이처럼 괴로워한단 말인가. 나는 나 자신을 어깨 너머로 응시한다. 하지만 그렇다고 변할 것은 아무것도 없다. 설사 내가 그것을 얻는다고 하더라도, 다시 놓치고 말 것이다. 하지만 그 점을 알아도 나의 갈망은 식지 않는다. 나는 그것을, 시체 공시소 테이블 위에 올려놓은 시체처럼 해부한다. 하지만 그것은 천배나 더 생생하게 되살아난다. 그것이 언젠가는 지나가 버린다는 것도 안다. 그렇지만 내겐 아무 도움도 안 된다. 그는 창문을 응시했다. 눈이 부셨다. 그리고 갑자기 자신이 정말 우스꽝스럽다고 느꼈다. 하지만 그렇다고 해서 변하는 것은 없었다.

갑자기 도시 위로 엄청난 천둥소리가 울려 퍼졌다. 빗방울이 후드득 후드득 풀숲으로 떨어졌다. 라비크는 일어섰다. 거리는 어두운 은빛으로 변했다. 비는 노래하기 시작했다. 커다란 빗방울이 따뜻하게 그의 얼굴을 때렸다. 그러자 갑자기 자기가 멍청한 것인지, 아니면 비참한 것인지, 고통스러워하고 있는 것인지 그렇지 않은 것인지 분간되지 않았다. 다만 자기가 살아 있다는 것만 느낄 수 있었다. 나는 살아 있다! 여기에 있다. 이것이 나를 다시 사로잡고 뒤흔들어 댄다. 나는 더 이상 방관자가 아니다. 아웃사이더가 아니다. 억누를 수 없는 감정의 위대한 광휘가, 마치 불길이 용광로 도관을 지나가듯 내혈관 속으로 줄달음친다. 내가 행복하든 불행하든 아무래도 좋다. 나는 분명히 살아 있다. 그리고 내가 살아 있음을 확실히 느낀다. 그것으로 충분치 않은가!

그는 빗속에 그대로 서 있었다. 비는 하늘나라의 기관총인 것처럼 그의 머리 위로 마구 떨어졌다. 그는 그 자리에 선 채로 비가 되었고, 폭풍우와 물과 땅이 되었다. 지평선에서 번쩍하는 번갯불이 그의 가슴속에서 지그재그로 지나갔다. 그는 피조물이었고 원소였다. 이제 아무것에도 이름이 없었고, 그렇게 해서 고독해지지도 않았다. 모든 것은 동일하다. 사랑도, 퍼붓는 비도, 지붕 위에서 번쩍이는 창백한 불빛도, 부풀어 오르는 것처럼 보이는 대지도 다 동일하다. 이제 아무런 경계선도 없다. 그는 이 모든 것에 속했다. 행복도 불행도 살아 있다는 감정, 살아 있음을 생생하게 느끼는 강렬한 감정으로부터 내동댕이쳐진 공허한 껍데기에 지나지 않는 것이다. "저 위에 있는 그대." 하고 그는 불 켜진 창을 향해 말을 던지곤 큰소리로 웃었다. 하지만 자신이 웃었다는 것을 자신은 알지 못했다. "그대 작은 빛이여, 그대 신기루여, 수십만 다른 얼굴들이 있는 이 별 위에서, 좀 더 훌륭하고, 아름답고, 총명하고, 친절하고, 성실하고, 분별력 있고, 내게 이상한 힘을 발휘하는 얼굴이여, 그대 우연이여, 밤중에 길가에 내동댕이쳐져 나의 생활 속으로 굴러 들어온 그대여, 어디선가 떠밀려 와 내가 잠든 동안 내 살갗 밑으로 기어 들어와 아무 생각도 없이 달라붙어 버린 감정이여, 나라는 인간에 대해서는 내가 저항한다는 것 외에는 별달리 아는 것이 없고, 그래서 내가 더 이상 저항하지 않을 때까지 내게 몸을 내던졌다가는 이제 가 버리는 그대여, 이제 안녕! 나는 여기 서 있다. 다시 한 번 여기 서 있을 줄은 몰랐다. 비는 속옷을 적시고 흐른다. 비는 그대 손보다, 피부보다 더 따뜻하고 더 차갑고 더 부드럽다. 나는 여기 서 있다. 비참한 기분으로 배 속에 질투라는 날카로운 발톱을 감추고서, 그대를 그리워하면서 그대를 경멸하고, 그대를 칭송하면서 숭배한다. 그대가 번갯불을 던져 나를 타오르게 했기 때문이다. 모든 자궁 속에 숨겨진 번갯불, 생명의 불꽃, 그 시커먼 불을 내게 던졌기 때문이다. 나는 여기 서 있다. 보잘것없는 냉소주의와 조소적인 태도 그리고 조금의 용기를 지닌 채휴가를 얻은 죽은 자는 이제 아니다. 식어 버리지 않고 다시 한 번 살아나 고통을 받는다. 다시 한 번 삶의 뇌우에 몸을 맡기고, 삶의 순수한 힘 속으로 다시 태어난다! 축복받아라, 변덕스러운 심장을 가진 마돈나여! 루마니아 억양을 쓰는 니케여. 꿈과 기만, 암흑의 신의 깨진 거울, 아무런 예감도 없는 그대가 정말 고맙다! 네겐 결코 이런 말을 않으리. 그렇게 한다면 너는 뻔뻔하게 그것을 이용하고 말 테니까. 하지만 그대는 플라톤도, 별 같은 국화꽃도, 탈주도 자유도, 모든 시와 모든 자비심도, 절망도 줄기차게 기다리는 고귀한 희망도 줄 수 없었던 것을 내게 돌려주었다. 대재앙과 대재앙 사이의 이 시대에 내겐 범죄처럼 보였던 그런 단순하고 강렬하고 직접적인 생명을 그대는 내게 주었다! 그대여 안녕! 정말 고맙다! 나는 그런 것들을 배우기 위해 그대를 잃어야 했다! 그대여 안녕!"

비는 번쩍이는 은빛 장막이 되었다. 풀숲은 향기를 뿜기 시작했다. 흙냄새는 강렬하고 고마웠다. 누군가가 맞은편 아파트에서 뛰어나와 노란색 로드스타에 덮개를 씌웠다. 아무래도 좋았다. 모든 것은 마찬가지였다. 밤이 별들로부터 비를 흔들어 떨어뜨려 주었다. 신비스럽게도 열매를 맺어 주는 비는 가로수 길과 정원이 있는 돌의 도시 위로 줄기차게 내렸다. 수백만 송이 꽃들은 그들의 알록달록한 성기를 비를 향해 내밀고 받아들인다. 비는 수백만 개의 날개처럼 펼쳐진 나뭇가지들한테로 뛰어들고, 땅속으로 스며들어 기다리고 있는 수백만 개의 뿌리와 어둠 속에서 결혼식을 올린다. 비와 밤, 자연과 성장, 그런 것들은 파괴와 죽음, 범죄자와 거짓 성인, 승리와 패배와는 상관없이 지금 여기에 있다. 어느 해든 마찬가지다. 그리고 나는 오늘밤 그런 것들의 일부가 된다. 껍질은 열리고, 생명은 기지개를 편다. 생명이여! 생명이여! 내 인사를 받아라! 축복하노라!

그는 정원과 길을 재빨리 지나갔다. 뒤돌아보지 않았다. 걷고 또 걸었다. 숲의 우듬지들은 윙윙거리는 거대한 벌집처럼 그를 맞아 주었다. 비는 우듬지들을 북처럼 두드렸고, 우듬지들은 몸을 흔들며 대답했다. 다시 젊어진 느낌이었고, 처음으로 여자의 집에 가는 것 같았다.

24

"무얼 드릴까요?" 하고 웨이터가 라비크에게 물었다.

"그걸로 한 잔……."

"뭐라고요?" 라비크는 대답하지 않았다.

"무슨 말씀인지 못 들었습니다만." 하고 웨이터가 말했다.

"아무거나. 아무거나 가져와."

"페르노는 어떨까요?"

"좋아."

라비크는 눈을 감았다. 그리고 다시 천천히 눈을 떴다. 사내는 여전히 그곳에 앉아 있었다. 이번에는 절대로 잘못 본 게 아니었다.

하케는 출입문 옆의 탁자에 앉아 있었다. 혼자서 식사하고 있었다. 탁자 위에는 반으로 자른 왕새우 두 개를 담은 은 접시, 얼음 그릇에 담은 샴페인 한 병이 있었다. 웨이터 하나가 탁자 옆에 서서 토마토와 푸른 샐러드를 섞고 있었다. 라비크는 그 모든 장면을 그의 눈 속에 밀랍 부조를 새기려는 듯 뚫어져라 쳐다보았다. 그는 하케가 얼음 그릇에서 샴페인 병을 끄집어낼 때 붉은 돌에 문양을 새긴 도장 반지를 보았다. 도장 반지와 오동통한 흰 손은 낯익었다. 그는 그 손을, 고문대 옆에서 기절했다가, 실신 상태에서 깨어나 휘황한 불빛 아래로 내던져졌을 때, 그 일사불란한 광기의 소용돌이 속에서 보았던 것이다. 바로 앞에 그 하케가 있었다. 그는 라비크에게 끼얹는 물벼락에 흠잡을 데 없는 자신의 제복을 적시지 않으려고 조심스럽게 뒤로 물러섰고, 그 통통하고 희디흰 손을 내밀어 라비크를 가리키며 부드러운 목소리로 말했던 것이다. "이제 시작이야. 이건 아무것도 아니야. 자, 이름을 댈래? 아니면 계속할까? 다른 방법도 얼마든지 있어. 보아하니 네놈의 손톱은 아직 성하군그래."

하케는 눈을 들었다. 라비크를 똑바로 보았다. 라비크는 그냥 앉아 있기만 하는 데도 온몸의 힘이 필요했다. 그는 페르노 잔을 들어 한 모금 마셨고, 조리법이 재미있다는 듯이 눈에 힘을 주어 샐러드 접시를 천천히 쏘아보았다. 하케가 그를 알아보았는지는 알 수 없었다. 그는 순식간에 등줄기가 흥건하게 땀에 젖는 것을 느꼈다.

잠시 후 그는 탁자 쪽으로 다시 눈길을 보냈다. 하케는 왕새우를 먹었고, 자기 접시를 보고 있었다. 그의 대머리는 빛을 반사했다. 라비크는 주위를 둘러보았다. 식당은 만원이었다. 무언가를 시도하기는 불가능했다. 무기도 가진 게 없고, 만일 하케에게 덤벼든다 해도 그다음 순간 열 명의 사람들이 자기를 떼어 놓고 말 것이다. 그리고 이 분 후면 경찰이 올 것이다. 기다렸다가 하케 뒤를 쫓는 도리밖에 없었다. 어디에 사는지 아는 게 급선무였다.

그는 억지로 담배를 피워 물었고, 다 피울 때쯤 되어서야 하케 쪽으로 다시 시선을 보냈다. 천천히 마치 누구를 찾고 있기라도 하듯 사방을 둘러보았다. 하케는 마침 새우를 다 먹고 난 참이었다. 그는 냅킨을 두 손으로 들고 입술을 닦았다. 한쪽 손이 아니라 두 손으로 닦았다. 냅킨을 집어 들고 입술을 가볍게 톡톡 두드리며 닦았다. 처음에는 한쪽 입술을, 다음에는 다른 쪽 입술을, 마치 여자가 연지를 닦아 내듯 두드렸다. 그러다가 갑자기 라비크를 정면으로 쳐다보았다.

라비크는 눈길을 다른 곳으로 돌렸다. 하케가 자기를 노려보는 것 같았다. 그는 웨이터를 불러 페르노를 한 잔 더 가져오게 했다. 다른 웨이터가 하케의 탁자를 치웠다. 먹다 남은 왕새우 찌꺼기를 치우고, 빈 잔에다 술을 채우고, 치즈를 담은 접시를 날라 왔다. 하케는 밀짚 깔개 위에서 녹고 있는 브리산(産) 치즈를 손으로 가리켰다.

라비크는 다시 새 담배를 피웠다. 잠시 후 눈꼬리로 하케의 눈길이 느껴졌다. 더 이상 우연은 아니었다. 그는 피부가 오그라드는 것을 느꼈다. 하케가 자기를 알아보았다면. 라비크는 웨이터를 불러 세우고 말했다. "페르노를 밖으로 갖다줄 수 있겠소? 테라스에 가서 앉고 싶은데. 그곳이 더 시원할 것 같은데."

웨이터는 망설였다. "여기서 계산해 주시면 더 편하겠는데 요. 밖에는 다른 웨이터가 있습니다. 그렇게 해 주시면 잔을 밖으로 내다 드리겠습니다."

라비크는 머리를 가로젓고는 지폐 한 장을 꺼냈다. "이건 여기서 마시고, 밖에 나가서는 다시 주문하겠네. 그러면 안 헷 갈릴테지."

"좋습니다, 손님. 고맙습니다."

라비크는 서두르지 않고 잔을 다 비웠다. 하케가 엿듣는다 는 것을 알았다. 라비크가 말을 하는 동안에 그는 먹지 않았던 것이다. 그러고는 다시 먹기 시작했다. 라비크는 잠시 그대로 앉아 있었다. 하케가 그를 알아보았다면, 방법은 하나밖에 없 었다. 하케를 알아보지 못한 것처럼 행세하면서 몸을 숨긴 후 그곳에서 그를 관찰하는 것이다.

몇 분 후 그는 자리에서 일어나 어슬렁어슬렁 밖으로 나왔 다. 밖에는 거의 모든 자리가 차 있었다. 라비크는 선 채로 기 다리다가, 잠시 후 빈자리를 발견했다. 식당 안 하케의 탁자 를 어느 정도 볼 수 있는 곳이었다. 하케를 볼 수는 없었다. 그 러나 하케가 일어나서 가려고 하면, 라비크가 그를 볼 수 있는 자리였다. 그는 페르노를 주문하고는 즉시 계산했다. 그러면 언제라도 그를 미행할 수 있었다.

"라비크……." 누군가가 그의 옆에서 말을 건넸다.

그는 누구한테 얻어맞기라도 한 듯 깜짝 놀랐다. 조앙이 그의 곁에 있었다. 그는 조앙을 멍하게 쳐다보았다. "라비 크……." 하고 여자가 되풀이했다. "당신은 이제 날 알아보지도 못하나요?"

"알지, 무슨 소리야." 그의 눈은 여전히 하케의 탁자로 향하고 있었다. 웨이터가 서 있었다. 커피를 가져왔다. 그는 숨을 내쉬었다. 아직 틈은 있었다.

"조앙." 하고 그가 힘들게 말했다. "무슨 일로 왔어?"

"무슨 질문이 그래요. 푸케는 누구나 매일 오는 곳이잖아요."

"혼자?"

"네."

그는 여자가 아직도 서 있고 자기는 앉아 있다는 것을 깨달았다. 그는 하케의 탁자를 비스듬히 바라보면서 일어섰다. "나는 여기에서 볼일이 있어, 조앙." 하고 그가 여자 쪽은 보지도 않고 급하게 말했다. "무슨 일인지는 설명할 수 없어. 제발 나를 혼자 있게 해 줘."

"기다리겠어요." 하고 조앙은 자리에 앉았다. "어떤 여잔지 봐야겠어요."

"여자라니?" 하고 라비크는 영문을 몰라 물었다.

"당신이 기다리는 여자 말예요."

"여자가 아냐."

"그럼 누구예요?"

그는 그녀를 쳐다보았다. "당신은 날 알아보지도 못하네요." 하고 여자가 말했다. "절 쫓아 버리고 싶죠. 흥분하고 있군요. 누군가가 있어요. 누군지 알아야겠어요."

오 분은 있어 하고 라비크는 생각했다. 커피 마시는 데 십

142

분이나 십오 분 정도 걸리겠지. 하케는 담배를 피울 테고. 보통 담배겠지. 그때까지는 어떻든 조앙을 처리해야 해.

"좋아." 하고 그가 말했다. "내가 당신 행동을 막을 수야 없지. 하지만 다른 자리에 가서 앉아 줘."

여자는 대꾸하지 않았다. 두 눈은 날카로워지고 얼굴은 긴장되었다. "여자는 아니라고." 하고 그가 말했다. "하지만 젠장, 여자라고 하더라도 당신과 무슨 상관이야? 자기는 배우 나부랭이랑 돌아다니면서 질투를 하다니, 가소롭군."

조앙은 대답하지 않았다. 그가 보고 있는 쪽으로 향하여, 누구를 쳐다보는지 알려고 했다. "그만둬." 하고 그가 말했다.

"그 여자가 다른 남자와 있어요?"

갑자기 라비크는 자리에 앉았다. 자기가 테라스로 가서 앉겠다고 한 것을 하케가 들었다. 그러니 나를 알아보았다면 이상하게 생각하며 내가 어디 있는지 알아보려 할 것이다. 그렇다면 여기 밖에서 여자하고 앉아 있는 게 더 자연스럽고, 아무렇지도 않아 보일 것이다.

"좋아." 하고 그가 말했다. "여기 있어. 하지만 당신 생각은 말도 안 돼. 나는 갑자기 일어나 가 버릴지도 몰라. 그러면 당신은 택시까지만 같이 가고, 함께 타지는 않는 거야. 그렇게 해 줄래?"

"뭐 때문에 그런 수수께끼 같은 말을 하는 거죠?"

"수수께끼가 아냐. 오랫동안 만나지 못했던 놈이 여기 와 있어. 그놈이 어디에 사는지 알아야 해. 그게 전부야."

"여자가 아니라고요?"

"여자가 아냐. 남자 놈이야. 더 이상은 말할 수 없어."

웨이터가 탁자 옆에 와서 섰다. "무얼 마시겠어?" 하고 라비크가 물었다.

"칼바도스."

"칼바도스 한 잔." 웨이터는 발을 끌며 가 버렸다.

"당신은 안 마셔요?"

"안 마셔, 이걸 마시고 있잖아."

조앙은 그를 가만히 쳐다보았다. "내가 가끔 당신을 얼마나 미워하는지 모르죠?"

"그럴 수도." 라비크는 하케의 탁자를 슬쩍 눈으로 더듬었다. 유리잔이군 하고 그는 생각했다. 떨리고 흐르고 번쩍이는 유리잔. 거리, 탁자들, 사람들…… 이 모든 것이 떨리는 잔 속의 젤리에 비치고 있다.

"당신은 차갑고 이기적이고……."

"조앙, 그 이야긴 다음에 하기로 하지."

여자는 웨이터가 유리잔을 자기 앞에 놓는 동안 아무 말도 하지 않았다. 라비크는 즉시 계산을 했다.

"당신이 날 이 꼴로 만들었어요." 여자가 대들며 말했다.

"알아……." 그 순간 탁자 위로 하케의 손이 보였다. 설탕을 집으려고 내민 희고 통통한 손이었다.

"당신! 바로 당신 탓이라고요! 당신은 나를 사랑한 적이 한 번도 없었어요. 당신은 나를 가지고 놀았어요. 당신은 내가 당신을 사랑한다는 걸 알면서도 아무 반응이 없었어요."

"당신 말이 옳아."

"뭐라고요?"

"당신 말이 옳다니까." 하고 라비크는 여자를 쳐다보지도 않고 말했다. "하지만 나중엔 달라졌어."

"그래요, 나중엔! 나중엔! 하지만 그땐 이미 모든 게 뒤죽박죽이 되었어요. 그때는 이미 늦었다고요. 당신 탓이에요."

"알아."

"내게 그런 식으로 말하지 말아요!" 여자의 얼굴은 하얗게 질렸고, 분노로 달아올랐다. "당신은 내 말을 조금도 듣고 있지 않군요."

"천만에, 듣고 있어!" 그는 여자를 쳐다보았다. 말을 해, 무슨 말이든, 아무 이야기라도 좋아.

"당신은 배우 나부랭이하고 싸우기라도 한 모양이군."

"그래요."

"곧 지나갈 거야."

구석에서 푸른 연기가 피어올랐다. 웨이터가 다시 커피를 따른다. 하케는 시간을 끌고 있었다. "나는 거짓말도 할 수 있었어요." 하고 조앙이 말했다. "우연히 여기에 왔다고 말예요. 하지만 그게 아녜요. 난 당신을 찾고 있었다고요. 그 사람하고 헤어질 거예요."

"언제나 그런 기분이 들 수도 있지. 원래 그런 거라고."

"그 사람이 무서워요. 날 위협해요. 날 쏘아 죽이겠대요."

"뭐라고?" 라비크는 갑자기 얼굴을 들었다. "지금 뭐라고 한 거야?"

"그 사람이 나를 쏘아 죽인다고 했어요."

"누가?" 그는 건성으로 듣고 있다가, 이제야 알아들었다. "아, 그래! 그런 말을 믿지는 않을 테지?"

"그 사람은 무섭게 신경질적이에요."

"멍청하긴! 그런 말을 하는 녀석들은 그런 짓을 못 해. 배우라면 더더욱 그래."

내가 도대체 무슨 소리를 하고 있는 거야? 하고 그는 생각했다. 이게 다 무슨 일인가? 내가 지금 무얼 하자는 건가? 누군가의 목소리가 그저 귓전을 울리고 누군가의 얼굴이 앞에 있을 뿐이다. 그게 나와 무슨 상관이란 말인가. "뭣 때문에 나한테 그런 말을 하는 거야?"

"그 사람하고 헤어지고 싶어요. 당신한테 돌아갈래요."

그놈이 택시를 탄다면, 내가 차를 불러 세우기까지 최소한 몇 초는 걸릴 것이다. 그러고 나서 내가 탄 차가 출발을 하면 너무 늦을지도 모른다. 그는 일어섰다. "여기서 기다려 줘. 곧 올 거야."

"뭘 하려는 거예요……."

그는 대꾸하지 않았다. 재빨리 보도를 가로질러 건너가 택시 한 대를 불러 세웠다. "여기 10프랑이오, 몇 분 동안 기다려 줄 수 있겠어요? 안에서 할 일이 좀 있어서."

운전사는 지폐를 쳐다보았다. 그러고는 라비크를 보았다. 라비크는 눈을 찡긋했다. 운전사도 눈을 찡긋하며 되받았다. 그리고 지폐를 천천히 흔들었다. "그건 팁이오." 하고 라비크가 말했다. "알겠소, 그러니까……."

"알겠습니다." 운전사는 이를 씩 드러내며 웃었다. "좋습니다. 여기서 기다리죠."

"곧바로 출발할 수 있게 준비해 두세요."

"알겠습니다, 선생님."

라비크는 북적대는 사람들을 헤치고 허겁지겁 돌아왔다. 갑자기 목구멍이 조였다. 하케가 문 앞에 서 있는 걸 보았던 것이다. 조앙의 말이 귀에 들어오지 않았다. "기다려!" 하고 그는 말했다. "기다리라고! 곧 올게! 잠시만!"

"싫어요!"

여자가 일어섰다.

"당신은 후회할 거예요!" 여자는 거의 흐느꼈다.

그는 억지로 미소를 지었다. 그리고 여자의 손을 꼭 쥐었다. 하케는 아직 그곳에 서 있었다. "앉아." 하고 라비크가 말했다. "잠시면 돼!"

"싫어요!"

그가 쥐고 있던 여자의 손이 빠져나갔다. 그는 손을 놓았다. 주목을 끄는 일은 하고 싶지 않았다. 여자는 문 가까이에 있는 탁자들 사이로 빠른 걸음으로 가 버렸다. 하케는 여자의 뒷모습을 쳐다보았다. 그러고는 라비크 쪽으로 천천히 눈길을 던졌다가는 다시 조앙이 가 버린 쪽을 보았다. 라비크는 자리에 앉았다. 갑자기 관자놀이 부근의 피가 쩽쩽하게 울렸다. 그는 지갑을 꺼내 무언가를 찾는 척했다. 하케가 천천히 탁자 사이를 걸어오는 것을 알아차렸던 것이다. 그는 모르는 체하며, 반대쪽 방향을 보았다. 하케는 틀림없이 그가 보고 있는 쪽으로 지나갈 것이다.

그는 기다렸다. 시간이 끝도 없이 느리게 지나가는 것 같았다. 갑자기 격렬한 불안감에 사로잡혔다. 만일 하케가 되돌아가 버렸다면 어쩌지? 그는 재빨리 고개를 돌렸다. 하케는 이미 그 자리에 없었다. 그 순간 핑 하고 모든 것이 돌았다. "실례지만?" 하고 누군가가 그의 옆에서 말을 걸었다.

라비크의 귀에는 그 말이 들리지 않았다. 그는 출입구 쪽을 보았다. 하케는 안쪽으로 들어가지도 않았다. 얼른 일어서야 한다 하고 그는 생각했다. 놈을 따라붙어야 해. 등 뒤에서 목소리가 또 들렸다. 그는 고개를 돌렸고, 그 순간 멍하게 쳐다보았다. 하케가 등 뒤로 와서 바로 곁에 서 있었던 것이다. 그는 조앙이 앉았던 자리를 가리켰다. "실례합니다. 다른 데 빈자리가 없어서요."

라비크는 고개를 끄덕였다. 말을 한다는 게 불가능했다. 피가 싹 빠져나가는 것 같았다. 피가 의자 밑으로 흐르고 흘러, 몸이 빈 자루라도 되는 것처럼 빠져나갔다. 그는 등을 의자 쪽으로 힘껏 기댔다. 유리잔은 아직도 거기에 놓여 있었다. 우유와 같은 액체. 그는 잔을 들어 마셨다. 무거웠다. 그는 잔을 내려다보았다. 손 안에서 가만히 있었다. 혈관 속 피가 요동을 쳤다.

하케는 고급 핀 샴페인을 주문했다. 오래 묵은 핀 샴페인이었다. 그는 독일어 억양이 짙게 밴 프랑스어로 말했다. 라비크는 신문팔이 소년을 불렀다. "《파리 수아르》한 장 다오."

신문팔이 소년은 출입구 쪽을 보았다. 그쪽에 신문팔이 노파가 서 있는 것을 알았기 때문이다. 소년은 우연인 것처럼 신문을 접어 라비크에게 건네주었고, 동전을 받아들곤 재빨리 사라졌다.

이놈이 나를 알아본 게 틀림없어 하고 라비크는 생각했다. 안 그러면 무엇 때문에 여기로 온단 말인가? 일이 이렇게 돌아갈 줄은 정말 몰랐어. 이렇게 된 이상 하케가 어떻게 나올지 지켜본 후 거기에 따라 행동하는 수밖에.

그는 신문을 집어 들어 제목들만 읽고는 도로 탁자 위에 놓았다. 하케가 그를 쳐다보았다. 그리고 독일어로 말했다. "좋은 저녁이군요."

라비크는 고개를 끄덕였다.

하케는 슬쩍 미소를 지었다. "제가 잘 알아보았지요. 어때요?"

"그런 것 같은데요."

"저 안에 있을 때부터 알아차렸지요."

라비크는 정신을 바짝 차렸고 그러면서 아무렇지도 않은 듯 고개를 끄덕였다. 극도의 긴장 상태였다. 하케가 어떻게 나올지 상상할 수 없었다. 라비크가 프랑스에 불법 체류 중이라는 것을 하케가 알 리는 없었다. 하지만 게슈타포는 그런 것까지 알지도 몰랐다. 그렇더라도 시간은 있다.

"선생님을 금방 알아보았습니다." 하고 하케가 말했다.

라비크는 그를 쳐다보았다. "그 상처는." 하고 하케는 라비크의 이마를 가리켰다. "학생 조합의 학생 신분을 말하는 겁니다. 그러니까 독일분이 틀림없는 거죠. 아니면 독일에서 공부를 하셨거나."

그는 큰소리로 웃었다. 라비크도 여전히 그를 지켜보았다. 이런 일이! 너무 웃기는 일이다! 갑작스럽게 그는 안도의 한숨을 깊이 쉬었다. 그가 누구인지 하케는 조금도 모른다. 그의 이마 상처를 대학생들의 결투 때문에 생긴 상처라고 생각한다. 라비크는 큰소리로 웃었다. 하케와 함께 웃었다. 웃음을 참기 위해 손바닥에 손톱이 박히도록 주먹을 꼭 쥐어야 했다.

"맞지요?" 하케는 자못 자랑스러운 표정으로 말했다.

"네, 말씀대롭니다."

이마의 상처, 그 상처는 게슈타포의 지하실에서 하케가 보는 앞에서 두들겨 맞아 생긴 것이었다. 그의 피가 하케의 눈과 입속으로 튀어 들어갔던 것이다. 그런데 그 하케가 지금 여기 앉아서 그것을 결투의 상처로 짐작하고, 맞혔다고 자랑스러워하는 것이다.

웨이터가 하케의 핀을 가져왔다. 하케는 술맛이라도 아는 척 킁킁대며 냄새를 맡았다. "여기선 이런 걸 마실 수 있군요!" 하고 그가 말했다. "고급 코냑입니다! 하지만 다른 걸 보면……." 그는 라비크에게 찡긋 윙크를 했다. "모조리 썩었어요. 연금 생활자만 득실댑니다. 모두들 안전하고 편한 생활만 바라고 있어요. 우리한테 질 수밖에요."

라비크는 함부로 말을 해선 안 되겠다고 생각했다. 막상 말을 하기 시작하면, 자신이 유리잔을 높이 집어 들었다가 탁자 모퉁이에 내리쳐 깨뜨리고, 날카로운 파편으로 하케의 두 눈을 푹 찌를 것 같았다. 그는 조심스럽게 잔을 들어 비우고는 다시 조용히 내려놓았다.

"그건 뭐죠?" 하고 하케가 물었다.

"페르놉니다. 압생트 대용품이지요."

"아, 압생트요. 프랑스 사람들을 불능으로 만드는 물건이 죠. 안 그래요?"

하케는 싱긋이 웃었다. "용서 바랍니다! 개인적으로 드린 말씀은 아닙니다만."

"압생트는 금지되어 있어요." 하고 라비크가 말했다. "이건 해롭지 않은 대용품이지만요. 압생트를 마시면 불임이 된다 고들 하지만, 발기불능이 되진 않아요. 그래서 금지되는 거지 요. 여기 이건 아니스고요. 감초수 맛이 나지요.

무난하게 돼 가는군 하고 그는 생각했다. 그렇게 흥분도 하 지 않고 말이야. 가볍게 술술 대답도 하고. 마음속 깊은 곳에 선 시커멓게 으르렁거리며 감정이 소용돌이쳤지만, 겉으로는 멀쩡했다. "여기 사십니까?" 하고 하케가 물었다.

"그렇습니다."

"오래전부터요?"

"줄곧 살았지요."

"그렇군요." 하고 하케가 끄덕였다. "외국 태생 독일인이란 말씀이군요. 여기서 태어나셨나요, 그런가요?" 라비크는 고개 를 끄덕였다.

하케는 펀을 마셨다. "우리들의 가장 뛰어난 인물들 중에도 외국 태생 독일인이 몇몇 있지요. 총통 대리는 이집트 태생이 지요. 로젠베르크는 러시아 태생이고요. 다레는 아르헨티나 에서 태어났고요. 문제는 신념이지요, 그렇지 않을까요?"

"당연하지요." 하고 라비크가 대답했다.

"그러실 줄 알았습니다." 하케는 안도의 숨을 내쉬었다. 그리고 탁자 너머로 약간 고개를 숙였다. 그리고 그와 동시에 탁자 밑에서 발뒤꿈치가 찰카닥 하고 부딪친 것 같았다. "실례지만, 저는 폰 하케입니다."

라비크도 같은 식으로 예의를 차렸다. "호른입니다." 호른은 그가 예전에 썼던 가명들 중 하나였다.

"폰 호른이신가요?" 하고 하케가 물었다.

"그렇습니다."

하케는 연신 고개를 끄덕였다. 그리고 더 정다운 체했다. 같은 계급의 남자를 만났다고 반가운 모양이었다. "파리는 잘 아시겠군요? 그렇죠?"

"상당히 아는 셈이지요."

"박물관 따위를 말씀드리는 게 아니라." 하케는 알 건 안다는 듯 히죽 웃었다.

"무슨 말씀이신지 알겠습니다."

이 아리안 족 양반께서 바람이라도 좀 피우고 싶은 모양인데, 어떻게 해야 할지 모르는구먼. 어디 으슥한 곳으로, 조용한 주점이나 외떨어진 색주가로 끌고 가야겠어. 그는 서둘러 궁리했다. 어디든 훼방받거나 방해받지 않는 장소로 말이야.

"여긴 별게 다 있겠지요?" 하고 하케가 물었다.

"파리엔 오래 머물지 않았나요?"

"두 주에 이삼 일씩 다녀갑니다. 일종의 감시 때문에 오는 거지요. 좀 중요한 일입니다. 지난 일 년 동안 여기서 이것저

것 조직했지요. 그런데 그게 거짓말처럼 척척 돼 나가지 뭡니까. 말씀드릴 순 없지만요. 하지만……." 하케는 웃었다. "……하여간 여기선 무엇이든 돈으로 살 수 있어요. 썩어 빠진 거지요. 알고 싶은 건 거의 알아낼 수 있지요. 정보 같은 걸 애써 찾아다닐 필요도 없을 정도지요. 저쪽에서 알아서 가지고 오거든요. 조국에 대한 배신이 일종의 애국심이 되어 있다니까요. 정당체제의 결과지요. 어떤 정당이건 자기들의 이익을 위해선 다른 정당이나 나라를 팔아 치우지요. 그게 우리한테 덕이 되고요. 여기엔 우리 동지가 꽤나 있습니다. 영향력 있는 집단에 말입니다." 그는 유리잔을 들어 훑어보았고, 비어 있는 걸 보고는 다시 내려놓았다. "여기 놈들은 군비조차 제대로 하고 있지 않아요. 자기들이 군비를 갖추지 않으면, 우리가 아무 요구도 안 할 거라 믿는 거지요. 선생께서 이 작자들의 비행기나 탱크 수를 아신다면……. 이 자살 후보자들의 명청한 짓에 배꼽이 빠지도록 웃을 겁니다."

라비크는 가만히 들었다. 극도로 집중해서 귀를 기울였다. 그런데도 막 꿈에서 깨어난 것처럼 주위 모든 것이 몽롱하게 보였다. 탁자들도, 웨이터들도, 저녁나절의 기분 좋은 어수선함도, 줄지어 달려드는 자동차들도, 지붕들 위에 걸린 달도, 집들의 정면을 장식한 알록달록한 네온사인도, 그리고 코앞에 앉아 수다를 떨고 있는, 자신의 인생을 파괴한 불구대천 살인자도.

몸에 착 붙는 기성복 차림의 여자 두 명이 곁을 지나갔다. 여자들은 라비크에게 슬쩍 눈웃음을 쳤다. 오시리스의 이베

트와 마르트였다. 둘 다 오늘은 휴일이었다.

"멋진데요, 세상에!" 하고 하케가 말했다.

뒷골목이다 하고 라비크는 생각했다. 좁고 인기척 없는 골목에서. 저놈을 거기로 끌고 갈 수만 있다면. 혹은 숲 속으로라도. "저 여자들은 몸을 파는 것들이오." 하고 그가 말했다.

하케는 여자들의 뒤를 쳐다보았다. "미인인데요. 선생은 이 동네에서 그런 방면을 속속들이 아는 모양이죠?" 그는 다시 핀을 주문했다.

"한잔 권해 드려도 될까요?"

"고맙습니다만, 저는 그냥 이걸로 하겠습니다."

"여기에 멋진 색주가가 있다고 하던데요. 미리 쇼도 보여주는 신나는 집이라던데." 하케의 눈이 번쩍였다. 몇 년 전 그 게슈타포의 지하실, 차가운 광선 아래에서처럼 번쩍였다.

지금은 그걸 생각해선 안 돼 하고 라비크는 생각했다. 지금은 아니야. "아직 그런 델 못 가 보신 건가요?"

"두서너 군데 가 봤지요. 견학차 말입니다. 한 민족이 어디까지 타락하나 보려고 말이죠. 하지만 아마도 그곳은 진짜는 아니었을 겁니다. 물론 저는 조심해야 합니다. 오해받을 우려도 있으니까요."

라비크는 고개를 끄덕였다. "그런 건 걱정 안 하셔도 됩니다. 여행자는 절대로 오지 않는 집도 있으니까요."

"그런 델 잘 아시나요?"

"물론입니다. 도가 텄지요."

하케는 두 번째 잔의 핀을 마셨다. 그리고 더 정다운 체했다. 독일에서 지니고 있던 마음의 장애물이 사라져 버린 것이다. 이놈이 까맣게 모르는구나 하고 그는 생각했다. "저도 오늘쯤 한번 돌아다녀 볼까 생각하던 참이었지요." 하고 그가 하케에게 말했다.

"그래요?"

"그럼요. 가끔 간답니다. 알 수 있는 건 되도록 알아 놓아야지요."

"옳습니다! 정말 옳은 말씀!"

하케는 잠시 그를 응시했다. 취하게 만들자 하고 라비크는 생각했다. 달리 방도가 없다면 취하게 만들어 어디로든 끌고 가는 거다.

하케의 표정이 달라졌다. 취한 게 아니라, 무언가를 생각하고 있었다. "유감인데요." 이윽고 그가 말했다. "함께 가고 싶습니다만."

라비크는 대꾸하지 않았다. 하케의 의심을 살 만한 일이라면 뭐든 피하고 싶었다.

"오늘밤 베를린으로 돌아가야 합니다." 하케는 시계를 들여다보았다. "한 시간 반 남았군요."

라비크는 그지없이 침착하게 앉아 있었다. 이놈과 같이 가야 해. 보나마나 이놈은 호텔에 묵고 있을 거다. 아파트는 아닐 거야. 이놈 방에 같이 가 거기서 기회를 잡아야 해.

"여기서 두 친구를 기다리고 있지요." 하고 하케가 말했다. "이제 곧 올 겁니다. 함께 가지요. 내 짐은 벌써 역에 가 있습니다. 우리는 여기를 나가 곧장 역으로 갈 겁니다."

틀렸군 하고 라비크는 생각했다. 왜 권총을 가지고 있지 않았던가? 지난 몇 달 동안엔, 여기서 기회를 잡을 수 있을 거라고 왜 생각하지 못했던가? 멍청한 놈! 거리에서 놈을 쏘고 지하철 입구를 통해 도망칠 수 있었는데 말이다.

"유감입니다." 하고 하케는 말했다. "하지만 다음번엔 꼭 갈 수 있을 겁니다. 두 주 후엔 다시 오니까."

라비크는 다시 숨을 쉬었다.

"좋습니다." 하고 그가 말했다.

"어디 사시지요? 제가 한번 전화를 드리지요."

"프랭스드가알입니다. 바로 저 건너편요."

하케는 수첩을 끄집어내 주소를 기입했다. 라비크는 보들보들한 붉은빛 러시아제 가죽 표지를 보았다. 연필은 가느다랗고 금빛이었다. 저 속에 뭐가 적혀 있을까? 하고 라비크는 생각했다. 아마도 고문과 죽음으로 인도하는 정보일 것이다.

하케는 수첩을 도로 집어넣었다. "선생이 조금 전에 말을 주고받던 여자, 멋지던데요." 하고 그가 말했다.

라비크는 잠시 생각한 후에 말했다. "아아, 그렇지요…….
그래요, 대단해요."

"영화 쪽인가요?"

"뭐 비슷한 분야지요."

"잘 아는 사인가요?"

"뭐, 그저 그렇습니다."

하케는 생각에 잠긴 듯 앞을 바라보았다. "여기서는 그게 어려워요. 예쁜 아가씨를 사귀는 거 말이죠. 시간도 별로 없고 좋은 기회도 없어서요."

"어떻게 될 테지요." 하고 라비크가 말했다.

"정말로요? 선생은 흥미가 없으시오?"

"무얼 말입니까?"

하케는 당황해하며 웃었다. "말하자면 선생이 말을 주고받았던 여자 같은 사람 말입니다."

"조금도 없습니다."

"원 세상에, 그거 나쁘진 않군요! 그 여자 프랑스 여잡니까?"

"아마 이탈리아 여자일 겁니다. 다른 피도 좀 섞였을 거고요."

하케는 씽긋 웃었다. "나쁘진 않군요. 물론 고향에선 안 되지만요. 그러나 여기서는 익명이니까요, 어느 정도는."

"그러신가요?" 하고 라비크가 물었다.

하케는 잠시 깜짝 놀라는 표정이었다. 그러고는 겸연쩍게 미소를 지었다. "그렇습니다! 물론 친구들한테는 그렇지 않지만요. 하지만 그밖엔 엄하게 비밀을 지켜야죠. 그리고 문득 생각이 났는데, 혹시 피난민들과 무슨 연락이라도 있으신지요?"

"별로 없는데요." 라비크는 조심스럽게 대답했다.

"유감이네요! 될 수 있다면 뭐든…… 아시겠죠……. 정보가 필요해서요……. 물론 대가는 지불합니다……." 하케는 손을 번쩍 쳐들었다. "물론 선생의 경우에는 해당이 안 됩니다만! 그래도 아주 작은 정보……."

라비크는 하케가 줄곧 자기를 쳐다본다는 것을 느꼈다.

"어쩌면." 하고 그가 말을 이었다. "사람 일은 알 수 없거든요…… 언제든지 일은 벌어질 수 있으니까요."

하케는 의자를 당겨 다가가 앉았다. "제가 맡은 일 중 하나지요. 내부에서 외부로의 연락입니다. 어려울 때가 종종 있었어요. 여기엔 좋은 친구들이 있습니다." 그는 알아듣지 않았겠느냐는 듯이 눈썹을 추켜세웠다. "선생과 저 사이는 물론 다른 경우지요. 명예 문제니까요. 하지만 결국엔 조국 문제지요."

"물론이지요."

하케는 얼굴을 들었다. "저기 친구들이 오는군요." 그는 계산을 하고 접시에다 지폐를 몇 장 놓았다. "접시에 곧바로 계산서가 놓여 있으니 편한데요. 우리나라에서도 한번 시도해 볼 만하군요." 그는 일어나서 손을 내밀었다. "그럼 또 봅시다. 폰 호른 선생. 만나 뵈어 무척 즐거웠습니다. 두 주 후에 전화를 드리지요." 그는 미소를 지었다. "물론 조심은 해야지요."

"물론입니다. 잊지 말고 전화 주십시오."

"전 무엇이든 절대로 안 잊어요. 얼굴도 그렇고 약속도 그렇지요. 잊어버릴 수 없어요. 제 직업이니까요."

라비크는 그의 앞에 섰다. 팔을 곧장 뻗어 콘크리트 벽이라도 뚫어야 할 것 같은 기분이었다. 그러고는 하케의 손을 자기 손 안에서 느꼈다. 작으면서 놀랄 만큼 부드러웠다.

그는 잠시 어쩔 줄을 몰라 그대로 서 있으면서 하케의 뒤를 눈으로 좇았다. 그러고는 다시 자리에 앉았다. 갑자기 몸이 부들부들 떨렸다. 그는 잠시 후 계산을 하고 자리를 떴다. 하케가 간 방향으로 뒤따라갔다. 그러다가 하케와 두 동행자가 택시에 올라타던 장면을 떠올렸다. 뒤쫓아 가도 아무 소용없을 것이다. 하케는 벌써 호텔에서 나온 것 아닌가. 만일 어디선가 자기를 다시 만나면 정말 수상쩍다고 생각할 것이다. 그는 몸을 돌려 앙테르나쇼날 쪽으로 갔다.

"현명하게 한 거야." 하고 모로소프가 말했다. 두 사람은 롱푸앙의 카페 앞에 앉아 있었다.

라비크는 자기 오른손을 보았다. 몇 번이고 알코올로 씻고 또 씻었던 것이다. 멍청한 짓이라고 생각했지만, 그렇게 하지 않을 수 없었다. 이젠 피부가 양피지처럼 건조해졌다.

"자네가 무슨 일이라도 저질렀다면, 미친 짓이었겠지." 하고 모로소프가 말했다. "무기 같은 걸 갖고 있지 않은 게 잘된 일이었어."

"그래." 라비크는 확신도 없이 대꾸했다.

모로소프가 그를 쳐다보았다. "설마 살인이나 살인미수로 재판정에 끌려갈 정도로 멍청이는 아닐 테지."

라비크는 대답하지 않았다.

"라비크⋯⋯."

모로소프는 병을 탁자 위에 힘껏 내려놓았다. "몽상가가 되지 말게!"

"난 그런 부류가 아냐. 하지만 그런 식으로 기회를 놓친 게 뼈에 사무친다는 걸 이해 좀 해 주면 안 되겠나? 두 시간만 빨랐더라면 놈을 어디로든 끌고 갈 수 있었단 말이야. 그렇지 않더라도 무슨 수가 있었을 거고⋯⋯."

모로소프는 두 개의 잔을 채웠다. "이걸 마셔! 보드카야. 놈을 다시 붙잡을 수 있어.”

“못 할 수도 있어.”

“된다고. 놈은 또 올 거야. 그런 놈은 돌아와. 자네가 멋진 낚싯밥을 던져 놓았단 말이야. 건배!”

라비크는 잔을 비웠다.

“지금이라도 북부 역에 가 볼 수 있어. 놈이 떠나는지 확인하게 말이야.”

“물론이지. 그 자리에서 꽝 하고 쏘아 버릴 수도 있어. 그럼 적게 잡아도 징역 이십 년이지. 그럴 생각이 있는 거야?”

“그래, 있지. 놈이 떠났는지 확인 정도야 하면 어떤가.”

“그리고 놈한테 들켜 일을 망치는 거지.”

“놈이 어떤 호텔에 묵는지 물어볼걸 그랬어.”

“그러면 놈이 의심했을 거야.” 모로소프는 두 개의 잔을 다시 가득 채웠다. “잘 들어, 라비크. 자네는 지금 그렇게 앉아 일을 그르치고 말았다고 생각하고 있어. 그런 생각은 집어치우게! 하고 싶다면 무엇이든 박살 내 버려. 좀 커다란 걸로. 하지만 너무 비싸지 않은 걸로. 앙테르나쇼날의 종려나무 화분 같은 걸로 말이야.”

“실없는 짓이네.”

“그럼 말을 하라고. 녹초가 될 때까지 그 이야기를 하게. 속 시원하게 털어놓으란 말이야. 진정될 때까지 계속 말을 하라고. 자네가 러시아인이라면 이해할 텐데.”

라비크는 몸을 꼿꼿이 세웠다. “보리스.” 하고 그가 말했다. “쥐란 놈은 없애 버려야 하지만, 그놈들과 서로 물어뜯지는 말아야 한다는 것쯤은 알아. 하지만 그 일에 관해 말하고 싶진 않아. 대신에 생각을 할 거야. 어떻게 해야 할지를 말이야. 수술할 때처럼 준비를 할 거야. 무언가 준비를 할 수 있다면 말이야. 난 그 일에 익숙해져야 해. 아직 두 주나 남았어. 잘된 일이야. 정말 잘된 일이라고. 냉정을 유지하는 데 익숙해져야 해. 자네 말이 옳아. 녹초가 되도록 지껄이고 또 지껄이다 보면 침착해지고 신중해질 수 있겠지. 하지만 죽도록 생각하고 또 생각을 해서도 같은 목적을 달성할 수 있을 거야. 죽도록 증오심을 일으키고 또 일으키다 보면 냉정을 유지할 수 있을 거란 말일세. 머릿속에서 몇 번이고 죽이고 또 죽이다 보면, 놈이 돌아올 때쯤엔 죽이는 것에 습관이 되는 거지. 첫 번째보다는 천 번째에 더 신중하고 더 냉정해질 수 있단 말이지. 이제는 이야기하는 것을 그만두세. 다른 이야기를 하자고. 저기 있는 흰 장미꽃은 어떤가! 잘 보라고! 이렇게 무더운 밤인데도 눈같이 하얗지 않은가. 밤의 불안한 파도가 일으키는 흰 거품 같지 않은가. 그래, 이젠 만족하는 거야?"

"아니." 하고 모로소프가 대답했다.

"좋아. 이번 여름을 잘 보게. 1939년의 여름 말이야. 유황 냄새가 나. 이 장미들은 닥쳐올 겨울의 공동묘지에 쌓인 눈처럼 보인다고. 그런데도 우린 신나게 떠들고 있지 않은가? 안 그래? 불간섭 중립의 세기여, 만세! 도덕 감정의 화석화의 세기여, 만세! 오늘밤에도 무수한 사람들이 살해되고 있단 말이야, 보리스. 매일 밤. 무수한 살인. 도시는 불타오르고 유대인은 어디선가 울부짖고, 체코 사람들은 숲 속에서 나자빠지고, 중국인들은 일본군의 휘발유에 타 죽고 있어. 채찍의 죽음이 강제수용소 안을 기어 다니고 있어……. 살인마를 제거해야 할 시점에 감상적인 여자처럼 굴어서야 되겠느냐고? 우리는 놈을 잡아 숨통을 끊어 놔야 해. 끝장내야 한다고. 입고 있는 제복이 서로 다르다는 이유만으로도 지금까지 죄 없는 인간들을 그렇게 자주 죽여 온 터에 말이네…….”

“됐네.” 하고 모로소프가 말했다. “그 정도면 됐어. 자네 칼 쓰는 법을 배운 적 있나? 칼은 소리가 안 나지.”

“오늘은 그 이야긴 그만두세. 난 자야겠어, 언제든. 이렇게 차분한 척하지만, 잠을 제대로 잘 수 있을진 모르겠네. 알겠어?”

“알아.”

“오늘밤 나는 죽이고 또 죽일 거야. 두 주 후면 난 자동기계가 돼 있을 거야. 문제는 그동안 시간을 어떻게 견디는가 하는 거네. 처음으로 잠답게 잘 수 있을 때까지 말이야. 취해 봤자 무슨 소용이겠어. 주사도 소용없어. 어쨌든 녹초 상태에서 자야 해. 그럼 다음 날은 괜찮거든. 알겠나?”

모로소프는 잠시 가만히 앉아 있다가 말했다. “여자를 데려오게.”

“그래 봤자 무슨 소용이겠어?”

“좀 괜찮을걸. 여자와 잔다는 건 언제나 좋은 일이야. 조앙한테 전화하게. 꼭 올 거야.”

조앙. 그래 맞다. 아까까지 나와 함께 있었다. 무언가를 조잘댔지. 하지만 무슨 이야기였는지는 기억나지 않는다. “난 러시아인이 아니야." 하고 라비크가 말했다. "뭐, 다른 방법은 없을까? 간단한 걸로 말이네. 아주 간단한 걸로."

"맙소사! 까다롭게 굴지 말게! 여자로부터 떨어지는 가장 간단한 방법은, 가끔씩 그 여자를 데리고 자는 거야. 그러면 망상이 생기지 않아. 자연의 행위를 연극처럼 꾸미려 해서 뭐 하겠는가?"

"맞는 말이야. 누가 그렇게 한다고 했나?"

"그럼, 내가 전화를 걸어 줄게. 전화를 걸어, 어떻든 그 여자가 자네한테 오도록 하겠네. 내가 괜히 도어맨인 줄 아나."

"그냥 있게. 이대로 충분해. 술이나 마시고 장미꽃이나 구경하자고. 기관총을 쏘고 난 후, 달빛에 비친 송장들의 얼굴이 저렇게 희게 보였어. 언젠가 스페인에서 봤지. 천국은 파시스트 놈들이 만들어 낸 거라고 금속 노동자인 파블로 노나스란 친구가 말했었어. 그 친구는 다리가 하나밖에 남지 않았는데, 잘라 낸 한쪽 다리를 알코올에 담가 보존해 두지 않았다고 나를 엄청나게 원망했지. 자기 몸통의 4분의 1을 파묻어 버린 기분이라는 거야. 개들이 그걸 훔쳐 내 먹어 버린 걸 그 친구는 몰랐지……."

25

베버가 붕대실로 들어와 라비크를 보고 눈짓했다. 그들은 밖으로 나왔다. "뒤랑한테서 전화가 와 있어. 자네보고 곧 달려와 달라는 거야. 무슨 특별한 경우라는 둥, 특별한 사정이라는 둥 하면서 말이야."

라비크가 그를 쳐다보았다. "영감탱이, 수술을 망쳐 놓고 내게 떠맡길 심사로군, 안 그래?"

"그런 것 같지는 않아. 흥분 상태야. 어쩔 줄 몰라 헤매는 것 같던데."

라비크는 머리를 가로저었다. 베버는 잠자코 있었다. "내가 돌아온 걸 그 영감이 어떻게 알았지?" 하고 라비크가 물었다.

베버는 어깨를 으쓱했다. "모르겠어. 아마도 간호사를 통해 알았겠지."

"비노한테는 왜 전화를 하지 않지? 비노는 솜씨가 괜찮은

데.”

“나도 그렇게 말했어. 그런데 이번엔 아주 까다로운 수술이고, 자네 전문 영역이라던데.”

“실없는 소리. 파리엔 어떤 전문 분야든 유능한 의사가 많아. 왜 마르텔을 부르지 않는 거지? 마르텔은 세계에서 가장 뛰어난 외과의사들 중 하난데.”

“그 이유를 모른단 말인가?”

“알다마다. 그 영감은 동료들 앞에서 창피당하고 싶지 않은 거야. 숨어 다니는 피난민 의사라면야 문제가 다르지만. 그런 친구는 주둥이를 다물고 있어야 하니까.”

베버가 그를 쳐다보았다.

“급하단 말이야. 갈 텐가?”

라비크는 수술복의 끈을 풀어헤쳤다. “물론.” 하고 그는 화가 나 말했다. “달리 어떻게 하겠나? 하지만 자네가 가야 나도 가겠네.”

“좋아. 내 차로 가자고.”

그들은 계단을 내려갔다. 베버의 차는 병원 앞에서 태양빛 아래 번쩍거렸다. 그들은 차를 탔다. “자네가 현장에 있어야만 일을 하겠네.” 하고 라비크가 말했다. “안 그러면 그 영감탱이가 무슨 짓을 할지 몰라.”

“지금은 영감이 그런 생각을 하고 있는 것 같지는 않아.”

차가 출발했다. “나는 여러 꼴들을 봤어.” 하고 라비크가 말했다. “베를린에서 조수를 하던 젊은 의사를 하나 알았었지. 훌륭한 외과의가 될 수 있는 자질을 다 갖춘 친구였어. 그런데 그 친구의 교수가 술이 반쯤 취해 수술을 하다 잘못 잘랐던 거야. 그러고는 아무 말도 하지 않고 조수더러 계속 일을 시켰던 거지. 조수는 아무것도 눈치채지 못했고, 반 시간이 지나자 라다우 교수는 젊은 친구가 잘못 잘랐다고 덮어씌워 버렸어. 환자는 수술 중에 죽었고, 젊은 친구도 하루 늦게 그 뒤를 따랐어. 자살한 거지. 교수는 여전히 수술을 하고 여전히 마셔 댔고."

두 사람은 마르소 거리에서 차를 세웠다. 화물차 행렬이 갈릴레 거리를 덜커덩거리며 달렸다. 태양이 창을 통해 뜨겁게 비쳐 들어왔다. 베버는 계기판 단추를 눌렀다. 차 지붕이 서서히 뒤로 벗어졌다. 그는 자랑스럽게 라비크를 쳐다보았다. "최근에 장치했어. 전기식이지. 대단해! 인간들은 별걸 다 고안해 낸다니까, 안 그래?"

열린 지붕으로 바람이 불어 들어왔다. 라비크는 고개를 끄덕였다. "그래, 대단하군. 최신 발명품은 자기(磁氣) 기뢰와 자기 어뢰야. 어제 어디선가 읽어 봤어. 목표에서 벗어나면 방향을 틀어 적중할 때까지 쫓아간다는 거야. 인간이란 믿을 수 없을 정도로 솜씨가 좋은 족속이야."

베버는 벌겋게 달아오른 얼굴로 그를 쳐다보았다. 호의로 가득한 표정이었다. "또 전쟁 타령이군, 라비크! 달만큼이나 멀리 동떨어진 얘기야. 전쟁 이야기는 몽땅 정치적 압력에 불과해. 그게 다야. 내 말을 믿게!"

피부는 푸른 진주조개 빛이었다. 얼굴은 잿빛이었다. 얼굴 주위로 수술 램프들의 흰 불빛 아래 풍성한 금발이 불타오르고 있었다. 잿빛 얼굴 주위로 머리카락은 거의 음란하리만큼 강렬하게 타올랐다. 그것만이 오직 번쩍거리며 유일하게 살아 있었다. 그리고 울부짖었다. 생명이 이미 육체를 떠나 이제 머리카락에만 남은 것처럼.

누워 있는 젊은 여자는 대단히 아름다웠다. 호리호리하고 키가 컸다. 깊은 혼수상태의 그림자조차도 아무 영향을 끼칠 수 없는 얼굴, 호사스러움과 사랑을 위해 만들어진 여자였다.

출혈이 아주 조금만 있었다. 너무나 적었다. "자궁을 절개하셨군요?" 하고 라비크가 뒤랑에게 말했다.

"그렇소."

"그런데요?"

뒤랑은 대답하지 않았다. 라비크가 얼굴을 들었다. 뒤랑이 그를 뚫어지게 쳐다보았다.

"좋아요." 하고 라비크가 말했다. "지금은 간호사가 필요 없을 것 같네요. 의사 셋이면 충분해요."

뒤랑이 눈짓을 하고 고개를 끄덕였다. 간호사들과 조수는 물러났다.

"그런데요?" 모두들 나가 버리자 라비크가 물었다.

"당신이 보는 대로요."

"안 보이는데요."

라비크는 벌써 보았지만, 베버 앞에서 뒤랑이 직접 말하게 하고 싶었다. 그게 더 안전했다.

"임신 삼 개월째로 출혈이 있고, 긁어내야 했고, 척결 수술이 필요했소. 내벽에 상처가 생긴 듯하오."

"그리고요?" 하고 라비크가 계속 물었다.

그는 뒤랑의 얼굴을 빤히 쳐다보았다. 무기력한 분노로 가득했다. 놈은 나를 죽을 때까지 증오할 거야 하고 라비크는 생각했다. 베버까지 함께 듣고 있으니.

"천공이 생겼소." 하고 뒤랑이 말했다.

"퀴레트[5]로 말이죠?"

"물론이오." 뒤랑이 잠시 뜸을 들였다가 말했다. "그밖에 뭘로 한단 말이오?"

출혈은 완전히 멈추었다. 라비크는 말없이 검진을 계속했다. 그러고는 몸을 일으켰다. "당신은 천공을 만들었고, 그걸 몰랐어요. 구멍을 통해 둥글게 휜 장의 일부가 끌려 나왔지요. 당신은 무슨 일이 벌어졌는지 몰랐던 겁니다. 아마도 태아막의 일부가 아닌가 하고 생각했겠지요. 그래서 그걸 긁어낸 겁니다. 그래서 상처가 생긴 거지요. 맞지요?"

뒤랑의 이마는 갑자기 땀으로 뒤범벅이 되었다. 마스크 아래 턱수염이, 무언가 너무 큰 것을 입에 물고 씹는 것처럼 움직였다.

"그럴 가능성이 있소."

"수술한 지 얼마나 됐죠?"

"당신이 오기 전까지 총 사십오 분."

"내출혈입니다. 소장에 상처가 생겨, 패혈증 위험이 아주 큼

---

5) 수저 모양 소파수술 기구.

니다. 장을 봉합해야 하고, 자궁을 떼어 내야 합니다. 곧바로.”

“뭐라고?” 뒤랑이 되물었다.

“아실 텐데요.” 하고 라비크가 말했다.

뒤랑의 눈길이 흔들렸다. “그래, 알고 있소. 그걸 가르쳐 달라고 당신을 오라고 한 건 아니오.”

“제가 말할 수 있는 건 그뿐입니다. 모두 불러들여 일을 계속하세요. 권고합니다, 빨리요.”

뒤랑이 이를 악다물었다. “난 너무 흥분 상태야. 나 대신 수술 좀 해 줄 수 있겠소?”

“안 됩니다. 아시다시피 저는 비합법적으로 프랑스에 있기 때문에 수술할 권리가 없습니다.”

“당신은…….” 뒤랑은 말을 꺼내려다가 그대로 입을 다물었다.

엉터리 의사, 미숙한 의학생, 안마사, 조수, 그러면서 독일 의사를 자칭하다니. 라비크는 뒤랑이 르발에게 한 말을 잊지 않았다. “르발 씨가 제게 사정을 설명해 주더군요.” 하고 그가 말했다. “제가 추방당하기 전에 말입니다.”

그는 베버가 머리를 드는 것을 보았다. 뒤랑은 대답하지 않았다. “베버 박사가 당신을 대신해 줄 겁니다.” 하고 라비크가 말했다.

“당신은 나를 대신해 자주 해 주지 않았소. 가격이 문제라면…….”

“요금 같은 건 상관없습니다. 저는 돌아온 후 수술하지 않습니다. 더군다나 이런 수술은 환자의 동의 없이는 절대로 할 수 없지요."

뒤랑은 그를 노려봤다. "이제 와서 마취에서 깨어나게 해물어볼 수는 없잖소?"

"아니요. 물어볼 수도 있지요. 패혈증 위험이 있긴 하지만요."

뒤랑의 얼굴은 땀에 젖었다. 베버가 라비크를 쳐다보았다. 라비크는 고개를 끄덕였다. "간호사들은 믿어도 됩니까?"

"그래요……."

"조수는 필요 없네." 하고 베버가 라비크에게 말했다. "의사가 셋, 간호사가 둘이나 있으니까."

"라비크……." 뒤랑은 말하려다 말고 입을 다물었다.

"비노를 불렀더라면 좋았을 겁니다." 하고 라비크가 단정적으로 말했다. "안 그러면 마론이나 마르텔도 좋지요. 모두 일류 외과의니까요."

뒤랑은 대답하지 않았다.

"당신은 베버 앞에서 자궁에 천공을 냈고, 창자를 태아막으로 착각해 거기다 상처를 입혔다는 걸 인정할 수 있습니까?"

잠시 시간이 흘렀다. "좋아요." 이윽고 뒤랑이 쉰 목소리로 말했다.

"그리고 또 당신은 베버에게, 우연히 동석했던 저를 조수삼아 자궁 절개와 장기 접합술을 해 달라고 부탁할 수 있겠습니까?"

"그래요."

"당신은 수술과 그 결과에 대해, 그리고 환자가 그것을 알지 못했고, 동의도 하지 않았다는 사실에 대해서도 전적인 책임을 지시겠습니까?"

"그렇소, 물론이오." 뒤랑이 헐떡거리며 말했다.

"좋습니다. 간호사들을 불러 주세요. 조수는 필요 없습니다. 조수에게는 특별히 까다로울 경우에 도와 달라고 할 수 있는 권리를 베버와 저에게 허락했다고 말해 두십시오. 전부터 그렇게 약속했다든지 뭐, 그런 식으로 말해 두시지요. 마취는 당신이 계속 맡으시고요. 그리고 간호사를 다시 소독할 필요는 있을까요?"

"그럴 필요는 없소. 간호사들은 됐소. 아무것도 만지지 않았으니까."

"잘됐군요."

복강은 열려 있었다. 라비크는 아주 조심스럽게 자궁에 난 구멍으로, 상처 입은 데가 나올 때까지 창자를 끄집어 냈고, 그걸 조금씩 소독한 붕대로 싸서 패혈증을 피하게 했다. 그러고 나서 자궁 전체를 붕대로 완전히 감싸 버렸다. "자궁 외 임신이야." 하고 그가 베버에게 속삭였다. "여기를 보게……. 반은 자궁 속에, 반은 창자 속에 들어가 있어. 이런 형편이니 저 양반을 너무 탓할 수도 없겠군. 상당히 드문 경우야. 그렇지만……."

"뭐라고?" 뒤랑은 수술대 머리맡에 둘러친 차양 뒤에서 물었다. "뭐라고 말한 거요?"

"아무것도 아닙니다."

라비크는 창자를 집어내어 잘랐다. 그리고 벌어진 끝 부분과 끝 부분을 신속하게 이어 붙이고, 옆으로 봉합을 했다.

수술의 긴장감이 팽팽하게 느껴졌다. 어느새 뒤랑의 일은 잊었다. 그는 자궁관과 혈관을 붙잡아 묶었고, 자궁관의 끝을 잘라 냈다. 그러고는 자궁을 도려내기 시작했다. 어째서 더 이상 피가 나지 않는 걸까? 이런 것들이 심장보다 더 피를 많이 흘리지 않는 것은 무엇 때문일까? 생명의 기적과 생명을 전달하는 능력을 잘라 버린 마당에 말이다.

여기 누워 있는 이 아름다운 여자는, 이제 죽었다. 그냥 살아가기야 하겠지만, 실제로는 죽어 버린 것이다. 세대에서 세대로 이어지는 나무에서 죽어 버린 가지다. 꽃은 피우지만, 열매의 비밀은 없는 것이다. 거대한 원인(猿人)들은 수천 세대를 거듭하며 싸워 왔고, 이제 석탄화된 숲을 빠져나왔다. 이집트인들은 신전을 만들었고, 그리스인들은 번성했다. 피는 신비스럽게도 계속 앞으로 내달아, 마침내 지금 여기 속 빈 이삭처럼 열매를 맺을 수 없는 이 인간을 만들어 낸 것이다. 자신의 피를 아들에게도 딸에게도 전해 줄 수 없는 그런 여자를 말이다. 연쇄의 고리가 뒤랑이라는 자의 졸렬한 솜씨 탓에 끊어지고 만 것이다. 하지만 수천 세대는 또한 뒤랑에게도 작용했고, 그리스인들과 르네상스도 또한 그를 위하여 꽃을 피웠으며, 시원찮고 뾰족한 그의 턱수염을 만들어 내지 않았던가?

"구역질 나!" 하고 라비크가 말했다.

"뭐가 말인가?" 베버가 물었다.

"모든 게 다."

라비크는 몸을 일으켰다. "끝났어."라고 말하고는 둥그런 마취 기구 너머에 누워 있는, 머리카락이 번쩍이는 창백하고 사랑스러운 얼굴을 보았다. 그는 통 속을 들여다보았다. 거기에는 여자의 얼굴을 그토록 아름답게 보이게 했던 것[6]이 피범벅이 되어 담겨 있었다. 그러고는 뒤랑을 쳐다보았다. "끝났어요." 하고 다시 되풀이했다.

뒤랑은 마취를 끝냈다.

라비크 쪽은 쳐다보지도 않았다.

그는 간호사들이 수술대를 밀고 나가는 것을 기다렸다가 말없이 그 뒤를 따라갔다.

"내일이면 영감탱이가 저 여자에게 목숨을 건져 주었다면서 5000프랑 이상을 요구할 거야." 하고 라비크가 말했다.

"지금 봐서는 안 그럴 것 같은데."

"하루는 길어. 후회는 짧고. 더군다나 돈이 막 굴러 들어올 때는 말이지."

라비크는 손을 씻었다. 하얀 세면대 옆 유리창들을 통해 건너편 집 창문턱이 보였다. 거기엔 붉은 제라늄 꽃이 피어 있었고, 그 꽃 아래엔 잿빛 고양이 한 마리가 있었다.

그는 그날 밤 1시에 뒤랑의 병원으로 전화를 했다. 셰에라자드에서 전화를 걸었다. 야근 간호사가 여자는 잠들어 있다고 알려 주었다. 두 시간 전엔 안정이 안 되었는데, 베버가 마

---

6) 여자의 자궁을 가리키는 것으로 보인다. 자궁이 제 역할을 하도록 자연이 여성의 얼굴을 아름답게 만들었다는 의미.

침 자리에 있다가 가벼운 수면제를 주었다는 것이다. 별일은 없는 것 같았다.

라비크는 전화실 문을 열고 나왔다. 진한 향수 냄새가 코를 찔렀다. 탈색해서 머리카락을 누렇게 만든 여자가 거만하고 당당한 태도로 싸각싸각 옷자락 소리를 내며 화장실로 들어갔다. 병원에 있던 여자의 머리카락은 진짜 금발이었다. 번쩍이며 붉은색이 도는 금발! 그는 담배에 불을 붙이고, 셰에라자드로 돌아갔다. 늘 그렇듯이 러시아 합창단이 변함없이 「검은 눈동자」를 불렀다. 이십 년 동안 줄기차게 불러왔다. 비극도 이십 년 동안 계속되면 익살맞아질 위험이 있군 하고 라비크는 생각했다. 비극은 짧아야만 하는 것이다.

"미안해요." 하고 그는 케이트 헤그슈트렘에게 말했다. "꼭 전화를 걸어야 했거든."

"별일 없는 거예요?"

"지금까지는 괜찮은 것 같아."

왜 그런 걸 묻는 거지? 하고 그는 어리둥절해했다. 이 여자 자신도 모든 게 잘되어 가는 건 아닌데. "여기서 뭐 원하던 걸 찾은 거요?" 그는 보드카를 담은 유리병을 가리켰다.

"아네요."

"아니라고?"

케이트 헤그슈트렘이 머리를 가로저었다.

"지금은 여름이오." 하고 라비크가 말했다. "여름에 나이트클럽에 쪼그리고 앉아 있다는 건 말도 안 돼. 여름엔 무조건 테라스에 앉아 있어야 해요. 그것도 나무 가까이에. 철책을 둘러 놓은, 병이 깊게 든 나무라도 상관없지."

그는 눈을 들다가 곧바로 조앙의 눈과 마주쳤다. 그가 전화를 하는 동안 온 게 틀림없었다. 그전에는 그곳에 없었으니까. 여자는 맞은편 구석에 앉아 있었다.

"어디 다른 데로 안 갈래요?" 하고 그가 케이트 헤그슈트렘에게 물었다.

여자는 고개를 가로저었다. "아뇨. 당신은? 어디 병든 나무 곁으로라도 가고 싶어요?"

"그런 곳이라면 보드카도 꼭 같이 병든 것 같을 테지. 이 술은 좋은데."

합창단은 노래를 그쳤고, 음악은 바뀌었다. 오케스트라는 블루스를 연주하기 시작했다. 조앙은 일어나 댄스홀 쪽으로 갔다. 라비크는 여자의 모습을 정확히 볼 수 없었다. 춤추고 있는 상대의 모습도 보이지 않았다. 다만 조명등이 댄스홀을 창백한 푸른빛으로 휙 스쳐 지나갈 때만 여자의 모습이 불빛 속에 나타났다가 다시 어둑어둑한 곳으로 사라졌다.

"오늘 수술 있었어요?" 케이트 헤그슈트렘이 물었다.

"그래요……."

"그러고 나서 밤에 나이트클럽에 와 있으면 기분이 어때요? 전투를 마치고 도시로 돌아온 느낌? 아니면 병에서 회복되어 다시 살아난 기분?"

"항상 그런 건 아냐. 대개는 그저 공허할 뿐이야."

조앙의 눈은 창백한 불빛을 받아 투명하게 보였다. 여자는 그를 바라보고 있었다. 흔들리는 것은 심장이 아니다라고 라비크는 생각했다. 그것은 위장이다. 복강 신경 조직의 충격이다. 시 수천 편이 노래하지 않았던가. 이 충격은 거기 있는 너로부터, 살짝 땀을 흘리며 춤을 추고 있는 귀여운 한 조각 고깃덩이로부터 오는 것이 아니라, 내 뇌수의 암실로부터 오는 것이다. 네가 거기서 한 줄기 불빛 속을 미끄러지며 지날 때마다 충격이 더욱 강해지는 것은 다만 그동안의 접촉이 우연하고 느슨했기 때문이다.

"저 여자, 전에 여기서 노래하던 사람 아녜요?"

"맞아요."

"이젠 여기서 안 부르나요?"

"그런 것 같아."

"아름다운 여자예요."

"그런가?"

"그럼요. 아름다운 것 이상이에요. 온 얼굴이 생생하네요."

"그럴지도."

케이트 헤그슈트렘은 눈을 가늘게 뜨고 라비크를 살피며 미소를 지었다. 눈물로 매듭지을 미소였다. "보드카 한 잔 더 주세요. 그리고 그만 가요." 하고 여자가 말했다.

라비크는 일어나며 조앙의 눈길을 느꼈다. 그는 케이트의 팔을 잡았다. 그럴 필요는 없었다. 여자는 혼자 걸을 수 있었다. 하지만 그러는 걸 보는 것이 조앙한테 좋을 거라고 생각했다.

"제 소원 좀 들어주실래요?" 두 사람이 랑카스테르에 있는 여자의 방으로 돌아오자 케이트 헤그슈트렘이 물었다.

"물론. 내가 할 수 있는 일이라면."

"나와 함께 몽포올의 댄스 파티에 가 주실래요?"

"무슨 파틴데요, 케이트? 처음 듣는데."

여자는 소파에 앉았다. 여자에겐 너무 컸다. 거기에 앉으니 더욱 연약해 보였다. 마치 중국의 무희 같았다. 눈 위 피부도 예전보다 더욱 늘어져 있었다. "몽포올의 댄스 파티는 파리에서 여름에 열리는 사교 행사예요." 하고 그녀가 말했다. "이번 금요일에 루이 몽포올의 저택과 정원에서 열려요. 당신은 별 흥미도 없겠지만, 그렇죠?"

"조금도 없어요!"

"같이 가 주실래요?"

"내가 가도 되는 곳이오?"

"초대장은 제가 마련하겠어요."

라비크는 여자를 가만히 쳐다보았다. "왜 그래요, 케이트?"

"가고 싶어요. 혼자는 안 가고 싶어요."

"나 아니면 혼자 가야만 하는 거요?"

"그래요. 이전에 알던 사람 누구하고도 같이 가고 싶지 않아요. 그 사람들은 더 이상 참을 수 없어요. 이해하시겠어요?"

"오케이."

"해마다 파리에서 열리는 제일 아름다운 마지막 가든파티예요. 지난 사 년 동안 빠지지 않고 갔었어요. 내 소원이니 꼭 들어주시겠어요?"

라비크는 여자가 왜 자기와 함께 가자고 하는지 알았다. 그래야 더 안심할 수 있었던 것이다.

그는 거절할 수 없었다.

"좋아요, 케이트." 하고 그가 말했다. "나한테 별도로 초대장을 보내게 할 필요는 없어요. 당신이 누구하고 같이 간다는 걸 그쪽에서 알면 되겠지."

여자가 고개를 끄덕였다. "물론이에요. 고마워요, 라비크. 소피 몽포올에게 당장 전화하겠어요."

그는 일어섰다. "금요일에 당신을 데리러 오겠어요. 그런데 당신은 어떤 옷을 입을 거죠?"

여자가 아래에서 위로 그를 쳐다보았다. 착 달라붙게 빗은 머리카락에 불빛이 선명하게 반사되었다. 도마뱀 머리 같다고 라비크는 생각했다. 가냘프고 건조하고 경직된, 메마름의 완벽성에서 오는 우아함 그 자체였다. 건강해서는 절대로 도달할 수 없는 그런 메마름의 완벽성이었다. "그걸 아직 말하지 않았군요." 하고 여자는 잠시 망설이다 말했다. "가장무도회예요, 라비크. 루이 14세 궁전에서 열리는 가든파티라고요."

"세상에!" 라비크는 다시 자리에 주저앉았다.

케이트 헤그슈트렘은 큰소리로 웃었다. 돌발적으로 터져 나오는 아주 자유롭고 어린애 같은 웃음이었다. "저기 오래 묵은 고급 코냑이 있어요. 드시겠어요?"

라비크는 머리를 가로저었다. "사람들은 참 별걸 다 생각해 내는군!"

"해마다 그 비슷한 걸 해요."

"그럼, 나도……."

"제가 모든 걸 마련하겠어요." 하고 여자가 선뜻 남자의 말을 가로막았다. "당신은 아무 걱정도 할 필요가 없어요. 의상은 제가 준비할게요. 좀 간단할 걸로요. 입어 볼 필요도 없어요. 치수만 가르쳐 주시면 돼요."

"그럼 코냑도 마시고 싶은데."

케이트 헤그슈트렘은 병을 그에게로 밀었다. "이제 뒷걸음질은 안 하시겠죠."

그는 코냑을 들이켰다. 아직 열이틀이야 하고 그는 생각했다. 하케가 다시 파리로 돌아오려면 아직 열이틀 남았어. 열이틀을 어떻게든 보내야 해. 내 생애는 이제 열이틀밖에 남지 않았고, 그다음 일은 생각할 수 없는 거다. 열이틀, 그리고 그다음엔 심연이 입을 벌리고 있는 거다. 그 시간을 어떻게 보내든 마찬가지다. 가장무도회, 이 울렁거리는 두 주 동안 그 무슨 일이 새삼스럽게 그로테스크하다고 말할 수 있단 말인가?

"좋아, 케이트."

그는 다시 뒤랑의 병원으로 갔다. 붉은빛이 도는 금발 머리 여자는 자고 있었다. 이마에는 굵은 구슬땀이 솟아 있었다. 얼굴엔 생기가 돌았고, 입은 살짝 벌린 채였다. "열은?" 하고 그가 간호사에게 물었다.

"37도 8부입니다."

"됐군." 그는 축축한 얼굴 위로 깊숙이 몸을 굽혔다. 여자의 숨결이 느껴졌다. 이제 숨결에서 에테르 냄새는 나지 않았다. 백리향처럼 싱싱한 숨결이었다. 백리향이라. 그는 불현듯 기억이 떠올랐다. 슈바르츠발트의 산속 목장이었다. 뜨거운 태양 아래 헐떡이며 기고 있었다. 아래쪽에서 들려오는 추적자들의 고함 소리, 그리고 취하게 만드는 백리향 향기. 이상하다. 모든 걸 깡그리 잊었는데, 냄새만은 잊지 않다니. 이십 년 후라도 그 냄새는 먼지 자욱한 기억의 주름살들로부터 슈바르츠발트로 도주하던 그날의 광경을 마치 어제 있었던 일처럼 생생하게 드러내 줄 것이다. 아니, 이십 년 후가 아니라 십이 일 후겠지.

그는 도시의 따스한 대기 속을 걸어 호텔로 돌아왔다. 새벽 3시 무렵이었다. 계단을 올라갔다. 문 앞에 흰 봉투가 있었다. 그것을 집어 들었다. 그에게 온 것이었다. 그런데 우표도 없고 스탬프도 찍혀 있지 않았다. 조앙이로군 하고 생각하며 봉투를 뜯었다. 수표 한 장이 떨어졌다. 뒤랑한테서 온 것이었다. 라비크는 무심하게 숫자를 들여다보았다. 그러고는 다시 들여다보았다. 믿을 수 없었다. 언제나처럼 200프랑이 아니라, 2000프랑이었다. 정말 기겁을 했던 모양이군 하고 그는 생각했다. 뒤랑이 자진해서 2000프랑을 내놓은 건, 정말이지 세계의 여덟 번째 기적이었다.

그는 수표를 지갑에 넣고, 책 한 무더기를 침대 옆 탁자에 놓았다. 잠이 안 올 때 읽으려고 이틀 전에 산 것이었다. 책이란 신기한 물건이었고, 그에게는 점점 더 중요한 것이 되어 갔다. 책이 모든 것을 대신할 순 없지만, 다른 것들이 도달할 수 없는 곳까지 이르게 한다. 처음 몇 년간 책에 손도 대지 않았던 사실이 새삼 떠올랐다. 실제로 일어난 일에 비해 책은 그야말로 창백한 물건이었다. 그런데 이제 책이 하나의 방벽이 되어 준다. 우리를 보호까지는 못해 주더라도, 적어도 거기에 기댈 수는 있다. 그렇게 큰 도움이 되지는 않았다. 하지만 암흑을 향해 질주하는 이런 시대에 책은 최후의 절망으로부터 우리를 보호해 준다. 이 정도면 충분하다. 오늘날 경멸당하고 멸시당하는 사상들은 일찍이 인간들이 생각해 내었던 것이며 언제까지나 살아남을 것이다. 그것이면 충분하지 않은가.

막 읽으려는 참에 전화벨이 울렸다. 그는 수화기를 들지 않았다. 오랫동안 벨이 울렸다. 몇 분 후 잠잠해지고 난 후에 그는 수화기를 들고, 안내에게 누구한테서 온 전화인지를 물었다. "이름은 말하지 않았어요." 하고 사내가 말했다.

수화기 너머로 사내가 무언가를 씹는 소리가 들렸다.

"여자던가?"

"네."

"사투리를 쓰던가?"

"모르겠는데요." 사내는 계속해서 씹었다. 라비크는 베버의 병원에 전화를 걸었다. 그곳에선 아무도 전화를 걸지 않았다. 뒤랑의 병원에서도 전화를 건 사람은 없었다. 랑카스테르의 호텔로도 걸어 보았다. 여자 교환수가 여기서 그 번호로 전화를 건 사람은 아무도 없다고 했다. 그러면 조앙이 틀림없다. 아마도 셰에라자드에서 걸었을 것이다.

한 시간 후 전화벨이 다시 울렸다. 라비크는 책을 옆으로 치우고 자리에서 일어나 창가로 갔다. 팔꿈치를 창문턱에 괴고 기다렸다. 미풍이 백합 향기를 실어 왔다. 피난민 비젠호프가 창가에 놓아 두었던 시든 카네이션을 백합으로 바꾸어 놓은 것이다. 그래서 요즈음 따뜻한 밤이면 아파트 전체에 묘지 예배당이나 수도원 정원 같은 냄새가 났다. 비젠호프가 골드베르크 노인을 위하는 경건한 마음에서 그랬는지 또는 백합이 나무로 짠 화분에서 잘 자라기 때문에 그랬는지는 알 수 없었다. 전화벨이 그쳤다. 오늘밤엔 잠이 잘 오겠다고 생각하며 그는 침대로 돌아왔다.

그가 자는 동안에 조앙이 왔다. 조앙은 곧장 천장의 불을 켜고는 문간에 섰다. 그는 눈을 떴다. "혼자예요?" 하고 여자가 물었다.

"아니. 불은 끄고 돌아가."

여자는 잠시 망설였다. 그러고는 욕실 쪽으로 가서 문을 열었다. "거짓말쟁이." 하고 말하고는 살짝 미소를 지었다.

"젠장. 난 피곤하단 말이야."

"피곤하다고요? 왜요?"

"피곤해. 잘 가."

여자가 다가왔다. "이제 막 돌아오셨군요. 십 분마다 전화를 했거든요."

여자는 남자의 눈치를 살폈다. 여자가 거짓말을 하는 것 같지는 않았다. 여자는 옷을 갈아입고 있었다. 이 여자는 그놈과 같이 잤어. 그리고 사내를 보내고는 지금 나를 급히 덮친 거야. 그러고는 여기에 와 있을 거라고 생각했던 케이트 헤그슈트렘에게 나라는 인간은 저주받을 색골이며, 밤마다 여자들이 들락거리기 때문에, 이런 남자는 피하는 게 상책이라고 가르쳐 주려고 온 거야. 의지와는 반대로 미소가 흘러나왔다. 빈

틈없는 행동에 유감스럽게도 언제나 감탄을 금할 수 없었다. 그것이 자기를 상대로 했을 때도 말이다.

"왜 웃는 거예요?" 조앙이 격한 어조로 물었다.

"그냥 웃는 거야. 그게 다야. 불을 꺼. 불빛에 비친 당신을 보니 소름이 끼쳐. 그러니 가라고."

여자는 들은 체도 안 했다. "당신과 같이 있던 그 창녀는 누구죠?"

라비크는 반쯤 몸을 일으켰다. "빨리 꺼지라고. 안 나가면 뭐든 던질 거야!"

"아, 그렇군요……." 여자는 그를 유심히 살폈다. "아하, 그렇군요! 벌써 그렇게 됐군요."

라비크는 담배를 집었다. "가소로운 짓 그만! 넌 다른 놈과 살면서, 여기 와선 질투 나부랭이를 한단 말이지. 얼른 너의 배우한테로 돌아가. 나를 가만 내버려 두란 말이야."

"그건 완전히 다른 문제예요." 하고 여자가 말했다.

"물론이겠지!"

"물론 별개의 문제라고요!" 여자는 갑자기 감정을 터뜨렸다. "그건 별개의 문제라는 걸 당신도 잘 알아요. 그 일은 저도 어쩔 수 없어요. 어쨌든 난 조금도 행복하지 않아요. 어쩌다 그렇게 됐어요. 왜 그렇게 됐는지는 저도 몰라요……."

"무엇이든지, 뭣 때문에 그렇게 되어 버리는지 모르게 되는 법이야……."

여자는 그를 뚫어지게 쳐다보았다. "당신은…… 당신은 언제나 그렇게 무덤덤해요! 그래서 난 미치겠어요! 무슨 일이 일어나도 당신은 무덤덤한 얼굴이에요. 난 당신이 잘난 체하는 게 싫어요! 얼마나 자주 당신을 미워했는지 몰라요! 난 나에게 미쳐 버리는 사람이 필요하다고요! 나 없이는 살 수 없는 사람이 필요해요! 당신은 내가 없어도 살 수 있어요. 당신은 언제나 그랬어요! 당신에겐 내가 필요 없어요. 당신은 냉정해요! 텅 비었어요! 당신은 사랑에 대해 아무것도 몰라요! 당신이 나를 위해 사랑했던 적은 한 번도 없어요! 당신이 이 개월이나 떠나 있었기 때문에 이렇게 되었다고, 제가 말한 것은 거짓말이었어요! 당신이 여기 있었어도 그렇게 됐을 거예요. 웃지 말아요! 사람이 서로 다르다는 것도 알아요. 다 안다고요. 그 사람이 멍청하다는 것도, 당신과 다르다는 것도 알아요. 하지만 그 사람은 내게 모든 걸 던졌어요. 나 말고 그 사람한테 중요한 건 아무것도 없어요. 그 사람은 나만 생각하고 나만을 원해요. 나밖에 모른다고요. 난 바로 그게 필요해요."

여자는 격렬하게 헐떡이며 침대 앞에 서 있었다. 라비크는 칼바도스 병을 집어 들었다. "그럼 뭐 때문에 여기 온 거야?" 하고 그가 물었다.

여자는 곧바로 대답하지는 않았다. "알잖아요." 여자가 목소리를 낮추어 말했다. "왜 묻는 거예요?"

그는 잔을 가득 채워 여자에게 내밀었다. "마시고 싶지 않아요." 하고 여자는 잘라 말했다. "그 여자가 누구냐고요?"

"환자야." 라비크는 거짓말을 할 기분도 아니었다. "아주 많이 아픈 여자라고."

"거짓말. 거짓말하려면 더 그럴듯하게 해요. 아픈 여자라면 병원에 있어야지, 나이트클럽에는 왜 오죠?"

라비크는 잔을 도로 놓았다. 진실이란 이따금 아주 비현실적으로 보이기도 하는 법이다. "정말이야."

"그 여자를 사랑해요?"

"그게 당신과 무슨 상관이야?"

"그 여자를 사랑해요?"

"그게 당신하고 정말 무슨 상관이냐고, 조앙?"

"상관 있고말고요! 당신은 아무도 사랑하지 않는다고 해놓고……." 여자는 망설였다.

"당신은 아까 그 여자를 창녀라고 불렀어. 그런데 사랑 같은 게 뭐 문제겠어?"

"그저 그렇게 말해 봤어요. 그 여자가 창녀가 아니라는 건 금방 알았어요. 그러니까 그렇게 말한 거죠. 창녀라면 나도 안 왔을 거예요. 당신도 그 여잘 사랑해요?"

"불 끄고, 돌아가 줘."

여자가 가까이 다가왔다. "알았어요. 봤다니까요."

"꺼져." 하고 라비크가 말했다. "피곤해. 자랑하듯이 내뱉는 천박한 말장난은 그만두라고……. 한 남자한테는 화끈한 불장난이나 출세를 위해 마구 빠져들고, 또 다른 남자한테는 더 깊이 유달리 사랑한다고 단언하면서 그 멍청이를 틈틈이 방문할 수 있는 항구로 여기잖아. 무슨 놈의 사랑의 종류가 그렇게도 많단 말이야!"

"그렇지 않아요. 당신이 말하는 것과는 달라요. 그렇지 않다고요. 달라요. 난 당신에게로 돌아오고 싶어요. 돌아오겠어요."

라비크는 다시 잔을 채웠다. "당신이야 그렇게 원하든지 말든지 맘대로 하라고. 하지만 그건 착각이야. 자신을 변명하려고 스스로를 속이는 환상이라고. 당신은 절대로 돌아오지 않을 거야."

"돌아오겠어요!"

"아니야. 온다고 해도 잠깐 동안이겠지. 그러다가 다시 당신 외엔 아무것도 바라지 않는, 당신만을 바라는 남자가 나타나면 다시 시작되는 거야. 이게 나를 위해 마련된 엄청난 미래라고."

"아녜요, 아니라고요! 언제까지나 당신 곁에 있겠어요."

라비크가 큰소리로 웃었다. "조앙." 하고 그가 정겹게 말했다. "당신은 내 곁에 있지 않을 거야. 바람은 가두어 둘 수 없어. 물도 그렇고. 그렇게 되면 다 썩어 버릴 거야. 바람을 가두면 김빠진 공기가 된다고. 당신은 어디에도 머물 수 없는 존재야."

"당신도 그래요."

"내가?" 라비크는 잔을 비웠다. 아침엔 붉은빛이 도는 금발 여자, 그다음엔 배 속에 죽음을 품고, 피부가 연약한 비단 같은 케이트 헤그슈트렘, 그리고 지금은 여기 이 여자로군. 염치 불구, 생의 욕구로 가득하고 자신을 모르면서도 어떤 남자도 이해할 수 없을 정도로 자신에게 친숙한 이 여자. 순진하면서도 열정적이고, 기묘한 의미에서 충실하기도 하며, 그녀의 생모인 자연처럼 부정(不貞)하기도 하다. 쫓으면서도 쫓기고, 머물려고 하면서도 떠나 버리는 여자. "내가?" 하고 라비크는 다시 물었다. "도대체 당신이 나에 대해 뭘 안다는 거야? 모든 것을 의심하게 된 한 생명에 사랑이란 게 싹트면 어떻게 되는지 당신은 알아? 그것과 비교하면 당신의 싸구려 도취 같은 건 뭐냐고? 떨어지고 떨어지다 갑자기 정지하게 되고, 끝도 없이 '왜'라고 묻던 말이 '당신'이라는 말이 되어 버리고, 침묵의 사막 위로 갑자기 신기루 같은 감정이 솟아오르고, 형체가 생겨나고, 속수무책인 가운데 피의 환상이 하나의 엄연한 풍경이 되고, 그 풍경에 비해 모든 꿈이 퇴색하고 자질구레하게 되는 때를 안단 말인가? 은빛 풍경, 금실과 은실 그리고 번쩍이는 피의 눈부신 반사광처럼 빛나는 붉은 수정의 도시에 대해 당신이 무엇을 안단 말인가? 그렇게 쉽사리 입 밖에 낼 수 있는 거라고 생각해? 경솔한 혓바닥으로 즉시 압착해서 상투적인 말과 감정으로 만들어 버릴 수 있단 말인가? 묘지들이 아가리를 벌리고, 어제라는 아무 빛깔도 없는 수많은 밤 앞에서 떤다는 게 어떤 것인지 당신은 알아? 그래, 묘지들이 열린다고. 그 속에 해골은 하나도 들어 있지 않고 흙만 남아 있어. 흙과 열매를 맺을 씨앗, 그리고 어느새 움트는 푸른 싹이 있단 말이야. 당신은 그런 것에 대해 무엇을 알지? 당신은 도취와 정복을 사랑하고, 당신 속에서 죽고 싶은데도 결코 죽지 않는 '낯선 당신'을 사랑해. 당신은 휘몰아치는 피의 기만을 사랑해. 하지만 당신 마음은 언제나 텅 비어 있을 거야……. 사람이란 자기 속에서 자라나지 않는 것이라면 결코 오래도록 지니고 있을 수 없는 법이야. 게다가 폭풍우 속에서는 무엇이든 자라기 힘들어. 성장은 고독에 찬 공허한 밤에만 있을 수 있는 거야……. 그것도 절망하지 않을 때만 말이야. 당신이 그런 것에 대해 무얼 안단 말이야?"

그는 조앙을 잊기라도 한 듯 그쪽은 쳐다보지도 않은 채 천천히 말했다. 그러고는 여자를 쳐다보았다. "내가 무슨 말을 뇌까리는 거지? 멍청하고 케케묵은 소리. 오늘은 너무 마셨군. 자, 당신도 한잔하고 그만 가지."

여자는 침대 쪽으로 가서 그의 옆에 앉아 잔을 받았다. "알겠어요." 하고 여자가 말했다. 여자의 얼굴은 달라져 있었다. 바로 거울이군 하고 그는 생각했다. 무슨 말이든 하면 금방 그것을 되비추는 얼굴이었다. 이번에는 침착하고 아름다웠다. "알아들었어요." 하고 여자가 말했다. "종종 그렇게 느꼈어요. 하지만 라비크, 당신은 사랑을 위한 사랑 때문에, 삶에 대한 사랑 때문에 종종 나를 잊었어요. 난 그냥 부속품이에요. 그리고 당신이 말하는 은빛 도시로 들어가 버리곤, 나에 대해선 거의 아무런 관심도 없어요."

그는 한동안 여자를 물끄러미 쳐다보았다. "그럴지도 모르지."

"당신은 당신한테만 빠졌고, 당신 안에서만 여러 가지를 찾았기 때문에 저는 언제나 당신 생활의 언저리에만 있었던 거예요."

"그럴지도 몰라. 하지만 당신은 무언가를 믿고 누군가가 의지할 수 있는 그런 사람이 아니야, 조앙. 당신도 그건 알잖아."

"그런 걸 원하시는 거예요?"

"아니." 하고 라비크는 잠시 생각한 후 말했다. 그러고는 미소를 지었다. "사람이란 확실했던 모든 걸 떠나 피난민이 되고 나면 종종 이상한 처지로 빠지고 말아. 그리고 이상한 짓을 하기 마련이야. 물론 그런 걸 원하지는 않았어. 하지만 수중에 한 마리 양밖에 없는 자라면, 그걸로 이것저것 시도해 보려고 하기 마련이지."

밤은 갑자기 평화로 가득했다. 조앙이 자기 곁에 누워 있었던 아득한 시절의 밤으로 다시 돌아간 듯했다. 도시는 멀고 아득했고, 지평선의 부드러운 소음으로만 느껴졌다. 시간들의 연결 고리는 풀어졌고, 때는 정지한 듯 아무 소리도 내지 않았다. 이 세상에서 가장 단순하고 가장 불가사의한 것이 다시 눈앞에 나타난 것이다. 이야기를 주고받는 두 인간, 각자 자신의 말을 하지만, 그래도 말이라고 불리는 소리가 두개골 속 꿈틀거리는 덩어리에다가 동일한 형상과 감정을 만들어 낸다. 그리고 아무 의미도 없는 성대의 진동과, 거기에 따라 일어나는 설명 불가능한 반응, 그리고 끈적거리는 잿빛의 구불구불한 것들로부터 갑자기 하늘이 다시 생겨나고, 그 하늘에 구름과 개천, 과거, 꽃피어남과 시듦, 그리고 차분한 지식이 비치는 것이다.

"당신은 나를 사랑하는군요, 라비크……." 하고 조앙이 말했다. 어정쩡한 질문이었다.

"그래. 하지만 당신한테서 달아나려고 온갖 힘을 다하고 있어."

그는 조용하게, 두 사람과는 아무 상관도 없는 듯 그렇게 말했다. 여자는 귀담아듣지도 않았다. "우리가 함께할 수 없다는 걸 저는 생각도 할 수 없어요. 잠시 동안이라면 몰라도요.

하지만 영원히는 안 돼요. 절대로 안 돼요." 여자는 반복해서 말했다. "절대로라는 말은 무서워요, 라비크. 우리가 다시는 함께할 수 없다는 걸 상상할 수도 없어요."

그는 대꾸하지 않았다. "절 여기 있게 해 주세요." 하고 여자가 말했다. "다시는 돌아가지 않겠어요. 다시는."

"내일이면 돌아갈 거야. 당신도 그걸 알아."

"제가 여기 있을 땐, 제가 여기를 떠난다는 걸 상상할 수 없어요."

"마찬가지 이야기야. 당신은 그걸 알아."

흐르는 시간 한가운데에 생긴 텅 빈 공간. 또다시 불이 켜진 작은 선실과 같은 방. 예전과 다름없다. 게다가 사랑했던 사람도 그대로 있다. 하지만 그 사람은 이상하게도 이전의 그 사람이 아니다. 팔을 내밀기만 하면 붙잡을 수 있지만, 다시는 붙잡을 수 없는 곳에 있다.

라비크는 잔을 내려놓았다. "당신도 알잖아. 당신은 또다시 나를 떠날 거야……. 내일이든 모레든 언제든……."

조앙이 머리를 떨구었다. "네."

"돌아온다고 해도, 다시 가 버릴 걸 당신은 알잖아?"

"그래요."

여자가 얼굴을 들었다. 눈물이 주르르 흘렀다.

"이게 무슨 일이에요, 라비크. 왜 이 모양이죠?"

"나도 몰라." 그의 얼굴에 잠시 미소가 흘렀다. "사랑이란 그렇게 즐거운 게 아닌가 봐, 때로는. 안 그래?"

"그런가 봐요." 여자가 그를 쳐다보았다. "우린 왜 이렇게 된 거예요, 라비크?"

그는 어깨를 으쓱했다. "나도 몰라, 조앙. 우리를 꽉 붙들어 줄 그런 게 아무것도 없어서 그럴 거야. 예전엔 여러 가지가 있었지⋯⋯. 안전함, 뒷받침, 믿음, 목적⋯⋯. 사랑이 뒤흔들려도, 그런 것들이 모두 정겨운 울타리가 되어 의지할 수 있었지. 그런데 지금은 모든 게 없어졌어⋯⋯. 기껏해야 조금의 절망과 조금의 용기 그리고 안팎의 낯선 것들. 거기로 사랑이 날아들면, 마른 짚더미에 불을 던지는 셈이 되지. 사랑밖에 남은 게 없다면, 사랑은 다른 것이 되어 버리는 거야⋯⋯. 더욱 거칠고, 더욱 소중하고 더욱 파괴적이 되는 거야." 그는 다시 자기 잔을 가득 채웠다. "사랑 같은 것에 대해 지나치게 생각하지 않는 게 좋아. 우린 그런 걸 깊이 생각할 처지도 못돼. 지나치게 생각하면 망칠 뿐이야. 그래, 우리가 망해 버렸으면 좋겠어?"

여자는 머리를 가로저었다. "아녜요. 그런데 그 여자는 누구예요, 라비크?"

"환자라니까. 전에도 거기에 같이 간 적 있었어. 당신이 아직도 거기서 노래를 부르고 있을 때였지. 오래오래 전 일이야. 그런데 당신은 지금 무슨 일을 하고 있는 거야?"

"시시한 역이에요. 소질이 별로 없나 봐요. 하지만 혼자 살아갈 정도로는 벌어요. 언제라도 그만두고 싶어요. 야심 같은 건 없어요."

여자의 눈물은 말라 있었다. 여자는 잔을 죽 들이켜고는 일어섰다. 피곤해 보였다. "인간이 도대체 왜 이런 거죠, 라비크? 왜 이럴까요? 무슨 이유든 있을 거예요. 그렇지 않다면 질문조차 없을 테니까요."

그는 침울하게 미소 지었다.

"그건 인류의 가장 오래된 질문이야, 조앙. 왜 그럴까? 이 질문 앞에선 지금까지 모든 논리, 모든 철학, 모든 과학이 무력하게 부서지고 말았어."

여자가 간다. 간다. 이미 문간까지 갔다. 라비크의 마음속에서 무언가가 용솟음쳤다. 여자는 간다. 간다. 그는 후다닥 몸을 일으켰다. 별안간 견딜 수 없었다. 모든 게 그럴 수 없었다. 하룻밤만 더, 하룻밤만. 다시 한 번 잠든 여자의 얼굴을 이 어깨 옆에 두고 싶다. 싸우는 건 내일이라도 할 수 있다. 다시 한 번 여자의 숨결을 내 곁에서 느끼고 싶다. 허물어지면서도 다시 한 번 부드러운 환영과 달콤한 기만을 맛보고 싶다. 가면 안 돼. 가면 안 돼. 우리는 어차피 고통 속에 죽고 고통 속에 사는 거다. 가면 안 돼. 가면 안 돼. 네가 가고 나면 내게 뭐가 남는단 말인가? 나의 밋밋한 용기가 도대체 무슨 소용인가? 우리는 어디로 몰려가는가? 오직 너만이 현실이다! 가장 빛나는 꿈이다! 아, 불사의 꽃이 피는 망각의 목장이다! 다시 한 번 더! 다시 한 번 영원한 불꽃을! 도대체 나는 누구를 위해서 나를 보존한단 말인가? 그 어떤 절망적인 것을 위해서? 그 어떤 어두운 불확실성을 위해서? 파묻히고 버림받은 내 인생은 이제 열이틀밖에 남지 않았다. 열이틀. 그다음엔 아무것도 없다. 열이틀과 오늘 밤. 빛나는 피부여, 그대는 왜 하필이면 오늘 밤, 별들로부터 떨어져 방황하는 오늘 밤, 옛 꿈에 싸여 나를 찾아왔는가? 왜 그대는 이 밤에 우리밖에 살고 있지 않은 이곳 요새와 바리케이드를 무너뜨리느냐? 파도가 높이 일지 않는가? 또다시 부서지진 않는가……. "조앙." 하고 그가 불렀다.

여자가 몸을 돌렸다. 여자의 얼굴에 순간 거칠고 숨 가쁜 빛이 스쳐 지나갔다. 여자는 손에 들었던 것을 놓아 버리고 그에게로 달려갔다.

26

　자동차가 보지라르 거리의 모퉁이에 멈추어 섰다. "무슨 일이지요?" 하고 라비크가 물었다.

　"데모 행렬입니다." 운전사는 돌아보지도 않고 말했다. "이번에는 공산당입니다."

　라비크는 케이트 헤그슈트렘을 쳐다보았다. 여자는 루이 14세의 궁정 시녀 복장을 한 채 한쪽 구석에 가냘프고 얌전하게 앉아 있었다. 짙게 화장을 했지만, 그래도 창백한 인상을 주었다. 관자놀이와 볼의 뼈가 두드러져 보였다.

　"멋진데." 하고 그가 말했다. "1939년 7월, 바로 오 분 전엔 불의 십자군 파시스트들이 데모를 했고, 이번엔 공산주의자들의 데모라. 그런데 우리 두 사람은 위대한 17세기의 복장을 하고 있으니. 그거 참 멋지군, 케이트."

　"별일 없을 거예요." 여자가 미소를 지었다.

라비크는 자기 무도화를 내려다보았다. 이 무슨 운명의 장난질인가. 경관에게 체포당할 걱정은 이제 하지 않아도 됐군.

"다른 길로 갈까요?" 헤그슈트렘의 운전사가 물었다.

"이젠 돌릴 수도 없어요." 하고 라비크가 말했다. "우리 뒤로 차가 잔뜩 밀렸는데."

데모 행렬은 교차로를 조용히 지나갔다. 깃발과 문양을 들고 있었다. 아무도 노래를 부르지는 않았다. 수많은 경관이 행렬을 따라가고 있었다. 보지라르 거리의 모퉁이에 또 한 무리 경관들이 눈에 띄지 않게 서 있었다. 그들은 자전거를 가지고 있었다. 그들 중 한 경관은 거리를 따라 순찰하고 있었다. 그는 케이트 헤그슈트렘의 차 안을 들여다보았으나, 아무런 표정도 없이 저쪽으로 가 버렸다.

케이트 헤그슈트렘은 라비크의 눈길을 따라갔다. "경관은 놀라지도 않아요." 하고 여자가 말했다. "경관들은 다 알아요. 몽포올 댄스파티는 여름의 큰 행사니까요. 저택도 정원도 경찰이 둘러싸고 있어요."

"그 말을 들으니 마음이 놓이네."

케이트 헤그슈트렘이 빙그레 웃었다. 여자는 라비크의 처지에 대해 아무것도 몰랐다. "그렇게 많은 보석들이 한꺼번에 파리에 모이는 일은 드물어요. 진짜 보석에다 진짜 파티 복이죠. 경찰은 그런 모임에서는 위험을 무릅쓰진 않아요. 손님들 속엔 틀림없이 형사들이 있을 거예요."

"가장을 하고 말인가?"

"그럴 수도. 그런데 왜요?"

"알아 두는 게 좋을걸. 난 로스차일드의 에메랄드라도 훔치려고 생각했는데."

케이트 헤그슈트렘은 손잡이를 돌려 창을 내렸다. "당신은 아마도 지루할 거예요. 하지만 이번만은 어쩔 수 없어요."

"지루하지 않아요, 케이트. 그 반대요. 다른 곳에서 어떻게 시간을 보낼까 생각하고 있었던 참이니까. 술은 충분히 나오려나?"

"그럴 거예요. 안 그러면 제가 집사장한테 눈짓을 할게요. 잘 아는 사이니까."

보도를 울리는 데모대의 발소리가 들렸다. 그들은 행진하는 것이 아니라 아무렇게나 몰려가고 있었다. 지친 동물의 무리가 지나가는 것처럼 들렸다.

"라비크, 당신은 어떤 세기에 살고 싶어요? 자유롭게 선택할 수 있다면 말예요?"

"지금 세기. 안 그러면 난 죽은 사람이니까. 어떤 멍청이가 내 옷을 입고 이 파티에 가겠지."

"그런 뜻이 아네요. 다시 한 번 산다면 어느 세기에 태어나고 싶은지 물은 거예요."

라비크는 자기가 입고 있는 벨벳 의상의 소매를 쳐다보았다. "마찬가지요. 지금 세기. 가장 더럽고 가장 피비린내 나고, 제일 썩었고, 제일 희미하고 비겁하고 너절한 세기지만, 그래도 역시 지금 세기요."

"나는 싫어요." 케이트 헤그슈트렘은 시리기라도 한 듯 두 손을 마주 비볐다. 가느다란 손목엔 수를 놓은 비단이 번쩍였다. "바로 이 세기예요. 17세기. 그게 안 되면 그 이전 세기라도 좋아요. 다만 지금 세기만은 싫어요. 불과 몇 달 전부터 그렇게 느끼게 되었어요. 그전엔 한 번도 그런 걸 생각해 본 적이 없었는데." 여자는 창문을 완전히 돌려 내렸다. "뜨겁네요! 습기도 많고! 데모대는 아직 안 지나갔어요?

"끝나 가요. 후미가 보이는데."

총소리가 들렸다. 캉브론 거리 방향이었다. 그 순간 모퉁이에 있던 경관들이 자전거에 올라탔다. 한 여자가 비명을 질렀고, 군중들의 격분한 목소리가 대답처럼 뒤를 이었다. 사람들은 달아나기 시작했다. 경관들은 페달을 밟았고, 군중 속으로 달려 들어가며 곤봉을 휘둘렀다.

"무슨 일이죠?" 케이트 헤그슈트렘이 깜짝 놀라 물었다.

"아무것도 아니오. 타이어가 터진 모양인데."

운전사가 뒤를 돌아다보았다. 얼굴빛이 달라졌다. "저건⋯⋯."

"계속 갑시다." 하고 라비크가 운전사의 말을 가로막았다. "이제 지나갈 수 있어요."

교차로는 한바탕 돌풍이라도 분 것처럼 텅 비어 있었다. "자! 갑시다." 하고 라비크가 말했다.

캉브론 거리 쪽에서 비명 소리들이 들렸다. 두 번째 총성이 터졌다. 운전사는 자동차를 출발시켰다.

그들은 정원이 내다보이는 테라스에 서 있었다. 어디를 보아도 무도회 복장 일색이었다. 짙은 나무 그늘 속에 장미들이 피어 있었다. 바람막이 안에 든 촛불들이 깜박거리며 따뜻한 불빛을 던졌다. 한 정자에서는 작은 오케스트라가 미뉴에트를 연주하고 있었다. 그 모든 것이 마치 와토의 그림이 살아 움직이는 듯했다.

"아름답죠?" 하고 케이트 헤그슈트렘이 물었다.

"그래요."

"정말요?"

"그럼요, 케이트. 적어도 멀리서 볼 땐 말이죠."

"이리 와요. 정원 속을 걸어 보도록 해요." 높이 솟은 고목들 아래로 비현실적인 정경이 펼쳐져 있었다. 수많은 초들이 발하는 아득한 불빛이 은빛 금빛 수를 놓은 비단 위에서, 빛바랜 청색과 장밋빛과 바다 빛 초록의 값비싼 벨벳 위에서 번쩍거렸다. 그리고 길게 늘어뜨린 가발, 분칠을 한 벗은 어깨 위로 부드러운 빛을 던졌다. 바이올린들도 부드러운 빛을 발했다. 짝을 지은, 또는 무리를 지은 사람들이 점잔을 빼며 유유히 거닐었다. 칼의 손잡이는 번쩍이고, 분수는 좔좔거렸으며, 가지를 쳐낸 회양목 숲이 분위기를 고조하는 어두운 배경을 이루었다.

하인들까지 무도회 의상을 입고 있었다. 이 정도면 형사들도 가장을 하고 있을 거라고 그는 생각했다. 몰리에르나 라신으로 변장한 자에게 붙잡힌다면 별로 나쁠 것도 없겠군. 안 그러면 기분전환으로 궁정 난쟁이한테 붙들릴 수도 있을 테고.

그는 위를 쳐다보았다. 커다랗고 따뜻한 빗방울이 손에 떨어졌다. 불그스레한 하늘이 어두워졌다. "비가 내리는데, 케이트."

"아녜요. 그럴 리가 없어요. 정원에⋯⋯."

"틀림없어요. 자, 얼른!"

그는 여자의 팔을 잡고 테라스로 데려갔다. 테라스에 도착하자마자 비가 억수같이 퍼부었다. 비가 내리퍼부어, 바람막이 속의 초들은 꺼져 버렸고, 탁자 위 장식은 몇 초 만에 퇴색한 넝마조각처럼 힘없이 늘어졌다. 온통 야단법석이었다. 후작 부인, 백작 부인 그리고 궁정 시녀들은 수놓은 비단 의상을 치켜든 채 테라스로 달려왔다. 백작과 폐하 그리고 원수님들도 가발을 적시지 않으려고 이리 밀치고 저리 밀쳤다. 알록달록한 수탉들이 놀라서 날뛰는 것 같았다.

빗물은 기다란 가발, 옷깃과 드러낸 어깨로 흘러 들어가 분칠과 연지를 씻어 내렸다. 창백한 섬광이 정원을 환상적인 불빛으로 뒤덮는가 했더니, 곧이어 요란한 우레 소리가 울려 퍼졌다.

케이트 헤그슈트렘은 라비크에게 바싹 달라붙은 채, 테라스 차양 아래 꼼짝도 않고 서 있었다. "이런 적은 한 번도 없었어요." 하고 여자가 당황해하며 말했다. "전 자주 여기에 왔거든요. 이런 적은 한 번도 없었어요. 어떤 해에도."

"에메랄드를 훔치기에는 절호의 찬스군."

"그건 그래요, 나 원 참."

레인코트를 입고 우산을 쓴 하인들이 정원을 이리저리 뛰어 다녔다. 그들의 비단 신발이 코트 밑으로 별스럽게 삐져나와 있었다. 그들은 흠뻑 젖어 어쩔 줄 모르는 마지막 궁정 시녀들을 테라스로 데려갔다. 그러고는 잃어버린 숄이나 물건들을 찾아다녔다. 어떤 하인은 황금빛 구두 한 짝을 들고 왔다. 우아한 구두를 커다란 두 손으로 조심스럽게 받쳐 들고 왔다. 빗물은 텅 빈 탁자들 위로 쏟아졌다. 펼쳐 놓은 차양 위로 우레 소리가 요란하게 들려왔다. 마치 하늘이 수정 방망이로 미지의 북을 두드리는 듯했다.

"안으로 들어가요." 하고 케이트 헤그슈트렘이 말했다.

드넓은 저택의 공간도 손님 수에 비하면 너무 좁았다. 아무도 날씨가 나빠질 것이라고는 예상하지 못했던 것 같았다. 방 안에는 아직도 대낮의 무더운 열기가 그대로 남아 있었다. 사람들이 붐벼 열기는 더욱 심했다. 부인들의 폭넓은 의상은 짓눌렸다. 비단 옷자락은 발에 밟혀 찢어졌다. 사람들은 거의 옴짝달싹도 할 수 없었다.

라비크는 케이트 헤그슈트렘과 함께 문 옆에 서 있었다. 그의 앞에서는 땋은 머리를 흠뻑 적신 몽테스팽 후작 부인이 숨을 헐떡였다. 털구멍이 숭숭하게 난 부인의 목덜미에는 배(梨) 모양의 다이아몬드 목걸이가 걸려 있었다. 마치 사육제에서 비를 흠뻑 맞은 채소 장수 마누라처럼 보였다. 그 옆에서는 턱이 없는 대머리 사내가 연신 기침을 해 댔다. 라비크가 아는 자였다. 콜베르로 분장을 한 외무부의 블랑셸이었다. 그의 앞에는 옆 얼굴이 그레이하운드 개처럼 생긴, 멋지고 날씬한 여자 두 명이 서 있었다. 그 곁에는 여기저기 보석을 박은 모자를 쓴, 목소리가 요란하고 통통하게 살이 찐 유대인 남작이 서서, 그 여자들의 어깨를 즐기며 어루만졌다. 시동으로 분장한 남미 사람들 몇 명은 어처구니없다는 표정으로 그의 행동을 쳐다보았다. 그들 사이에 라 발리에르로 분장한 베랑 백작 부인이 루비를 치렁치렁 매단 채 타락한 천사 같은 얼굴을 하고 있었다. 라비크는 일 년 전 뒤랑의 진단에 따라 이 여자의 난소를 잘라 냈던 일이 기억났다. 이 근처 사람들은 모두 뒤랑의 단골손님들이었다. 그는 몇 발짝 떨어진 곳에, 젊고 아주 부유한 랑플라르 남작 부인이 있는 것을 알아차렸다. 부인은 영국인과 결혼했지만, 이미 자궁이 없었다. 뒤랑의 오진으로 라비크가 잘라 내었던 것이다. 수술비는 5만 프랑이었다. 뒤랑의 여비서가 그에게 귀띔해 주었던 것이다. 라비크는 그 수술의 대가로 200프랑을 받았고, 부인은 수명이 십 년 단축되고, 아이를 낳을 수 있는 능력을 잃어버렸던 것이다.

비의 냄새, 향수와 피부와 젖은 머리 냄새가 뒤섞인 죽을 듯이 답답하고 뜨거운 무더움이었다. 비에 씻긴 얼굴들은 가발을 쓰고 있어서 가장을 하지 않았을 때보다 본래 모습을 더 노골적으로 드러내었다. 라비크는 주위를 둘러보았다. 주위에는 아름다운 여자들이 많았다. 재치 있는 여성, 의심하면서 총명함이 돋보이는 여성도 있었다. 그러나 그의 숙련된 눈길에는 그런 것과 더불어 병의 희미한 징조도 보였다. 겉모습이 완벽해도, 그는 쉽사리 속아 넘어가지 않았다. 특정한 상류층은 위대한 세기건 초라한 세기건 간에 늘 변함이 없다는 사실을 그는 알고 있었다. 그러나 그는 또한 열병과 붕괴, 그리고 그 징후를 알아보았다. 미적지근한 난교의 결과, 유약함에서 오는 관용, 무기력한 취미, 사려 없는 재치, 위트를 위한 위트에 지나지 않았다. 아이러니와 자질구레한 연애질, 맥 빠진 탐욕, 세련된 운명주의, 김빠진 무목적 때문에 불빛을 잃어버린 피곤한 족속. 세계가 이러한 자들에 의해서 구원될 수 있단 말인가. 그렇다면 구원은 어디서 온단 말인가?

그는 케이트 헤그슈트렘 쪽으로 눈길을 돌렸다. "술을 마시기는 틀렸어요." 하고 여자가 말했다. "하인들이 돌아다닐 수가 없으니 말예요."

"괜찮아요."

두 사람은 천천히 다음 방으로 밀려갔다. 벽 쪽에 샴페인이 놓인 탁자들이 있었다. 급하게 들여다 놓은 것이었다.

몇 군데 등에 불이 들어왔다. 그러나 그 부드러운 불빛을 뚫고 밖으로부터 번갯불이 번쩍하며 순간적으로 사람들의 얼굴을 창백하고 유령 같은 죽음으로 몰아넣었다. 이어서 천둥이 쳤고, 사람들의 목소리를 집어삼키며 온통 사방을 지배하고 위협했다. 이윽고 다시 부드러운 불빛이 들어왔고, 그와 함께 생명과 무더위가 되돌아왔다.

라비크는 샴페인이 놓인 탁자들을 가리켰다. "무얼 좀 가져올까?"

"됐어요. 너무 더워요." 케이트 헤그슈트렘이 그를 유심히 쳐다보았다. "저의 잔치가 이 꼴이군요."

"아마 곧 그칠 거요."

"그렇지 않아요. 설사 그친다 해도, 이미 망쳤어요. 제 생각을 아시겠어요? 이제 그만 가죠……."

"좋아. 나도 가고 싶어. 마치 프랑스 혁명 직전 같군. 상퀼로트들이 언제 뛰어들지 모르는 순간이야."

그들이 입구까지 나오는 데도 꽤나 시간이 걸렸다. 나와서 보니 케이트 헤그슈트렘의 의상은 입은 채 몇 시간을 자기라도 한 것처럼 구겨져 있었다. 밖에는 비가 수직으로 퍼붓고 있었다. 길 건너편 건물들이, 물을 잔뜩 뿌린 꽃 가게 창문을 통해 내다보이는 듯했다.

차가 붕붕 소리를 내며 다가왔다. "어디로 가지?" 하고 라비크가 물었다. "호텔로 돌아가겠어요?"

"아직은 싫어요. 하지만 이런 옷으론 어디도 갈 수 없어요. 자동차나 좀 더 타고 돌아다니죠, 뭐."

"좋아요."

자동차는 밤의 파리를 천천히 미끄러져 갔다. 비가 천장을 두들겼고, 그 소리에 다른 소리들은 거의 들리지 않았다. 개선문이 억수같이 퍼붓는 은빛 빗줄기로부터 잿빛으로 솟았다가는 다시 사라졌다. 불을 밝힌 창들이 늘어선 샹젤리제 거리가 미끄러져 지나갔다. 롱푸앙[7]은 성성한 꽃향기를 뿜었고, 짙은 안개 속에 일렁거리는 알록달록한 파도처럼 보였다. 트리톤[8]과 바다의 괴물들이 있는 콩코르드 광장은 바다처럼 아득하고 어둑어둑했다. 밝은 아치형의 리볼리 거리가 헤엄치듯 다가오며, 베네치아의 광휘를 얼핏 엿보게 했다. 그러자 곧이어 루

---

7) 샹젤리제 원형 교차로.
8) 그리스 신화에 나오는 포세이돈의 아들. 상반신은 인간이고 하반신은 물고기 모양이며, 큰 소라를 불어 물결을 다스렸다고 함.

브르 박물관이 끝없이 뻗은 정원과 함께 잿빛으로, 그리고 영원의 모습으로 솟아올랐다. 창문이란 창문은 모두 불빛에 번쩍였다. 강변도로와 다리들은 잔잔한 물결을 배경으로 꿈속인 양 흔들거렸다. 화물을 실은 거룻배들, 그리고 따뜻하게 등불을 밝힌 예인선 한 척은 천 개의 고향을 숨긴 듯 정겨웠다. 센강, 대로, 미니버스들, 소음, 행인들과 점포들. 뤽상부르 궁의 철책, 그 안쪽 릴케 시와 같은 정원. 적막하고 황량한 몽파르나스 묘지. 서로 들러붙어 있는 좁고 오래된 길들. 집들. 갑작스럽게 눈앞에 나타나는 말없는 광장들. 늘어선 나무들, 바람에 흰 것 같은 집들의 정면, 교회당, 비바람에 퇴색한 기념비들, 빗속에서 한들거리는 가로등, 작은 요새처럼 땅에서 솟은 공중변소들, 시간제로 방을 빌려 주는 호텔들의 거리, 그 사이사이에 순수한 로코코 혹은 바로크 양식의 건물들이 솟은 과거의 거리. 그런 건물들이 건물 정면을 내려다보며 미소를 지었다. 프루스트의 소설에 나올 법한 어둑어둑한 문들…….

케이트 헤그슈트렘은 구석에 앉은 채 아무 말도 없었다. 라비크는 담배를 피웠다. 담뱃불을 보긴 했으나, 맛을 느끼진 못했다. 마치 차 안 어둠 속에서 형체도 없는 담배를 피우는 듯했다. 점점 모든 게 꿈같다는 생각이 들었다. 이런 드라이브, 빗속을 소리도 없이 미끄러져 가는 자동차, 미끄러지며 사라지는 거리들, 한쪽 구석에 옛날 의상을 입은 채 말문을 닫은 여자. 그 의상 위로 반사된 불빛들이 스쳐 지나간다. 이제 두 번 다시 움직이지 않을 것처럼 수놓은 비단 위에 꼼짝도 않고 놓인, 이미 죽음의 낙인이 찍힌 두 손. 그것은 유령 같은 파리를 지나가는 유령 같은 드라이버였다. 아직 결론을 내리지 못한 생각, 그리고 입 밖에 내지 못한 이유 없는 이별이 흔들거리며 스며드는 그런 드라이버.

그는 하케를 생각했다. 어떻게 할지 궁리해 보았지만, 아무것도 떠오르지 않았다. 생각들이 그냥 빗속으로 흘러내렸다. 자기가 수술했던 붉은빛 도는 금발 여자를 떠올렸다. 지금은 잊어버린 여자와 지냈던 로텐부르크오브데어타우버에서의 비 내리던 날 밤도 생각났다. 호텔 아이젠후트를, 알지 못하는 사람의 창문에서 흘러나오던 바이올린의 선율을 떠올렸다. 1917년 플랑드르의 양귀비 밭에서 비바람 치던 날 전사한 롬베르크가 생각났다. 인간에게 넌더리가 난 신이 대지를 향해 포격하는 듯 뇌성벽력은 요란한 기관총 소리에 섞여 우르릉거렸다. 또한 후툴스트에서 한 해병대 병사가 켜던, 비애에 찬 듯하면서도 서툴고, 그러면서도 견딜 수 없는 그리움으로 가득 찼던 아코디언을 생각했다. 비 내리던 로마에서의 장면이 스쳐 지나갔다. 루앙의 질퍽질퍽한 시골길. 강제수용소의 바라크 지붕 위로 끊임없이 내리던 11월의 비. 헤벌어진 입속으로 물이 차올랐던 스페인 농부의 시체들. 클레르의 환하고 축축하게 젖었던 얼굴. 라일락 향기가 짙었던 하이델베르크 대학 길목. 지나간 날들의 환등, 끝없이 이어지는 과거의 장면들. 창밖 거리처럼 미끄러져 간다, 원한도 위안도…….

그는 담뱃불을 비벼 끄고 몸을 일으켰다. 이 정도면 충분하다. 지나치게 뒤를 돌아보는 자는, 쉽사리 그 무엇을 향해 달려가고 또 굴러 떨어지는 법이다.

차는 몽마르트르 거리를 힘겹게 올라갔다. 비는 그쳤다. 은빛 구름이 묵직하고 성급하게 하늘을 가로질러 갔다. 한 조각 달빛을 낳으려고 서두르는 임신한 여자들처럼. 케이트 헤그슈트렘은 차를 멈추게 했다. 그들은 차에서 내려 몇 골목을 올라가 모퉁이를 돌았다.

갑자기 파리 시내가 저 아래로 보였다. 파리는 끝없이 펼쳐지고, 반짝거리며 젖어 있었다. 거리와 광장, 밤, 구름과 달의 파리. 환상(環狀) 대로, 창백한 빛으로 아물거리는 언덕들, 탑들, 지붕들, 어둠과 빛의 선명한 대조. 파리. 지평선 너머에서 불어오는 바람, 평지 위 번쩍이는 불빛, 명암의 대조가 분명한 다리들, 센 강 저 너머로 달아나는 소나기, 무수한 자동차의 불빛으로 가득한 파리. 밤으로부터 억지로 빼앗은, 윙윙거리는 삶의 거대한 벌집과도 같은, 수백만의 하수구 위에 세워진, 지하의 악취 위에서 피어난 불빛의 꽃, 그리고 암과 모나리자의 파리.

"잠깐만, 케이트." 하고 라비크가 말했다. "뭘 좀 사 와야겠어."

그는 바로 가까이 있는 술집으로 들어갔다. 피를 넣어 만든 신선한 소시지와, 간 소시지의 따뜻한 냄새가 코를 찔렀다. 아무도 그의 파티 복을 주목하지 않았다. 그는 코냑 한 병, 그리고 유리잔 두 개를 샀다. 주인은 병을 땄다가 코르크 마개로 다시 헐겁게 주둥이를 막아 주었다.

케이트 헤그슈트렘은 그가 물건을 사러 갔을 때와 똑같은 모습으로 밖에 서 있었다. 가장 의상을 입은 채, 구름이 빨리 움직이는 하늘을 배경으로 가냘프게 서 있었다. 스웨덴 계통의 보스턴 태생 미국 여자가 아니라, 지난 세기가 남겨 놓고 가 버린 여인과 같았다.

"자, 케이트. 춥고, 비 오고, 너무 적막해서 오는 불안에는 이게 제일이오. 저기 아래의 도시를 위해 건배합시다."

"좋아요." 하고 여자가 잔을 받았다. "여기까지 올라오기를 잘했어요, 라비크. 세상 어떤 파티보다도 좋아요."

여자는 잔을 비웠다. 달이 여자의 어깨와 옷과 얼굴을 비추었다.

"코냑이네요." 여자가 말했다. "상당히 고급이군요."

"맞아요. 당신이 그걸 알아보는 한에는 모든 게 다 잘될 거요."

"한 잔 더 주세요. 그리고 다시 차로 내려가기로 해요. 저도 옷을 갈아입을 테니, 당신도 갈아입고, 셰에라자드로 가요. 감상에 한번 푹 젖었다가, 자신을 가엾게 여긴 다음엔 이 모든 화려하고 피상적인 생활과 결별할게요. 그리고 내일부터는 철학자의 책을 읽고, 유언장을 만들고, 제 형편에 맞도록 살아가겠어요."

호텔 계단에서 라비크는 주인 여자를 만났다. 주인 여자가 그를 불러 세웠다. "잠시 시간 좀 있으세요?"

"물론이지요."

주인 여자는 그를 3층으로 데리고 가, 마스터키로 어떤 방의 문을 열었다. 아직 누군가가 살고 있는 방이라는 걸 알 수 있었다.

"무슨 일이지요?" 하고 그가 물었다. "왜 여길 마음대로 들어가지요?"

"여긴 로젠펠트 씨가 사는데, 곧 나가려고 해요."

"내 방을 바꾸고 싶지 않은데요."

"그 사람은 나간다면서 아직 석 달치 방 값을 내지 않았어요."

"아직 그 사람 물건들이 있잖아요. 그걸 잡히면 될 텐데."

주인 여자는 침대 곁에 열린 채로 놓인 낡은 트렁크를 경멸하듯 걷어찼다. "이게 무슨 소용이겠어요? 아무 가치도 없어요. 가짜 가죽이라고요. 내의는 너덜너덜하고, 양복이래야 단두 벌인데, 저거 보세요. 몽땅 합쳐야 100 프랑도 못된다고요."

라비크는 어깨를 으쓱했다. "그 사람이 나간다고 했나요?

"아뇨. 하지만 척 보면 알지요. 제가 까놓고 말했어요. 그러니까 그 사람도 그렇게 하겠대요. 내일까지는 지불하라고 제가 그랬어요. 방 값도 안 내는 손님을 언제까지고 봐줄 수는 없으니까요."

"알았어요. 그런데 나더러 어쩌라는 거지요?"

"저 그림들인데요. 그 사람 거예요. 돈이 좀 된대요. 그 사람 주장으로는 방 값보다 더 나간대요. 그래서 그림을 좀 봐 달라는 거예요!"

라비크는 벽에 관심이 없다가 그제야 벽을 쳐다보았다. 그의 앞쪽 침대 위에, 반 고흐가 전성기에 그린 아를르 풍경화가 걸려 있었다. 그는 한 걸음 다가갔다. 의심의 여지없이 진본이었다. "조잡한 그림이죠?" 하고 주인 여자가 물었다. "저 비뚤비뚤한 물건들이 나무라는군요! 그리고 저걸 좀 보세요!"

세면대 위에 걸린 것은 고갱의 그림이었다. 열대지방 풍경을 배경으로 한 벌거벗은 남태평양 토인 여자를 그린 것이었다. "저 다리 좀 봐요." 하고 주인 여자가 소리쳤다. "발목이 코끼리 같네요. 저 미련한 얼굴하고는. 저기도 한 장 있어요! 아직 미완성인 것 같은데요."

아직 미완성이라는 그림은 세잔이 그린 세잔 부인의 초상화였다. "저 입 좀 보세요! 비뚤해요, 볼에는 핏기도 없고. 저런 걸 가지고 날 속이려는 거예요. 선생님도 제가 가진 그림을 보셨지요. 그런 게 진짜 그림이잖아요! 자연 그대로, 진짜고, 정확해요. 식당에 걸린 그 사슴이 있는 설경 말예요. 그런데 이 삼류 그림은 그 사람 자신이 그린 것 같아요. 그렇게 생각하지 않으세요?"

"아마도 그런 것 같군요."

"전 그 점을 알고 싶었어요. 선생님은 교양 있는 분이니까, 그런 걸 좀 아실 테죠. 액자도 없는 그림이잖아요."

그림 세 장은 액자도 없는 채로 걸려 있었다. 그것들은 다른 세상으로 통하는 창문이기라도 한 것처럼 더러운 벽지 위에서 빛을 발하고 있었다. "적어도 금칠한 고급 액자에라도 끼워져 있다면 또 모르겠어요! 그렇다면 받아 둘 수도 있을 텐데요. 하지만 이런 꼴로는! 어쨌거나 이런 쓰레기도 받아야 될 형편이에요. 또 한 번 속은 거지요. 친절을 베푼 결과가 이거라니!"

"그림을 받을 필요가 없을 것 같군요." 라비크가 말했다.

"다른 수가 있을까요?"

"로젠펠트가 보나마나 돈을 마련해 올 겁니다."

"어떻게요?" 여자는 그를 흘낏 쳐다보았다. 안색이 돌변했다. "이 그림들이 그만한 가치가 있나요? 가끔 이런 게 값이 나가는 경우도 있긴 하지만요!" 그녀의 노란 이마 뒤쪽에서 여러 생각들이 튀는 게 눈에 보였다. "지난달 방 값으로 아무 말 말고 이 중 하나를 잡아 둘 수도 있어요. 어떤 게 좋을까요?" 침대 위 저 커다란 그림이 괜찮을까요?"

"그럴 필요 없어요. 로젠펠트가 돌아올 때까지 기다려요. 틀림없이 돈을 가지고 올 거요."

"전 생각이 달라요. 이 호텔 주인이니까요."

"그럼 왜 그렇게 오랫동안 기다렸지요? 다른 때는 잘 안 그러면서."

"말솜씨 때문이지요! 얼마나 말을 잘하는지! 여기 형편이 어떤지는 선생님도 아시잖아요."

로젠펠트가 별안간 문간에 나타났다. 말이 없고 키가 작고 침착했다. 주인 여자가 무슨 말을 꺼내기도 전에 호주머니에서 돈을 꺼냈다. "자, 여기, 그리고 이게 계산서입니다. 영수증을 만들어 주실래요?"

주인 여자는 깜짝 놀라 지폐 다발을 쳐다보았다. 그러고는 그림을 보았다가 다시 돈을 보았다. 할 말은 많았지만, 말이 안 나왔다. "거스름돈이 있어요." 하고 여자가 마침내 말했다.

"알아요. 지금 주실래요?"

"물론. 드리지요. 여기는 없어요. 금고는 아래에 있어요. 돈을 바꿔 오겠어요."

주인 여자는 심하게 굴욕을 당한 듯한 모습이었다. 로젠펠트가 라비크를 쳐다보았다. "실례했습니다." 하고 라비크가 말했다. "저 늙은 여자가 저를 여기로 끌고 왔어요. 여자가 무슨 생각을 하는지 알 수 없었거든요. 알고 보니 선생의 그림들이 가치가 있는지를 알고 싶어 했지요."

"그래서 말씀을 했나요?"

"천만에요."

"잘됐습니다." 로젠펠트는 야릇한 미소를 지으며 라비크를 쳐다보았다.

"이런 그림들을 어떻게 이런 데 걸어 두십니까?" 하고 라비크가 물었다. "보험에 드셨나요?"

"아뇨. 하지만 그림을 도둑맞는 일은 없어요. 기껏해야 이십 년에 한 번쯤 미술관에서 도난을 당할 정도지요."

"여기 싸구려 호텔에 불이 날 수도 있어요."

로젠펠트가 어깨를 으쓱했다. "그 정도 위험이야 받아들여야죠. 보험료가 너무 비싸서."

라비크는 반 고흐의 그림을 유심히 쳐다보았다. 적어도 400만 프랑은 나가는 것이었다.

로젠펠트는 그의 눈길을 좇았다.

"선생의 생각이 짐작 갑니다. 이런 걸 가진 인간에겐 보험에 들 돈쯤 있을 거라고 말입니다. 하지만 저한테는 그럴 돈이 없어요. 저는 제 그림을 팔아 삽니다. 파는 건 서두르지 않아요. 팔고 싶지 않으니까요."

세잔의 그림 아래에 놓인 탁자에는 알코올버너가 있었다. 그 옆에는 커피 통, 빵 한 조각, 버터 한 단지, 그리고 봉투가 몇 개 놓여 있었다. 방은 초라하고 좁았다. 하지만 그 벽들로부터는 세상의 장엄함이 빛을 발하고 있었다.

"이해가 갑니다." 하고 라비크가 말했다.

"어떻게든 가능할 거라고 생각했어요." 하고 로젠펠트가 말했다. "모든 걸 지불할 수 있었거든요. 기차표도 배표도 말입니다. 다만 세 달치 방 값만 치르지 못했어요. 거의 아무것도 먹지 않았지만, 해결할 도리가 없었지요. 비자가 나오는 데 너무 오래 걸린 겁니다. 그리고 오늘 저녁엔 모네를 팔아야 했어요. 베토이유의 풍경화 말입니다. 그건 들고 갈 수 있을 거라고 생각했는데 말입니다."

"어쨌든 다른 곳에서라도 팔아야 할 형편이지 않습니까?"

"그렇습니다. 하지만 달러로 팔고 싶었어요. 두 배로 받을 수 있으니까요."

"미국으로 가시는 겁니까?"

로젠펠트가 고개를 끄덕였다. "여기를 떠날 때가 됐지요."

라비크가 그를 쳐다보았다. "올빼미도 같이 떠납니다." 하고 로젠펠트가 말했다.

"어떤 올빼미 말인가요?"

"아, 그래요. 마르쿠스 마이어를 가리키는 겁니다. 우리는 그 친구를 올빼미라고 부르지요. 그 친구는 떠나야 할 때를 냄새로 알아내니까요."

"마이어라니요?" 하고 라비크가 물었다. "가끔 지하 묘지에서 피아노를 치는, 그 키 작은 대머리 남자 말입니까?"

"그래요. 우리는 그 친구를 프라하에서부터 올빼미라고 불러 왔지요."

"흥미로운 이름이네요."

"언제나 귀신같이 냄새를 맡지요. 그 친구는 히틀러가 등장하기 두 달 전에 독일에서 탈출했어요. 빈에서는 나치스가 오기 삼 개월 전에, 프라하에서는 놈들이 오기 육 주 전에 달아났고요. 저는 그 친구 옆에 붙어 있었지요. 늘 그랬습니다. 그 친구는 냄새로 알아내거든요. 덕분에 그림을 건질 수 있었던 겁니다. 현금은 독일에서 가져 나올 수 없었을 때였지요. 마르크가 봉쇄되어 버렸으니까요. 150만 마르크쯤 출자했는데, 현금으로 바꿔 보려 했지만, 나치스가 들이닥치는 바람에 때가 늦었던 겁니다. 마이어는 더 현명했지요. 현금 일부를 몰래 가지고 나온 겁니다. 저는 용기가 없었고요. 그런데 그 마이어가 이번에는 미국으로 가는 겁니다. 그래서 저도 가려고요. 모네는 애석하지만 어쩔 수 없지요."

"하지만 그걸 팔고 남은 돈을 가지고 갈 수는 있잖아요. 프랑은 아직 봉쇄되지 않았으니까."

"그렇긴 하지요. 하지만 바다를 건너가서 팔았더라면, 그걸로 더 오래 견딜 수 있었을 겁니다. 이런 꼴이라면 고갱도 곧 희생될 운명이지요."

로젠펠트는 알코올버너를 만지작거렸다. "이제 저것들이 마지막입니다. 저것 석 장만 남았어요. 저걸로 입에 풀칠을 해야 합니다. 일, 그런 건 기대할 수도 없고요. 일을 얻는다면 기적이지요. 작품 하나가 없어지면 그만큼 생명이 짧아지는 겁니다."

그는 트렁크 앞에 풀이 죽은 채로 서 있었다. "빈에서는 오 년 있었지요. 그때만 해도 돈이 그리 들지 않았습니다. 싸게 살아갈 수 있었지요. 하지만 그래도 르누아르 두 장, 드가의 파스텔 화를 한 장 팔았습니다. 프라하에서는 시슬레를 한 장, 그리고 스케치 다섯 장을 팔아서 먹어 치웠지요. 스케치 작품엔 그 누구도 투자를 하려 하지 않았어요. 드가 것이 두 장, 르누아르 분필 화가 한 장, 그리고 들라크루아의 세피아[9] 화가 두 장이었지요. 미국에서 팔았더라면, 그것들로 일 년은 더 살았을 겁니다. 아시겠죠." 하고 그는 난감한 투로 말했다. "이젠 이 그림 석 장밖에 남지 않았어요. 어제까지만 해도 넉 장이었지만요. 이 비자를 얻느라고 최소한 이 년의 생활비가 날아가 버린 겁니다. 삼 년은 아니라도 말입니다!"

"하지만 팔아서 먹고살 그림이 없는 사람들도 많아요."

로젠펠트는 비썩 마른 어깨를 으쓱했다. "그런 말씀도 위안이 안 되네요."

"그건 당연히 그렇겠지요."

"이걸로 전쟁 동안을 견뎌야 해요. 하지만 이번 전쟁은 오래갈 겁니다."

라비크는 대답하지 않았다. "올빼미가 그러더군요." 하고

---

9) 오징어 먹물로 만든 흑갈색 안료.

로젠펠트가 말했다. "미국조차도 안전할지는 모른다고요."

"그럼, 어디로 가려고 하던가요?" 라비크가 물었다. "이제 남은 곳은 별로 없는데."

"그 친구도 잘 몰라요. 아이티를 생각하던데, 니그로의 공화국이 전쟁에 말려들지는 않을 거라 생각하더군요."

로젠펠트는 정말 진지한 표정이었다. "안 그러면 온두라스를 염두에 두고 있더라고요. 남미의 자그마한 공화국이지요. 또는 산살바도르를. 그리고 뉴질랜드 같은 곳도요."

"뉴질랜드. 거긴 너무 멀어요, 안 그래요?"

"멀다고요?" 하고 로젠펠트가 우울하게 미소를 지었다. "어디에서부터 말입니까?"

27

바다였다. 천둥이 으르렁거리고 파도가 귓전을 때리는 칠흑의 바다. 그리고 복도를 통해 울리는 날카로운 종소리, 미친 듯이 흔들리며 침몰하는 배, 그리고 밤, 서서히 물러가는 수면 속으로 친숙하게 밀려오는 창백한 빛의 창문, 여전히 울리는 종소리, 그것은 전화벨 소리였다.

라비크는 수화기를 들었다. "여보세요……."

"라비크……."

"무슨 일이죠? 누구시죠?"

"저예요, 모르겠어요?"

"아, 그래. 무슨 일이야?"

"와 줘요! 빨리! 당장!"

"무슨 일이야?"

"와 줘요, 라비크! 일이 생겼어요!"

"무슨 일이냐고?"

"일이 생겼어요! 무서워요! 와 줘요! 빨리요! 도와줘요! 라비크! 빨리요!"

전화가 찰카닥 하고 끊어졌다. 라비크는 기다렸다. 전화 끊긴 소리가 뚜뚜 하고 울렸다. 조앙이 수화기를 놓은 것이다. 그는 수화기를 내려놓고 창백한 어둠 속을 응시했다. 수면제를 먹고 잠들었기 때문에 아직도 이마 속이 묵직했다. 그는 처음에 하케를 떠올렸다. 그러나 차츰 창문을 알아보았고, 여기가 앙테르나쇼날이지 프랭스드갈이 아니라는 것을 알았다. 시계를 보았다. 야광침은 4시 20분을 가리켰다. 갑자기 그는 침대에서 튀어 내렸다. 내가 하케와 만나던 날 조앙이 무어라고 말했었다. 무언가 위험하고 불안하다고. 혹시……. 무슨 일이 있을지도 모른다! 말도 안 되는 일을 얼마나 많이 보아 왔던가. 그는 가장 필요한 기구를 급히 꾸려 넣고 옷을 입었다.

근처 길모퉁이에서 그는 택시를 잡았다. 운전사는 자그마한 레펀샤 종의 개를 데리고 있었다. 개는 사내의 어깨 위에 마치 털목도리처럼 달라붙어 있어서 택시가 움직일 때마다 같이 흔들렸다. 라비크는 그 꼴이 너무도 보기 싫었다. 그러나 그는 파리의 운전사들을 잘 알고 있었다.

차는 미적지근한 7월의 밤 속을 덜커덩거리며 달렸다. 수줍게 숨을 쉬는 나뭇잎들이 풍기는 아련한 냄새. 어딘지 꽃이 피어 있다. 어딘지 보리수가 있다. 그림자. 별이 총총한 재스민의 하늘, 그 가운데를 비행기 한 대가 붉은빛과 초록빛을 번쩍이며 날아갔다. 반딧불이들 사이로 나는 육중하고 위협적인 갑충 같았다. 창백한 거리, 윙윙하며 울리는 공허의 소리, 두 주정꾼의 노랫소리, 지하실에서 들려오는 아코디언 소리. 그러다가 갑자기 마음이 멍해지고 불안이 엄습하고, 가슴이 찢어질 듯 초조해진다. 너무 늦었는지도 모르겠어…….

이 집이다. 잠에 취한 듯 미적지근한 어둠. 엘리베이터가 기어 내려왔다. 환하게 불을 밝힌 곤충이 느릿느릿 기어오는 것 같았다. 라비크는 첫 번째 계단에 발을 올려놓았다가, 다시 생각하고 되돌아왔다. 아무리 느려도 역시 엘리베이터가 빠를 것이다.

젠장, 파리의 엘리베이터는 장난감이야! 덜컹거리고 기침하고 천장도 벽도 없고, 단지 바닥과 쇠 버팀대 몇 개로 이루어진 엉성한 감옥이야. 전구는 반은 타 버린 채 흐릿하게 깜박거리고, 다른 전구 하나는 느슨하게 끼워져 있다. 마침내 맨 위층이었다. 그는 격자문을 밀어 열면서 벨을 눌렀다.

조앙이 문을 열고 나왔다. 라비크는 여자의 얼굴을 쳐다보았다. 핏자국이 없다. 얼굴도 아무렇지 않다. "무슨 일이야?" 하고 그가 물었다. "어디에…….."

"라비크, 당신 오셨네요!"

"어디야……. 당신, 무슨 일을 저지른 거야?"

여자는 멈칫 뒤로 물러섰다. 그는 몇 걸음 앞으로 나아갔다. 방 안을 둘러보았다. 아무도 없었다. "어디야? 침실에?"

"뭐가요?"

"침실에 누가 있는 거야? 누가 거기 있어?"

"아뇨, 왜 그러시죠?"

그가 여자를 빤히 쳐다보았다. "당신이 오는데 여기 누가 있겠어요."

여자는 말짱한 얼굴로 거기 서서 미소를 던졌다. "왜 그런 생각을 한 거죠, 라비크?" 여자의 미소는 더욱 깊어졌다. 그는 우박으로 얼굴을 얻어맞은 듯 확 정신이 들었다. 여자는 내가 질투하는 줄 알고 좋아하고 있다. 기구들을 담은 가방이 갑자기 50킬로그램이나 나가는 듯이 무겁게 느껴졌다. 그는 들고 있던 가방을 의자 위에 놓았다. "이런 빌어먹을 거짓말쟁이!" 하고 그가 내뱉었다.

"뭐예요? 왜 그래요?"

"이런 빌어먹을 거짓말쟁이." 하고 그는 되풀이했다. "나도 멍청이지, 그런 데 걸려들다니."

그는 가방을 다시 집어 들고 문 쪽으로 몸을 돌렸다. 그러자 여자가 후다닥 그의 곁으로 왔다. "어쩌자는 거예요? 가지 말아요! 나를 혼자 내버려 두지 마세요! 당신이 나를 버리면 무슨 일이 생길지 몰라요!"

"거짓말쟁이! 가련한 거짓말쟁이! 거짓말을 하는 거야 좋지만, 그렇게 천박한 거짓말을 하다니. 토할 것 같아. 그런 장난질은 하면 안 돼!"

여자는 그를 문 안으로 밀쳐 넣었다. "방을 한번 둘러봐요! 엉망이라고요! 눈이 있으면 보라고요! 그 사람이 얼마나 발광을 했는지. 그 사람이 또 돌아올까 봐 겁나요! 당신은 몰라요. 그 사람이 어떤 짓을 할지."

의자 하나가 바닥에 나동그라져 있었다. 램프도. 깨진 유리

조각들 몇 개. "걸어 다닐 땐 신발을 신으라고." 하고 라비크가 말했다. "발을 베일 거야. 내가 할 말은 그것뿐이야."

유리 조각들 사이에 사진 한 장이 뒹굴고 있었다. 그는 구둣발로 유리를 옆으로 치우고 사진을 집어 올렸다. "여기에……." 그는 그것을 탁자 위로 집어던졌다. "자, 이제 나를 가만히 내버려 두라고."

여자가 그의 앞을 막고 섰다. 그리고 그를 빤히 쳐다보았다. 얼굴빛이 달라져 있었다. "라비크." 하고 여자가 나지막하고 억눌린 듯한 목소리로 말했다. "나를 어떻게 봐도 좋아요. 그래요, 가끔 거짓말을 했어요. 앞으로도 거짓말을 할 거예요. 그렇게 하고 싶었다고요." 여자는 사진을 옆으로 밀쳤다. 사진은 탁자 위를 미끄러져 떨어졌고, 라비크는 그 얼굴을 볼 수 있었다. 클로셰도르에서 조앙과 함께 있던 사내의 얼굴은 아니었다.

"남자들은 다 그러기를 바란다고요." 여자는 경멸에 찬 목소리로 말했다. "거짓말하지 마! 거짓말 말라고! 진실만 말하라고! 하지만 정말 그렇게 하면 어떤 남자도 참지 못해요. 어떤 남자도요! 그렇지만 당신을 그렇게 자주 속이지는 않았어요. 당신은 안 속였어요. 당신한테는 그러고 싶지 않았다고요……."

"알았어." 하고 라비크가 말했다. "그렇게 미주알고주알 말하지 않아도 돼." 이상스럽게도 갑자기 마음이 찡해졌다. 무언가가 그의 마음을 흔들었다. 그는 화가 치밀었다. 이제 다시는 흔들리고 싶지 않았다.

"그래요. 당신한테는 그럴 필요가 없었다고요." 여자는 그렇게 말하며 거의 애원하다시피 그를 쳐다보았다.

"조앙……."

"그리고 지금도 거짓말을 하고 있는 게 아녜요. 절대 거짓말이 아니라고요, 라비크. 정말 무서워서 전화한 거예요. 다행스럽게도 그 사람을 문 밖으로 내쫓고 문을 걸어 잠갔어요. 그리고 제일 먼저 당신을 생각했어요. 그게 그렇게 나빠요?"

"그래서 당신은 내가 왔을 때 그토록 태연자약했군."

"그 사람이 가 버렸기 때문이에요. 그리고 당신이 와서 도와줄 거라고 생각했으니까요."

"좋아. 그럼 이제 다 해결됐군. 이젠 가도 되겠지."

"그 사람은 다시 올 거예요. 다시 오겠다고 고래고래 소리를 질렀어요. 지금쯤 어디 앉아 퍼마시고 있을 거예요. 저는 알아요. 그 사람은 취해서 돌아오면, 당신하곤 달라요……. 술을 못 이긴다고요."

"이제 그만!" 하고 라비크가 말했다. "집어치우라고! 너무지겨워. 문은 튼튼하다고. 그런 짓은 두 번 다시 하지 마."

여자는 그대로 서 있었다. "그럼, 어떻게 하라고요?" 여자가 불쑥 말했다.

"내가 알 바 아니야."

"제가 전화를 걸었어요, 세 번, 네 번. 그런데 당신은 받지 않았어요. 그리고 전화를 받고는 기껏 한다는 말이 가만히 내버려 둬 달라더군요. 그게 도대체 무슨 말이에요?"

"말 그대로야."

"말 그대로라고요? 그게 뭐예요? 우리가 마음대로 켰다 껐다 할 수 있는 자동기계란 말예요? 하룻밤은 황홀하다며 사랑을 속삭여 놓고, 다음에는 갑자기……."

여자는 라비크의 안색을 보고는 말문을 닫았다. "이런 일이 생길 거라고 생각했어." 하고 그가 목소리를 낮추어 말했다. "당신이 그걸 이용할 거라고 생각했단 말이야! 정말 당신답군! 그게 마지막이고 그걸로 만족하고 끝냈어야 한다는 걸 당신도 알았잖아. 당신이 내게 왔지. 그게 마지막이어서 그렇게 된 거야. 좋았어. 그리고 그건 이별이었어. 우리는 서로를 충분히 알았고, 서로를 영원히 기억했을 테지. 그런데 당신은 그걸 장사꾼처럼 이용만 한 거야. 그걸 평계로 새로운 요구를 하고, 단 한 번 만에 휙 날아서 지나가 버릴 걸 계속해서 빌빌대며 기어가게 만든 거라고! 내가 그걸 원하지 않으니까, 이제 이런 역겨운 속임수까지 쓴 거고. 그 덕분에 입에 담기도 창피한 말을 다시 한 번 뱉어야 하고."

"저는……."

"당신은 알고 있었어." 하고 그는 여자의 말문을 막았다. "다시는 거짓말 마! 난 당신이 말한 것을 되풀이하고 싶지는 않아. 난 그런 못난이 짓을 할 순 없어! 우리 둘 다 알고 있었어. 당신은 다시는 돌아오고 싶지 않았던 거야."

"난 다시 돌아가진 않았어요!"

라비크는 여자를 뚫어져라 쳐다보았다. 참으려고 애를 썼다. "좋아. 그래서 전화를 했단 말이지."

"겁이 나서 전화를 한 거예요!"

"맙소사." 하고 라비크가 말했다. "이 무슨 멍청한 짓인가! 그만두자, 그만둬!"

여자가 천천히 미소를 지었다. "저도 그만두겠어요, 라비크. 저는 당신이 여기 있어 주었으면 하는 생각밖에 없다는 걸 모르세요?"

"그게 바로 내가 안 하고 싶은 거야."

"왜요?" 여자는 계속해서 미소를 머금고 있었다.

라비크는 두 손 두 발 다 들었다고 생각했다. 여자는 조금도 그를 이해하려 들지 않았다. 설명을 좀 하려고 해도, 어떻게 해야 할지 몰랐다. "저주받을 타락이군." 이윽고 그가 말했다. "당신은 이해 못 해."

"알아요." 하고 여자가 천천히 대답했다. "아마도 알 거예요. 하지만 어째서 일주일 전과 다른 거죠?"

"그때도 마찬가지였어."

여자는 말없이 그를 쳐다보았다. "그걸 뭐라고 부르든 난 관심 없어요." 그는 대답하지 않았다. 하지만 여자를 당할 수 없다는 걸 느꼈다. "라비크." 하고 말하며 여자가 한 발 다가섰다. "그래요. 그때 이번으로 끝이라고 말했어요. 두 번 다시 제 소식은 듣지 못할 거라고 말했어요. 당신이 그 말을 원했기 때문에 그렇게 한 거예요. 하지만 내가 그럴 리가 없다는 사실을, 당신은 이해 못 하는 거예요?"

여자가 그를 가만히 들여다보았다. "이해 못 해." 그는 거칠게 대답했다. "내가 아는 건 당신이 두 남자와 자고 싶어 한다는 사실이야."

여자는 움직이지 않았다. "그렇지 않아요." 이윽고 여자가 말했다. "하지만 그게 사실이라고 하더라도 당신과 무슨 상관이에요?"

그는 여자를 찬찬히 쳐다보았다.

"정말 그게 당신과 무슨 상관이냐고요?" 여자가 반복했다. "저는 당신을 사랑해요. 그걸로 충분하지 않나요?"

"그렇지 않아."

"당신은 질투할 필요가 없어요. 당신은 그럴 필요가 없다고요. 그리고 당신은 그러지도 않았어요……."

"그랬던가?"

"그랬어요. 당신은 질투가 무언지도 몰라요."

"물론 모르지. 나는 쇼 같은 건 안 하니까. 당신의 그 애송이처럼 말이야……."

여자는 미소를 지었다. "라비크." 하고 여자가 말했다. "질투는 말예요, 다른 남자가 숨 쉬는 공기조차도 질투하는 거예요."

그는 대답하지 않았다. 여자는 앞에 서서 그를 가만히 쳐다보았다. 공기, 비좁은 복도, 어스름한 불빛, 갑자기 모든 것이 그 여자로 가득했다. 그 어떤 기대, 망루 위에 올라 난간 너머로 현기증을 일으키며 내려다보는 순간 땅이 끌어당기는 듯한 그런 숨 막히는 부드러운 힘이었다. 라비크는 그 힘을 느꼈다. 그리고 사로잡히지 않으려고 저항했다. 이제 가야 한다는 생각은 더 이상 들지 않았다. 간다고 하더라도 그 힘이 뒤를 쫓을 것이다. 더 이상 쫓겨 다니고 싶지 않았다. 분명한 결말을 내고 싶었다. 내일을 확실히 해 둘 필요가 있었다.

"술 있어?"

"있어요. 무얼 드시겠어요? 칼바도스?"

"있다면 코냑을 줘. 칼바도스도 괜찮고. 아무거나."

여자는 작은 찬장 쪽으로 갔다. 그는 여자의 뒷모습을 좇았다. 청명한 공기, 눈에 보이지 않는 유혹의 광선. 여기 우리의 자그만 오두막을 지어요라는 태곳적으로부터의 영원한 속임수. 마치 하룻밤보다 더욱 긴 평화가 언젠가 피로부터 생겨날 수 있기라도 한 것처럼 속삭인다!

질투. 나는 질투에 대해 아무것도 몰랐던가? 그러나 사랑의 불완전함에 대해선 조금 알지 않았던가? 그것은 질투라는 자그마하고 개인적인 불행보다 더 오래되고 더 다스리기 어려운 고통 아닌가? 한 사람이 다른 사람보다 먼저 죽어야 함을 아는 것으로부터 시작되는 게 아닌가?

조앙은 칼바도스가 아니라 코냑 한 병을 들고 왔다. 됐어 하고 그는 생각했다. 가끔 이 여자도 현명할 때가 있군. 그는 사진을 옆으로 치우고 잔을 놓았다. 그러고는 다시 사진을 집어 들었다. 여자의 영향력에서 벗어나는 가장 간단한 방법은 자기 후계자의 모습을 정면으로 들여다보는 것이다. "이상하다. 내 기억력이 이렇게 나쁘다니." 하고 그가 말했다. "당신 애송이가 전혀 달라 보이는군."

여자가 병을 내려놓았다. "그건 그 사람이 아녜요."

"그렇군⋯⋯. 벌써 다른 사람으로 바뀐 거군."

"그래요. 그래서 사단이 난 거예요."

라비크는 코냑을 단숨에 죽 들이켰다. "당신도 안됐군그래.

이전 애인이 찾아올 때는 남자들 사진 같은 건 치워 두는 법이야. 남자들은 사진을 잘 못 참아. 밥맛 떨어지거든."

"놔둔 게 아니라, 그 사람이 찾아낸 거예요. 마구 뒤졌어요. 사진 몇 장은 으레 있는 법이잖아요. 당신은 모를 거예요. 여자라면 알 테지만. 전 그 사람에게 사진을 보이고 싶진 않았다고요."

"그래서 이런 난리가 난 거야. 그 사람한테 도움을 받고 있는 거지?"

"아녜요. 계약을 했어요, 이 년간."

"그 친구가 주선해 준 건가?"

"왜요, 안 되나요?" 여자는 정말로 놀라는 표정이었다. "그게 잘못됐나요?"

"아니. 하지만 그런 걸 꼬투리로 화를 내는 인간들도 있거든."

여자는 어깨를 으쓱했다. 그것이 눈에 띄었다. 어떤 기억, 노스텔지어. 언젠가 자기 옆에서 자던 여자의 잠결 속에서 숨을 쉬며 부드럽고 규칙적으로 오르내리던 어깨에 대한 그리움. 그것은 불그스레한 밤하늘을 배경으로 반짝이며 날아가던, 지나가는 구름처럼 보였던 한 무리 새들이었던가? 저 멀리 보였던가? 얼마나 멀었던가? 말해 다오, 눈에 보이지 않는 기록계여! 그는 묻혀 버린 것에 불과한 것일까? 아니면 정말로 꺼져 가는 마지막 반사광일까? 하지만 누가 그것을 안단 말인가?

창문이 활짝 열려 있었다. 무언가가 하늘거리며 날아 들어왔다. 검은 넝마 조각이었다. 위태롭게 펄럭거리며 등잔 갓에 들러붙어 날갯짓을 한다. 그러고 나서 보랏빛과 푸른 빛 그리고 갈색 환영이 눈앞에 펼쳐진다. 비단 등잔 갓에 들러붙은 밤의 휘장. 오색찬란한 산누에나방이었다. 나방의 벨벳 날개는 나지막하게 숨을 쉬었다. 엷은 천 옷 밑에서 가슴이 가볍게 할딱이는 듯이. 이런 적이 또 언제 있었던가, 무한의 세월, 그동안 백 년이 흘러가 버린 것은 아닐까?

루브르. 승리의 여신 니케. 아니, 그보다도 훨씬 오래전이다. 원시의 먼지와 황금 여명기로 되돌아간다. 황옥 제단에서 피어오르는 향의 연기. 화산이 들끓는 소리가 요란한 가운데 그림자와 정욕과 피로 얼룩진 장막은 더욱 어둡고, 인식이라는 보트는 더욱 작았으며, 소용돌이는 거세게 끓어오르고, 용암은 더욱 빛을 내며 시커먼 손가락들을 내밀어 언덕을 기어내려가 생명을 파묻고 집어삼킨다. 그리고 그것을 넘어, 시간이라는 모래 위에 쓴 몇 마디 상형문자 위로 퍼지는 메두사의 영원한 미소. 그것이 정신이다.

나방은 몸을 일으켜 비단 갓 밑으로 내려와, 뜨거운 전등에 날개를 부딪기 시작했다. 보랏빛 가루. 라비크는 나방을 집어 창문으로 들고 가 어둠 속으로 내던졌다.

"다시 날아들 거예요."

"안 올지도 몰라."

"밤마다 날아들어요. 공원에서 날아오는 거예요. 늘 같은 나방들이에요. 몇 주 전에는 레몬같이 노란 것들이었어요. 지금은 저런 것들이지만."

"그래. 늘 같은 거지. 그러면서도 늘 다른 거야. 또 늘 다른 것이면서도 늘 같은 것이고."

내가 무슨 말을 지껄이는가. 무언가가 내 뒤에 숨어 떠들어 댄다. 반향, 산울림, 아득히 먼 곳에서, 마지막 희망의 배후에서 울려온다. 도대체 나는 무엇을 바랐던가? 이렇게 허약해지는 순간에 과연 무엇이 나를 때려눕힌단 말인가? 오래전부터 건강하게 유지되었던 근육을 예리한 칼로 베듯 잡아 찢는 것은 무엇인가? 감추고, 가면을 쓰고, 유충이 되고, 겨울잠을 자면서도 그 어떤 기대가 남아 있었던가? 속이고 싶었던 그 기대가 아직도 생생하게 살아 있었던가? 그는 탁자 위에 놓인 사진을 높이 쳐들었다. 얼굴 하나. 그 어떤 얼굴. 100만 명 중 한 얼굴.

"언제부터야?" 하고 그가 물었다.

"얼마 전이에요. 같이 일해요. 며칠 전이에요. 당신이 푸케에서 그런 다음에……."

그는 손을 들어 제지했다. "됐어, 됐다고! 알았어! 만일 내가 그날 밤……. 당신도 그게 사실이 아니란 건 알잖아."

여자는 망설였다. "아니긴 하지만……."

"당신은 알아! 거짓말하지 말라고! 중요한 것은 그렇게 쉽사리 꺼져 버리지 않아."

도대체 내가 무슨 말을 들으려 하는가? 무엇 때문에 이런 말을 지껄이는 거지? 선의의 거짓말이라도 듣고 싶어 하는 것인가? "그건 사실이기도 하고 아니기도 해요." 하고 여자가 말했다. "전 억제할 수가 없어요, 라비크. 무언가가 나를 몰아가요. 마치 무언가를 늘 놓치고 있다는 생각이 들어요. 그래서 그것을 붙들고, 내 것으로 만들어야 해요. 그리고 내 것으로 만들고 나면 그걸로 끝이에요. 그래서 다시 새로운 무언가를 붙잡으려고 해요. 그렇게 해도 결국 이전과 마찬가지라는 것도 이미 알아요. 하지만 가만히 있지를 못하겠어요. 그것이 나를 몰아가고 어딘가로 내동댕이쳐요. 그러면 한동안은 그것이 나를 가득히 채워 줘요. 그리고 다시 그것이 놓아주게 되면, 나는 다시 굶주린 것처럼 텅 비어 버려요. 그리고 같은 짓을 반복한다고요."

이제 끝이다 하고 라비크는 생각했다. 정말로 이젠 완전히 끝장이다. 이젠 틀림없다. 말려 들어갈 필요도 없고, 정신 차릴 필요도 없고, 되돌아갈 필요도 없다. 마침내 알게 되어 다행이다. 환상의 안개가 인식의 렌즈를 흐릿하게 만들기 시작하기 전에 말이다.

부드럽고 냉혹하고 위안의 길이 없는 화학 작용이여! 한때는 서로의 내면으로 격렬하게 흘러들었던 피도 이제 다시는 같은 힘을 가질 수는 없다. 아직도 조앙을 붙들어 놓고 이따금 내게로 다시 돌아오게 하는 것은, 저 여자가 아직도 파고들지 않은 것이 내 속에 남아 있기 때문이다. 만일 여자가 나의 마음을 꿰뚫게 된다면, 저 여자는 영원히 가 버릴 것이다. 그때까지 기다리란 말인가? 거기에 만족하란 말인가? 그렇게 될 때까지 희생하란 말인가?

"저도 당신처럼 강해지고 싶었어요, 라비크."

그는 쓴웃음을 지었다. 이런 소리까지 듣는군. "당신은 나

보다 훨씬 강해."

"아녜요. 보다시피 당신 뒤만 졸졸 따라다니잖아요."

"그게 바로 증거야. 당신은 그걸 해낼 수 있어. 난 그럴 수 없어."

여자는 잠시 그를 뚫어지게 쳐다보았다. 여자의 얼굴에 퍼져 있던 환한 기색이 사라졌다.

"당신은 사랑을 할 수 없는 사람이에요." 하고 여자가 말했다. "당신은 결코 자신을 열어 놓지 않아요."

"당신은 언제나 열어 주지. 그래서 당신은 언제든 살아남는 거야."

"저와는 진지한 이야기를 나누지 못하나요?"

"나는 진지하게 말하고 있는 거야."

"제가 언제나 살아남는다고 쳐요. 그런데 왜 당신한테서 떨어질 수 없는 거죠?"

"당신은 틀림없이 나한테서 떨어져 나갈 거야."

"그만두세요! 앞뒤가 전혀 안 맞는 말이라는 건 당신도 알아요. 제가 당신한테서 떨어져 나갈 수 있다면, 제가 당신 뒤를 따라다닐 이유가 없는 거죠. 다른 사람은 깡그리 잊었어요. 그런데 당신은 잊을 수 없어요. 왜 그런 거예요?"

라비크는 술을 한 모금 삼켰다. "아마도 당신이 나를 완전히 당신 발밑에 굴복시키지 못해서 그럴지도 몰라."

여자는 멈칫했다가 머리를 좌우로 흔들었다. "전 당신 말대로 그 사람들 모두를 발밑에 굴복시키진 못했어요. 그럴 수 없었던 사람들도 있었어요. 그래도 그들을 모두 잊었어요. 전 불행했지만, 그들을 잊었다고요."

"나도 잊게 될 거야."

"아녜요. 당신은 저를 불안하게 만들어요. 절대로 못 잊을 거예요."

"인간들이 얼마나 잘 잊을 수 있는지는 믿을 수 없을 정도야." 하고 라비크가 말했다. "그건 커다란 축복이기도 하지만 또한 빌어먹을 불행이기도 해."

"우리 사이가 왜 이렇게 됐는지, 당신은 아직도 말해 주지 않는군요."

"그건 우리 둘 다 설명할 수 없는 거야. 우리가 원하는 만큼 말을 할 수는 있어. 하지만 그럴수록 더 엉키고 말아. 세상에는 설명할 수 없는 일들도 있는 법이라고. 그리고 사람들이 이해할 수 있는 그런 사람도 있는 거고. 우리들 마음속에 있는 자그마한 정글은 찬양받아 마땅한 거지. 그럼, 이제 갈게."

여자가 후다닥 일어섰다. "저를 혼자 내버려 두면 안 돼요."

"나하고 자고 싶은 거야?"

여자는 그를 쳐다보면서 아무 말도 하지 않았다. "난 그러고 싶지 않아." 하고 그가 말했다.

"그런 걸 왜 물어요?"

"기운을 좀 내려고. 그만 가서 자. 밖은 벌써 밝았어. 비극에 어울리는 시간이 아니라고."

"있고 싶지 않으세요?"

"천만에! 다시는 안 오겠어."

여자는 꼼짝달싹도 하지 않고 서 있었다. "다시는요?"

"다시는 안 오겠어. 그리고 당신도 다시는 내게 오지 마."

여자는 천천히 머리를 좌우로 흔들었다. 그리고 탁자 위를 가리켰다. "저것 때문이에요?"

"아니."

"전 당신을 모르겠어요. 그래도 우리는……."

"아니야." 하고 그가 재빨리 말했다. "그것도 안 돼. 우정의 형태로도 안 돼. 식어 버린 감정의 용암 위에 생긴 조그만 채소밭 꼴이라고. 안 돼, 우린 그럴 수 없어. 우리는 안 된다고. 우리가 그동안 장난질이나 했다면 그럴 수도 있겠지. 그리고 그렇다고 하더라고 불결한 건 마찬가지야. 사랑을 우정으로 더럽혀선 안 돼. 끝은 역시 끝이야."

"하지만 왜 하필이면 오늘이어야 하죠?"

"당신 말이 맞아. 더 전에 끝나야 했어. 스위스에서 내가 돌아왔을 때 말이야. 하지만 모든 일을 미리 다 알 수는 없는 법이지. 그리고 가끔은 모든 걸 다 알고 싶지 않을 때도 있는 거고. 그때는……." 하고 그는 말을 꺼내려다 말았다.

"무엇이었죠?" 여자는 이해되지 않는 무언가가 있어서 그것을 꼭 알아야겠다는 것처럼 그의 앞에 서 있었다. 얼굴은 창백하고 두 눈은 투명했다. "우리 일은 어떻게 됐다는 거예요?" 하고 여자가 속삭였다.

여자의 머리카락 뒤쪽으로 복도가 희미한 불빛 속에서 흔들거렸다. 그 복도는 약속이 가물거리며 사라지고, 수많은 눈물로 젖고, 언제나 새로운 희망으로 젖어 있는 아득한 골짜기로 어이지는 듯했다. "사랑……." 하고 그가 말했다.

"사랑이라니요?"

"사랑이었어. 그래서 이제 마지막이 온 거야."

그는 문을 닫고 나왔다. 엘리베이터 버튼을 눌렀다. 하지만 엘리베이터가 올라올 때까지 기다리지 않았다. 조앙이 뒤쫓아 올까 두려웠다. 그는 재빨리 계단을 뛰어 내려갔다. 두 번째 층계참에 멈추어 서서 귀를 기울였다. 아무런 움직임도 없었다. 아무도 오지 않았다.

택시는 아직도 집 앞에 서 있었다. 그는 택시를 잊고 있었다. 운전사는 손을 모자에다 슬쩍 갖다 대며 씽긋 웃었다. "얼마요?" 하고 라비크가 물었다. "17프랑 50입니다."

라비크는 돈을 치렀다. "타고 돌아가시지 않으십니까?" 운전사는 깜짝 놀라 물었다.

"아뇨. 걸어가고 싶소."

"상당히 먼 거린데요, 선생님."

"알아요."

"그럼 일부러 기다리게 하실 필요는 없었죠. 11프랑을 내버리신 겁니다."

"상관없소."

운전사는 윗입술에 들러붙어 있는 축축한 갈색 담배꽁초에 불을 붙이려고 했다. "그럼, 그만한 값어치가 있었겠죠?"

"그렇고말고요!"

공원은 차갑고 밝은 아침 햇살을 받고 있었다. 공기는 벌써 따스했지만 햇살은 차가웠다. 라일락 풀숲은 잿빛 먼지로 뒤덮여 있었다. 벤치들 중 하나에서 사내 하나가 《파리 수아르》 신문으로 얼굴을 덮은 채 잠들어 있었다. 언젠가 비 오던 날 밤에 라비크가 앉아 있었던 바로 그 벤치였다.

그는 잠든 사내를 보았다. 《파리 수아르》는 가려진 얼굴 위에서 숨을 쉴 때마다 아래위로 움직였다. 그 싸구려 신문은 영혼이라도 가진 듯, 혹은 중대한 뉴스를 가지고 막 하늘로 날아오르려고 하는 한 마리 나비와도 같았다. 커다란 제목이 조용하게 숨을 쉬었다. '히틀러는 폴란드 회랑 이외의 영토에 대한 욕구는 없다고 선언.' 그리고 그 아래쪽에는 '세탁소 여주인이 남편을 뜨거운 다리미로 때려 죽이다.'라고 씌어 있다. 일요일 외출복을 입은 가슴이 풍만한 한 여자가 가만히 응시하고 있는 목판화도 보인다. 그 옆에는 또 다른 사진 한 장이 파도처럼 일렁거린다. '체임벌린, 평화는 아직 가능하다고 선언하다.' 우산을 들고 얼굴은 행복한 염소 같은, 은행원다운 표정이었다. 그의 발밑 부분에는 작은 활자로 적혀 있다. '수백 명의 유대인, 국경에서 학살당함.'

사내는 이 모든 것이 실린 신문으로 밤이슬과 아침 햇살을 가린 채 깊고 평화롭게 잠들어 있었다.

그는 낡고 해진 뱃사람 신발을 신고, 누런 양모 바지, 그리고 상당히 낡은 재킷을 걸치고 있었다. 이 모든 것은 그와 아무 상관도 없었다. 그는 너무도 바닥으로 내려앉았기 때문에, 그 모든 것은 아무래도 좋았다. 깊은 바닷속에 사는 고기가 바다의 폭풍우를 조금도 느끼지 못하는 것과 같았다.

라비크는 앙테르나쇼날로 돌아갔다. 맑고 자유로운 기분이었다. 아무 미련도 없었다. 그럴 필요도 없었다. 나를 혼란에 빠뜨릴 수 있는 건 이제 필요 없어. 오늘 프랭스드갈로 짐을 옮기자. 아직 이틀이 남았다. 하지만 하케를 맞을 준비를 늦게 하기보다는 일찍 하는 게 나을 것이다.

28

라비크가 아래로 내려왔을 때, 프랭스드갈의 로비는 텅 비어 있었다. 프런트 탁자 위에서 휴대용 라디오가 나지막하게 소리를 내고 있었다. 구석에서는 여자 청소부 몇 명이 일을 하고 있었다. 라비크는 재빨리 다른 사람 눈에 띄지 않게 로비를 지나갔다. 문 맞은편 시계를 보았다. 아침 5시였다.

그는 조르주5세 거리를 걸어 올라가 푸케까지 갔다. 자리를 차지하고 앉은 사람은 아무도 없었다. 레스토랑은 아직도 문이 닫혀 있었다. 그는 잠시 멈추어 섰다. 그러고는 택시를 잡아 타고 셰에라자드로 갔다.

모로소프는 문 앞에 서 있다가 그를 맞았다. "아무 일도 없었네." 하고 라비크가 말했다.

"그럴 거라고 생각했어. 오늘도 기다려 봐야 헛일이야."

"천만에. 오늘이 두 주째야."

"하루 정도 가지고 흔들리면 안 돼. 자네는 내내 프랭스드 갈에 있었나?"

"그럼, 아침부터 지금까지."

"내일은 전화가 올 거야." 하고 모로소프가 말했다. "오늘은 처리할 일이 있는지도 모르고, 아니면 하루 늦게 떠났을 수도 있고."

"내일 오전에는 수술을 해야 하네."

"그렇게 빨리 전화를 걸지는 않을 거야."

라비크는 대답하지 않았다. 흰색 야회복을 입은 남자 고객이 내리는 택시가 보였다. 이가 커다랗고 안색이 창백한 여자가 뒤를 따라 내렸다. 모로소프는 그들을 위해 문을 열어 주었다. 주위가 갑자기 샤넬 5 향수 냄새로 진동했다. 여자는 다리를 약간 절었다. 남자 고객은 택시 요금을 치르고는 어슬렁어슬렁 여자 뒤를 따라 들어갔다. 여자는 문간에서 남자를 기다렸다. 가로등 불빛에 비친 여자의 눈빛은 초록이었다. 눈동자는 아주 작게 오므라들어 있었다.

"이런 시각에 전화를 걸 리는 없어." 하고 모로소프는 다시 돌아와서 말했다.

라비크는 대꾸하지 않았다. "열쇠를 주게. 그러면 내가 8시에 가 있겠네." 하고 모로소프가 말했다. "자네가 돌아올 때까지 기다리겠어."

"자네는 자야지."

"쓸데없는 소리. 필요하면 자네 침대에서 잘 수도 있어. 아무도 전화를 안 하겠지만, 자네가 마음이 놓인다면 그렇게라도 하겠네."

"난 11시까지 수술을 해야 하네."

"오케이. 열쇠를 주게. 흥분한 나머지 포부르생제르맹 귀부인의 난소를 위장에다 꿰매 버리는 일은 없도록 하게. 그러면 구 개월 후에 아이를 입으로 토해 내겠지. 열쇠는 가지고 있나?"

"그래. 여기 있어."

모로소프는 방 열쇠를 호주머니에 집어넣었다. 그리고 페퍼민트 정이 든 케이스를 꺼내 라비크에게 권했다. 라비크는 머리를 좌우로 흔들었다. 모로소프는 몇 알을 끄집어내어 자기 입속에 털어 넣었다. 알들은 자그마한 흰 새들이 숲으로 뛰어들듯 그의 수염 속으로 사라졌다. "시원한데." 하고 그가 말했다.

"자네는 온통 벨벳으로 치장된 방에서 하루 종일 앉아 기다려 본 적 있나?" 라비크가 물었다.

"더 오래도 있어 봤어! 자네는 없었나?"

"있었지. 하지만 이번엔 좀 달라."

"읽을 걸 아무것도 가지고 가지 않았어?"

"잔뜩 가지고 갔지. 하지만 아무것도 읽지 않았어. 그런데 자네는 언제까지 여기에 있어야 하나?"

모로소프는 택시 문을 열었다. 미국인들로 가득했다. 그는 그들을 안으로 들여보냈다. "적어도 두 시간은 더 있어야 하네." 그는 돌아오더니 이렇게 말했다. "어떤 형편인지 자네도 봐서 알겠지. 몇 년 만에 보는 미친 듯한 여름 날씨야. 조앙도

와 있어."

"그렇군."

"응. 다른 놈하고 와 있네. 관심도 없겠지만 말이야."

"없어." 하고 라비크가 말했다. 그는 가려고 몸을 돌렸다.
"그럼, 내일 보세."

"라비크." 하고 모로소프가 그의 등 뒤에 대고 외쳤다.

라비크가 되돌아왔다. 모로소프는 열쇠를 끄집어냈다. "이
거 받아 두게! 자넨 프랭스드갈의 방으로 들어가야 하잖아. 내
일까진 자네를 볼 수도 없어. 그러니 자네가 나갈 때 문을 열
어 둔 채로 가게."

"난 프랭스드갈에서 자지 않아." 라비크는 열쇠를 받았다.
"앙테르나쇼날에서 잘 거야. 그곳에서는 될수록 내 얼굴을 안
비치는 게 좋아."

"거기서 자는 게 나을 거야. 거기서 자야만 거기에 살고 있
다고 말할 수 있어. 그게 좋을 거야. 경찰이 와서 프런트에서
탐문할 경우에 말이야."

"그렇기도 하겠지. 하지만 경찰이 조사를 하는 경우, 계속
해서 앙테르나쇼날에 살고 있었다는 걸 증명할 수 있다면 그
게 더 나을걸. 프랭스드갈에는 모든 걸 잘 준비해 놓았네. 침
대도 헝클어 놓았고, 세면대도, 수건도, 욕실과 다른 것들도
다 쓴 것처럼 해 놓았어. 아침에 외출한 것처럼 말이야."

"좋아. 그럼 열쇠를 도로 주게."

라비크는 고개를 가로저었다. "사람들이 자네를 그곳에서
보지 않는 게 나을 거야."

"아무 상관도 없어."

"상관 있어, 보리스. 우리는 멍청이가 아니야. 자네 수염은 보통 수염이 아니거든. 어쨌든 자네 말이 옳아. 눈에 띄는 짓은 되도록 안 하고 생활도 그래야겠어. 하케가 내일 아침 일찍 전화를 한다면, 오후에도 다시 한 번 걸 거야. 그것조차 믿을 수 없다면 난 하루 만에 노이로제에 걸리고 말 거야."

"지금은 어디로 갈 건가?"

"좀 자야겠어. 이런 시각에 전화하지야 않을 테지."

"원한다면 나중에 어디서든 만나도 되는데."

"됐어, 보리스. 자네가 여기서 일이 끝날 때쯤이면 난 자고 있을 거야. 8시에 수술을 해야 하니까."

모로소프는 미심쩍은 듯 그를 쳐다보았다. "알았어. 그럼, 내일 오후 프랭스드갈로 가겠네. 그 전에 무슨 일이 생기면 호텔로 전화하게."

"오케이."

거리. 도시. 불그스레한 하늘. 건물들 뒤로 반짝거리며 흔들리는 붉은빛, 흰빛, 푸른빛. 한 마리 귀여운 고양이처럼 술집 골목을 희롱하는 바람. 지나가는 행인들, 후덥지근한 호텔 방에서 하루를 보낸 후 밖으로 나설 때 불어오는 공기. 라비크는 세에라자드 뒤를 지나가는 큰길을 따라 걸었다. 철책으로 둘러싸인 나무들은 푸른 잎과 숲의 기억을 납덩이 같은 밤을 향해 멈칫거리며 내뿜었다. 그는 갑자기 쓰러질 정도로 공허한 생각으로 빠져들었고 기진맥진했다. 그걸 그만둔다면 하고 그는 잠시 생각했다. 완전히 그만둔다면, 잊어버린다면, 뱀이 해묵은 허물을 벗어 버리듯 벗어 던져 버린다면 어떨까! 이제는 거의 잊힌 과거의 그 멜로드라마가 나와 무슨 상관인가? 그 인간 역시 나와 무슨 상관인가? 중세의 어스름한 한구석, 중부 유럽의 일식 속에서 있었던 그 작고, 우연하고, 보잘것없는 꼭두각시가 이제 와서 나와 무슨 상관이란 말인가?

그게 이제 와서 나와 무슨 상관인가? 매춘부 하나가 문 안으로 들어오라고 유혹했다. 그녀는 문 뒤 어두운 곳에 서서 옷을 열어 보였다. 허리띠를 풀면 잠옷처럼 양쪽으로 벌어지는 옷이었다. 희끄무레한 몸뚱이가 어렴풋하게 빛났다. 길고 검은 양말, 어둡게 보이는 음부, 그림자에 파묻혀 두 눈이 보이지 않는 눈구멍. 이미 인광을 발하고 있는 것처럼 보이는 흐물흐물 썩어 들어가는 살덩이.

담배를 윗입술에 붙인 뚜쟁이 하나가 나무에 기댄 채 그를 뚫어지게 쳐다보았다. 채소를 실은 마차 몇 대가 지나갔다. 말들은 모가지를 끄덕였고, 털가죽 아래로 근육은 꿈틀거렸다. 채소와 푸른 잎사귀들로 둘러싸인, 굳어 버린 뇌처럼 보이는 양배추의 향긋한 냄새, 그리고 토마토의 붉은빛, 콩과 양파와 버찌와 샐러리를 담은 바구니들.

그게 이제 와서 나와 무슨 상관인가? 한 인간이 더 늘거나 더 줄어들 뿐이다. 그와 마찬가지로 악질이거나 아니면 더 악질일 수도 있는 수십만 악한들 중 하나가 더 늘거나 더 줄어들 뿐이다. 하나라도 줄이자. 그는 불쑥 걸음을 멈췄다. 바로 그거다! 갑자기 그는 깨달았다. 바로 그거다! 그게 나와 무슨 상관인가? 하고 생각하며 피곤해하고 잊어버리려 하는 것, 그것이 놈들을 더 강하게 만들었던 것이다. 바로 그거다! 한 놈이라도 더 줄이는 거다! 그래, 한 놈이라도 더 줄인다. 그게 아무것도 아니라고 할지라도, 또 전부이기도 하다! 전부다! 그는 천천히 주머니에서 담배를 꺼내 천천히 불을 붙였다. 그러자 갑자기, 성냥의 노란 불빛이 골짜기처럼 금이 죽죽 간 동굴 속 같은 손바닥을 비추는 순간, 그는 깨달았다. 나는 어떤 일이 있어도 하케를 죽일 것이다. 이상하게도 모든 것이 그 하나로 집중되었다. 갑자기 개인의 복수를 훨씬 넘어선 그 어떤 것이 되었다. 만일 그 일을 하지 못한다면, 말할 수 없이 커다란 죄를 저지르는 것 같았고, 행동으로 옮기지 않으면 이 세상에서 무언가를 영원히 잃어버릴 것 같은 기분이 들었다. 그와 동시에 그는 그런 일은 있을 수 없다는 것도 확실히 알았다. 하지만 그럼에도 설명이나 논리 저 너머에서 그것을 실행해야 한다는 희미한 목소리가 핏속에서 끓어올랐다. 눈에 보이지 않는 파도가 거기로부터 생겨나고, 이어서 보다 큰일이 일어날 거라는 생각이 들었다. 하케는 공포 정치의 말단 관리에 불과하고, 그렇게 중요한 인간도 못된다는 사실은 그도 알았다. 하지만 하케를 죽인다는 것이 무한히 중요하다는 것을 그는 갑자기 깨달았다.

그의 손의 동굴 속에 켜졌던 불은 꺼졌다. 그는 성냥을 내던졌다. 어스레한 햇살이 나무 사이로 비쳤다. 잠을 깬 참새의 피치카토처럼 지저귀는 소리에도 견디고 있는 은빛 거미줄. 그는 깜짝 놀라 사방을 둘러보았다. 그 어떤 것이 마음속에서 생겨났다. 눈에 보이지 않는 재판이 열리고 판결이 내려졌던 것이다. 나무들, 건물의 누런 벽, 바로 곁에 있는 철책의 잿빛, 푸른 안개에 싸인 거리가 지나칠 정도로 선명하게 보였다. 이 순간의 풍경이 결코 잊히지 않을 거라는 생각이 들었다. 그리고 그 순간에 자기는 하케를 죽일 것이며, 그것은 자신만의 작은 문제가 아니라, 훨씬 더 큰 문제라는 사실을 깨달았다. 이제 시작이었다.

그는 오시리스 입구를 지나쳐 갔다. 취객 몇 명이 비틀거리며 나왔다. 눈은 유리알처럼 흐리멍덩했고, 얼굴은 붉었다. 택시가 없었다. 그들은 잠시 욕설을 퍼붓더니 이윽고 시끄럽게 떠들며 저벅저벅 기운차게 걸어가 버렸다. 모두들 독일어를 썼다.

라비크는 호텔로 돌아갈 예정이었다. 하지만 생각을 바꾸었다. 롤랑드가, 지난 몇 개월 동안 독일인 여행자들이 오시리스에 들락거린다고 말한 것이 떠올랐다. 그는 안으로 들어갔다.

롤랑드는 검정색 지배인 제복을 입고 냉정하게 주위를 살피며 바에 서 있었다. 오케스트라가 미친 듯 소리를 내며 이집트 식 벽을 울렸다. "롤랑드." 하고 라비크가 말했다.

여자가 몸을 돌렸다. "라비크! 오랜만이에요. 마침 잘 오셨어요."

"왜?"

그는 여자 곁에 서서 홀 안을 둘러보았다. 손님은 별로 없었다. 그나마 있는 손님들도 여기저기 탁자에 쪼그리고 앉아 졸고 있었다.

"여길 그만둘 거예요." 하고 롤랑드가 말했다. "일주일 안에 여길 떠나요."

"영원히?"

여자는 고개를 끄덕이며 가슴 옷깃에서 전보를 꺼냈다. "여기요."

라비크는 전보를 펴 보고는 다시 돌려주었다. "당신 이모님? 끝내 돌아가셨군?"

"그래요. 돌아갈 거예요. 마담에게 양해를 구했어요. 화를 버럭 내긴 해도 이해해 줬어요. 자네트가 제 일을 할 거예요. 일은 더 배워야 하지만요." 롤랑드는 그렇게 말하며 큰소리로 웃었다. "마담이 안됐어요. 올해는 칸에서 빛을 좀 보려고 노렸거든요. 별장은 벌써 손님들로 만원이래요. 일 년 전에 백작 부인이 됐거든요. 툴루즈 출신 건달과 결혼해서 말예요. 남자가 툴루즈를 떠나지 않는 조건으로 매달 5000프랑씩 주고 있어요. 그런데 이제 여기 발이 묶여 버렸으니까 말예요."

"카페를 열 생각이야?"

"네. 하루 종일 돌아다니며 온갖 걸 주문했어요. 파리가 물건 값이 더 싸니까요. 커튼감으로 쓸 건데요. 이 견본은 어때요?"

여자는 품에서 꾸깃꾸깃해진 천 조각 하나를 끄집어냈다. 노란 천에 꽃무늬가 있었다. "훌륭해." 하고 라비크가 말했다.

"3할의 값으로 살 수 있어요. 지난해에 팔다 남은 재고품이래요." 롤랑드의 눈이 따뜻하고 부드럽게 빛났다. "370프랑 절약이에요. 어때요, 괜찮죠?"

"멋진데. 결혼도 할 건가?"

"할 거예요."

"왜 결혼하려는 거야? 좀 더 기다렸다가 하고 싶은 일 다 하고 하지 않고?"

롤랑드가 웃었다. "당신은 장사를 잘 몰라요, 라비크. 남자 없이는 장사하기 힘들어요. 남자도 사업의 일부라고요. 난 내가 할 일을 알아요."

여자는 확고한 자신감으로 침착하게 서 있었다. 모든 걸 다 생각해 놓고 있었다. 장사를 위해 남자까지 마련하려는 것이다. "당신 돈을 함부로 남자 이름으로 해 놓는 일은 없도록 해." 하고 라비크가 말했다. "어떻게 돌아가는지 우선 기다려 봐야지."

여자가 웃었다. "난 일이 어떻게 돌아갈지 알아요. 우린 철이 들었으니까요. 장사를 하는 데 서로의 도움이 필요한 거예요. 여자가 돈을 쥐고 있으면, 사내가 사내 구실을 못하는 법이에요. 나는 애인을 원하지는 않아요. 사내의 체면을 세워 줘야 한다고요. 사내가 매번 돈을 타러 오는 꼴은 말이 아니죠. 아시겠어요?"

"그래." 라비크는 영문도 모르면서 그렇게 대답했다.

"좋아요." 여자는 만족해하며 고개를 끄덕였다. "뭘 좀 마실래요?"

"됐어. 가야 해. 잠깐 들렀어. 내일 아침엔 일찍 일해야 해."

여자가 그를 가만히 쳐다보았다. "조금도 마시지 않으셨어요. 여자애도 필요 없으세요?"

"필요 없어."

롤랑드는 가볍게 손짓을 해 여자애 둘을, 긴 의자 위에 앉은 채로 잠든 사내 쪽으로 보냈다. 다른 여자애들은 이리저리 뛰어다니며 법석을 떨었다. 두서넛만이 홀 가운데 통로에 두 줄로 배치된 등받이 없는 의자들에 가만히 앉아 있었다. 다른 여자애들은 겨울에 아이들이 얼음판 위에서 미끄럼을 타듯, 미끄러운 복도 바닥 위에서 미끄럼을 탔다. 두 여자애가 쪼그리고 앉은 여자애 하나를 끌면서 기다란 복도를 마구 뛰어다녔다. 풀어 늘어뜨린 머리카락은 헝클어지고, 가슴은 덜렁거렸다. 어깨는 반짝거리며 맨살을 그대로 드러내었고, 작은 비단 조각으로는 아무것도 가릴 수 없었다. 계집애들은 신이 나서 마구 소리를 질렀다. 오시리스는 갑자기 저 고전 시대의 순진무구한 아르카디아의 정경으로 변해 있었다.

"여름이라." 하고 롤랑드가 말했다. "아침마다 어느 정도의 자유를 줘야 해요." 여자가 라비크를 가만히 쳐다보았다. "목요일 저녁이 떠나는 날이에요. 마담이 저를 위해 파티를 열어 준대요. 오시겠어요?"

"목요일에?"

"그래요."

목요일이라 하고 라비크는 생각했다. 일주일 남았다. 일주일. 그건 칠 년이나 마찬가지다. 목요일, 그때면 결판난 지 오래일 것이다. 목요일이라, 그런 먼 앞날까지 어떻게 생각할 수 있단 말인가? "물론이지. 장소는?"

"여기예요. 6시부터."

"알았어. 꼭 올게. 잘 자, 롤랑드."

"안녕히 가세요, 라비크."

견인기를 막 사용하려던 순간 일이 벌어졌다. 갑작스러워 당황했고, 몸이 화끈 달아올랐다. 잠시 망설였다. 활짝 열린 붉은 복강, 창자를 높이 떠받치고 있는 뜨겁고 축축한 가제로부터 가느다란 증기가 피어올랐고, 클립을 끼워 놓은 곳 바로 옆의 가는 혈관들로부터 피가 뚝뚝 떨어졌다. 그때 갑자기 외제니의 의아해하는 눈길이 보였다. 그리고 금속성 불빛 아래 베버의 커다란 얼굴, 모공 하나하나, 콧수염 한 가닥 한 가닥까지 보였다. 그는 마음을 가다듬고 차분하게 일을 계속했다.

그는 꿰맸다. 그의 두 손이 꿰맸다. 상처는 닫혔다. 겨드랑이에 땀이 줄줄 흐르는 것이 느껴졌다. 땀은 몸을 따라 흘러내렸다. "마지막으로 좀 꿰매 주겠나?" 하고 그가 베버에게 물었다.

"그래. 그런데 왜 그래?"

"아무것도 아냐. 더워서 그래. 잠을 제대로 못 잤거든."

베버는 외제니의 눈초리를 보았다. "그럴 때도 있는 거야, 외제니. 정상적인 인간의 경우에도 말이야."

그 순간 방이 흔들거렸다. 엄청나게 지쳤군. 베버는 계속 꿰맸다. 라비크는 기계적으로 그를 도왔다. 혀는 두툼하게, 입안은 솜처럼 느껴졌다. 그는 아주 천천히 숨을 쉬었다. 양귀비꽃이 마음속으로 떠올랐다. 플랑드르의 양귀비. 활짝 열린 붉은색 복강. 활짝 핀 양귀비꽃처럼 붉고, 부끄러움도 없이 드러나는 비밀, 생명, 그것이 메스를 든 두 손 바로 아래에 있는 것이다. 두 팔을 따라 전율이 스쳐 지나갔다. 저 멀리 죽음으로부터 끌어당기는 자기(磁氣). 이젠 수술을 할 수 없겠어 하고 그는 생각했다. 우선 이거부터 없어져야 해.

베버는 꿰맨 상처를 소독했다. "끝났어."

외제니는 손잡이를 돌려 환자의 두 발을 아래쪽으로 내려가게 했다. 들것은 조용히 밖으로 굴러갔다. "담배 줄까?" 하고 베버가 물었다.

"됐네. 난 곧 가야 해. 해치울 일이 있어. 아직 할 일이 또 남았나?"

"아니." 베버는 의아한 듯이 라비크를 쳐다보았다. "뭐 때문에 그렇게 서둘러? 베르무트 소다나 시원한 음료수라도 좀 마시지그래?"

"필요 없어. 곧 가야 해! 벌써 시간이 이렇게 된 줄 몰랐군! 또 보세, 베버."

그는 급히 밖으로 나갔다. 택시를 잡자 하고 그는 나와서 생각했다. 택시로 빨리 가는 거다. 시트로엥이 한 대 오는 걸 보고, 그는 그것을 잡았다. "호텔 프랭스드갈로 갑시다! 얼른!"

며칠 동안은 내 도움 없이 해 나가야 될 거라고, 베버에게 말해야겠다고 그는 생각했다. 이래서는 안 되겠어. 내가 수술하고 있는 도중에 하케 놈이 전화할지도 모른다는 생각을 하니 미칠 것만 같아.

그는 택시 요금을 치르고 홀을 가로질러 들어갔다. 엘리베이터가 올 때까지 끝도 없이 기다리는 기분이었다. 그는 넓은 복도를 내려가 문을 열었다. 전화를 걸자. 그는 묵직한 그 무엇을 들어 올리듯 수화기를 들었다. "폰 호른인데요, 어디 전화 온 데 없었나요?"

"잠깐만요."

라비크는 기다렸다.

교환수의 목소리가 다시 들려왔다. "없습니다. 아무 곳에서도."

"고마워요."

모로소프는 오후에 왔다. "뭘 좀 먹었나?"

"아니. 자네를 죽 기다리고 있었네. 여기서 같이 먹을까 해서."

"멍청한 소리! 사람들 눈에 띌 거야. 아프면 몰라도 파리에선 방에서 밥을 먹는 일은 없어. 가서 먹고 오게. 내가 여기 있겠네. 지금쯤 전화할 사람은 없어. 누구나 식사를 하지. 신성한 습관이라고. 그래도 전화가 온다면, 내가 자네 하인인 것처럼 하면서 놈의 전화번호를 묻고, 반 시간 후엔 자네가 돌아올 거라고 말해 놓겠네."

라비크는 잠시 망설이다 말했다. "자네 말이 맞아. 이십 분 내로 돌아오겠네."

"천천히 먹게. 자넨 질리도록 기다렸다고. 지금 신경질을 부리면 안 돼. 푸케로 가겠나?"

"그래."

"37년산 부브레를 달라고 하게. 나도 방금 마시고 오는 길이네. 일급이야."

"알았네."

라비크는 엘리베이터를 타고 내려갔다. 재빨리 길을 건너 테라스를 따라 걸었다. 그러고는 레스토랑 안을 한 바퀴 빙 돌았다. 하케는 없었다. 그는 조르주5세 거리 쪽에 놓인 빈 탁자를 찾아서 자리를 잡고는, 쇠고기 수프와 샐러드, 염소젖 치즈와 부브레 한 잔을 주문했다.

그는 식사를 하면서 정신을 가다듬었다. 가까스로 맛을 느낄 수 있었다. 포도주 맛은 가벼우면서도 얼얼했다. 천천히 먹으면서 주위를 둘러보았다. 하늘이 개선문 위로 푸른 비단 깃발처럼 덮여 있었다. 커피를 한 잔 더 주문했다. 맛은 씁쓰레했다. 그리고 천천히 담배에 불을 붙였다. 서두르고 싶지 않았다. 잠시 동안 앉아서 행인들을 바라보았다. 그러고는 일어서서 프랭스드갈로 돌아갔다. 그리고 모든 걸 잊어버렸다.

"부브레 맛은 어땠어?" 하고 모로소프가 물었다.

"괜찮았어."

모로소프는 주머니에서 휴대용 체스 판을 끄집어냈다. "한 판 두지그래?"

"좋지."

그들은 체스 판 구멍에다 말들을 꽂았다. 모로소프는 안락의자에 털썩 주저앉았다. 라비크는 소파에 앉았다. "여권 없이는 이곳에 사흘 이상은 묵을 수 없다는 생각이 들어."

"사무실에서 묻던가?"

"아직은 아니야. 도착할 때 사증과 함께 여권을 보여 달라고 할 때가 종종 있거든. 그래서 밤에 들어온 거야. 밤 당번은 꼬치꼬치 묻지 않았어. 닷새 동안 방을 쓰겠다고 말해 두었고."

"일류 호텔에선 그렇게 까다롭게 굴지 않아."

"그래도 여권을 보여 달라고 하면 일이 곤란해져."

"당분간은 안 그럴 거야. 내가 조르주5세 호텔과 리츠 호텔에서 물어보았어. 자넨 미국인으로 등록했나?"

"아니. 위트레흐트의 네덜란드인으로 했네. 독일인 이름으론 좀 그럴 것 같아서, 이름을 좀 바꿨지. 판 호른이라고 했어. 폰이 아니라. 하케가 전화를 걸어오더라도 똑같이 들릴 거야."

"그거 잘했네. 어쨌거나 별 탈 없을 거야. 결코 싼 방을 빌린 게 아니라고. 자네를 귀찮게 굴 일은 없을 거네."

"안 그랬으면 좋겠네만."

"이름을 호른으로 등록한 것은 좀 그렇군. 아직도 일 년은 유효한 완벽한 신분증명서가 있는데 말이지. 칠 개월 전에 죽은 내 친구 것이네. 검시관이 물었을 때, 그 친구는 독일 피난민이라 여권 같은 건 없다고 했지. 그래서 아직도 유효한 증명서를 그대로 가지고 있는 거라고. 그 친구가 요제프 바이스라는 이름으로 그 어디에 묻혔대도, 아무 문제도 안 돼. 더군다나 이곳 두 피난민이 그 증명서로 지내 왔지. 이반 클루게라고. 러시아 이름은 아닐세. 사진은 낡았고, 옆모습에도 도장이 찍혀 있지 않았으니까, 쉽게 바꿀 수도 있어."

"지금 그대로 두는 게 좋겠어." 하고 라비크가 말했다. "내가 이곳을 나가면, 호른이란 자는 없어지고, 증명서도 소용없으니까 말이야."

"경찰에 대비해서는 그게 더 안전한 방법이네. 어쨌거나 경찰은 안 올 거야. 그들은 객실 하나에 100프랑 이상을 내는 호텔에는 오지 않아. 내가 아는 어떤 피난민은 증명서도 없이 지난 오 년 동안 리츠 호텔에서 살고 있어. 그것을 아는 유일한 사람은 밤 당번뿐이야. 그렇다 하더라고 누군가가 증명서를 보여 달라고 할 때 어떻게 할 것인가는 생각해 뒀나?"

"물론이지. 내 여권은 사증을 발급받으려고 아르헨티나 대사관에 맡겨 놓았으니, 내일 찾아오겠다고 말할 거네. 그리고 트렁크는 여기다 놓아두고 다시는 안 올 거야. 그러면 시간을 버는 거지. 우선은 호텔 매니저가 올 테고, 경찰이 바로 오지는 않을 테니 말이야. 나는 그렇게 생각하고 있어. 그러고 나서…… 여기는 마지막이 되는 거고."

"잘될 거야."

두 사람은 8시 반까지 체스를 두었다. "자, 지금 가서 저녁을 먹고 오게." 하고 모로소프가 말했다. "내가 여기서 기다려 줄게. 그러고는 나도 가야 해."

"나중에 여기서 먹겠네."

"멍청한 짓이라니까. 자, 가서 적당히 먹고 와. 놈한테서 전화가 걸려 오면 아마도 같이 무언가를 마셔야 하잖아. 그때를 대비해 충분히 먹어 두는 게 더 좋아. 그리고 놈을 어디로 데려가야 할지도 알 테지?"

"알고 있네."

"내 말은 놈이 무언가를 보고, 마시고 싶어 하는 경우를 말하는 거네."

"알아. 아무도 간섭하지 않는 곳을 얼마든지 알아."

"지금 가서 먹고 오게. 술은 마시지 말고. 걸쭉하고 기름기가 있는 걸 먹도록 해."

"알았어."

라비크는 다시 길을 건너 푸케로 갔다. 모든 것이 비현실적으로 느껴졌다. 책을 보고 있거나, 멜로드라마 같은 영화를 보고 있거나, 아니면 꿈을 꾸는 것 같았다. 그는 다시 한 번 푸케의 양옆을 걸어 보았다. 테라스는 북적거리고 만원이었다. 그는 탁자를 하나하나 살펴보았다. 하케는 어디에도 없었다.

그는 출입구 곁 자그마한 탁자에 자리를 잡았다. 거기서는 입구도, 길 쪽도 다 지켜볼 수 있었다. 옆자리에선 여자 두 명이 샤파렐리[10]와 멘보셰 이야기를 하고 있었다. 가느다란 수염을 기른 사내가 함께 있었지만, 아무 말도 하지 않았다. 맞은편에서는 프랑스인 몇 사람이 정치를 논하고 있었다. 한 친구는 붉은 십자가의 파시스트를, 또 한 친구는 공산당을 옹호했고, 다른 사람들은 이 두 친구를 조롱했다. 그리고 이따금씩 그들은 베어무트를 마시는 아름답고 자신만만한 두 미국 여자를 살펴보곤 했다.

라비크는 물을 마시면서 길 쪽을 지켜보았다. 그는 우연이라는 것을 믿지 않을 정도로 충분히 미련하지는 않았다. 훌륭한 문학 작품에만 우연이란 게 없는 법이다. 인생은 날이면 날

---

10) 이탈리아 태생 프랑스 의상 디자이너(?~1973).

마다, 어리석기 짝이 없는 일들로 가득 차 있는 법이다. 그는 삼십 분 정도 푸케에 앉아 있었다. 낮에 왔을 때보다는 마음이 편했다. 그는 다시 한 번 샹젤리제 거리를 돌아보고 호텔로 돌아왔다.

"이건 자네 자동차 열쇠야." 하고 모로소프가 말했다. "자동차를 바꿨어." 하고 모로소프가 말했다. "가죽 시트가 있는 푸른색 탈보. 지난번 것은 코듀로이 시트였지. 가죽은 물로 더 쉽게 씻을 수 있지. 개폐식이야. 천장을 열고 운전해도 좋고 닫고 운전해도 좋아. 하지만 창은 언제나 열어 놓도록 해. 닫혀 있을 때 쏘려면, 창을 통해 총알이 밖으로 나가도록 쏘아야 해. 그래야 차에 총알 자국이 남지 않으니까. 탈보를 두 주 기한으로 빌렸네. 일이 끝난 후 곧장 차고로 몰고 오는 일은 없도록 하게. 어디든 차가 잔뜩 서 있는 골목길에다 세워 두게. 환기를 해야 하니까. 지금은 랑카스트르 건너편 베리가에 세워 놓았네."

"알았어." 하고 라비크가 말했다. 그러고는 열쇠를 전화기 옆에 놓았다.

"이건 차 서류야. 운전 면허증은 구하지 못했어. 사람들한테 너무 이것저것 요구하고 싶지 않았어."

"면허증은 필요 없어. 앙티브에선 면허증 없이 잘도 타고 돌아다녔지."

라비크는 차 서류를 열쇠 옆에 놓아두었다. "오늘밤에 차를 다른 길에다 세워 놓게." 하고 모로소프가 말했다.

이거야말로 멜로드라마군 하고 라비크는 생각했다. "그렇게 하겠네. 고마워, 보리스."

"나도 자네와 같이 가고 싶네만."

"그러지 말게. 이런 일은 혼자서 하는 법이야."

"그건 그래. 하지만 기회를 놓쳐서도 안 되고 줘서도 안 돼. 깔끔하게 해치워야 해."

라비크가 미소를 지었다. "자넨 그 말을 벌써 열 번은 더 했어."

"아무리 말해도 지나치지 않아. 절체절명의 순간에 골통으로 멍청한 생각을 하면 큰일이야. 1915년에 볼코프스키가 모스크바에서 그 꼴을 당했지. 갑자기 그 무슨 명예심인지, 기병 정신인지 하는 것에 사로잡혔던 거야. 참혹한 살인을 해서는 안 되느니 어쩌니 하면서 말이야. 그러다가 돼지 같은 새끼한테 총을 맞아 죽었지. 그건 그렇고 담배는 충분한가?"

"얼마든지. 여기선 전화만 걸면 뭐든지 구할 수 있어."

"내가 셰에라자드에 없거든 호텔로 와서 깨워 주게."

"어쨌든 가겠어. 무슨 일이 있더라도 말이야."

"좋아. 잘 있게, 라비크."

"잘 가게, 보리스."

라비크는 모로소프가 나간 뒤에 문을 닫았다. 방 안은 갑작스럽게 너무도 조용해졌다. 그는 소파 한쪽 구석에 앉았다. 벽에 걸린 양탄자를 쳐다보았다. 푸른 천에 테두리가 달려 있었다. 그는 지난 몇 년보다 이번 이틀 동안 이 양탄자에 더욱 익숙해졌다. 거울들도 새삼스럽게 다정하게 보였고, 바닥에 깔린 잿빛 벨벳 양탄자도 낯익었다. 창문 가까운 곳은 검게 얼룩져 있었다. 탁자, 침대, 의자 커버의 선들도 낯익었다. 모든 것이 구역질이 날 정도로 낯익었다. 오직 전화기만이 낯설었다.

29

탈보는 바사노 거리, 르노와 메르세데스 벤츠 사이에 세워
져 있었다. 메르세데스는 새 차였고, 이탈리아 번호판이 붙어
있었다. 라비크는 차를 홱 틀어 끄집어냈다. 너무 조바심이 나
조심할 여지가 없었다. 탈보의 범퍼가 메르세데스 왼쪽 흙받
이를 스쳐 긁힌 자국이 생겼다. 그는 개의치 않았고, 곧장 오
스만 대로를 향해 차를 몰았다.

그는 아주 빨리 달렸다. 차를 모는 것은 기분 좋은 일이었
다. 위장 속에 시멘트처럼 들러붙어 있는 실망을 덜어 주는 데
는 최고였다.

새벽 4시였다. 얼마든지 오래도록 기다릴 참이었다. 그러나
갑자기 모든 게 무의미하다는 생각이 들었다. 하케가 그 하찮
은 에피소드를 벌써 오래전에 잊어버렸을지도 모른다. 다시
파리로 돌아오지 않았을지도 모르는 일이다.

모로소프는 세에라자드의 문 앞에 서 있었다. 라비크는 바로 다음 길모퉁이에 차를 세워 놓고 되돌아왔다. 모로소프가 그를 쳐다보았다.

"내가 전화했다는 말 들었나?"

"아니. 무슨 일인가?"

"오 분 전에 자네한테 전화를 했어. 안에 독일인 한패거리가 앉아 있네. 한 놈이 아무래도……."

"어디 말인가?"

"오케스트라 옆이네. 네 남자가 앉은 탁자는 그거 하나뿐이야. 입구에서 놈을 볼 수 있을 거야."

"좋아."

"입구 옆의 작은 탁자에 앉게. 비워 놓도록 했으니까."

"좋아, 좋아, 보리스."

라비크는 문 입구에서 멈추어 섰다. 실내는 어두웠다. 스포트라이트는 무도장을 환하게 비추었다. 은빛 드레스를 입은 여가수 하나가 거기에 있었다. 좁다란 원추형 불빛이 너무도 강해서, 그 바깥쪽은 아무것도 분간할 수 없었다. 라비크는 오케스트라 옆 탁자를 뚫어지게 쳐다보았으나, 어른거리는 흰 불빛 때문에 보이지 않았다.

그는 입구 옆의 탁자에 앉았다. 웨이터가 보드카 한 조끼를 들고 왔다. 오케스트라는 질질 끌고 있었다. 달콤한 멜로디의 안개가 달팽이처럼 느릿느릿 기어갔다. "내가 기다릴게, 내가 기다릴게."

여가수가 허리를 굽혀 인사를 했다. 박수 소리가 터져 나

왔다. 라비크는 몸을 앞으로 기울였다. 그리고 스포트라이트
가 꺼지기를 기다렸다. 여가수는 오케스트라 쪽으로 몸을 돌
렸다. 집시는 고개를 끄덕이며 바이올린을 치켜들었다. 심벌
즈의 지긋하게 억눌린 듯한 음악 소리가 크게 울렸다. 두 번째
노래는 「달빛 어린 예배당」이었다. 라비크는 눈을 감았다. 지
루한 기다림은 참기 어려웠다.

그는 노래가 끝나기 전에 다시 자세를 고쳐 앉았다. 스포트
라이트가 꺼졌다. 탁자 위 등불들이 밝아졌다. 처음 순간엔 희
미한 윤곽만 보였다. 너무 오래 스포트라이트를 보고 있었기
때문이다. 그는 다시 한 번 눈을 감았다가 얼굴을 들었다. 그
러자 그 탁자가 곧장 눈에 들어왔다.

천천히 그는 몸을 뒤로 기댔다. 남자들 중 하케는 없었다.
그는 그런 상태로 오랫동안 앉아 있었다. 갑자기 극심한 피로
가 느껴졌다. 눈알이 아렸다. 크고 작은 통증이 파도처럼 교대
로 찾아왔다. 음악 소리, 커졌다 작아졌다 하는 목소리들, 나
지막하게 억제된 소음이 호텔 방에서의 정적과 새로운 실망
후에 그를 안개처럼 둘러쌌다. 거친 생각에 시달리고, 기다리
다 지쳐 버린 뇌세포를 부드럽게 감싸는 최면 상태, 혹은 잠의
만화경과도 같았다.

그러다가 불현듯 춤추는 사람들이 이리저리 움직이고 있
는 희미한 불빛 속에서 조앙의 모습이 보였다. 목마른 듯 드
러내 놓은 그녀의 얼굴은 뒤로 젖혀 있었고, 머리는 사내의 어
깨에 기대고 있었다. 하지만 아무런 느낌도 일어나지 않았다.
한때나마 사랑했던 인간을 마주 대할 때처럼 낯선 느낌은 없

을 것이라고 그는 피곤한 가운데서도 그렇게 생각했다. 상상력과 그 대상을 연결하는 수수께끼 같은 탯줄이 끊어졌을지라도, 한쪽에서 다른 쪽으로 번쩍하고 번갯불이 빛날 수 있을지도 몰랐다. 마치 유령과 같은 별에서 형광이 빛나듯이 말이다. 하지만 그 빛은 죽은 빛이었다. 잠시 일렁거리기는 했지만 더 이상 불을 일으키지는 않았다. 서로 간에 이제 아무것도 오고가지 않았다. 그는 의자 등받이 쪽으로 머리를 기댔다. 심연 위에서의 약간의 친밀함. 여러 가지 달콤한 이름들을 가진 성(性)의 암흑. 바다 위 별 꽃, 사람들은 그것을 꺾고 싶어 했지만, 바닷속으로 침몰했을 뿐이다.

그는 몸을 일으켰다. 잠들기 전에 나가야 했다. 웨이터를 불렀다. "계산하게."

"계산하실 거 없는데요." 웨이터가 말했다.

"왜?"

"아무것도 안 드셨습니다."

"아, 그랬던가, 그렇지."

그는 웨이터에게 팁을 주고 밖으로 나왔다.

"아니던가?" 밖에서 모로소프가 물었다.

"아니야." 그가 대답했다.

모로소프가 그를 가만히 쳐다보았다. "그만두겠어." 하고 라비크가 말했다. "젠장, 멍청한 인디언 놀이야. 벌써 닷새를 기다렸어. 하케 놈은 내게 이틀 아니면 사흘 정도만 파리에 머문다고 했거든. 그러니까 놈은 지금쯤 이미 떠났을 거야. 여기 왔었더라도 말이야."

"가서 잠을 좀 자게." 하고 모로소프가 말했다.

"잘 수가 없어. 지금 프랭스드갈로 돌아가 트렁크를 가져오겠네. 방을 내주어야겠어."

"좋아." 하고 모로소프가 말했다. "그럼, 내일 낮에 거기서 만나지."

"어디서 말인가?"

"프랭스드갈에서."

라비크가 그를 쳐다보았다. "그래, 물론이지. 어리석은 말이었어. 아니, 그렇지도 않아. 어리석은 말이 아닐지도."

"내일 밤까지는 기다리게."

"알았어. 그렇게 해 보겠네. 잘 있게, 보리스."

"잘 가게, 라비크."

라비크는 오시리스 앞을 지나가다가 길모퉁이에서 차를 세웠다. 앙테르나쇼날의 자기 방으로 돌아갈 걸 생각하니 끔찍했다. 여기서 몇 시간 잘 수 있을지도 몰라. 오늘은 월요일이라, 유곽으로서는 한가한 날이야. 문지기는 없었다. 손님은 거의 없을 것이다.

롤랑드가 문 가까이에 서서 널찍한 홀을 지켜보고 있었다. 거의 텅 빈 홀에서 오르간 소리가 시끄럽게 울렸다. "오늘은 한가하군, 안 그래?" 하고 라비크가 물었다.

"그래요. 저기 엉덩이 질긴 손님만 빼고요. 원숭이처럼 엉큼하면서도, 2층엔 올라가려고 하지 않아요. 저런 타입이 있지요. 하고 싶긴 한데, 겁이 나는 거예요. 누가 독일인 아니랄까 봐.

어머, 이제 돈을 낸 것 같군요. 오래 걸리진 않을 거예요."

라비크는 무심결에 그 탁자 쪽을 보았다. 사내는 이쪽으로 등을 돌린 채 앉아 있었다. 여자 둘을 데리고 있었다. 그가 몸을 기울여 한 여자의 양쪽 가슴을 두 손으로 잡았을 때, 라비크는 그 얼굴을 보았다. 하케였다.

롤랑드의 목소리가 소용돌이치며 울려왔다. 그녀가 무슨 말을 하는지 귀에 들어오지 않았다. 다만 자기가 뒷걸음질을 쳐, 자신은 그 탁자 모서리를 볼 수 있고, 저쪽에서는 자기를 볼 수 없도록 문 옆에 서 있다는 걸 깨달았다.

"코냑 한 잔 가져올까요?" 롤랑드의 목소리가 마침내 소용돌이를 뚫고 들려왔다.

오르간의 쇳소리는 여전했고, 아직도 어지러웠다. 횡격막에 경련이 일었다. 라비크는 손톱이 박힐 정도로 주먹을 꽉 쥐었다. 여기서 하케에게 들켜서는 안 돼. 그리고 내가 저놈을 알고 있다는 걸 롤랑드도 알면 안 돼.

"안 마시겠어." 하고 말하는 자기 목소리가 들렸다. "충분히 마셨거든. 독일 사람이라고 했지? 아는 사람인가?"

"모르는 사람이에요."

롤랑드가 어깨를 으쓱했다.

"내게는 이 사람이나 저 사람이나 같아 보여요. 저 사람은 여기 온 적이 한 번도 없는 것 같아요. 어쨌거나 뭐 좀 안 마실래요?"

"됐어. 잠시 들르고 싶었을 뿐이야……."

그는 롤랑드의 시선을 느끼고 마음을 억지로 가라앉혔다.

"당신 파티가 언젠지 알고 싶었어." 하고 그가 말했다. "목요일이었든가, 금요일이었든가?"

"목요일이에요, 라비크. 오실 거죠?"

"물론. 확실하게 알고 싶었어."

"목요일 6시예요."

"알았어. 시간에 맞추어 올게. 알고 싶은 건 그거였어. 이젠 가야겠어. 안녕, 롤랑드."

"안녕히 가세요, 라비크."

하얀 밤이었다. 갑자기 모든 것이 윙윙거렸다. 이제 집들은 보이지 않았다. 돌의 덤불이요 창문들의 정글이었다. 갑자기 전쟁이라도 다시 터진 걸까. 텅 빈 거리를 살금살금 걸어가는 정찰대. 자동차라는 엄폐물, 적을 기다리며 붕붕거리는 엔진 소리.

나올 때 쏘아 죽일까? 라비크는 거리를 둘러보았다. 자동차 몇 대. 노란 불빛들. 고양이 한 쌍. 멀리 가로등 아래엔 경관인 것처럼 보이는 무언가가 서 있다. 이 차의 번호, 총격의 소음, 조금 전에 자기를 보았던 롤랑드. 모로소프의 목소리가 들렸다. "위험을 무릅쓰면 안 돼. 절대로! 그럴 가치가 없어."

문지기도 없고, 택시도 없다! 잘됐어! 월요일 이 시각에 마차도 거의 없다! 이렇게 생각하는 순간 시트로엥 택시 한 대가 덜컹거리며 굴러와 문 앞에 섰다. 운전사는 담배에 불을 붙이고 요란스럽게 하품을 했다. 라비크는 피부가 팽팽해지는 것을 느꼈다.

그는 기다렸다.

차에서 내려 운전사에게 안에 아무도 없다고 말해 줄 건지 말 건지 생각해 보았다. 말이 안 되는 소리였다. 아니면 요금을 지불하고 모로소프에게 심부름을 보내는 건 어떨까. 그는 종이쪽지를 한 장 찢어내어 몇 줄 적다가 찢어 버리곤 다시 적었다. 모로소프더러 셰에라자드에서 자기를 기다리지 말라고 적고는 대충 서명을 했다…….

택시는 기어를 넣고는 달려갔다. 그는 뚫어지게 쳐다보았지만, 아무것도 알아볼 수 없었다. 그가 쪽지를 쓰고 있는 동안 하케가 차에 탔는지도 몰랐다. 그는 서둘러 제1단 기어를 넣었다. 탈보는 택시 뒤를 쫓아서 재빨리 모퉁이를 돌았다.

뒤쪽 창문을 통해 보았지만, 아무도 보이지 않았다. 그러나 하케는 한쪽 구석에 앉아 있을지도 몰랐다. 그는 천천히 택시를 따라잡았다. 차 안의 좌석은 어두워서 아무것도 알아볼 수 없었다. 그는 일단 뒤로 쳐졌다가 다시 앞으로 달려가 상대방 차와 맞닿을 정도로 바싹 달라붙었다. 운전사는 고개를 돌려 돌아보며 욕설을 퍼부었다. "이봐, 멍청이! 왜 밀어붙이는 거야?"

"당신 차에 친구가 타고 있어서 그랬소."

"주정뱅이." 하고 운전사가 마구 소리를 질렀다. "아무도 없는 거 안 보여?"

그 순간 라비크는 택시 미터기가 켜져 있지 않은 것을 보았다. 그는 급하게 차를 돌려 미친 듯이 내달았다.

하케는 길모퉁이에 서 있었다. 손을 흔들며 불렀다. "헤이, 택시!"

라비크는 다가가서 브레이크를 밟았다. "택시 아니오?" 하고 하케가 물었다.

"아닌데요." 하고 라비크는 창밖으로 몸을 내밀었다. 그리고 "어어, 이런." 하고 말했다.

"하케가 그를 쳐다보았다. 실눈을 하고 쨰려보았다. "왜요?"

"아는 분 같은데요." 라비크가 독일어로 말했다.

하케는 앞으로 몸을 구부렸다. 그의 얼굴에서 의아한 표정이 사라졌다.

"이런, 이거 폰…… 폰……."

"호른입니다."

"옳아! 맞았어! 폰 호른 씨! 물론 그렇지! 정말 우연이군요! 그런데 그동안 어디 계셨죠?"

"여기 파리요. 자, 어서 타십시오. 이렇게 빨리 돌아오실 줄은 몰랐습니다."

"여러 번 전화했어요. 호텔을 바꾸셨나요?"

"아니요. 여전히 프랭스드갈에 있습니다." 라비크는 차 문을 열었다. "타십시오. 데려다 드리지요. 이 시각엔 택시 잡기가 쉽지 않아요."

하케는 발판에 한 발을 얹었다. 라비크는 자신의 숨소리를 느꼈다. 그는 뻘겋게 달아오른 얼굴을 보았다. "프랭스드갈." 하고 하케가 말했다. "제기랄! 그랬지요! 난 조르주5세로만 전화를 걸었어요." 그는 큰소리로 웃었다. "그곳에선 아무도 당신을 모르더라고요. 이제 알겠어! 프랭스드갈이었지요, 물론! 그 두 곳을 착각했던 거요. 사용하던 수첩을 안 가지고 왔어요. 외우고 있는 줄로만 생각했지요."

라비크는 출입구 쪽을 주의해서 보았다. 누가 나오려면 아직 더 있어야 해. 여자애들은 우선 옷을 갈아입어야 하니까. 어쨌든 하케를 가능한 한 빨리 차에 태워야 해. "들어가려던 참이었나요?" 하케가 느긋하게 물었다.

"그럴까 생각했어요. 하지만 이젠 너무 늦었어요."

하케는 요란한 소리를 내며 코로 숨을 내쉬었다. "그렇더군요. 내가 마지막 손님이었어요. 이곳은 문을 닫았어요."

"상관없어요. 안 그래도 거긴 좀 따분한 곳이죠. 어디 다른데로 가시지요! 갑시다!"

"아직도 문을 연 곳이 있나요?"

"물론입니다. 일류급은 이제야 문을 열지요. 이런 곳은 여행자를 상대로 하는 집입니다."

"그런가요? 내 생각으론……. 꽤 괜찮은 곳으로 알았는데."

"전혀 아닙니다. 훨씬 나은 집이 있어요. 이런 곳은 싸구렵니다."

라비크는 몇 차례 액셀러레이터를 가볍게 밟았다. 엔진은 부르릉거리다간 멈추었다. 그의 계산은 들어맞았다. 하케는 조심스럽게 그의 옆자리로 기어올랐다. "다시 만나 뵙게 되어 정말 반가워요. 정말로."

라비크는 그의 앞으로 손을 뻗어 문을 닫았다. "저도 무척 반갑습니다."

"재미있는 집이더군요! 발가벗은 여자애들이 잔뜩 있어요. 경찰이 그런 걸 허가해 주다니! 대개는 병이 있겠지요. 안 그래요?"

"그럴 겁니다. 이런 데는 결코 안전하지 않아요."

라비크는 클러치를 밟았다. "절대로 안전한 곳이 있을까요?"

하케는 여송연 끝을 입으로 물어뜯었다. "임질에 걸려 집으로 돌아가고 싶진 않아요. 하지만 인생은 한 번뿐인 거고."

"그렇지요." 하고 라비크는 말하고 하케에게 전기 라이터를 넘겨 주었다.

"어디로 가지요?"

"우선 메종드랑데부는 어떨까요? 사교계 귀부인들이 모험을 하러 오는 집이지요."

"그래요? 진짜 사교계 부인들이란 말이오?"

"그럼요. 남편이 너무 늙었다든지, 남편한테 지겨워졌다든지, 남편이 돈을 잘 못 버는 그런 여자들이지요."

"하지만 어떻게……. 간단하진 않을 텐데……. 어떻게 해낼 수가 있을까요?"

"여자들은 한두 시간 들렀다 가지요. 칵테일이나 밤술 한 잔을 마시면서 말입니다. 어떤 여자들은 전화를 걸면 나오기도 하지요. 여기 몽마르트르의 집들과는 완전히 달라요. 숲 속에 있는 아주 멋진 집을 알고 있어요. 그 집 여주인은 공작 부인 같지요. 모든 게 품위 있고, 은근하면서도 우아하지요."

라비크는 천천히 숨을 쉬며 느릿하고 침착하게 말했다. 그는 마치 여행 안내자처럼 말하고 있는 자신의 목소리를 들었다. 하지만 더욱 냉정해지려고 계속 지껄였다. 두 팔의 혈관들이 온통 펄떡거렸다. 그는 그것을 억누르려고 운전대를 두 손으로 꼭 잡았다. "방들을 보면 놀라실 겁니다. 가구도 모두 진짜들이죠. 양탄자에다 오래된 고블랭 직조 벽걸이에다, 포도주는 고급 중의 고급이고, 서비스는 말할 나위 없고, 여자는 절대로 안심할 수 있지요."

하케는 여송연의 연기를 푸우 하고 내뿜었다. 그러고는 라비크 쪽을 쳐다보았다. "말씀들 들으니 굉장하군요, 폰 호른 씨. 다만 한 가지 문제는, 값이 만만치 않겠는데요?"

"절대로 비싸지 않아요."

하케는 껄껄거리며 좀 멋쩍은 듯이 웃었다. "비싸지 않다고 해도, 그게 어느 정도인가가 문제지요! 외환이 몇 푼 없는 우리 독일 사람으로서는 말이지요!"

라비크가 머리를 가로저었다. "그 집 여주인을 아주 잘 알아요. 내겐 함부로 못하지요. 우리를 특별 손님으로 대접해 줄 겁니다. 선생은 내 친구로 가는 거니까, 돈을 받지도 않을 거고요. 팁 정도만 주시지요. 오시리스에서의 술 한 병 값도 안 될 정도로 말입니다."

"정말입니까?"

"곧 아시게 될 겁니다."

하케는 자리를 고쳐 앉았다. "저런, 정말 대단하군요!"

그는 라비크를 향해 히죽이 웃었다. "당신은 정말 전문가시군요! 그 여성에게 커다란 도움을 주셨나 보군요."

라비크는 그를 유심히, 똑바로 눈을 쳐다보며 말했다. "이런 집들은 이따금 경찰 당국하고 문제가 생기지요. 그러면 살짝 공갈을 치는 겁니다. 제 말뜻을 아실 테죠?"

"알다마다요!" 하고 하케는 잠시 생각에 잠겼다. "당신은 이곳에서 그 정도로 영향력이 크시군요?"

"대단치는 않아요. 높은 자리에 있는 몇 친구들을 알지요."

"그거만 해도 어딥니까! 그걸 잘 이용할 수도 있겠는데요. 언제 그 문제에 대해 상의해도 될까요?"

"물론입니다. 파리에는 얼마나 계실 겁니까?"

하케가 큰소리로 웃었다. "어찌 된 일인지 제가 꼭 떠나려고 할 때만 폰 호른 씨를 만나게 되는군요. 저는 오늘 아침 7시 반에 떠납니다." 그는 차에 달린 시계를 보았다. "이제 두 시간 반 남았군요. 당신한테 말하려고 했지요. 그 시간까지는 북부 역에 가야 합니다. 가능할까요?"

"문제없습니다. 그전에 호텔에 들러야 하나요?"

"아뇨. 트렁크는 벌써 역에 가 있습니다. 호텔은 어제 오후에 나왔으니까요. 그렇게 해서 하루치 방 값을 절약하는 겁니다. 우리는 외환 제한을 받고 있어서……." 그는 다시 큰소리로 웃었다.

라비크는 자기도 함께 웃고 있다는 것을 갑자기 깨달았다. 그는 운전대를 두 손으로 꽉 잡았다. 이런 일이 생기다니, 일이 이렇게 되다니! 도중에 무슨 일이 생길지도 모른다. 이런 식으로 우연이 겹치다니.

시원한 바람을 쐬자 하케는 술기운이 본격적으로 돌았다. 목소리는 느려지고 혀가 무거워졌다. 그는 자세를 고쳐 앉더니 꾸벅꾸벅 졸기 시작했다. 아래턱은 축 처지고 두 눈은 감겼다. 차는 숲 속 고요한 어둠 속으로 방향을 틀어 들어갔다.

헤드라이트는 소리 없는 유령처럼 차를 앞서 날아가면서 어둠으로부터 망령과도 같은 나무들의 모습을 드러나게 했다. 아카시아 향기가 열린 창을 통해 밀려 들어왔다. 아스팔트 위를 달리는 타이어 소리는 영원히 그치지 않을 것처럼 부드럽게 계속되었다. 엔진 소리는 축축한 밤공기 속에서 친숙하게, 깊고 나지막하게 윙윙거렸다. 작은 못이 어렴풋하게 반짝거리고, 버드나무의 실루엣은 너도밤나무보다 환하게 보였다. 진주모(珍珠母)처럼 흐릿한 빛의 이슬로 뒤덮인 풀밭. 루트드마드리드, 루트드라포르트생잠, 루트드두이. 잠든 집. 물이 풍기는 냄새. 센 강.

라비크는 센 로를 따라 차를 달렸다. 달빛이 비치는 강 위에는 거룻배 두 척이 서로 거리를 유지한 채 시커먼 모습으로 떠 있었다. 더 먼 쪽 배 위에서 개가 짖었다. 물을 건너 목소리들이 들려왔다. 더 가까운 곳에 있는 거룻배의 앞쪽 갑판엔 불이 켜져 있었다. 라비크는 차를 세우지 않았다. 하케가 깨어나지 않도록 같은 속도로 센 강을 끼고 달렸다. 처음에는 거기서 세울 생각이었다. 하지만 불가능했다. 거룻배들이 강변에서 너무 가까이 있었다. 그는 펨 거리로 꺾어 들어 강으로부터 멀어졌고, 롱샹 거리로 돌아왔다. 그리고 그대로 계속해서 렌마르그리트 거리 끝까지 갔다가, 다시 더 좁은 길로 돌아 들어갔다.

하케 쪽을 보니, 그는 두 눈을 뜨고 있었다. 하케가 그를 멍하니 쳐다보았다. 두 눈은 계기판에서 반사된 어렴풋한 불빛에 푸른 유리구슬처럼 빛났다. 라비크에겐 번갯불처럼 느껴졌다. "깨셨습니까?" 하고 라비크가 물었다.

하케는 대답하지 않았다. 그러면서 라비크를 쳐다보았다. 꼼짝도 하지 않았다. 눈조차도 움직이지 않았다.

"여기가 어디지요?" 마침내 그가 물었다.

"불로뉴 숲입니다. 카스카드 레스토랑 근처죠."

"도대체 얼마나 달렸지요?"

"십 분 정도."

"더 길었어요."

"설마요."

"잠들기 전에 시계를 보았어요. 벌써 삼십 분 이상 달리고 있는 거요."

"그래요?" 하고 라비크가 말했다. "그렇게 오래 달리지는 않았다고 생각하는데요. 이제 다 왔습니다."

하케는 두 눈을 라비크에게서 떼지 않았다. "어디로 가는 거죠?"

"메종드랑데부로요."

하케가 몸을 움직였다. "돌아갑시다."

"지금요?"

"그래요."

그는 더 이상 취해 있지 않았다. 말짱하게 깨어 있었다. 얼굴 표정이 달라져 있었다. 명랑하고 사람 좋은 모습은 사라졌다. 라비크는 이제 비로소 이전에 알던 얼굴을 다시 한 번 알아보았다. 게슈타포의 그 무시무시한 방에서 영원히 그의 머릿속에 각인되었던 그 얼굴이었다. 그러자 그동안 계속해서 느꼈던, 나와는 아무 상관도 없는 인간을 죽이려 한다는 혼란스러운 마음과 느낌이 갑자기 없어졌다. 자기가 차에 태우고 있는 저 사람은 붉은 포도주를 좋아하는 한 사람의 호인일 뿐이었다. 그 사내의 얼굴에서 이유를 찾아보았지만 허사였다. 머릿속에 그 이유가 분명히 들어 있긴 하지만 그게 무엇인지 생각해도 잘 떠오르지 않았던 것이다. 그런데 갑자기 그 눈은 이전에 단말마의 고통으로 실신했다가 깨어났을 때 눈앞에서 보았던 바로 그 눈이었다. 바로 그 차가운 눈, 바로 그 냉정하고 나지막하고 집요한 목소리였다…….

그 무엇인가가 라비크의 마음속에서 격렬하게 소용돌이쳤다. 마치 전류의 양극이 바뀌는 것 같았다. 긴장 상태는 여전했다. 하지만 지금까지 망설이고, 예민하게 이랬다 저랬다 변하던 마음은 이제 단 하나의 목표를 가진 원래 흐름으로 통일되었다. 그 목표를 제외하고는 이제 아무것도 남지 않았다. 몇 년의 세월은 허물어져 재가 되었고, 잿빛 벽으로 둘러싸인 방이 다시 거기에 있었다. 갓도 없는 흰색 전등, 피비린내, 혁대, 땀, 고통과 불안이 다시 찾아왔다.

"무엇 때문에요?"

"돌아가야 해요. 사람들이 호텔에서 나를 기다리고 있어요."

"짐은 벌써 역에 가 있다고 하셨는데."

"그렇긴 해요. 하지만 아직 할 일이 있어요. 감쪽같이 잊었소. 돌아갑시다."

"알겠습니다."

라비크는 지난주에 이 숲 속으로 열 번도 넘게 차를 몰았던 것이다. 밤에도 낮에도. 그는 지금 자기가 어디에 있는지를 알았다. 몇 분만 더 가는 거다. 그는 왼편으로 돌아 좁은 길로 들어섰다.

"돌아가고 있는 건가요?"

"물론입니다."

낮에도 햇빛이 스며들지 않을 정도로 나무들이 늘어선 곳에서 풍겨 오는 묵직한 냄새. 더욱 짙은 어둠. 훨씬 더 밝아진 헤드라이트 불빛. 라비크는 하케의 왼손이 문짝에서 천천히 그리고 조심스럽게 멀어지는 것을 거울로 보았다. 우측 운전석. 절호의 기회다. 이 탈보의 운전석은 우측이 아닌가! 커브를 틀며 왼손으로 핸들을 잡았고, 회전하는 동안 몸이 흔들린 체하면서, 직선 도로로 나서자마자 액셀러레이터를 힘껏 밟았다. 차가 앞쪽으로 튀어 나갔고, 라비크는 몇 초 후 있는 힘을 다해 브레이크를 밟았다.

차는 덜컹하며 멈추어 섰다. 브레이크는 끼익 소리를 냈다. 라비크는 한쪽 발은 액셀러레이터 위에 놓고, 다른 발은 바닥을 디딘 채 균형을 잡았다. 발을 디딜 곳도 없었고, 갑작스러운 충격도 예상치 못했던 하케의 상반신은 앞쪽으로 튕겨 나갔다. 주머니에서 손을 빼낼 겨를도 없이, 이마는 앞창과 계기판 모서리에 부딪쳤다. 그와 동시에 라비크는 오른쪽 주머니에서 묵직한 스패너를 끄집어내어 바로 해골 아래쪽 목덜미를 내리쳤다.

하케는 다시는 일어나지 못했다. 비스듬히 아래쪽으로 미끄러져 내려갔다. 오른쪽 어깨 때문에 쓰러지지는 않았다. 어깨가 계기판을 짓누른 상태로 몸이 지탱되었다.

라비크는 곧바로 다시 차를 몰았다. 좁은 길을 가로질러 갔고, 헤드라이트를 가렸다. 계속해서 차를 몰며 브레이크 소리를 들은 사람이 없는지 기다려 보았다. 누군가가 다가오면 하케를 끄집어 내려 수풀 속에 감춰 버리려고 했다. 마침내 교차로에서 차를 멈추고 헤드라이트와 엔진을 껐다. 그리고 차에서 풀쩍 뛰어내려 엔진 뚜껑을 연 다음, 하케가 있는 쪽 문을 열고는 귀를 기울였다. 누군가가 온다고 하더라도 멀리서 미리 보고 들을 수 있을 것이기 때문이었다. 하케를 수풀 속으로 끌어다 놓고, 엔진이 고장 난 척할 수 있는 시간의 여유는 있었다.

정적은 마치 소음과도 같았다. 너무도 갑작스럽게 그리고 이해할 수 없는 방식으로 찾아왔기 때문에, 정적이 오히려 웅성거리는 소리를 냈다. 라비크는 고통을 느낄 정도로 두 손을 꽉 쥐었다. 그의 귓속에서 윙윙거리는 것이 자신의 피라는 것을 알아차렸다.

그는 깊이 그리고 천천히 숨을 쉬었다.

윙윙거리던 소음은 이제 쏴쏴거리는 소리로 변했다. 그 쏴쏴거리는 소리를 뚫고 째지는 소리가 들려왔으며, 그 소리는 점점 더 커졌다. 라비크는 온 힘을 다해 그 소리에 귀를 기울였다. 째지는 소리는 더욱 커졌고, 금속성이었다. 그러다가 갑자기 그것이 귀뚜라미 소리라는 것을 깨달았고, 촬촬거리는 소리가 그쳤다는 것을 알았다. 그의 앞쪽으로 비스듬히 펼쳐진 좁다란 풀밭에서 아침에 깨어난 귀뚜라미들이 울고 있을 따름이었다.

풀밭은 아침 햇살을 받고 있었다. 라비크는 엔진 뚜껑을 닫았다. 절호의 기회다. 너무 밝아지기 전에 끝내 버리자. 그는 주위를 둘러보았다. 장소가 적당치 않았다. 숲 속에는 좋은 장소가 없었다. 센 강을 택하기에는 너무 밝았다. 이렇게 늦어질 줄은 예상하지 못했던 것이다. 그는 깜짝 놀라 뒤를 돌아보았다. 긁고 할퀴는 소리, 그리고 신음 소리가 들려왔기 때문이다. 하케의 한쪽 손이 열린 문 밖으로 기어 나와 발판을 긁고 있었다. 라비크는 자기가 아직도 스패너를 들고 있다는 걸 깨달았다. 그는 하케의 상의 옷깃을 움켜쥐고 끄집어내 머리통이 나오자 목덜미를 두 차례 내리쳤다. 신음 소리는 멎었다.

무언가가 덜커덕거리는 소리가 났다. 라비크는 멈추어 섰다. 권총이 좌석에서 발판으로 떨어져 있었다. 차가 멈추어 서기 전에 하케가 쥐고 있었음이 분명했다. 라비크는 그것을 차 속으로 도로 던져 넣었다.

그는 다시 귀를 기울였다. 귀뚜라미 소리. 풀밭. 밝아져서 뒤로 멀어진 하늘. 곧 태양이 떠오를 것이다. 라비크는 차 문을 열고 하케를 끌어내렸고, 앞좌석을 뒤로 젖혀 앞좌석과 뒷좌석 사이의 바닥에 하케를 밀어 넣으려고 했다. 하지만 뜻대로 되지 않았다. 공간이 너무 좁았다. 그는 차 뒤로 돌아가서 트렁크를 열고는 신속하게 안에 들었던 것을 끄집어냈다. 그러고는 하케를 다시 끌어내려 차 뒤쪽으로 질질 끌고 갔다. 하케는 아직 죽지 않았고, 엄청나게 무거웠다. 라비크의 얼굴에서 진땀이 줄줄 흘렀다. 간신히 하케의 몸통을 트렁크 속으로 밀어 넣을 수 있었다. 마치 무릎을 꾸부린 태아처럼 만들어서 억지로 구겨 넣었다.

그는 연장과 삽과 잭을 길가에서 주워 올려, 차 앞좌석 쪽에 넣었다. 바로 옆의 나무들 중 하나 위에서 새 한 마리가 울기 시작했다. 그는 소스라치게 놀랐다. 지금까지 들렸던 그 어떤 소리보다 요란하게 들렸던 것이다. 풀밭을 보았다. 날은 한층 더 밝아졌다.

위험을 자초해서는 안 될 일이었다. 그는 차 뒤로 돌아가서, 트렁크 덮개를 반쯤 열었다. 왼쪽 발을 뒤쪽 범퍼에다 올려놓고, 무릎으로 덮개를 받쳐 트렁크가 반쯤 열린 상태에서 두 손을 그 안으로 밀어 넣을 수 있게 해 놓았다. 누군가가 오더라도 대수롭지 않게 무슨 작업을 하는 것처럼 보일 수 있고, 또 언제라도 덮개를 닫을 수도 있었다. 아직도 가야 할 길이 많이 남았고, 우선 하케를 제대로 죽여야 했다.

머리는 오른쪽 한구석에 있었다. 머리가 눈에 띄었다. 목은 부드러웠고, 맥은 아직 뛰고 있었다. 그는 두 손으로 하케의 목을 꽉 쥐고는 힘껏 눌렀다.

영원히 계속되는 듯싶었다. 머리가 약간 꿈틀했다. 아주 잠시였다. 몸통은 쭉 뻗으려고 했다. 입고 있는 옷이 걸리적거리는 듯했다. 입이 벌어졌다. 새는 다시 날카로운 소리로 지저귀었다. 혀가 튀어나왔다. 두껍고 누런 설태가 끼어 있었다. 갑작스럽게 하케는 한쪽 눈을 번쩍 떴다. 눈알이 튀어나왔고, 다시 빛과 시력을 얻으려고 시도하는 듯했다. 풀려나와 라비크에게 달려들 것 같기도 했다. 그러다가 몸통은 축 처져 버렸다. 라비크는 한참 더 목을 졸랐다. 이제 모든 게 끝이었다.

덮개가 덜컹하고 닫혔다. 라비크는 몇 걸음 걸어갔다. 그제야 무릎이 후들거리는 것을 느꼈다. 나무에 기대어 구역질을 했다. 위장이 잡아 뜯기는 듯했다. 구토를 참으려 했지만 소용없었다.

얼굴을 들자 한 사내가 풀밭을 건너오는 게 보였다. 사내가 그를 건너다보았고, 라비크는 그대로 가만히 서 있었다. 사내가 더 가까이 다가왔다. 느릿느릿 아무렇게나 걸어왔다. 정원사나 노동자 옷차림이었다. 그는 라비크 쪽을 쳐다보았다. 라비크는 퉤 하고 침을 뱉고는 담뱃갑을 끄집어냈다. 한 대를 피워 물곤 연기를 들이마셨다. 연기는 톡 쏘았고, 목이 탔다. 사내는 길을 건너갔다. 사내는 라비크가 토한 자리를 쳐다보았고, 그러면서 차와 라비크를 번갈아 보았다. 하지만 아무 말도 하지 않았다. 라비크는 사내의 얼굴에서 아무것도 알아낼 수 없었다. 사내는 느릿느릿 십자로를 건너 사라졌다.

라비크는 몇 초 동안 그대로 서 있었다. 그리고 트렁크 뚜껑을 잠그고, 시동을 걸었다. 숲 속에선 이제 할 일이 없었다. 너무 환했다. 생제르맹까지 가야 했다. 그곳 숲은 라비크가 잘 알았다.

30

  반 시간 후 그는 작은 여관 앞에 차를 세웠다. 너무도 배가
고파 머리가 멍했다. 그는 건물 앞에 주차를 했다. 그곳엔 탁
자 두 개와 의자가 몇 개 있었다. 그는 커피와 브리오슈를 주
문하고는 손을 씻으러 갔다. 세면실에서는 악취가 났다. 그는
유리컵을 하나 달라고 해서 입을 씻어 냈다. 그러고는 손을 씻
고 돌아왔다.

  아침 식사가 탁자 위에 놓여 있었다. 커피는 세상 어느 곳의
커피처럼 냄새를 풍겼다. 제비들은 지붕 위를 날았고, 태양은
최초의 황금빛 고블랭 직조 양탄자를 집집마다 벽에 걸어 놓
았고, 사람들은 일터로 나갔다. 술집에서 흔히 보이는 구슬로
엮은 발 안쪽에서 한 하녀가 치마를 걷어붙인 채, 타일 바닥을
문질렀다. 라비크가 오랫동안 겪어 보지 못했던, 가장 평화스
러운 아침이었다.

그는 뜨거운 커피를 들이켰다. 하지만 식사할 엄두는 나지 않았다. 자기 손으로 아무것도 건드리고 싶지 않았다. 그는 손을 보았다. 어리석은 일이야, 제기랄, 강박관념 같은 데 사로잡히다니. 나는 먹어야 해. 그는 커피를 또 한 잔 마셨다. 담뱃갑에서 한 대를 또 뽑아서 손으로 건드린 쪽이 입에 닿지 않도록 했다. 이래선 안 되겠어 하고 그는 생각했다. 하지만 그는 결국 아무것도 먹지 않았다. 우선은 저놈을 완전히 처리해야 해. 그렇게 결심하고 자리에서 일어나 계산을 했다.

암소 떼. 나비들. 들판 위의 태양. 자동차 차창에 비친 태양. 차 지붕에 비친 태양. 하케가 누가 왜 그랬는지도 모른 채 죽어서 누워 있는 트렁크의 번쩍이는 금속 위로 비치는 태양. 좀 다른 방법으로 죽일걸 그랬어. 다른 방법으로······.

'하케. 네놈은 날 알겠나? 내가 누군지 알겠냐고?'

바로 눈앞에 시뻘건 얼굴이 나타났다. '아니, 내가 어떻게 알겠나? 당신은 누군가? 이전에 우리가 만난 적이 있던가?'

'있지.'

'언제 말인가? 서로 말을 놓고 지냈던가? 사관학교에선가? 기억이 안 나는데.'

'기억이 안 난단 말이지, 하케. 사관학교가 아니라 그 후 이야기야.'

'그 후라고? 하지만 당신은 계속해서 외국에서 살았지 않나? 나는 독일 밖으로 나가 본 적이 없다고. 다만 지난 이 년 동안 여기 파리로 오게 되었던 거지. 아마도 신나게 술을 퍼마신 적이라도······.'

'틀렸어. 같이 마신 적 없어. 그리고 여기서가 아니야. 독일에서였어, 하케!'

울타리. 철길. 장미와 협죽도와 해바라기가 빽빽하게 피어 있는 자그마한 정원. 기다림. 끝없는 아침 속을 칙칙폭폭 달리는 외롭고 시커먼 열차. 자동차 앞 유리에 비친 두 눈은 살아 있다. 그 눈은 트렁크 속에서 아교처럼 끈적끈적해지고, 틈으로 새어 들어오는 흙먼지로 뒤덮이고 있다.

'독일에서라고? 아아, 그렇군! 아마도 당 대회 때였겠지. 뉘른베르크 말이야. 기억이 나는 것 같아. 뉘른베르크 호프였던가?'

'아니야, 하케.' 라비크는 앞 유리창을 향해 천천히 말했다. 지난 세월의 검은 파도가 다시 닥쳐오는 것 같은 기분이었다. '뉘른베르크가 아니라, 베를린이었어.'

'베를린이라고?'

반사광 때문에 마구 흔들거리는 얼굴 모습은 유쾌한 듯, 조바심을 내는 듯했다. '자, 그만하고 이젠 사실대로 밝혀! 그렇게 숨기지 말고. 나를 애태우며 고문하지 말라는 말이야! 어디서였지?'

대지에서 솟아오른 물결은 이제 팔 있는 데까지 와 닿았다. '고문이라고, 하케! 그래, 바로 그거였어! 고문 말이야!'

애매하고 조심스러우면서도 위협적인 웃음. '농담하지 말게, 이 사람아.'

'고문이었어, 하케! 이제야 내가 누군지 알겠나?'

더 애매하고 더 조심스러우면서도 위협적인 웃음. '내가 어떻게 알겠나? 난 수천 명의 인간을 보았어. 모든 사람을 일일이 기억할 수 없다고. 자네가 게슈타포를 염두에 둔 거라면 말이야……'

'그래, 하케. 바로 게슈타포야.'

어깨를 으쓱하곤, 경계의 눈초리를 한다. '자네가 거기서 심문받았다는 말이군……'

'그래, 내가 기억나는가?'

하케는 다시 어깨를 으쓱한다. '어떻게 기억하겠어? 우리는 몇천 명을 심문했는데……'

'심문이라고! 기절할 때까지 고문하고 두들겨 맞아 콩팥은 짓뭉개지고, 뼈는 깨지고, 자루처럼 지하실에 내동댕이쳐졌다가, 다시 끌려나와 얼굴은 찢어지고 불알은 으깨졌는데, 그걸 자네는 심문이라 부르는가! 비명조차 지를 수 없게 된 인간의 소름 끼치는 신음, 그걸 심문이라 부르는가! 실신과 실신 사이에서의 가련한 흐느낌, 배를 걷어차고 고무 방망이로 두들겨 패고 채찍질을 하면서, 그래, 네놈은 그런 것들을 뻔뻔스럽게 심문이라고 부르는가!'

라비크는 앞 유리창 안의 눈에 보이지 않는 얼굴을 노려보았다. 창 위로 보리와 양귀비와 들장미가 있는 풍경이 소리도 없이 미끄러져 갔다. 그는 안쪽을 노려보았다. 입술이 움직거렸다. 그는 말하고 싶었던 것이나, 해야 했던 말을 모두 쏟아 놓았다.

'손을 가만둬! 안 그러면 쏴 죽인다! 네놈은 키 작은 막스 로젠베르크를 기억하겠지? 그 친구는 갈기갈기 찢긴 몸으로 지하실에서 내 옆에 쓰러져 있었지. 그 친구는 다시는 심문받지 않으려고 시멘트 벽에다 머리를 부딪쳐 부숴 버리려고 했지. 심문이라고, 뭐 때문에? 민주주의자였기 때문이었어! 그리고 빌만을 기억할 테지? 그 친구는, 네놈이 두 시간 심문을 한 후 피오줌을 쌌고, 이는 다 없어지고, 눈은 하나밖에 남지 않았지? 그래, 그 친구는 왜 심문을 받은 건가? 그 친구는 가톨릭 신자였고, 네놈의 총통이 새로운 구세주라는 걸 믿지 않았기 때문이었어. 그래, 리젠펠트는 기억하는가? 머리와 등짝이 생고기 덩어리처럼 짓뭉개져, 우리한테 혈관을 물어뜯어 달라고 했지. 네놈한테서 심문을 받고 난 후 이가 다 빠져 자기는 물어뜯을 수 없었으니 말이야. 심문이라고, 뭐 때문에? 전쟁을 반대했고, 문화는 폭탄이나 화염방사기를 통해 가장 완벽하게 표현된다는 걸 믿지 않은 탓이지. 심문이라고! 몇천 명의 인간을 심문했다고 그랬지. 손을 가만둬, 이 돼지 새끼! 이제 마침내 네놈을 붙잡았다. 우리는 지금 두꺼운 담장으로 둘러싸인 집으로 달리고 있다. 우리는 단둘이 되는 거다. 내가 네놈을 심문해 주마. 천천히, 천천히 며칠이고 계속해서, 로젠베르크 식으로 말이다. 빌만 식으로, 리젠펠트 식으로 심문해 주마. 네가 우리한테 해 준 그대로 말이다! 그리고 그 모든 것이 끝나면……'

라비크는 차가 엄청난 속도로 달리고 있다는 것을 갑자기 깨달았다. 액셀러레이터를 늦추었다. 집들. 마을. 개. 닭. 목장의 말들. 목은 늘어뜨리고 머리는 치켜든, 이교도의 켄타우로스 같은 강렬한 생명력. 빨래 바구니를 든 채 웃고 있는 여자.

빨랫줄에는 알록달록한 옷들이 매달려 나부낀다. 숨겨진 행복의 깃발. 문 앞에서 놀고 있는 아이들. 그는 이 모든 것을 유리벽 너머로 내다보았다. 아주 가까이 있는 것 같으면서도 믿을 수 없으리만치 멀리 보였다. 아름다움과 평화와 순진무구함으로 가득 찬 풍경. 고통스러울 정도로 강렬하지만, 간밤에 일어난 일로 이제 그와는 동떨어지고, 이제 영원히 도달할 수 없는 그 어떤 것이 되고 말았다. 아무 후회도 없었다. 일은 벌어지고 말았다. 그렇게 된 것뿐이었다.

천천히 달리자. 마구 속력을 내 마을들을 지나가면 정지당하기 마련이다. 시계를 보자. 어느새 거의 두 시간을 달렸다. 어떻게 이럴 수가? 조금도 알지 못했다. 아무것도 본 것이 없었다. 눈에 보인 것은, 그가 말을 건네던 얼굴뿐이었다. 생제르맹 공원. 푸른 하늘을 배경으로 한 검은색 격자 철책, 그리고 나무들. 나무들. 나무들이 늘어선 가로수 길. 기대해 마지 않았던 나무가 무성한 공원. 그리고 갑자기 숲이 나타났다.

차는 더욱 차분하게 달렸다. 초록과 황금빛 파도처럼 숲이 나타난다. 왼편으로 그리고 오른편으로 활짝 펼쳐져 있다. 숲은 지평선 위로 흘러넘치며 온갖 것을 감싸 준다. 숲 속에서 지그재그로 날쌔게 날아가며 반짝이는 곤충까지도.

땅은 무르고 덤불이 잔뜩 자라 있었다. 길로부터는 제법 떨어진 곳이었다. 라비크는 멀리서도 볼 수 있도록 차를 몇백 미터 떨어진 곳에 세워 놓았다. 그러고 나서 삽을 잡고 흙을 파내기 시작했다. 일은 순조로웠다. 만일 누군가가 와서 차를 발견하더라도 삽을 감추고, 무심한 숲 속의 산책자로 돌아가면 그만이었다.

그는 시체를 충분히 덮을 만큼 구덩이를 깊이 팠다. 그러고는 그곳까지 차를 몰고 왔다. 시체는 무거웠다. 하지만 그는 땅이 단단해 타이어 자국을 남기지 않을 곳까지만 차를 몰고 와 세웠다.

시체는 축 늘어져 있었다. 시체를 구덩이 있는 곳까지 끌고 와 옷을 찢어 벗기고는 한군데로 모았다. 생각보다는 간단했다. 발가벗긴 시체를 눕혀 놓은 채, 옷을 차 트렁크에 집어넣고는 차를 원래 위치로 몰고 갔다. 차 문과 트렁크를 잠그고 해머를 꺼냈다. 혹시 시체가 발견되더라도, 신원이 누군지 모르게 해 놓고 싶었다.

일순간 구덩이 쪽으로 돌아가고 싶지 않다는 마음이 들었다. 시체를 내버려 둔 채 차에 올라 떠나 버리고 싶은 거센 충동을 느꼈다. 그 자리에 서서 주위를 둘러보았다. 몇 미터 떨어진 곳의 너도밤나무 줄기에서 다람쥐 두 마리가 쫓고 쫓기고 있었다. 불그레한 털이 햇빛에 반짝였다. 그는 발걸음을 옮겼다.

시체는 부풀어 올라 있었다. 푸르스름했다. 그는 기름을 흠뻑 적신 모포로 얼굴을 덮고는 해머로 두들기기 시작했다. 한 번 치고는 중단했다. 아주 둔탁한 소리가 났기 때문이다. 그러고는 이내 두들기기를 계속했다. 잠시 후 모포를 들추어 보았다. 얼굴은 흘러내린 검은 피로 잔뜩 엉겨 붙어 분간할 수 없는 덩어리가 되어 있었다. 리젠펠트의 머리와 같다는 생각이 들었다. 자신도 모르게 이를 악다문 것을 느꼈다. 그러나 리젠펠트의 머리와는 달랐다. 그 친구의 머리는 더욱 심한 상태였다. 그런데도 살아 있었다.

오른손에 반지가 있었다. 그것을 빼내고는 시체를 구덩이 속으로 밀어 넣었다. 구덩이는 조금 작았다. 무릎을 배 쪽으로 구부렸다. 그러고는 삽으로 흙을 덮었다. 순식간이었다. 흙을 밟아 편편하게 만들었고, 삽으로 미리 떠 놓았던 떼를 그 위로 골고루 입혔다. 떼는 잘 입혔다. 몸을 구부리고 보아야만 이음매를 알아볼 수 있을 정도였다. 쓰러진 주변의 풀들도 일으켜 세웠다.

해머, 삽, 모포를 옷과 함께 트렁크에 집어넣었다. 그리고 되돌아가 다시 한 번 천천히 흔적이 안 남았는지 살펴보았다. 아무것도 없었다. 비라도 조금 오고 며칠 동안 풀이 자라면 그만이었다.

기이한 일이었다. 죽은 인간의 신발, 양말, 내의. 양복은 조금 덜한 편이었지만, 양말과 내복 그리고 속옷은 그것을 입고 있던 사람과 같이 죽어 버린 듯, 벌써 유령처럼 축 늘어져 있었다. 그것을 손으로 만지거나 수놓인 이름이나 상표를 보기가 너무도 싫었다.

라비크는 재빨리 수습했다. 수놓인 이름과 상표를 잘라 냈다. 그것들을 돌돌 말아 땅에 파묻었다. 시체를 묻은 장소에서 몇 킬로미터나 떨어진 곳이었다. 시체와 그것들을 동시에 발견할 수 없을 만큼 떨어진 거리였다.

차를 몰고 가다 보니 개천이 나타났다. 그는 오려 낸 상표를 끄집어내어 종이에 쌌다. 그러고 나서 하케의 수첩을 갈기갈기 찢어 버리고는 지갑을 뒤졌다. 1000프랑 지폐 두 장, 베를린 행 차표, 10마르크, 주소를 적은 쪽지 몇 장, 그리고 하케의 여권이 들어 있었다. 라비크는 프랑스 돈을 주머니에 집어넣었다. 그밖에 하케의 주머니에서 찾아낸 5프랑짜리 지폐도 몇 장 가지고 있었다.

그는 잠시 기차표를 들여다보았다. 베를린 행, 그것을 보고 있자니 이상한 기분이 들었다. 베를린 행이라니. 그는 차표를 찢어 다른 것과 함께 둘둘 뭉쳤다. 여권을 한참 동안 들여다보았다. 앞으로 삼 년간 유효한 것이어서, 보관하고 있다가 사용하고 싶다는 생각이 들었다. 자기와 같은 생활을 하는 사람들에겐 무엇보다 필요한 것이었다. 위험하지만 않다면, 망설이지 않고 보관했을 것이다.

여권을 찢어 버렸다. 10마르크짜리 지폐도 찢었다. 하케의 열쇠, 권총, 그리고 트렁크 보관증은 그대로 두었다. 트렁크를 찾아 파리에서의 흔적을 완전히 지워 버릴지 어떨지를 좀 더 생각해 볼 작정이었다. 호텔 계산서는 찾아내어 이미 찢어 버렸다.

그는 모든 것을 태워 버렸다. 생각했던 것보다는 오래 걸렸지만, 다행히도 신문지를 가지고 있어서, 그것으로 옷 조각을 깔끔하게 태울 수 있었다. 재는 개울에다 흩뿌렸다. 그러고 나서는 핏자국이 남아 있지 않은지 차 안을 살펴보았다. 아무것도 없었다. 해머와 스패너는 깨끗하게 씻어서 트렁크에 넣었다. 손은 최대한 깨끗이 씻었고, 담배 한 대를 꺼내 잠시 앉은 채로 피웠다.

태양은 높다란 너도밤나무들 사이로 비스듬히 내리비쳤다. 라비크는 앉아서 담배를 피웠다. 텅 빈 기분이었다. 아무 생각도 들지 않았다.

다시 성으로 나가는 길목으로 접어들었을 때 비로소 그는 애인이었던 시빌을 떠올렸다. 성은 18세기의 영원한 하늘 아래서, 밝은 여름 햇빛을 받으며 흰빛으로 서 있었다. 그때 갑자기 시빌이 떠올랐다. 그때 이후 처음으로, 기억에 저항하고 옆으로 제쳐 놓고 억눌러 버리고 싶은 기분이 사라졌다. 그는 하케가 그녀를 불러들였던 그날보다 이전의 일이 머릿속에 떠오른 적은 단 한 번도 없었다. 그녀의 얼굴에 나타났던 공포와 미친 듯이 불안했던 표정보다 더 앞에 있었던 일은 하나도 생각나지 않았었다. 다른 모든 것은 그때의 표정 때문에 모조리 지워졌던 것이다. 그리고 그녀가 목을 매달아 죽었다고 하는 통지보다 더 앞의 일은 결코 생각나지 않았다. 그 소식을 믿지 않았다. 물론 있을 수도 있는 일이었다. 하지만 그 이전에 무슨 일이 있었는지 어떻게 감히 떠올린단 말인가? 그녀를 생각할 때마다 머릿속이 부르르 떨렸고, 두 손은 손톱이 되어 가슴을 마구 쥐어뜯었으며, 며칠 동안은 무기력한 복수의 희망이라는 붉은 안개로부터 헤어날 수 없었던 것이다.

이제 그녀를 떠올렸다. 그러자 몸부림과 경련과 안개가 갑자기 사라졌다. 무언가가 풀렸고, 장벽이 제거되었으며, 공포로 얼어붙었던 환영이 움직이기 시작했다. 지난 몇 년 동안처럼 얼어 있지 않았다. 일그러졌던 입은 가지런히 다물어지기 시작했고, 두 눈은 멍한 상태에서 벗어났으며, 석회처럼 창백했던 얼굴엔 부드럽게 화색이 돌았다. 이젠 더 이상 경직된 공포의 마스크가 아니라, 다시 그가 알던 시빌이 되었다. 그와 함께 살았고, 그 부드러운 유방을 그가 느꼈고, 그의 생애 이 년간을 마치 6월 저녁처럼 가득 채워 주었던 시빌.

지난날들, 저녁마다의 추억이 떠올랐다. 아득히 잊힌 불꽃이 갑자기 지평선 너머에서 나타난 듯했다. 압착되고, 폐쇄되고, 피로 엉긴 과거의 문이 이제 갑자기 소리도 없이 가볍게 열렸고, 뒤를 이어 다시 꽃밭이 나타났다. 이제 게슈타포의 지하실은 사라졌다.

라비크는 한 시간 이상 차를 몰았다. 파리를 향해 돌아가는 것이 아니었다. 생제르맹 건너편 센 강 다리 위에서 차를 멈추고 하케의 열쇠와 권총을 강물 속으로 내던졌다. 그러고는 차 지붕을 열고 다시 달렸다.

프랑스의 아침 속을 달렸다. 어젯밤은 거의 잊혀, 몇십 년 전 일처럼 느껴졌다. 불과 몇 시간 전에 있었던 일이 벌써 흐릿해졌다. 그러나 몇 년 동안 묻혀 있었던 것은 수수께끼처럼 되살아나 친근하게 다가왔다. 땅의 균열도 더 이상 방해가 되지 않았다.

라비크는 자기가 어떤 상태인지 짐작이 가지 않았다. 공허하고, 피곤하고, 아무 느낌도 없거나, 혹은 흥분 상태가 될 거라고 생각했었다. 구토를 하거나, 무언의 자기변명을 하거나, 독주를 마시거나 흠뻑 취해 모든 걸 잊을 거라 예상했었다. 하지만 이런 기분이 되리라곤 생각지 못했었다. 과거를 가두었던 자물쇠가 떨어져 나가기라도 한 것처럼, 마음이 가벼워지고 응어리가 풀리리라고는 예상치 않았다. 그는 주위를 둘러보았다. 경치는 미끄러져 지나갔고, 포플러 가로수들은 횃불과도 같은 녹색의 환호성을 올렸다. 양귀비와 들국화가 만발한 들판은 드넓게 펼쳐졌고, 자그마한 마을들의 빵집에서는 신선한 빵 냄새가 풍겨 왔다. 학교에서는 아이들의 목소리가 바이올린 연주 소리와 함께 들려왔다.

아까 여기를 지날 땐 무슨 생각을 했던가? 조금 전, 몇 시간 전에, 아니, 아득한 옛날에. 그 유리 벽, 격리되었던 느낌은 지금 어디로 갔는가? 떠오르는 아침 햇살에 안개처럼 흩어졌는가? 문간 계단에서 놀고 있는 아이들의 모습도 다시 보였다. 햇살 아래 잠든 고양이와 개, 바람에 나부끼는 알록달록한 세탁물들, 그리고 목장의 말들. 여자는 아직도 빨래집게를 손에 든 채 잔디밭에 서서 기다란 빨랫줄에 내의를 널고 있었다. 그것을 보는 순간 자기도 저런 세계에 속한다고 느껴졌다. 지금은 몇 년 전보다도 더욱 그렇게 느꼈다. 무엇인가가 자기 속에서 녹아, 부드럽고 축축하게 솟아올랐다. 타 버린 밭이 다시 푸르러지기 시작했고, 그의 마음속에서 무언가가 천천히 흔들거리며 위대한 균형의 상태로 되돌아갔다.

그는 차 안에 죽은 듯 가만히 앉아 있었다. 그 균형의 상태가 놀라서 달아날까 봐 감히 움직일 수조차 없었다. 그것은 그를 둘러싸고 점점 커져 갔고, 진주 방울들처럼 오르락내리락했다. 가만히 앉아 있긴 했지만 완전히 믿기지는 않았다. 그런데 그것은 느껴졌고, 그것이 마침내 다가온 것을 알았다. 그는 하케의 그림자가 자기 곁에 앉아 자기를 노려보리라고 예상했었다. 그런데 보니 살아 있는 자신의 몸뚱이가 바로 자기 곁에 앉아 있었고, 그것이 돌아와 자기를 지켜보았던 것이다. 여러 해 동안 치켜뜬 채 말없이 그리고 가차 없이 요구하고 억울함을 하소연했던 두 눈[11]은 이제 감기었다. 그녀의 입가에는 평화가 감돌았고, 공포에 차 앞으로 뻗었던 두 팔은 마침내 아래로 내려졌다. 하케의 죽음은 시빌의 얼굴에서 죽음을 몰아내었다. 한순간 그 얼굴은 생생하게 살아났다가, 서서히 어렴풋해졌다. 마침내 그 얼굴은 평안을 얻었고 다시 가라앉았다. 이제 다시는 찾아오지 않으리라. 포플러와 보리수들이 그것을 조용히 묻어 버렸다. 그러고 나서는 여름과 꿀벌들의 웅성거림, 분명하고 억세고 너무나도 뚜렷한 피로감만 남았다. 너무 많은 밤 동안 잠을 자지 못해서 이젠 아주 오랫동안 자거나, 아니면 다시는 잠을 이룰 수 없을 것 같은 기분이었다.

그는 퐁스레 거리에서 탈보를 세웠다. 엔진이 조용해지고 차에서 내린 순간 얼마나 피곤한지를 느꼈다. 차를 달리던 동안의 몽롱한 피로가 아니라 공허하고 텅 빈, 오직 자고 싶을 뿐인 그런 피로였다. 앙테르나쇼날로 걸어갔다. 걷는 것조차 힘들었다. 목덜미에 비친 햇살이 대들보처럼 느껴졌다. 프랭스드갈의 방을 비워 주어야 한다는 것이 생각났다. 그동안 잊

---

11) 시빌의 두 눈을 가리킨다.

고 있었던 것이다. 너무도 지쳐, 나중에 하면 안 될까 하는 생각도 잠시 들었다. 하지만 겨우 기운을 차려 택시를 잡아타고 프랭스드갈로 갔다. 계산을 했고, 하마터면 트렁크를 가져오게 하는 것도 잊을 뻔했다.

그는 차가운 홀에서 기다렸다. 오른쪽, 바에 앉아 몇 사람이 마티니를 마시고 있었다. 하마터면 포터가 오기 전에 잠들 뻔했다. 포터에게 팁을 주고 택시를 탔다. "동부 역으로 갑시다." 하고 그가 말했다. 문지기와 포터가 분명히 들을 수 있을 정도로 큰 소리로 말했다.

그는 라보에티 거리 모퉁이에서 택시를 세웠다. "한 시간이나 틀렸군." 하고 운전사에게 말했다. "너무 빠른걸. 저 술집 앞에서 내려 주시오."

그는 차비를 지불했고, 트렁크를 들고 술집까지 가서 택시가 사라지는 것을 보았다. 그러고는 다시 돌아와 다른 택시를 타고 앙테르나쇼날로 갔다.

아래층엔 어린 보이 혼자 졸고 있을 뿐, 아무도 없었다. 12시였다. 여주인은 점심 식사 중이었다. 라비크는 트렁크를 자기 방으로 들고 갔다. 옷을 벗고 샤워기를 틀었다. 오랫동안 꼼꼼하게 씻었다. 그러고는 알코올로 몸을 비벼 댔다. 한결 시원해졌다. 그는 트렁크에 물건들을 집어넣고 차곡차곡 정리했다. 새 내의와 다른 옷을 입고 모로소프의 방으로 내려갔다.

"지금 막 자네한테 가려던 참이네." 하고 모로소프가 말했다. "오늘은 쉬는 날이거든. 프랭스드갈에서 함께……." 그는 입을 다문 채 라비크를 가만히 쳐다보았다.

"이제 그럴 필요 없어." 하고 라비크가 말했다.

모로소프가 그를 쳐다보았다. "끝났어." 하고 라비크가 말했다. "오늘 아침에. 아무것도 묻지 말게. 자고 싶어."

"필요한 건 없나?"

"아무것도. 모든 게 끝났네. 운이 좋았어."

"차는 어디에 있지?"

"퐁스레 거리에. 모든 게 잘됐어."

"그밖에 할 일은?"

"없어. 갑자기 머리가 너무 아프군. 자고 싶어. 나중에 내려올게."

"좋아. 그밖에 할 일은 없단 말이지?"

"없다니까." 하고 라비크가 말했다. "이젠 없어, 보리스. 간단했어."

"잊은 건 없겠지?"

"없을 거야. 없어. 지금은 되씹어 볼 수 없어. 우선 자야 해. 나중에 하자고. 자네는 여기 있을 텐가?"

"물론이지." 하고 모로소프가 말했다.

라비크는 자기 방으로 되돌아갔다. 갑자기 두통이 심하게 일었다. 잠시 창가에 서 있었다. 아래층에서 피난민 비젠호프의 백합꽃이 빛을 발하고 있었다. 건너편은 공허한 창문들이 달린 잿빛 벽이었다. 모든 게 끝났군. 정당하고 옳은 일이었어. 그렇게 되어야 했어. 하지만 이제 끝났고, 더 할 일은 없어. 내일이란 말은 의미가 없어. 창밖으로 오늘이란 날은 가파르게 떨어졌다.

그는 옷을 벗고 다시 몸을 씻었다. 두 손을 알코올에 담갔다가 꺼내 말렸다. 손가락 마디들이 팽팽해졌다. 머리는 무거웠고, 뇌수가 머릿속에서 느슨해져 이리저리 구르는 것 같았다. 그는 주사기를 끄집어내 창가 걸상 위에 놓인 작은 전기 주전자로 끓였다. 물은 한동안 부글부글 끓었다. 그것을 보고 있자니 그 시냇물이 생각났다. 시냇물만. 그는 앰풀 두 개의 머리를 부러뜨렸고, 물처럼 맑은 약물을 주사기로 빨아올렸다. 자기 몸에 주사를 놓고 침대에 누웠다. 잠시 후 낡은 잠옷을 가져와 몸을 덮었다. 열두 살 먹은 소년이 되어, 성장과 청춘의 기이한 고독 속에 지친 채 홀로 있는 듯한 생각이 들었다.

그는 황혼 무렵에야 눈을 떴다. 창백한 분홍빛이 연이은 지붕들을 덮고 있었다. 아래층에서 비젠호프와 골드베르크 부인의 이야기 소리가 들려왔다. 무슨 내용인지 알아들을 수 없었다. 알고 싶지도 않았다. 낮잠에 익숙하지 않던 사람이 오후 내내 낮잠을 잔 기분이었다. 모든 관계가 끊어지고, 아무 이유도 없이 별안간에 자살을 할 준비가 된 사람 같은 기분이었다. 이럴 땐 수술이라도 하고 싶군, 할 수도 있을 것 같아 하고 그는 생각했다. 회복 가능성이 거의 없는 중환자를 말이다. 온종일 아무것도 먹지 않았다는 생각이 떠올랐다. 갑자기 미칠 듯한 허기를 느꼈다. 두통은 사라졌다. 옷을 입고 아래층으로 내려갔다.

모로소프는 셔츠만 걸친 채 자기 방 탁자에 앉아 장기 묘수풀이 문제를 풀고 있었다. 방 안은 썰렁했다. 한쪽 벽에는 제복이 걸려 있었다. 한쪽 구석엔 성상(聖像)이 모셔져 있었고, 그 앞엔 촛불이 켜져 있었다. 또 다른 구석엔 사모바르[12]가 놓인 탁자가 있었고, 세 번째 구석엔 현대식 냉장고가 있었다. 모로소프가 자랑하는 사치품이었다. 그 속에 보드카나 식료품, 찬 맥주 같은 것을 보관했다. 침대 앞으로는 터키 양탄자가 깔려 있었다.

모로소프는 아무 말도 없이 일어섰다. 유리잔 두 개와 보드카 병을 집어와 잔을 가득 채웠다. 그러고는 "수보브카." 하고 말했다.

라비크는 탁자 쪽으로 가서 앉았다. "아무것도 마시고 싶지 않아, 보리스. 엄청 배고파."

"좋아. 식사하러 가세. 우선은……." 모로소프는 냉장고를 뒤져 러시아식 검은 빵, 오이 피클, 버터, 그리고 작은 깡통에 든 캐비어를 꺼냈다. "우선은……. 이걸 들게! 그 캐비어는 셰에라자드 주방장의 선물이야. 믿을 만한 물건이지."

"보리스." 하고 라비크가 말했다. "쇼는 그만하게. 난 그놈을 오시리스 앞에서 만나, 숲 속에서 죽이고, 생제르맹에다 묻고 왔어."

"아무한테도 안 들켰나?"

"아무도. 오시리스 앞에서도."

"아무 곳에서도?"

"숲 속에서 한 사람이 풀밭을 건너왔어. 일이 다 끝났을 때

12) 물 끓이는 러시아제 기구.

말이야. 놈을 차 안에 넣어두었을 때였지. 자동차와 구역질을 하던 나밖에 못 봤어. 잔뜩 취했거나 속이 거북했던 것으로 보였겠지. 별다른 장면도 아니었어."

"놈의 물건은 어떻게 했나?"

"파묻었어. 상표는 잘라내 놈의 서류와 함께 태웠지. 놈의 돈과 북부 역에 맡긴 수하물 보관증은 아직 가지고 있고. 놈은 호텔에서 벌써 계산을 하고 나왔었고, 오늘 아침에 떠날 예정이었어."

"저런, 운이 좋았군! 핏자국은?"

"없어. 피는 거의 안 나왔어. 프랭스드갈의 내 방은 비워 주고 왔지. 내 물건들은 다시 여기로 가져왔고. 여기서 놈과 알던 자들은, 놈이 떠났다고 생각할 거야. 이제 놈의 짐만 찾아오면, 이제 여기에 놈의 흔적은 아무것도 없는 거네."

"베를린에서는 놈이 도착하지 않았다는 걸 알게 될 테고, 그러면 이쪽으로 문의할걸세."

"놈의 물건이 여기에 없다면, 어디로 갔는지 알 리가 없지."

"알게 될 거야. 놈이 침대칸 표를 사용하지 않았으니 말이네. 태워 버렸겠지?"

"물론."

"그럼, 수하물 보관증도 태워 버리게."

"수하물계로 보관증을 부치고, 짐을 베를린이나 다른 곳으로 보내는 건 어떻겠나? 수취인 부담으로 말이야."

"마찬가지야. 보관증은 태워 버리는 게 좋아. 너무 완벽하게 해 놓으면 지금보다 더 의심을 살 수가 있어. 놈은 단순 실

종이야. 파리에선 종종 있는 일이지. 조사를 할 거고, 잘하면 놈이 어디에서 마지막으로 목격되었는지 정도는 드러나겠지. 오시리스였지. 거기에 들렀었나?"

"그래. 일 분 정도. 나는 놈을 봤지만 놈은 나를 못 봤어. 그러고는 밖에서 놈을 기다렸지. 아무도 우리를 못 봤어."

"그 시각에 누가 오시리스에 있었는지 조사할지도 몰라. 롤랑드는 자네가 거기 왔었다는 걸 기억해 낼 거야."

"나는 종종 그 집에 가네. 그건 아무 상관없어."

"그래도 자네가 조사를 받지 않는 편이 낫지. 증명서가 없는 피난민 아닌가. 롤랑드는 자네가 사는 곳을 알고 있나?"

"아니. 베버의 주소는 알긴 하지만, 그는 공인 의사가 아닌가. 그리고 롤랑드는 며칠 내로 그곳을 그만둔대."

"그 여자가 어디로 갔는지는 알게 될 거야." 모로소프는 자기 잔을 가득 채웠다. "라비크, 내 생각으론, 자네가 몇 주 동안 사라지는 게 좋겠어."

라비크가 그를 빤히 쳐다보았다. "말은 쉽지만, 보리스. 어디로 간단 말인가?"

"사람들이 많은 곳이 좋아. 칸이나 도빌로 가게. 요즘은 그쪽으로 많이들 가니까, 사람들 속에 숨어 버릴 수 있어. 앙티브 쪽으로도 괜찮아. 그곳은 자네도 잘 아는 곳이고, 증명서를 보여 달라고 요구하지도 않을 테니 말이야. 나중에 경찰이 증인 조사를 하려고 자네에 대해 물었는지 어땠는지는 베버나 롤랑드한테 언제든 알아볼게."

라비크가 고개를 가로저었다. "제일 좋은 건 지금 있는 곳에 그대로 있고, 아무 일 없었던 것처럼 그냥 사는 거지."

"아냐. 이번엔 달라."

라비크가 모로소프를 가만히 쳐다보았다. "도망가지 않겠어. 그냥 여기 있겠네. 그게 나의 운명이야. 이해하게."

모로소프는 대꾸하지 않았다. "우선 수하물 보관증을 태워 버리게." 하고 그가 말했다.

라비크는 주머니에서 보관증을 꺼내 불을 붙이고, 재떨이 위에서 태웠다. 모로소프는 구리 재떨이를 집어 들고는, 얇은 재를 창문 밖으로 털어 버렸다.

"자, 끝났어. 이제 놈의 물건은 가진 게 없나?"

"돈이 있네."

"보여 주게."

모로소프는 돈을 살펴보았다. 아무 표시도 없었다. "이런 건 간단하게 처리할 수 있어. 자넨 어떻게 할 건가?"

"피난민 구호 기금에 보낼 거네. 익명으로."

"내일 바꿔서, 두 주 후에 보내."

"좋아."

라비크는 지폐를 집어넣었다. 돈을 접으면서 그는 자기가 음식을 먹었다는 사실을 갑자기 깨달았다. 그는 두 손을 흘낏 내려다보았다. 오늘 아침에 왜 그렇게 이상한 생각을 했던가? 그는 갓 구운 검은 빵을 또 한 조각 집었다.

"어디 가서 식사할까?" 하고 모로소프가 물었다.

"아무 데나."

모로소프가 그를 쳐다보았다. 라비크는 미소를 지었다. 그가 미소를 지은 것은 이번이 처음이었다. "보리스." 하고 그가 말했다. "신경이 금방이라도 터져 버릴 것 같은 사람을 쳐다 보는 듯한 그런 간호사 같은 눈으로 나를 쳐다보진 말게. 나는 짐승 한 마리를 없앴을 뿐이야. 이것보다 몇천 배 몇만 배로 당해도 마땅할 놈을 말이야. 나는 실은 나와 아무 상관도 없는 인간들을 몇십 명 죽이고도 훈장을 받았었네. 그들을 정정당 당한 전투에서 죽인 것도 아니었지. 몰래 숨어 들어가 잠복해 있다가, 아무 낌새도 못 차리는 사람들을 뒤에서 죽였던 거야. 전쟁이란 그런 것이었고, 그게 명예였지. 잠시 동안이긴 하지 만, 찜찜한 것은 내가 놈의 얼굴에다 대고 미리 한 마디도 해 주지 못했다는 거야. 멍청한 바람이긴 하지만 말이야. 어쨌거 나 놈은 골로 갔어. 더 이상 사람들을 괴롭힐 순 없어. 나는 그 런 생각을 하며 잠을 잤어. 이젠 아득한 옛일 같군. 신문에 난 기사를 보는 듯한 기분이야."

"좋아." 모로소프는 상의의 단추를 끼웠다. "자, 나가세. 뭘 좀 마시고 싶어."

라비크는 얼굴을 들고 쳐다보았다. "자네가?"

"그래, 내가 말이야!" 하고 모로소프가 말했다. "내가 말이 야." 그는 잠시 망설였다. "오늘 처음으로 내가 늙었다는 느낌 이 드네."

31

롤랑드를 위한 송별 파티는 정확하게 6시에 시작됐다. 한 시간 동안만 파티를 열었고, 7시엔 다시 영업을 시작했다.

옆방에 파티를 위한 탁자가 마련되어 있었다. 매춘부들은 모두 정장 차림이었다. 대개는 검은색 비단 드레스를 걸치고 있었다. 여자들을 언제나 나체로, 혹은 얇은 옷 조각만 걸친 채로 보았던 라비크는 그들 중 다수를 알아보기 힘들었다. 큰 홀에는 임시 대기조로 대여섯 명만 남아 있었다. 7시가 되면 옷을 갈아입고 손님을 맞을 준비를 하고 있는 것이었다. 영업 복장으로 들어오는 여자애는 아무도 없었다. 마담의 지시가 아니라, 여자애들이 그렇게 원했기 때문이었다. 라비크가 보기에도 당연한 일이었다. 그는 매춘부들의 예법을 알고 있었다. 그것은 상류 계층의 예법보다 더 엄격했다.

여자애들은 돈을 모아, 롤랑드가 식당에서 사용할 버들가지 등의자 여섯 개를 선사했다. 마담은 금전 등록기를 마련했고, 라비크는 등의자와 짝을 이룰 대리석 탁자 두 개를 선물로 주었다. 그는 이 파티의 유일한 외부 손님이었고, 또 유일한 남자였다.

식사는 6시 5분에 시작되었다. 마담이 주인 역할을 맡았다. 마담 오른쪽엔 롤랑드가, 왼쪽엔 라비크가 앉았다. 그리고 새로 온 지배인, 부지배인, 그리고 여자애들이 죽 늘어앉았다.

오르되브르[13]는 훌륭했다. 슈트라스부르크의 거위 간, 파테 메종에다가 오래 묵은 셰리 주(酒)가 나왔다. 라비크에게는 보드카가 한 병 나왔다. 그는 셰리 주를 좋아하지 않았다. 다음에는 최고급 비시우아즈가 나왔다. 이어서 1933년 산 뫼르소와 함께 가자미 요리가 나왔다. 막심에서 나오는 것과 같은 고급이었다. 포도주는 가볍고 연도가 얕은 것이었다. 푸르고 가느다란 아스파라거스, 꼬치에 끼운 바싹바싹하고 연한 닭고기 구이, 마늘 냄새가 나는 고급 샐러드, 그리고 샤토 생 테밀리옹이 차례대로 나왔다. 탁자 상석에서는 1921년제 로마네 콩티를 마셨다. "쟤들은 이 맛을 몰라요." 하고 마담이 말했다. 라비크는 그 맛을 알았다. 그는 두 번째 병을 받았다. 대신에 그는 샴페인과 크림 초콜릿을 포기했다. 그리고 마담과 같이 포도주에 곁들여 액체 브리산(産) 치즈를 먹었다. 버터를 바르지 않은 금방 구운 흰 빵과 함께.

탁자에서 오고가는 이야기는 여학생 기숙사 시절로 돌아가

---

13) 전채(前菜) 요리의 일종.

있었다. 등의자는 리본으로 장식되었고, 금전 등록기는 번쩍거렸다. 대리석 탁자들도 빛을 발했다. 애수가 방 안을 떠돌았다. 마담은 검은 드레스에다 보석으로 치장했다. 유별나지는 않았다. 브로치 하나에 반지 하나로, 청백색 고급 보석이었다. 백작 부인이 되기는 했지만 장식은 신경 쓰지 않았다. 취미를 제대로 아는 스타일이었다. 마담은 마름모꼴 다이아몬드를 좋아했다. 루비나 에메랄드는 위태롭고, 다이아몬드는 안전하다는 게 마담의 지론이었다. 마담은 롤랑드 그리고 라비크와 함께 이야기를 나누었다. 독서를 아주 많이 해, 이야기가 재미있고 경쾌하며 재치가 넘쳤다. 몽테뉴, 샤토브리앙 그리고 볼테르를 인용하곤 했다. 총명하면서도 냉소 어린 얼굴 위로 푸른빛이 약간 도는 흰 머리카락이 빛을 발했다.

7시가 되어 커피를 마시고 나자, 여자애들은 기숙사의 얌전한 여학생들처럼 자리에서 일어섰다. 마담에게 공손하게 인사를 하고 롤랑드와 작별 인사를 나누었다. 마담은 조금 더 앉아 있었다. 마담은 라비크가 한 번도 마셔 본 적 없는 아르마냐크 산(産) 브랜디를 가져오게 했다. 밖에서 일을 하던 임시 대기조 여자애들은 얼굴을 씻고, 일할 때보다는 가벼운 화장을 하고, 야회복으로 갈아입은 채로 들어왔다. 마담은 여자애들이 앉아서 가자미 요리를 먹기 시작할 때까지 남아 있었다. 그리고 여자애들과 일일이 한두 마디 주고받으며, 지난 한 시간 동안 수고해 준 데 대해 고마움을 표했다. 그러고 나서는 우아하게 작별인사를 했다. "떠나기 전에 또 만나요, 롤랑드⋯⋯."

"그럼요, 마담."

"아르마냐크는 두고 갈까요?" 하고 마담이 라비크에게 물었다.

라비크는 고맙다고 말했다. 마담은 밖으로 나갔다. 어느 모로 보나 1급 귀부인이었다.

라비크는 병을 집어 들고 롤랑드에게로 가서 물었다. "언제 떠나는 거야?"

"내일, 오후 4시 7분이에요."

"내가 역에 나갈게."

"아뇨, 라비크. 안 돼요. 제 약혼자가 오늘 저녁 이곳으로 와요. 우린 함께 떠날 거예요. 오시면 안 되는 거 아시겠죠? 약혼자가 어리둥절할 거예요."

"그렇군."

"내일 오전 중으로 필요한 걸 좀 더 사서, 떠나기 전에 모두 부치려고 해요. 오늘 저녁에 저는 호텔 벨포르로 옮겨요. 아담하고 값싸고 깨끗해요."

"약혼자도 거기서 잘 건가?"

"물론 아녜요." 하고 롤랑드는 놀라며 말했다. "우린 아직 결혼하지 않았잖아요."

"좋아."

라비크는 그 모든 게 가식이 아니라는 걸 알았다. 롤랑드는 그냥 직업 전선에서 뛰었던 중류 계층 여성일 뿐이었다. 여학생 기숙사 일이었건 유곽이었건 문제가 아니었다. 그 여자는 자기 직무를 충실히 이행했던 것이다. 그리고 이제 그 일은 끝났다. 이제 다른 세계의 그림자는 깨끗이 지워 버리고, 다시

중류 계층 사회로 돌아가는 것이다. 다른 많은 매춘부들의 경우도 마찬가지였다. 그들 중 일부는 훌륭한 아내가 되기도 했다. 매춘은 악덕이 아니라, 하나의 의젓한 직업이었다. 그것이 그 여자들을 타락으로부터 지켜 주었던 것이다.

롤랑드는 아르마냐크 병을 집어 들어 라비크의 잔을 다시 채워 주었다. 그러고는 핸드백에서 쪽지 하나를 꺼냈다. "언제든 파리를 떠나시게 된다면…… 여기 우리 집 주소예요. 언제든 찾아오세요."

라비크는 주소를 들여다보았다. "이름을 두 개 적어 놓았어요." 하고 그녀가 말했다. "하나는 처음 두 주 동안의 이름으로, 그건 제 이름이에요. 그다음은 제 약혼자 이름이고요."

라비크는 쪽지를 호주머니 속에 집어넣었다. "고마워, 롤랑드. 당분간은 파리에 있을 거야. 그리고 내가 갑자기 찾아간다면 당신 약혼자가 깜짝 놀랄 게 분명해."

"당신이 역에 나오면 안 된다고 말씀드려서 기분이 안 좋은 거예요? 그것과 이건 다른 문제라고요. 이건 당신이 파리를 떠나야만 되는 경우를 생각해서 드리는 거예요. 다급한 경우를 생각해서요."

그가 여자를 쳐다보았다. "뭣 때문에?"

"라비크." 하고 여자가 말했다. "당신은 피난민이에요. 피난민은 가끔 어려운 일을 당하잖아요. 경찰에 신경 안 쓰고 살 수 있는 곳을 알아 두는 건 좋은 일이에요."

"내가 피난민인 걸 어떻게 알지?"

"알고 있어요. 아무한테도 말 안 했어요. 우리하곤 상관없는 일이니까요. 그 주소를 잘 가지고 있다가, 혹시라도 일이 생기면 찾아오세요. 우리 집에 계시면 아무도 묻지 않을 테니까요."

"알았어. 고마워, 롤랑드."

"이틀 전에도 경찰에서 왔었어요. 독일인 한 사람의 일을 물었어요. 그 독일 사람이 여기 왔었는지 묻더라고요."

"그래?" 하고 라비크는 정신이 번쩍 들어 말했다.

"그래요. 그 독일 사람은 당신이 요전에 여기 왔을 때 왔었거든요. 당신은 아마도 기억하지 못하겠지만요. 대머리에 뚱뚱한 사람이었어요. 이본과 클레어하고 저쪽에 앉아 있었어요. 경찰은 그 사람하고 또 다른 누가 여기에 왔었는지 물었어요."

"뜻밖인데." 하고 라비크가 말했다.

"당신은 그 사람을 못 봤을 거예요. 물론 당신이 그날 밤 여기에 잠시 들렀다는 말은 하지 않았어요."

라비크가 고개를 끄덕였다.

"그러는 게 낫죠." 하고 롤랑드가 말했다. "그래야 형사들이 죄도 없는 사람한테 여권을 보이라고 하는 일은 없을 거잖아요."

"물론이야. 그래, 어떻게 할 작정이라고 하던가?"

롤랑드는 어깨를 으쓱했다. "아무 말도 없었어요. 우리하곤 상관도 없는 일이잖아요. 전 아무도 오지 않았다고 말했어요. 그러는 게 이 집의 오랜 관습이거든요. 우리는 아무것도 모르는 거예요. 그 편이 좋아요. 경찰도 그다지 흥미가 없더군요."

"그래?"

롤랑드가 미소를 지었다. "라비크, 프랑스 사람들은 대부분, 독일인 여행자가 어떻게 되었는지 관심 없어요. 우리는 우리 일만으로도 충분하니까요."

여자가 일어섰다. "가야 해요. 안녕, 라비크."

"잘 가요, 롤랑드. 당신이 없으면 여기도 예전 같진 않을 테지."

여자가 미소를 지었다. "설마, 금방 달라지기야 하겠어요. 하지만 얼마 후엔."

그 여자는 여자애들과 작별 인사를 하려고 나갔다. 나가다가 여자는 다시 한 번 금전 등록기와 등의자와 탁자를 보았다. 실용적인 선물들이었다. 여자는 그것들이 벌써 자기 카페에 놓여 있는 것처럼 바라보았다. 금전 등록기는 특히 더 그랬다. 그것은 수입과 안전과 가정과 안녕을 의미했다. 롤랑드는 잠시 머뭇거렸으나, 더 참을 수 없었다. 핸드백에서 동전 몇 개를 꺼내 번쩍거리는 등록기 옆에 놓고는 기계를 가볍게 두드렸다. 기계는 덜커덩하더니 2프랑 50상팀이라는 숫자를 보여주었고, 동시에 서랍이 튀어나왔다. 롤랑드는 어린애같이 행복한 미소를 지으며 돈을 집어넣었다.

여자애들은 호기심을 못 참고 다가와 금전 등록기를 둘러쌌다. 롤랑드는 다시 한 번 돌렸다. 1프랑 75상팀. "언니네 카페에선 1프랑 75상팀으로 무얼 줘요?" 하고 망아지라는 별명으로 불리는 마르그리트가 물었다.

롤랑드는 곰곰이 생각하더니 말했다. "뒤보네는 한 잔, 페르노라면 두 잔이지."

"아메르 피콩하고 맥주 하나면 얼마죠?"

"70상팀. 롤랑드는 0프랑 70상팀을 눌렀다.

"너무 싸." 하고 망아지가 말했다.

"파리보다는 싸야지." 하고 롤랑드가 설명했다.

여자애들은 등의자를 대리석 탁자 주위에 옮겨 놓고는 조심스럽게 앉아 보았다. 그리고 야회복을 이리저리 매만지며 갑자기 롤랑드가 앞으로 차릴 카페를 찾은 손님 행세를 했다.

"홍차 세 잔과 영국제 비스킷 주세요, 마담 롤랑드." 하고 부드러운 금발로, 기혼남들에게 특히 인기 있는 데이지가 말했다.

"7프랑 80상팀인데요." 롤랑드는 금전 등록기를 작동시켰다. "미안합니다만, 영국제 비스킷은 워낙 비싸답니다."

망아지 마르그리트는 옆 탁자에서 골똘하게 생각하더니 고개를 들었다. "포메리 두 병을 주세요." 하고 그녀는 의기양양하게 주문했다. 그 여자애는 롤랑드를 좋아했고, 그것을 그런 식으로 보여 주고 싶어 했다.

"90프랑인데요. 고급 포메리입니다."

"그리고 코냑도 네 병 주세요." 하고 망아지는 헐떡거리며 말했다. "내 생일이라고요."

"4프랑 40상팀이에요!" 금전 등록기는 덜커덩하고 소리를 냈다.

"거기다 커피 네 통하고 슈크림을 주세요!"

"3프랑 60상팀!"

한껏 들뜬 망아지는 동그랗게 눈을 뜨고 롤랑드를 쳐다보았다. 더 이상 무엇을 해야 할지 몰랐다.

여자애들은 몰려들어 금전 등록기를 둘러쌌다. "모두 합쳐 얼마지요, 마담 롤랑드?"

롤랑드는 숫자가 인쇄된 쪽지를 내밀었다. "105프랑 60상팀인데요."

"그러면 얼마가 남는 거예요?"

"30프랑쯤. 샴페인 때문에 그래. 샴페인은 이익이 많이 남으니까."

"좋아요." 하고 망아지가 말했다. "좋아요! 언제나 그렇게 되기를 바랄게요."

롤랑드는 라비크에게 다시 돌아왔다. 사랑이나 일에 빠져 있을 때만 볼 수 있는 그런 빛나는 눈빛이었다. "안녕, 라비크. 제 말을 잊지 말아요."

"명심할게. 잘 가, 롤랑드."

여자는 가 버렸다. 기운차고 정직하고 담백한 여자였다. 그 여자에게 있어서 미래는 단순하고 생활은 좋은 것이었다.

라비크는 모로소프와 함께 푸케에 앉아 있었다. 저녁 9시였다. 테라스는 사람들로 북적거렸다. 멀리, 개선문 뒤쪽에서 가로등 두 개가 희고, 매우 차가운 불빛을 던지고 있었다.

"쥐새끼들이 파리를·떠나고 있어." 하고 모로소프가 말했다. "앙테르나쇼날에도 방이 세 개나 비었어. 1933년 이후로는 처음 있는 일이야."

"다른 피난민이 와서 다시 방을 채울 거야."

"무슨 피난민 말인가? 러시아 피난민, 이탈리아 피난민, 폴란드, 스페인, 그리고 독일인도 있었는데……."

"프랑스인이지." 하고 라비크가 말했다. "국경 쪽에서 올거야. 피난민들 말이야. 지난번 전쟁 때와 같을 거네.

모로소프는 잔을 들어 보고는 비어 있는 것을 알았다. 웨이터를 불렀다. "푸이 한 조끼를 더 주게."

"자네는 어떻게 할 텐가, 라비크?" 하고 이윽고 그가 물었다.

"쥐새끼로서 말인가?"

"그래."

"요새는 쥐새끼에게도 여권과 사증이 필요하다고."

모로소프는 의아스럽다는 듯이 그를 쳐다보았다. "자네한텐 지금까지 그런 게 없었지 않은가? 그런데도 자네는 빈에도 있었고, 취리히, 스페인 그리고 파리에도 있었지. 자네는 이제 여기서 사라질 때가 됐어."

"어디로?" 하고 라비크가 물었다. 그는 웨이터가 가져온 조끼를 받아들었다. 유리잔은 차갑고 김이 서려 있었다. 그는 가벼운 포도주를 따랐다. "이탈리아로? 게슈타포가 국경에서 기다리고 있을 거야. 스페인으로? 거기선 팔랑헤 당원 놈들이 기다리고 있을 거고."

"스위스로 가게."

"스위스는 너무 좁아. 세 번 갔었는데, 그때마다 일주일 후 경찰에 잡혀 프랑스로 송환되었지."

"영국은 어떤가. 벨기에서 밀항하는 거지."

"말도 안 돼. 항구에 닿자마자 붙들려 벨기에로 송환될걸

세. 그리고 벨기에는 피난민이 있을 곳이 못되고."

"미국으론 갈 수가 없지. 멕시코는 어떤가?"

"꽉 찼어. 그리고 최소한 무슨 서류든 있어야 하네."

"가진 게 아무것도 없나?"

"감옥에서 받은 석방 증명서라면 몇 번 가져 본 적 있었어. 불법 입국의 죄명으로, 여러 이름으로 갇혀 있었지. 하지만 그런 게 통할 리 없잖아. 물론 받자마자 곧장 찢어 버려 지금은 가지고 있지도 않지만."

모로소프는 입을 다물었다.

"도주 생활도 이젠 마지막이야, 보리스. 언제고 끝은 나는 법일세."

"전쟁이 닥치면 여기서 무슨 일이 벌어질지 자네는 알겠지?"

"알고말고. 프랑스의 강제수용소로 가는 거지. 미리 준비가 되어 있지 않아서, 사정은 아마 더 열악할 거야."

"그러고 나서 다음엔?"

라비크는 어깨를 으쓱했다. "인간은 너무 멀리 앞질러 생각해선 안 되는 법이네."

"좋아. 하지만 이곳이 엉망진창이 되고, 자네가 수용소에 있게 된다면 무슨 일이 생길지도 모르지 않나? 독일군이 자네를 붙잡을지도 몰라."

"나도 잡히고, 다른 사람들도 많이 잡힐 거야. 아니면 프랑스 측에서 미리 석방해 줄지도 모르고. 누가 알겠어?"

"그러고 나서는 어떻게 될까?"

라비크는 주머니에서 담배를 꺼냈다. "이런 이야기는 그만두세, 보리스. 난 프랑스에서 빠져나갈 수가 없어. 프랑스가 아니면 다 위험하거나 아니면 여기를 빠져나갈 수 없는 걸세. 그리고 더 이상 가고 싶지도 않아."

"더 이상 가고 싶지도 않다니?"

"그러고 싶지 않아. 곰곰이 생각해 봤어. 자네에게 설명하긴 어려워. 설명할 수 없어. 어쨌거나 가고 싶지 않아."

모로소프는 말문을 닫았다. 그러고는 사람들을 둘러보았다. "조앙이 와 있군." 하고 그가 말했다.

그 여자는 멀리 떨어진 곳에 있는, 조르주5세 거리로 향한 탁자에 한 남자와 함께 앉아 있었다. "저 남자, 아는 사람인가?" 하고 그가 라비크에게 물었다.

라비크는 그쪽을 바라보았다. "모르는 놈인데."

"상당히 빨리 바꾸는 것 같군."

"먹고 사느라 그런 거야." 하고 라비크는 무심하게 대답했다. "우리들도 대개는 다 그래. 숨을 헐떡이며 무언가를 안 놓치려고 용을 쓰는 거지."

"다르게 말할 수도 있어."

"그럴 수도 있겠지. 하지만 결국은 마찬가지야. 이 사람아, 그건 불안이란 거야. 지난 1925년 이래의 질병이지. 아껴서 저축한 돈으로 평화롭게 늙어 갈 수 있다고는 이제 아무도 믿지 않아. 모두들 화재 냄새를 맡고는 닥치는 대로 무엇이든 붙잡으려고 하지. 물론 자네는 달라. 자네야 단순한 쾌락의 철학자 아닌가."

모로소프는 대꾸하지 않았다. "저 여자는 모자에 대해선 꽝

이야." 하고 라비크가 말했다. "저 여자가 쓰고 있는 꼴을 좀 보게! 감각이라고는 거의 제로야. 하지만 그게 저 여자의 장점이지. 교양은 인간을 약하게 만들어. 결국은 언제나 벌거벗은 생의 충동으로 돌아오고 마니까 말이야. 자네야말로 좋은 본보기지."

모로소프가 씩 웃었다. "저속한 쾌락이나마 좋게 나를 내버려 두게, 이 고상한 방랑자 양반. 감각이 단순한 자는 이것저것 다 마음에 드는 법이지. 빈손으로 앉아 있는 법은 결코 없어. 예순 살이나 먹었으면서, 사랑을 쫓아다니는 자는 멍청이야. 몰래 표를 해 놓은 카드를 가진 상대를 노름에서 이겨 보겠다는 것과 같은 거지. 고급 유곽에만 가면 마음의 평안을 얻게 돼. 내가 종종 가는 집에는 젊은 여자애들이 열여섯 명이나 있어. 거기서는 약간의 돈으로도 터키 총독이 되거든. 내가 받는 부드러운 애무는, 이런저런 사랑의 노예들이 훌쩍거리며 짜내는 애정보다도 더 진실해. 사랑의 노예보다도 말이야."

"알아들었네, 보리스."

"좋아. 이곳에서는 이 정도로 마시지. 시원하고 가벼운 푸이만 한 잔 더 마시고 말이야. 그러고는 역병으로 더러워지기 전에, 파리의 은빛 공기를 마음껏 마셔 두기로 하세."

"그렇게 하세. 올해는 밤꽃이 두 번이나 피었는데 자넨 알고 있었나?"

모로소프가 고개를 끄덕였다. 그러고는 어두운 지붕들 위로 화성이 불그스레하고 커다랗게 빛나고 있는 것을 가리켰다. "그래. 저기 저것이 아주 오랜만에 지구에 가까이 다가온다고 하더군." 그는 큰소리로 웃었다. "칼 모양의 배냇점이 있는 어린애가 어디선가 태어났다는 기사를 곧 읽게 될 거야. 그리고 어디선가는 피의 비가 내렸다는 소리도 들려오겠지. 중세의 그 수수께끼 같은 혜성만 제외하고는, 흉조란 흉조는 모조리 나타나는 셈이지."

"혜성은 벌써 나타났어." 라비크는 신문사 건물 위, 문자가 문자를 쉼 없이 뒤쫓아 가는 것처럼 흘러가는 전광판 뉴스를, 그리고 목을 뒤로 잔뜩 젖힌 채 말없이 올려다보고 있는 군중들을 가리켰다.

그들은 한동안 그대로 앉아 있었다. 아코디언 연주자 하나가 길가에 선 채 「라 팔로마」를 연주했다. 비단 케샨을 어깨에 멘 양탄자 장사들이 나타났다. 사내아이 하나는 탁자들 사이를 돌아다니며 유향수 열매를 팔았다. 모든 게 변함없는 모습이었다. 이윽고 새로 나온 신문을 든 신문팔이들이 나타났다. 신문은 손에서 빼앗듯이 팔려 나갔고, 몇 초 후에는 활짝 펼쳐진 신문들과 함께 테라스는, 나지막하게 날개를 펄럭이며 게걸스럽게 먹이들 위로 덤벼드는, 희고 핏기 없는 거대한 개미 떼처럼 보였다.

"저기 조앙이 가는군." 하고 모로소프가 말했다.

"어디 말인가?"

"저기 건너편에."

조앙은 비스듬히 길을 건너 샹젤리제에 주차해 둔 녹색 오픈카를 향해 걸어갔다. 여자는 라비크를 보지 못했다. 여자와 동행하는 남자는 자동차를 한 바퀴 빙 돈 후에 운전석에 앉았다. 남자는 모자를 쓰지 않았고, 상당히 젊었다. 그는 능숙하게 몰아 다른 차들 사이를 빠져나갔다. 차체가 낮은 들라에이였다.

"멋진 차군." 하고 라비크가 말했다.

"바퀴가 멋지구먼." 모로소프는 그렇게 대꾸하고는 콧방귀를 뀌었다. "용감한 철의 사나이 라비크." 하고 화난 듯이 덧붙였다. "초연하신 중부 유럽의 신사 양반. 멋진 차라고. 빌어먹을 창녀라면 나도 이해하지."

라비크는 씽긋 미소를 지었다. "그게 무슨 상관인가? 창녀거나 성녀거나 말이야. 문제는 자신의 생각에 달린 거네. 여자를 열여섯 명 거느린 유곽의 평화로운 고객인 자네는 이해할수 없을 테지. 사랑은 돈을 투자해 이득을 보려는 장사치가 아니란 말이야. 그리고 상상력이란 자기 베일을 걸어 둘 못만 몇개 있으면 족한 거네. 그것이 황금 못이건 양철 못이건 또는녹이 슬었건 아무 상관없어. 걸릴 수 있는 데면 어디나 거는거지. 가시덤불이라도 좋고 장미 덤불이라도 좋아. 달과 자개베일이 그 위에 덮이기만 하면, 그 둘로부터 바로 천일야화의동화가 생겨나는 거야."

모로소프는 포도주를 한 모금 마셨다. "자네는 수다스러워." 하고 그가 말했다. "게다가 말도 안 돼."

"나도 알아. 하지만 칠흑 같은 어둠 속에서는 도깨비불도역시 하나의 불빛이란 말이야, 알겠어, 보리스."

에투알 쪽에서 차가운 기운이 은빛 걸음으로 다가왔다. 라비크는 포도주가 든, 김이 서린 유리잔을 손으로 쥐었다. 손

아래쪽에서 차가운 기운이 전해졌다. 그의 생명도 심장 아래에서 차가웠다. 밤의 깊은 숨결이 그렇게 만들었고, 그와 더불어 운명에 대한 깊은 무관심이 찾아들었다. 운명과 미래. 과거 어느 때에 이런 적이 있었던가? 그렇다, 앙티브에서였다. 조앙이 자기를 떠날 거라는 걸 알았을 때 그랬다. 무관심은 태연한 심정이 되어 버렸던 것이다. 도망가지 않겠다는 결심도 그와 똑같았다. 그 둘은 하나였다. 복수도 하고 사랑도 하지 않았는가. 그걸로 족했다. 그게 전부는 아니지만, 한 남자가 바랄 수 있는 최상의 것이었다. 원래는 두 가지 중 하나도 기대하지 않았던 것이다. 그는 하케를 죽였고, 또 파리를 떠나지도 않았다. 이제는 떠나지도 않을 것이다. 그것도 합당한 것이다. 우연의 덕을 보았던 사람은 우연에 맡겨야 한다. 체념이 아니다. 결단으로부터 오는 평안함이며, 논리를 초월한 것이다. 마음의 흔들림은 이제 끝났다. 무언가가 정리되었다. 기다렸고 정신을 집중했고 주위를 살펴보았다. 존재가 정지 앞에서, 자신을 내맡긴 신비로운 신뢰감 같은 것이었다. 이제 어떤 것도 의미가 없다. 모든 흐름은 멈추었다. 호수는 밤을 향해 자신의 거울을 치켜들었다. 아침이 되면, 호수 물이 어디로 쏟아질지 알게 되리라.

"난 가야겠어." 모로소프는 그렇게 말하고, 시계를 들여다보았다.

"좋아. 난 더 있고 싶네, 보리스."

"신들의 황혼이 오기 전 마지막 저녁들을 즐기자는 건가?"

"그래. 모든 것은 다시 돌아오지 않으니까."

"그게 그렇게 안 좋은 건가?"

"아니야. 우린 다시는 태어나지 않아. 어제는 사라져 버리는 거야. 아무리 눈물을 짜고 마술을 부려도 돌이킬 수 없는 거지."

"자네는 너무 수다스러워." 모로소프가 자리에서 일어났다. "고맙게 생각하게. 자네는 한 세기의 종말을 함께 체험하고 있지 않은가. 좋은 세기는 물론 아니었지만."

"그래도 우리들의 세기였지. 자네는 너무 과묵해, 보리스."

모로소프는 선 채로 잔에 남은 술을 들이켜고는, 마치 다이너마이트라도 만지는 것처럼 아주 조심스럽게 잔을 내려놓았다. 그러고는 수염을 문질러 닦았다. 평상복을 입은 그는 커다란 덩치로 우뚝하게 라비크 앞에 서 있었다. "자네가 떠나고 싶어 하지 않는 기분을 내가 이해 못 한다고는 생각하지 말게." 하고 그가 느릿느릿 말했다. "운명적인 뼈 접골사인 자네가 더는 도망가고 싶어 하지 않는 심정을 잘 알겠네."

라비크는 금방 호텔로 돌아왔다. 현관에 어린 소년이 혼자 앉아 있었다. 소년은 그가 들어서자, 두 손을 이상하게 흔들어 대며 흥분한 채 소파에서 일어섰다. 한 쪽 바지에 발이 없는 것이 보였다. 그 대신 때 묻은 목제 다리가 그 밑으로 보였다.

"선생님, 선생님……."

라비크는 좀 더 자세히 쳐다보았다. 로비의 흐릿한 불빛 아래서, 히죽히죽 웃는 아이의 얼굴이 보였다. "자노 아니냐!" 하고 그는 깜짝 놀라 말했다. "그래, 자노가 맞군!"

"맞아요! 바로 그 자노예요! 여기서 저녁 내내 선생님을 기다렸어요. 오늘 오후에 간신히 선생님 주소를 알아냈어요. 그 늙은 악마 같은 병원 수간호사한테 몇 번이나 물어봤어요. 그런데 그때마다, 선생님은 파리에 안 계시다고 말하더군요."

"한동안 여기에 없었지."

"오늘 오후에야, 선생님이 여기 계신다고 말해 주더군요. 그래서 곧장 왔어요." 자노의 얼굴이 환하게 빛났다.

"그런데 다리는 왜 그런 거야?"

"아무렇지도 않아요!" 자노는 충직한 개의 등을 두드리듯 목제 의족을 두드렸다. "절대로 아무 일도 없어요. 완전무결해요."

라비크는 뭉툭한 의족을 쳐 보았다. "보니까 네가 바라던 대로 되었구나. 보험회사하고 협상은 잘된 거니?"

"그런대로요. 기계 의족을 사 주기로 합의했거든요. 그러고는 15퍼센트를 할인해 의족을 가게에다 넘기고 돈을 받았어요. 만사 오케이예요."

"그리고 우유 가게는?"

"그래서 제가 여기 온 거예요. 우린 우유 가게를 열었어요. 작은 가게지만, 잘해 나가고 있어요. 어머니가 판매를 담당하고, 저는 물건 구입과 회계를 맡았어요. 좋은 공급처를 알거든요. 시골에서 직접 들여와요."

자노는 다리를 절뚝이며 낡아 빠진 소파 쪽으로 가더니, 끈으로 단단히 묶은 갈색 포장지 꾸러미를 가져왔다. "이거, 선생님! 선생님께 드리는 거예요! 선생님께 드리려고 가져왔어요. 특별한 건 아니지만, 모두 제 가게에서 가져온 거라고요. 빵이랑 버터랑 치즈랑 계란이에요. 외출하기 싫을 때, 아주 좋은 저녁식사가 될 거예요, 어때요?"

그는 라비크의 눈을 애틋하게 들여다보았다. "그래, 그래, 언제라도 좋은 저녁거리가 되겠구나." 하고 라비크가 말했다.

자노는 만족한 듯 머리를 끄덕였다. "이 치즈가 마음에 드셨으면 좋겠는데. 브리예요. 퐁 레베크도 조금 있고요."

"내가 좋아하는 치즈들이야."

"만세!" 자노는 만족한 나머지 자신의 본래 다리 쪽 일부를 세차게 두드렸다. "퐁 레베크는 어머니 아이디어예요. 저는 선생님이 브리를 좋아하실 거라 생각했어요. 브리는 남자들의 치즈거든요."

"둘 다 최고급이구나. 네 판단이 그대로 들어맞았어." 라비크는 꾸러미를 받아들었다. "고마워, 자노. 환자가 의사를 기억해 준다는 건 흔치 않은 일이야. 대개는 치료비를 좀 깎아 보려고 올 뿐이야."

"부자들이 오히려 더 그렇죠, 네?" 자노는 능청맞게 고개를 끄덕였다. "우린 그렇지 않아요. 우린 모든 게 선생님 덕분이라고 생각해요. 만일 다리가 그대로 굳어 버렸다면, 우린 배상금 한 푼도 못 받았을 거예요."

라비크가 그를 유심히 쳐다봤다. 애는 내가 호의를 베풀어 다리를 잘라 준 걸로 믿는 걸까? 하고 그는 생각했다.

"잘라 내는 수밖에 없었던 거야, 자노." 하고 그가 말했다.

"물론이죠." 하고 자노는 눈을 깜박여 보였다. "뻔할 뻔이라고요." 그는 모자를 이마 깊숙이 눌러 썼다. "그럼, 이만 갈게요. 어머니가 눈 빠지게 기다려요. 집에서 나온 지 꽤 오래됐어요. 그리고 새로운 양젖 치즈에 대해서도 누구하고 의논해야 돼요. 안녕히 계세요, 선생님. 맛있게 드세요."

"잘 가, 자노. 고마워. 성공해!"

"성공은 뻔해요!"

꼬마 소년은 자신만만하게 손을 흔들고 절뚝거리며 밖으로 나갔다.

라비크는 방에서 꾸러미를 풀었다. 여기저기 뒤져 여러 해 동안 쓰지 않았던 낡은 알코올버너를 찾아냈다. 고체알코올 한 갑과 프라이팬도 찾아냈다. 고체 연료 두 조각을 집어 알코올버너 위에 놓고 불을 붙였다. 좁다랗고 푸른 불꽃이 하늘거렸다. 버터 한 조각을 프라이팬 위에 놓고, 계란 두 개를 깨뜨려 휘저었다. 그러고는 갓 구운 바삭바삭한 흰 빵을 잘랐고, 신문지를 몇 장 깔고 프라이팬을 탁자에 올려놓은 다음, 브리의 포장을 열었다. 그리고 부브레를 한 병 들고 와 식사를 시작했다. 오랫동안 해 보지 않았던 일이었다. 내일은 고체알코올을 몇 갑 사 놓아야겠다고 생각했다. 알코올버너는 수용소에도 쉽게 들고 들어갈 수 있었다. 접이식이었다.

라비크는 맛을 음미하며 천천히 먹었다. 퐁 레베크도 맛을 보았다. 자노의 말이 옳았다. 훌륭한 저녁 식사였다.

32

"영락없는 출애굽이군요." 하고 언어학과 철학 박사인 자이덴바움이 라비크와 모로소프에게 말했다. "모세는 없습니다만."

깡마르고 누런 낯빛으로 그는 앙테르나쇼날의 출입구에 서 있었다. 밖에서는 슈테른 씨 일가와 바그너 씨 일가, 그리고 총각인 슈톨츠가 짐을 싣고 있었다. 그들은 공동으로 가구 운반차 한 대를 세내었던 것이다.

환한 날씨의 8월 오후, 수많은 가구가 길바닥에 널브러져 있었다. 오뷔송 제 커버를 씌운 황금빛 소파, 그것과 짝을 이루는 황금빛 안락의자 몇 개, 그리고 새 제품인 오뷔송 제 양탄자. 슈테른 씨 일가의 물건이었다. 엄청나게 큰 마호가니 테이블도 하나 나와 있었다. 수척한 얼굴에, 눈빛이 벨벳 같은 젤마 슈테른 부인이, 암탉이 병아리 새끼를 지키듯 그것을 감시하고 있었다.

"조심! 판을 조심해요! 긁히면 안 돼요! 판을 조심하라니까 요! 조심! 조심!"

테이블 판은 윤을 내고 왁스가 칠해져 있었다. 주부들이 생명을 걸고서라도 지키는 신성한 물건들 중 하나였다. 젤마 슈테른은 후다닥거리며 테이블과 짐꾼 두 사람 주위를 돌아다녔지만, 짐꾼들은 조금도 아랑곳 않고 호텔에서 물건들을 꺼내와 밖에다가 내려놓았다.

햇빛이 테이블 위를 비췄다. 젤마는 걸레를 든 채 그 위로 허리를 구부렸다. 여자는 신경질적으로 모서리를 문질렀다. 테이블 판은 어두운 거울처럼 여자의 창백한 얼굴을 비추었다. 천 살 먹은 선조 할머니가 시간이라는 거울 속에서 그 여자를 의아스럽게 쳐다보고 있는 듯했다.

짐꾼들이 마호가니 찬장을 들고 나왔다. 그것도 마찬가지로 왁스 칠이 되어 있었고, 반짝반짝 윤이 났다. 짐꾼 중 하나가 너무 급히 몸을 돌렸기 때문에, 찬장 한쪽 모서리가 앙테르나쇼날의 문을 스쳤다.

젤마 슈테른은 비명을 지르지는 않았다. 다만 한쪽 손엔 걸레를 들고 입은 반쯤 벌린 채 돌처럼 굳어 버렸다. 걸레를 막 입에 넣으려는 순간 돌덩이가 되어 버린 것 같았다.

키가 작고, 안경을 쓰고, 아랫입술이 늘어진, 남편 요제프 슈테른이 다가왔다. "왜 그래, 젤마……."

여자는 그를 쳐다보지도 않았다. 허공만 쳐다보았다. "찬장 이……."

"이봐, 젤마. 비자가 나왔다고……."

"어머니의 찬장. 부모님이……."

"이봐, 젤마. 조금 스쳤어. 작은 상처라고. 뭘 그래. 중요한 건 비자가 나왔다는 거야……."

"저건 그대로 남아요. 다시는 지울 수 없어요."

"부인." 하고 짐꾼 하나가 말했다. 그자는 말을 한 마디도 못 알아들었으나 무슨 일이 벌어졌는지는 잘 알았다. "당신이 직접 짐을 꾸리지 그래. 내가 문을 저렇게 좁게 만들지는 않았단 말이오."

"더러운 독일 놈들!" 하고 다른 짐꾼이 말했다.

요제프 슈테른은 원기를 차렸다. "우리는 독일 놈이 아냐." 하고 그가 말했다. "피난민이라고."

"더러운 피난민." 하고 그 짐꾼이 다시 내뱉었다.

"이봐, 젤마, 그렇게 서 있기만 할 거야." 하고 슈테른이 말했다. "이제 어떻게 해야 되는 거야? 당신 마호가니 때문에 우린 벌써 여러 번 혼쭐이 났다고. 코프렌츠를 떠나는 것도 넉 달이나 늦어졌잖아. 당신이 마호가니하고 헤어지지 않으려고 해서 말이야. 그 때문에 우린 1만 8000마르크나 피난세를 더 내야 했고! 그런데 또 이렇게 길바닥에 서 있으란 말이야? 배는 기다리지 않는다고."

그는 고개를 갸우뚱하고 걱정스러운 듯 모로소프 쪽을 쳐다보았다. "어떻게 하면 좋을까요?" 하고 그가 물었다. "더러운 독일 놈! 더러운 피난민! 내가 유대인이라고 말하면 놈들은 더러운 유대인이라고 하겠지요. 그럼 완전히 끝이지요."

"돈을 주세요." 하고 모로소프가 말했다.

"돈요? 그럼 저자는 그 돈을 내 얼굴에 내던질걸요."

"천만에요." 하고 라비크가 대꾸했다. "저런 식으로 욕을 퍼붓는 놈일수록 뇌물을 처먹기 일쑤지요."

"그런 짓은 내 성미에 맞지 않아요. 수모를 당했는데도 고맙다고 돈을 지불하다니요."

"진짜 수모는 그것이 개인적일 경우에만 해당되는 거요." 하고 모로소프가 설명했다. "이건 흔해 빠진 수모지요. 그러니까 저놈에게 팁을 줘서 모욕을 돌려주시지요."

슈테른의 눈에서 미소가 반짝였다. "좋습니다." 하고 그가 모로소프에게 말했다. "좋아요."

그는 주머니에서 지폐를 몇 장 꺼내 짐꾼에게 주었다. 두 짐꾼은 멸시에 찬 눈초리로 지폐를 받았다. 슈테른도 멸시에 찬 눈초리로 지갑을 집어넣었다. 일꾼들은 서로를 쳐다보았다. 그리고 오뷔송 제 의자들을 싣기 시작했다. 찬장은 원칙적으로 맨 마지막에 실었다. 찬장을 실으며 돌려놓다가 가구 오른쪽이 차에 부딪히며 긁혔다. 젤마 슈테른은 경련을 일으켰지만, 아무 말도 하지 않았다. 슈테른은 눈치채지도 못했다. 그는 비자와 그 밖의 서류를 뒤적이고 또 뒤적였다.

"길바닥에 내놓은 가구처럼 애처로운 것도 없군." 하고 모로소프가 말했다. 이번에는 바그너 씨 일가의 물건 차례였다. 의자 몇 개와 침대 하나. 길 한가운데 내놓은 침대는 가련하고 서글퍼 보였다. 그리고 트렁크 두 개. 트렁크에는 이곳저곳의 호텔 마크가 붙어 있었다. 비아레기오, 그랜드 호텔 가르도네,

아들론, 베를린. 금테를 두른 회전식 거울에 거리가 비쳤다. 부엌 살림살이들. 미국으로 가는 사람들이 뭣 때문에 그런 걸 가지고 가는지 알 수 없는 일이었다.

"친척 되는 사람이." 하고 레오니 바그너가 말했다. "시카고에 사는 친척이 모든 걸 마련해 주었어요. 돈도 보내 주었고, 비자도 마련해 주었지요. 관광 비자지만요. 그래서 곧 멕시코로 가야 해요. 거기에 친척이 있어요. 우리 집안사람요."

여자는 부끄러워졌다. 뒤에 남은 사람들의 눈이 자기를 보고 있다고 느끼는 순간, 자기가 도망자 같다는 생각이 들었던 것이다. 빨리 달아나고만 싶었고, 그래서 함께 거들어 주며 물건들을 차 안으로 밀어 넣었다. 일단 다음 모퉁이만 돌아서면 마음껏 숨을 쉴 수 있을 것 같았다. 그러고는 또 새로운 걱정거리가 나타날 것이다. 배는 제대로 출항할 것인지, 상륙 허가를 제대로 받을 것인지, 도로 송환되지나 않을지. 걱정거리는 연달아 생겨날 것이다. 몇 년 동안은 늘 그런 식이었다.

총각인 슈톨츠는 책 외엔 가진 게 거의 없었다. 옷가지, 그리고 초판본, 구판본, 신간 등 책을 넣은 트렁크 하나가 전부였다. 곱사등에다가 붉은 머리, 그리고 말수가 적은 사내였다.

뒤에 남은 사람 몇이 호텔 앞 출입구로 천천히 모여들었다. 대부분은 아무 말도 하지 않고, 짐과 운반차만 바라보았다.

"그럼 안녕히 계세요." 하고 레오니 바그너는 허둥거리며 말했다. 짐은 다 실려 있었다. "굿 바이라고 해야 하나요." 여자는 당황해하며 웃었다. "또는 아듀라고 할까요. 오늘은 뭐라고 해야 할지 모르겠네요."

여자는 몇 사람과 악수를 나누었다. "거기 있는 친척 덕분이에요." 하고 여자가 말했다. "친척 덕이라고요. 우리 힘만으로는 절대로……."

여자는 곧 말을 멈추었다. 에른스트 자이덴바움 박사가 여자의 어깨를 톡톡 두드렸던 것이다. "신경 쓰지 말아요. 운이 좋은 사람도 있고 나쁜 사람도 있는 법이니까요."

"대개는 운이 나쁘지요." 하고 피난민 비젠호프가 말했다. "신경 쓰지 말아요. 좋은 여행이 되시길."

요제프 슈테른은 라비크와 모로소프, 그리고 다른 몇 사람과 작별 인사를 나누었다. 그는 무슨 사기라도 친 사람처럼 미소를 지었다. "누가 알아요. 앞으로 또 무슨 일을 당할지. 차라리 앙테르나쇼날에 남을걸 하고 생각하게 될지도 모르죠."

젤마 슈테른은 이미 차에 올라 있었다. 총각인 슈톨츠는 작별 인사도 하지 않았다. 그는 미국으로 가는 게 아니었다. 포르투갈까지 갈 서류밖에 없었다. 작별 인사를 하고 말고 할 상황이 아니라고 생각했다. 차가 덜컹거리며 움직이기 시작하자, 슬쩍 손을 흔들었을 뿐이었다.

남은 사람들은 쫄딱 비를 맞은 닭들처럼 서 있었다. "가세!" 하고 모로소프가 라비크에게 말했다. "자, 지하 묘지로 가세! 칼바도스라도 퍼마셔야겠어!"

그들이 자리에 앉자마자 다른 사람들도 들어왔다. 모두들 바람에 흩날리는 나뭇잎 같은 모습으로 줄줄이 몰려왔다. 수염이 듬성듬성하고 얼굴이 창백한 랍비 두 사람, 비젠호프, 루트 골드베르크, 체스의 자동인형 같은 핑켄슈타인, 운명론자

자이덴바움, 부부 몇 쌍, 대여섯 명의 아이들, 그리고 인상파 그림을 소유하고 있고 결국은 떠나지 못한 로젠펠트, 젊은 애들 몇 명, 그리고 아주 늙은 사람 몇 명.

저녁을 먹기엔 아직 이른 시각이었다. 하지만 그 누구도 자기들 방의 쓸쓸함 속으로 올라가고 싶지는 않은 듯했다. 그들은 한데 모여 쪼그리고 앉았다. 말소리도 나지막하고, 모든 걸 포기한 듯했다. 그동안 너무도 많은 불행을 겪었기 때문에, 이젠 거의 어떤 것도 별 문제가 아니었다. "귀족 양반들은 다 떠났군요." 자이덴바움이 말했다. "여기는 이제 종신형이나 사형 판결을 받은 사람들만 모여 집회를 하고 있는 꼴이군요. 그야말로 선택받은 사람들이지요! 여호와의 귀염둥이들이고! 소수 민족 학살을 위해서 말입니다! 그야말로 인생 만세로군요!"

"아직도 스페인은 남았어." 하고 핑켄슈타인이 말했다. 그는 장기판과 《마탱》의 체스 문제를 앞에 놓고 있었다.

"스페인이라, 그렇지요. 유대인들이 넘어오면 파시스트들이 키스를 하며 맞아 줄걸요?"

통통하고 탄력 있어 보이는 여급이 칼바도스를 가져왔다. 자이덴바움은 코걸이 안경을 새로 썼다.

"우리들 중 대부분은." 하고 그가 말했다. "하루 저녁 잔뜩 취해 보는 것조차도 못해요. 비참한 하룻밤조차도 달래지 못하는 거지요. 결코 못 벗어나요. 아하수에로스의 후예들이지요. 아니, 그 늙은 방랑객인 아하수에로스조차도 절망할 겁니다. 오늘날엔 서류 없이는 멀리 가지도 못하니까요."

"한 잔 같이 하시지요." 하고 모로소프가 말했다. "이 칼바도스는 고급입니다. 다행히도 여주인이 그걸 몰라요. 알기만 하면 값을 올릴 텐데 말입니다."

자이덴바움이 고개를 가로저었다. "술은 안 합니다."

라비크는 수염이 텁수룩하고, 틈만 나면 거울을 끄집어내 들여다보다가 잠시 후에 같은 동작을 되풀이하는 남자를 쳐 다보았다. "저 사람은 누구지요?" 하고 그가 자이덴바움에게 물었다. "저 사람은 새로 태어난 아론 골드베르크예요."

"뭐라고요? 그 여자가 그새 벌써 재혼을 했나요?"

"아닙니다. 저 사람한테 죽은 골드베르크의 여권을 팔았지 요. 2000프랑에 말입니다. 예전의 골드베르크 노인은 수염이 희끗희끗했어요. 그래서 저 새로운 골드베르크도 수염을 기르 는 겁니다. 여권 사진 때문에 말이지요. 저것 좀 봐요. 당기고 또 당겨요. 수염이 비슷해지기 전까지는 여권을 함부로 사용할 수 없다고 생각하는 겁니다. 시간과의 경주인 셈이지요."

라비크는 듬성듬성한 수염을 신경질적으로 잡아당기며 여 권과 비교해 보는 사내를 유심히 관찰했다. "수염이 타 버렸 다고 하면 될 텐데."

"그거 좋은 생각입니다. 저 사람한테 이야기해야겠군요." 자이덴바움은 코걸이 안경을 벗어 들고 이리저리 흔들어 댔 다. "오싹한 일이지요." 하고 그가 미소를 지었다 "두 주 전만 해도 순전히 흥정에 지나지 않았지요. 그런데 지금 와서는 비 젠호프가 질투를 하는 겁니다. 루트 골드베르크는 어쩔 줄 모 르고요. 여권의 마력이지요. 여권에는 저 친구가 그녀의 남편 이니까요."

그는 일어서서 새로운 아론 골드베르크에게로 걸어갔다.

"여권의 마력이라는 말 괜찮은데." 하고 모로소프가 라비크 쪽을 돌아다보았다. "자네는 오늘 뭘 할 건가?"

"케이트 헤그슈트렘이 저녁에 '노르망디'호로 떠나네. 내가 셰르부르까지 배웅하기로 했어. 그 여자에겐 차가 있어. 내가 그걸 타고 돌아와 차고에 돌려주기로 했지. 차고 주인에게 팔았거든."

"그 여자는 여행해도 괜찮은가?"

"물론. 그 여자는 무슨 일을 하든 전혀 문제없어. 배에는 좋은 의사가 있고, 뉴욕에 가더라도……." 그는 어깨를 으쓱하고는 잔을 비웠다.

지하 묘지의 공기는 무덥고 가라앉아 있었다. 창문이라곤 없었다. 먼지를 잔뜩 뒤집어 쓴 인조 종려나무 아래에 늙은 부부 한 쌍이 앉아 있었다. 두 사람은 장벽처럼 자기들을 둘러싼 슬픔 속에 완전히 파묻혀 있었다. 그들은 서로 손을 잡은 채 꼼짝도 않고 앉아 있었다. 다시는 일어설 수 없을 것 같아 보였다.

라비크는 갑자기 세상의 온갖 슬픔이, 빛도 안 드는 이 지하 공간에 모조리 갇혀 있다는 느낌이 들었다. 병든 것 같은 전등들이 누렇게 시든 채 벽에 매달려 있었고 그 때문에 모든 게 더 절망적으로 보였다. 침묵, 속삭임. 이미 백번도 더 뒤적인 서류를 뒤적이며 확인하고 또 확인한다. 묵묵하게 기다린다. 무기력하게 최후의 순간이 오기만을 기다리는 것이다. 가끔 발작적으로 조금 용기를 내 보기도 한다. 천번이나 수모를 당했던 삶. 이제는 막다른 구석으로 몰리고 겁에 질려 더 이상 나아갈 수도 없다. 갑자기 그것이 느껴졌다. 그 냄새를 맡을 수 있었다. 공포를, 마지막의 거대하고 침묵하는 공포를 냄새 맡았다. 공포의 냄새를 맡았다. 그리고 이전에 어디서 그 냄새를 맡았는지 기억이 났다. 길에서 혹은 침대에서 끌려와 강제 수용소에 갇혔고, 바라크 안에 서서 앞으로 어떻게 될지를 기다리고 있었던 그때 이런 냄새를 맡았던 것이다.

옆 탁자에는 두 사람이 앉아 있었다. 머리 한가운데에 가르마를 탄 여자, 그리고 그 여자의 남편이었다. 그들 앞에는 여덟 살쯤 된 사내아이가 서 있었다. 아이는 여기저기 탁자를 돌아다니며 얘기를 듣다가 그들에게 돌아왔던 것이다. "우린 왜 유대인이야?" 하고 아이가 여자에게 물었다.

여자는 대답하지 않았다.

라비크가 모로소프를 쳐다보았다.

"이제 가야겠어." 하고 그가 말했다. "병원으로."

"나도 가야 해."

그들은 계단을 올라갔다. "너무 지나치니 괴롭군." 하고 모로소프가 말했다. "예전에 반유대주의자였던 내가 자네에게 하는 말이야."

지하 묘지에 있다가 와 보니, 그래도 병원은 낙관적인 분위기였다. 여기에도 고통과 병과 불행이 있었다. 하지만 여기엔 적어도 일종의 논리와 의미 같은 것이 있었다. 어떻게 해서 그렇게 되었는지, 무엇을 해야 하는지 그리고 하지 말아야 하는

지를 알고들 있었다. 그것은 사실들 그대로였다. 볼 수도 있고, 대책을 마련해 볼 수도 있었다.

베버는 진찰실에서 신문을 읽고 있었다. 라비크는 어깨 너머로 그를 보았다. "젠장, 세상 꼴이 이게 뭔가?" 하고 베버가 말했다.

그는 신문을 바닥에 내팽개쳤다. "썩어 빠진 놈들! 우리 정치가들 중 50퍼센트는 목을 매달아 버려야 해!"

"90퍼센트." 하고 라비크가 말했다. "뒤랑의 병원에 있는 그 여자 환자에 대해 뭐 좀 들은 게 있나?"

"그 여잔 별일 없어." 베버는 신경질적으로 여송연 한 대를 집어 들었다. "자네한테는 별일 아닐지 몰라, 라비크. 하지만 나는 프랑스 사람이야."

"난 아무래도 좋아. 그러나 독일도 프랑스처럼 썩어 줬으면 좋겠어."

베버가 얼굴을 들었다. "내가 멍청한 소릴 했군. 용서하게." 그는 여송연에 불을 붙이는 걸 잊고 있었다. "전쟁은 안 일어날 거야, 라비크! 절대로 없을 거야. 서로 짖어 대고 협박이나 하는 거지. 하지만 마지막 순간엔 무슨 일이 일어날지도 모르지!"

그는 잠시 말문을 닫았다. 이전 같은 자신감이 없어져 버렸던 것이다. "어쨌든 우리에겐 아직 마지노선이 있으니까 말이야." 하고 그는 거의 다짐하듯 말했다.

"물론이지." 하고 라비크는 확신도 없이 말했다. 그는 천번이나 그 말을 들어왔다. 프랑스인과 이야기를 하면 대개 끝은 결국 그 이야기였다.

베버는 이마를 문지르며 말했다. "뒤랑은 재산을 미국으로 보냈다는군. 그 작자의 비서가 내게 말해 주더군."

"그 작자답군."

베버는 허둥대는 눈길로 라비크를 쳐다보았다. "그 작자뿐 아니야. 내 처남도 프랑스 공채를 미국 것과 바꿨어. 가스통 네레에는 돈을 달러로 바꿔 안전금고에 넣어 두었지. 그리고 뒤퐁은 금 몇 자루를 정원에다 파묻었다는군." 그는 일어섰다. "이런 건 말하고 싶지도 않아. 싫단 말이야. 일어나선 안 되는 일이라고. 프랑스를 배반하고 싸구려로 팔아 치우다니 말도 안 돼. 그러나 위험이 닥치면 모두가 일치단결할 거야. 누구나."

"누구나." 하고 라비크는 미소도 없이 말했다. "지금 독일과 흥정을 벌이고 있는 기업이나 정치가들까지도 일치단결할 테지."

베버는 억지로 참았다. "라비크…… 그보다는…… 다른 이야기나 하자고."

"좋아. 난 케이트 헤그슈트렘을 셰르부르까지 배웅하고 오겠네. 자정 무렵에 돌아올 거야."

"알았어." 베버는 거칠게 숨을 쉬었다. "그런데 자네는…….무슨 준비라도 하고 있나, 라비크?"

"아무것도. 난 프랑스 강제수용소로 가게 될 거야. 독일 강제수용소보다는 나을 테지."

"그럴 일은 없어. 프랑스는 피난민을 가두진 않을 거네."

"기다려 보자고. 보나마나 뻔한데, 이러쿵저러쿵해 봤자 무슨 소용이겠어."

"라비크⋯⋯."

"좋아. 기다려야지 뭐. 자네 말이 맞기를 바라야지. 자넨 루브르 박물관이 피난 준비를 하고 있는 걸 알아? 최고의 그림들은 중부 프랑스로 운반하고 있어."

"못 들었네. 어디서 그런 걸 알았지?"

"오늘 오후에 거기로 갔었어. 샤르트르 대성당의 푸른 유리창들도 벌써 꾸려져 있더군. 어제는 거기를 갔었지. 감상적인 여행인 셈이지. 다시 한 번 보고 싶었어. 그런데 벌써 떼어 내 버렸지 뭔가. 비행장이 너무 가까이에 있어서 그런 거야. 벌써 새 창문이 끼워져 있었지. 작년에 뮌헨 회의가 있었을 때와 똑같아."

"그것 보라고!" 베버는 그 말에 꼬투리를 잡았다. "그때도 아무 일 없었지 않은가. 엄청나게 난리법석이었지만, 얼마 후 체임벌린이 평화의 우산을 들고 왔지."

"그랬지. 평화의 우산은 아직 런던에 있어. 승리의 여신은 아직 루브르에 서 있고. 머리도 없는 채로 말이야. 여신은 그대로 서 있을 거야. 수송하기엔 너무 무거우니까. 이젠 가야겠어. 케이트 헤그슈트렘이 기다려."

'노르망디' 호는 부두의 어둠 속에서 천 개의 등을 밝힌 채 하얗게 정박해 있었다. 바다 쪽에서 시원하고 짭짤한 바람이 불어왔다. 케이트 헤그슈트렘은 외투를 더욱 단단히 여몄다. 아주 수척했다. 얼굴은 뼈만 앙상했고, 그 뼈 위로 피부가 팽팽하게 덮여 있는 듯했으며, 눈은 놀라울 정도로 커서 어두운 연못과도 같았다.

"차라리 여기 남고 싶어요." 하고 여자가 말했다. "떠난다는 게 갑자기 너무 힘들어요."

라비크는 여자를 유심히 쳐다보았다. 육중한 배는 부두에 정박해 있고, 현문(舷門)은 환하게 밝혀 있었다. 사람들은 그 안으로 밀물처럼 밀려 들어갔고, 그들 중 다수는 최후의 순간에 늦어지지나 않을까 겁에 질린 듯 서둘렀다. 그곳은 번쩍이는 궁전이었다. 그러나 궁전 이름은 이제 더 이상 '노르망디'가 아니라, 탈출이고 도망이고 구원이었다. 유럽의 수많은 도시와 방 들과 더러운 호텔과 지하실에 사는 몇만 명에게는 도달할 수도 없는 생명의 신기루였다. 그런데도 그의 곁에 있는, 죽음이 내장을 좀먹고 있는 그 어떤 여자는 가냘프고도 사랑스러운 목소리로 "차라리 여기 남고 싶어요." 하고 말하는 것이다.

모든 것이 허망했다. 앙테르나쇼날의 피난민들에게는, 아니 유럽 안의 몇천 떠돌이들에게, 쫓기고 고문당하고 도망 다니고 덫에 걸린 모든 인간들에게 그곳은 약속의 땅일 것이다. 만일 그들이 지금 그 곁의 피곤한 손안에서 펄럭이고 있는 배표를 손에 넣을 수만 있다면, 그들은 감격해 쓰러질 것이고, 흐느끼고, 트랩에 입을 맞추며 기적을 믿을 것이다. 안 그래도 죽음을 향해 달리고 있고, 그러면서 "차라리 여기 남고 싶어요." 하고 말하는 인간의 배표를 손에 넣을 수만 있다면 말이다.

한 무리의 미국인들이 큰소리로 즐겁게 떠들어 대며 천천히 다가왔다. 여유작작한 모습이었다. 영사관에서 출발하라고 재촉했던 것이고, 그들은 그것에 대해 왈가불가하고 있었다. 정말 유감이야! 좀 더 구경했다면 '재미' 있었을 텐데. 우리한테 무슨 일이 일어날 것도 아니잖아? 대사가 있다고! 우린 중립국이야! 정말 유감이야!

향수 냄새. 보석. 번쩍이는 다이아몬드. 그들은 몇 시간 전만 해도 '막심'에 앉아 있었던 것이다. 달러로 지불하면 싼 값에 마실 수 있었다. 1929년 산 코르통, 그리고 1928년 산 폴 로제를 마지막으로 마셨다. 이제 배를 타면 바에 앉아 주사위 놀이를 하고, 약간의 위스키를 마실 것이다. 그러나 영사관 앞은 어떤가. 희망 없는 인간들의 기다란 행렬, 구름처럼 뒤덮인 죽음의 공포로부터 풍기는 냄새, 과로한 직원 몇 명, 머리를 연신 흔들어 대는 보잘것없는 비서의 즉결심판. '안 됩니다, 비자는 안 돼요. 안 돼요. 불가능합니다.' 침묵하고 있는 죄 없는 사람들에 대한 무언의 판결. 라비크는 멍하니 배를 응시했다. 그것은 더 이상 배가 아니라, 대홍수가 밀려오기 전에 막 떠나려고 하는 작은 노아의 방주였다. 한 번은 피할 수 있었으나, 이제 다시 덮쳐 올 대홍수.

"이제 시간 됐어, 케이트."

"벌써요? 안녕, 라비크."

"안녕, 케이트."

"우린 서로 거짓말할 필요는 없잖아요, 그렇죠?"

"없지."

"곧 뒤따라오세요……."

"꼭 갈게, 케이트. 곧······."

"안녕, 라비크. 그동안 고마웠어요. 그만 갈게요. 저 위로 가서 손을 흔들게요. 배가 떠날 때까지 여기서 손을 흔들어 주세요."

"좋아, 케이트."

여자는 천천히 트랩 위를 걸어갔다. 여자의 모습이 아주 조금 흔들거렸다. 주위 모든 사람보다 가냘프고, 뼈가 앙상하게 드러나고, 살이라곤 거의 없는 여자의 모습에는 확실한 죽음의 검은색 우아함이 배어 있었다. 여자의 얼굴은 이집트 청동제 고양이의 머리처럼 선명했다. 또렷한 윤곽, 숨결 그리고 눈만 남아 있었다.

최후의 승객들. 유대인 한 명이 비지땀을 흘리며 털외투를 팔에 걸친 채 거의 발작 상태로 짐꾼 두 사람을 데리고 고함을 지르며 뛰어왔다. 마지막 미국인 승객들. 마침내 트랩은 천천히 끌어올려진다. 기이한 느낌. 일단 끌어올려지면 돌이킬 수 없다. 마지막이다. 좁다란 물줄기. 그것이 곧 국경이다. 2미터 폭이긴 하지만, 그 물은 유럽과 미국을 갈라 놓는 국경인 것이다. 구원과 파멸.

라비크는 케이트 헤그슈트렘이 있는 곳을 찾았다. 곧 찾을 수 있었다. 여자는 난간에 기대서서 손을 흔들고 있었다. 그도 손을 흔들어 주었다.

배가 움직이는 것 같았다. 육지가 뒤로 물러서는 듯했다. 조금씩. 거의 눈에 띄지 않게. 그런데 갑자기 그 흰색 배는 육지에서 멀어져 버렸다. 배는 어두운 하늘을 배경으로, 어두운 물

위에 떠 있었다. 이젠 도달할 수 없는 곳이었다. 케이트 헤그슈트렘의 모습은 더 이상 알아볼 수 없었다. 뒤에 남은 사람들은 말없이 당황하면서 또는 억지로 유쾌한 표정을 지어 보이며 서로를 쳐다보았다. 그러고는 성급하게 또는 망설이며 떠나갔다.

그는 밤 한가운데로 차를 몰아 파리로 갔다. 노르망디의 생나무 울타리와 과수원이 옆으로 획획 지나갔다. 안개 자욱한 하늘엔 타원형 달이 커다랗게 걸려 있었다. 배는 잊어버렸다. 오로지 풍경과 건초 냄새와 익어 가는 사과 냄새, 그리고 변하지 않는 것들이 뿜어내는 정적과 깊은 휴식이 있을 뿐이었다.

차는 거의 소리도 없이 달렸다. 중력이 조금도 작용하고 있지 않은 듯이 달렸다. 집들이 미끄러져 지나갔다. 교회당, 마을들, 황금빛 작은 카페와 식당, 반짝이며 흘러가는 개천, 방앗간, 그리고 다시 나타나는 드넓은 평원의 아련한 윤곽. 그위로 거대한 조개의 내부와도 같이 둥그렇게 휜 하늘, 그리고 우윳빛 진주조개 안에서 진주와 같은 달이 반짝인다.

그것은 끝이면서 또한 충만함이었다. 라비크는 전에도 몇번 이런 기분이 되었던 적이 있었다. 그런데 이번에는 그것이 완전하고 대단히 강력했기 때문에 빠져나갈 수 없었다. 그것은 그의 내부로 스며들었고, 더 이상 저항할 수 없었다.

모든 것이 무게도 없이 둥실 떠다녔다. 미래와 과거가 서로 만났으며, 그 둘은 소망도 고통도 가지고 있지 않았다. 그 어느 것도 다른 어느 것보다 더 중요하지도 더 강력하지도 않았다. 지평선들은 균형을 이루고 있었고, 특별한 한순간에도 존재의 저울은 균형을 유지했다. 운명이란 것도 그것에 맞서는 태연자약한 용기보다 결코 더 강력하지는 않았다. 더 이상 견딜 수 없으면 인간은 자살할 수 있다. 이것을 아는 것은 좋은 일이다. 하지만 인간은 살아 있는 한 결코 잃을 것도 없다는 것을 아는 것 또한 좋은 일이다.

라비크는 위험을 알고 있었다. 그는 자기가 어디를 향해 가고 있는지를 알았다. 그리고 내일은 또다시 저항하리라는 것도 알았다. 그러나 오늘 저녁, 잃어버린 아라라트[14] 해변으로부터 다가오는 파괴의 피비린내 속으로 들어가고 있는 지금, 모든 것은 갑자기 이름을 잃었다. 위험은 위험이기도 했고 아니기도 했다. 운명은 희생물이면서, 또한 인간이 희생을 바치는 신성함이기도 했다. 그리고 내일은 미지의 세계였다.

모든 것은 그대로 좋았다. 과거에 있었던 일도, 닥쳐오는 일도 그 자체로 충분했다. 그것이 최후라고 하더라도 좋았다. 그는 한 인간을 사랑했고, 그 인간을 잃었다. 그는 또한 한 인간을 미워했고, 그 인간을 죽였다. 두 인간이 다 그를 해방해 주었다. 한 사람은 그의 감정을 다시 살아나게 했고, 다른 한 사람은 그의 과거를 씻어 주었다. 이루어지지 않은 것은 하나도 없었다. 소망도 미움도 비탄도 없었다. 새로운 시작이라면, 바로 이런 것이다. 강해지기만 할 뿐 결코 부서지지는 않는다는 그런 기대 없이, 인간은 시작하는 것이다. 재는 치워졌고, 마비되었던 곳은 다시 살아났으며, 냉소는 힘으로 바뀌었다. 이

---

14) 노아의 방주가 닿았다고 전해지는 터키의 산(「창세기」 8장 4절).

것이면 충분했다.

칸을 지났을 때 말들을 보았다. 한밤중에 기다란 대열을 이룬 말들. 말들의 실루엣이 달빛 아래 보였다. 그리고 이어서 4열 종대의, 등짐과 마분지 상자와 꾸러미를 멘 남자들이 나타났다. 동원이 시작되었던 것이다.

거의 아무런 소리도 들리지 않았다. 아무도 노래를 부르지 않았다. 누구도 거의 말이 없었다. 그들은 묵묵히 밤길을 행진했다. 그림자들의 대열이 차가 지나갈 수 있도록 도로 오른편에서 행진했다.

라비크는 한 사람 한 사람을 연달아 스쳐 지나갔다. 말들이군, 그래, 하고 그는 생각했다. 그래, 말들이었어. 1914년과 똑같군. 탱크는 하나도 없고, 말들뿐이군. 그는 주유소에서 멈춰 가솔린을 넣었다. 작은 마을. 창문엔 불이 켜진 곳도 있었지만, 거의 잠잠했다. 한 부대가 종렬을 이루어 지나갔다. 사람들은 그 뒤를 멍하게 바라보았다. 아무도 손을 흔들지 않았다.

"저도 내일이면 갑니다." 하고 주유소의 사내가 말했다. 갈색에다 윤곽이 뚜렷한 농부 같은 얼굴이었다. "제 아버지는 지난번 전쟁에서 전사했어요. 할아버지는 1890년에 전사하셨고요. 저도 내일 떠납니다. 언제나 똑같은 반복이군요. 몇백 년 전부터 그래 왔지만 아무 소용도 없었지요. 우리도 또 가야 해요."

그의 눈길은 낡은 펌프, 자그마한 집 그리고 옆에 서 있는 여자를 더듬었다. "28프랑 30상팀입니다."

다시 지나가는 풍경. 달. 리주. 에브루. 종대. 말. 침묵. 라비크는 작은 식당 앞에서 차를 세웠다. 밖에는 탁자 두 개가 놓여 있었다. 여주인은 먹을 게 아무것도 없다고 설명해 주었다. 어쨌거나 저녁 식사는 저녁 식사다워야 하는 법이고, 프랑스에선 치즈를 곁들인 오믈렛은 저녁 식사가 안 된다는 말이었다. 하지만 달래고 달래 샐러드와 커피, 그리고 보통 수준의 포도주 한 조끼까지 얻었다.

라비크는 장밋빛 집 앞에 홀로 앉아 식사를 했다. 풀밭 위로 안개가 흘러갔다. 개구리 몇 마리가 개굴개굴 울었다. 적막했다. 다만 집의 맨 위층에서 스피커 소리가 들려왔다. 마음을 달래 주고 확신감이 배어 있긴 하지만, 희망도 없이 주절대는 그런 목소리였다. 모두들 듣기는 해도 아무도 믿지 않았다.

그는 계산을 했다. "파리는 등화관제를 한대요." 하고 여주인이 말했다. "방금 라디오에서 들었어요."

"정말이오?"

"그래요. 공습에 대비하라네요. 미리 조심하라는 겁니다. 라디오에서 말하길 혹시나 있을지 모를 사태에 대비하라는 거예요. 전쟁은 없을 테지만 말입니다. 지금 협상 중이라던데, 어떻게 생각하세요?"

"전쟁은 일어나지 않을 겁니다." 라비크는 이렇게 말했으나, 달리 할 말도 없었다.

"주님이 도와주셨으면. 하지만 무슨 소용이겠어요? 독일은 폴란드를 차지할 거예요. 그러고는 알자스로렌을 요구하겠죠. 식민지 땅과 다른 것도 내놓으라고 할 거고. 결국은 우리

338

가 순종하거나 할 수 없이 전쟁을 택할 때까지, 점점 더 많은 요구를 할 거예요. 그러니 지금 바로 전쟁을 시작하는 편이 나을지도 모르죠."

여주인은 느릿느릿 집 안으로 들어갔다. 새로운 부대 행렬이 또 길을 따라 내려갔다.

지평선 상의 파리로부터 비치는 붉은 불빛. 등화관제, 파리의 등화관제라. 당연한 일이었지만 이상하게 들렸다. 파리의 등화관제라. 파리가. 세상 모든 빛이 어두워지는 느낌이었다.

교외. 센 강. 좁은 골목길들엔 김이 서려 있었다. 차를 홱 돌려 개선문까지 똑바로 뻗은 큰길로 들어섰다. 개선문은 아직도 에투알의 자욱한 불빛 아래 흐릿한 조명을 받으며 솟아 있었다. 그 너머로 샹젤리제가 휘황찬란하게 번쩍였다.

라비크는 숨을 크게 쉬었다. 그냥 달렸다. 시내를 계속 달렸다. 그러다가 어둠이 어느새 도시 위로 내리기 시작했다는 것을 갑자기 알아차렸다. 윤기 흐르는 모피 위 비루먹은 자국들처럼 병적으로 어두운 구역이 여기저기 생겨났다. 알록달록한 네온사인들은, 불안스럽게 흔들거리는 붉은빛과 흰빛, 푸른빛과 초록빛 사이에 위협하듯 쪼그리고 앉아 있는 기다란 그림자들에 여기저기 잠식당해 있었다. 어떤 거리들은 검은 벌레들이 기어들어 모든 불빛을 짓뭉개 버린 듯 눈이 멀어 있었다. 조르주5세 거리에는 불빛이라곤 없었다. 몽테뉴 거리는 지금 막 마지막 불이 꺼졌다. 밤마다 별빛을 향해 폭포수처럼 빛을 내던졌던 빌딩들은 이제 밋밋한 잿빛 정면만을 드러내었다. 빅토르에마뉘엘3세 거리의 절반은 등화관제가 되었고,

나머지 절반은 아직 환하게 밝혀 있어서, 마치 단말마의 고통 속에서 반은 이미 죽었고 반은 아직 살아 있는 마비된 육체와도 같았다. 병은 곳곳에 스며들어 있었다. 라비크가 콩코르드 광장으로 돌아와 보니, 둥그런 광장도 어느새 사라지고 보이지 않았다.

관청 건물들은 창백한 잿빛이었다. 불빛의 사슬들은 사라졌다. 흰 물거품 부글거리는 밤의 춤추는 해신 트리톤과, 바다의 요정 네레이스는 돌고래 등에 올라앉은 채 형체도 없는 잿빛 덩어리로 변했다. 분수는 쓸쓸해지고, 흐르는 물은 어둑어둑해졌다. 이전에 그토록 빛을 발했던 오벨리스크는, 위협적이고 육중한 영원의 손가락인 양 어두워져 가는 하늘로 납덩이처럼 솟아 있었다. 그리고 작고 푸르스름하고, 거의 눈에 띄지 않는 공습 대피소의 전구들은 마치 세균처럼 곳곳에서 기어 나와, 썩은 빛을 발하며 이 세상의 결핵인 양 말없이 무너지는 도시 전체로 퍼져 나갔다.

라비크는 차를 넘겨주었다. 그러고는 택시를 잡아타고 앙테르나쇼날로 갔다. 문 앞에서는 여주인의 아들이 사다리 위에 올라가 푸른 전구를 끼우고 있었다. 이전에도 호텔 입구의 조명은 간판만 겨우 보일 정도로 흐릿했다. 그런데 이제 푸르스름한 전등으로 갈아 끼우고 나니 간판조차도 잘 보이지 않았다. 앞부분은 아예 보이지도 않았고, 간신히 '나쇼날'이란 글자만 희미하게 보였다. 그것도 정신을 차리고 보아야 분간할 수 있었다.

"잘 오셨어요." 하고 여주인이 말했다. "어떤 사람이 미쳤어요. 7호실이에요. 제발 나갔으면 좋겠는데. 미친 사람을 호텔에 놔둘 순 없으니까요."

"미치지 않았는지도 모르지요. 신경발작일지도."

"그거나 이거나 마찬가지예요! 미친 사람은 보호소로 보내야 해요. 전 사람들에게 그렇게 말해 줬어요. 물론 싫다고 하지만요. 정말 짜증나 죽겠어요! 진정되지 않으면 무조건 내보낼 거예요. 그냥 둘 수는 없어요. 다른 손님들도 자야 하니까요."

"얼마 전에 리츠에서 어떤 사람이 미쳤지요." 하고 라비크가 말했다. "왕자였다더군요. 그런데 나중에는 모든 미국인들이 그 특실로 옮기겠다고 난리를 쳤다지 뭡니까."

"그건 다른 이야기예요. 그분은 호사스럽게 놀다가 미친 거고요. 멋진 일이지요. 가난해서 미친 게 아니라."

라비크가 여자를 유심히 쳐다보았다. "당신은 세상 돌아가는 걸 잘도 아시네요, 부인."

"전 알아야만 해요. 저는 착한 사람이라고요. 피난민들도 받아 준걸요. 모두를. 하긴 그렇게 해서 돈도 벌었지요. 그런대로. 하지만 고래고래 고함을 지르는 미친 여자는 안 되겠어요. 진정이 안 되면 어쨌든 나가 줘야겠어요."

미친 사람은 아들로부터 나는 왜 유대인이냐는 질문을 받았던 그 여자였다. 여자는 침대 한쪽 모퉁이에 쪼그리고 앉아, 두 손으로 눈을 가리고 있었다. 방 안은 환하게 밝혀 있었다. 전등은 전부 다 켜져 있었고, 심지어 탁자 위에도 촛대 두 개가 놓여 있었다.

"바퀴벌레." 하고 여자가 중얼거렸다. "바퀴벌레라고요! 시커멓고 살찌고 번들거리는 바퀴벌레라고요! 저기 구석에 있어요. 몇천 마린지 셀 수도 없어요. 불을 켜 주세요! 불을 켜 달라고요! 안 그러면 나와요, 불을 켜요, 불을, 그것들이 나와요, 나온다고요⋯⋯."

여자는 고함을 지르면서 구석으로 파고들었다. 두 다리는 높이 치켜들었고, 두 손은 한껏 벌려 뿌리치는 동작을 했다. 유리알 같은 두 눈은 부릅떴다. 남편은 여자의 두 손을 붙들려고 했다. "거긴 아무것도 없다니까, 여보, 구석엔 아무것도 없어⋯⋯."

"불! 불을 켜요. 저기 나오잖아요! 바퀴벌레들이⋯⋯."

"불은 켜져 있다니까, 여보. 불은 켜져 있어, 보라고, 탁자엔 촛불까지 있잖아." 그는 주머니에서 회중전등을 꺼내 환하게 밝은 방의 환한 구석들을 일일이 비추었다. "구석엔 아무것도 없다고, 자, 보라고, 내가 비추고 있잖아, 아무것도 없어, 아무것도⋯⋯."

"바퀴벌레예요! 바퀴! 저기 나온다! 모두가 시커먼 바퀴들이에요! 여기저기 구석에서 마구 나와요! 불을 켜요! 불! 벽으로 기어올라요! 천장에서 떨어져요!"

여자는 그르렁거리는 소리를 내며, 두 팔을 머리 위로 들어 올렸다. "이런 증세가 얼마나 됐지요?" 라비크가 남편에게 물었다.

"어두워진 이후로 계속 그랬습니다. 전 나갔다 왔어요. 다시 한 번 시도해 보느라고요. 누가 아이티 영사관에 가 보라고 말해 줘서, 아이를 데리고 갔었지요. 하지만 아무 소용도 없었어요. 허사였어요. 그러고 나서 돌아와 보니, 아내가 침대 모퉁이에 쪼그리고 앉아 저렇게 울고불고 난리를 치고……."

라비크는 어느새 주사를 준비해 놓고 있었다. "이전에는 잘 잤나요?"

남편은 체념한 듯 그를 쳐다보았다. "잘 모르겠어요. 늘 조용했거든요. 병원에 갈 돈도 없고. 그리고 우리는 아직……. 우리 서류는 아직 충분치 않아요. 우선 이 사람이라도 진정했으면 좋겠어요. 여보, 여기 다들 계셔. 나도 있고. 지크프리트도 있어. 의사 선생님도 오셨고. 바퀴벌레는 없다니까……."

"바퀴벌레!" 하고 여자가 말을 가로막았다. "여기저기! 막 기어 나와요! 기어 나온다고요……."

라비크가 주사를 놓았다. "이전에도 이런 적이 있었던가요?"

"아뇨. 도대체 이해가 안 돼요. 이 사람이 무엇 때문에 이러는지……."

라비크는 손을 들었다. "생각나게 하지 마세요. 몇 분 지나면 지쳐서 잠들게 됩니다. 아마 무슨 꿈을 꾸고 놀란 것 같네요. 내일 아침 일어나면 아무것도 기억하지 못할지도 모릅니다. 생각나게 해선 안 돼요. 아무 일도 없었던 것처럼 행동하세요."

"바퀴벌레가." 하고 여자는 졸린 목소리로 중얼거렸다. "살찌고, 뚱뚱한……."

"이 불은 다 켜 놓을 겁니까?"

"이 사람이 불 켜라고 소리를 질러 대기에 켜 놓은 겁니다."

"천장 불은 끄세요. 다른 불은 깊이 잠들 때까지 그냥 놔두시고. 곧 잠들 겁니다. 약을 충분히 넣었으니까요. 내일 아침 11시에 다시 한 번 오겠습니다."

"고맙습니다." 하고 남편이 말했다. "선생님 생각으로는……."

"걱정 마세요. 요즈음엔 종종 있는 일이니까요. 당분간은 좀 조심해야겠습니다. 당신이 초조해하는 모습도 보이지 마시고요."

말이야 쉽지 하고 그는 자기 방으로 올라가며 생각했다. 불을 켰다. 침대 옆에는 그의 책들이 놓여 있었다. 세네카, 쇼펜하우어, 플라톤, 릴케, 노자, 이태백, 파스칼, 헤라클레스, 성서, 그리고 아주 딱딱한 책과 아주 부드러운 책 등등. 대개는 얇은 문고판으로, 여행 중이어서 조금만 들고 다닐 수 있는 사람에게 적당한 것들이었다. 그는 가져가고 싶은 것들만 골랐다. 그리고 다른 소지품들도 한번 훑어보았다. 찢어 버릴 물건은 별로 없었다. 갑작스럽게 끌려가도 상관없을 정도로 해 놓고 살았던 것이다. 낡은 모포와 외투, 이것은 친구처럼 도움이 될 것이다. 메달을 일부 파내고 거기에 감추어 둔 독약, 이것은 이전에 독일 강제수용소에 끌려갔을 때 가져갔던 것이다. 독약을 가지고 있고, 언제라도 사용할 수 있다는 생각이 그로 하여금 힘든 상황을 더 쉽게 견디도록 해 주었던 것이다. 그는 메달을 집어넣었다. 지니고 있는 편이 낫겠어, 이걸 가지고 있어야 마음이 놓여, 언제 무슨 일이 일어날지도, 다시 게슈타포에게 체포될지도 모르고. 탁자 위에는 반쯤 남은 칼바도스가 놓여 있었다. 한 모금 마셨다. 프랑스 하고 그는 생각에 잠겼다. 오 년 동안의 불안했던 생활. 삼 개월 동안의 감옥살이, 불법 거주, 네 번의 추방, 네 번의 귀환. 오 년 동안의 생활, 그런대로 멋진 생활이었다.

33

전화벨이 울렸다. 그는 잠에 취한 채 수화기를 들었다. "라비크……." 하고 누군가가 말했다.

"그렇습니다만……." 조앙이었다.

"와 줘요." 하고 여자가 말했다. 느리고 나지막한 어조였다. "빨리요, 라비크……."

"안 돼."

"꼭 와야 해요……."

"안 돼. 날 그냥 내버려 둬. 난 혼자가 아냐. 안 가겠어."

"살려 주세요……."

"당신을 도울 수 없어……."

"큰일이 생겼다고요 ……." 떠듬거리는 목소리였다. "꼭 와야 해요……. 당장에."

"조앙." 라비크는 참지 못해 말했다. "그런 연극이나 하고 있을 시간 없어. 당신은 전에도 이런 짓을 했어. 내가 감쪽같이 속았지. 이제는 안 속는다고. 날 내버려 둬. 다른 놈한테 한 번 해 보라고."

그는 대답도 듣지 않고 수화기를 내려놓고는 다시 잠들려고 했다. 하지만 잠이 오지 않았다. 전화벨이 다시 울렸다. 그는 수화기를 들지 않았다. 전화는 황량한 잿빛 밤을 뚫고 울리고 또 울렸다. 그는 베개를 집어 전화통을 덮어 씌웠다. 전화기는 짓눌린 채 계속 울려 대다 마침내 그쳤다.

라비크는 기다렸다. 전화기는 조용했다. 그는 일어나서 담배를 집었다. 아무 맛도 없었다. 담뱃불을 껐다. 마시다 남은 칼바도스는 아직 탁자 위에 놓여 있었다. 한 모금을 꿀꺽 삼키고는 병을 옆으로 치웠다. 커피나 마셔야겠다 하고 그는 생각했다. 그래, 뜨거운 커피를 마시자. 버터와 갓 구운 크루아상. 밤새도록 여는 술집이 생각났다.

시계를 보았다. 두 시간만 잤지만 피곤하지는 않았다. 이제 다시 깊이 잠들었다가 기진맥진한 상태로 깬다는 것은 의미가 없다. 그는 욕실로 들어가서 샤워기를 틀었다.

어떤 소리가 들렸다. 또 전화가 온 건가?

그는 샤워기를 잠갔다. 문 두드리는 소리였다. 누군가가 그의 방 문을 두드렸다. 라비크는 가운을 걸쳤다. 두드리는 소리가 더 요란해졌다. 조앙일 리는 없었다. 조앙이라면 벌써 들어왔을 것이다. 문이 잠겨 있지 않았으니까. 문을 열기 전에 잠시 망설였다. 벌써 경찰이 들이닥쳤다면…….

그가 문을 열었다. 문 밖에 어떤 남자가 서 있었다. 모르는 남자였지만, 어디에선가 본 듯했다. 남자는 야회복을 입고 있었다.

"라비크 선생이십니까?"

라비크는 대꾸하지 않고 남자를 쳐다보았다. "무슨 일이죠?" 하고 그가 물었다.

"라비크 선생이신가요?"

"무슨 일인지 먼저 말씀하시죠."

"선생이 닥터 라비크라면, 조앙 마두한테로 곧장 가셔야 합니다."

"그래요?"

"그 여자가 사고를 당했습니다."

"어떤 사고지요?" 라비크는 못 믿겠다는 듯 미소를 지었다.

"총을……." 하고 남자가 말했다. "맞았어요."

"그 여자가 맞았나요?" 라비크는 여전히 미소를 지으면서 물었다. 아마도 자살하는 척했겠지 하고 그는 생각했다. 이 멍청한 친구를 놀래려고.

"맙소사, 그 여자는 죽어요." 하고 사내가 중얼거렸다. "제발, 와 주십시오! 그 여자는 죽어 간다고요. 제가 쐈다고요!"

"뭐라고?"

"네…… 제가……."

라비크는 어느새 목욕 가운을 벗어 던지고 필요한 물건들을 집어 들고 있었다. "아래에 택시를 대기해 놓았나요?"

"제 차가 있습니다."

"젠장……." 라비크는 다시 목욕 가운을 걸치고, 가방을 들고 구두와 내복과 양복을 집어 들었다. "차 안에서 입어야지 ……. 갑시다 ……. 얼른."

차는 우윳빛 밤을 총알처럼 달렸다. 도시는 완전히 등화관제가 되어 있었다. 이제 길은 없었다. 오직 흐르는 듯 안개에 휩싸인 아득한 공간만 있었다. 그 속에서 공습을 경계하는 푸른빛 등불들이 너무도 느리게 깜박이며 드러나곤 했다. 차는 마치 바닷속을 달리는 것 같았다.

라비크는 구두를 신고 옷을 입었다. 걸치고 뛰어 내려온 목욕 가운은 좌석 옆 한구석에 뭉쳐서 처박았다. 양말도 없었고 넥타이도 없었다. 조바심을 내며 그는 어둠 속을 뚫어져라 쳐다보았다. 운전하고 있는 사내에게 무슨 일이냐고 물어본들 소용없었다. 사내는 바짝 정신을 집중해 자기가 가는 방향으로 엄청난 속도로 내달렸다. 무슨 말을 할 틈도 없었다. 차를 홱 돌리고, 비켜 주고, 사고를 피하며, 낯선 어둠 속에서 길을 잃지 않으려고 애를 쓰는 게 고작이었다. 십오 분은 버렸군 하고 라비크는 생각했다. 적어도 십오 분은 늦었어.

"좀 더 빨리 갑시다……." 하고 그가 말했다.

"안 됩니다……. 헤드라이트도 없고……. 어둡고…… 공습 경계 중이라……."

"그럼 헤드라이트를 켜고 달려요, 젠장!"

사내는 커다란 헤드라이트를 켰다. 길모퉁이에서 경관 몇 사람이 소리를 질렀다. 눈이 부신 르노가 하마터면 경관들을 칠 뻔했다. "달려요……. 계속! 더 빨리!"

차가 끽 소리를 내며 집 앞에 멈추었다. 엘리베이터는 아래 층에 있었다. 문은 열려 있었다. 어느 층에선지 누군가가 미친 듯 벨을 눌러 댔다. 아마도 저 친구가 뛰어나오느라고 문도 닫 지 않았나 보다. 좋아 하고 라비크는 생각했다. 덕분에 몇 분 은 절약했다.

엘리베이터는 느릿느릿 기어 올라갔다. 옛날에도 그랬지! 그리고 아무 일도 없었어! 이번에도 아무 일 없을 거야……. 엘리베이터가 갑자기 멈추어 섰다. 누군가가 창으로 들여다 보고 문을 열었다. "뭣 때문에 이렇게 오랫동안 엘리베이터를 아래에 붙잡아 둔 거요?"

계속 벨을 눌러 대던 친구였다. 라비크는 그를 밀어내고 문 을 닫았다. "곧 보내지요! 우리가 먼저 올라가겠소!"

밖에 서 있던 친구가 욕설을 퍼부었다. 엘리베이터는 느릿 느릿 기어 올라갔다. 5층 사내는 미친 듯이 단추를 눌러 댔다. 엘리베이터가 멈추었다. 라비크는 아래층 친구가 멍청하게도 그들을 태운 채, 엘리베이터를 다시 아래층으로 끌어내리기 전에 확 하고 문을 열어젖혔다.

조앙은 침대에 누워 있었다. 옷을 입은 채로였다. 목까지 올 라오는 야회복이었다. 은빛 드레스에 핏자국이 배어 있었다. 바닥에도 피가 고여 있었다. 여자가 쓰러졌던 자리였다. 저 멍 청한 놈이 그 후 여자를 침대에 눕혔군.

"가만 있어!" 하고 라비크가 말했다. "가만 있어! 잘될 거 야. 그렇게 심하지는 않아."

그는 야회복 어깨끈을 자르고, 조심스럽게 아래로 끌어 내렸다. 가슴은 다치지 않았다. 목에 상처가 있었다. 후두부에 맞았을 리는 없지. 그랬으면 전화를 걸 수도 없었을 테니까. 동맥도 다치지 않았다. "아파?" 하고 그가 물었다.

"아파요."

"많이?"

"네……."

"곧 괜찮아질 거야……."

주사 놓을 준비를 하고는 조앙의 눈을 들여다보았다. "아무 것도 아냐. 진통제야. 곧 멈출 거야."

그는 주삿바늘을 찔렀다가 뺐다. "됐어." 그는 고개를 돌려 사내를 쳐다보았다. "파시 27 41번에다 전화를 해요. 구급차와 운반인 두 사람을 오라고 하시오. 당장."

"왜 그래요?" 하고 조앙이 힘겹게 물었다.

"파시 27 41번이오." 하고 라비크가 말했다. "당장! 빨리! 전화하란 말이오!"

"왜 그래요, 라비크?"

"위험한 건 없어. 하지만 여기선 검사할 수 없어. 병원으로 가야 해."

여자가 그를 물끄러미 쳐다보았다. 얼굴은 지저분했고, 마스카라는 속눈썹에서 떨어져 나갔으며, 입술에 바른 연지는 한쪽 구석이 위로 삐져 올라가 있었다. 얼굴 한쪽은 싸구려 서커스의 광대처럼 보였고, 또 다른 한쪽은 눈 밑에 검은 기미가 있는, 지치고 늙어 빠진 매춘부 같았다. 얼굴 위쪽 머리카락은 반짝거렸다.

"수술은 싫어요." 하고 여자가 속삭였다.

"두고 봐야지. 필요 없을지도 몰라."

"저기요……?" 하고 말하려다 여자가 입을 다물었다.

"말할 필요 없어." 하고 라비크가 말했다. "아무것도 아니니까. 다만 기구들이 다 거기 있어서."

"기구요……."

"진찰기구 말이야. 이제는 내가……. 아프지 않을 거야."

주사가 효력을 나타냈다. 라비크가 조심스럽게 검진하는 동안, 여자의 두 눈에서 불안감이 사라졌다. 사내가 돌아왔다. "구급차가 옵니다."

"오퇴이유 13 57번으로 전화해요. 병원이오. 내가 말할 테니까."

사내는 순순히 밖으로 나갔다. "날 도와주시는 거죠." 하고 조앙이 속삭였다.

"물론."

"아픈 건 싫어요."

"아프지 않을 거야."

"아픈 건 못 참아요……. 아픈 건……." 여자는 졸리는 모양이었다. 목소리가 나지막해졌다. "난 도저히……."

라비크는 총알이 박힌 자리를 살펴보았다. 다행히도 큰 관들은 다치지 않았다. 총알이 나간 자리는 보이지 않았다. 그는 아무 말도 하지 않았다. 압박붕대를 갖다 댔다. 우려스러운 점은 말하지 않았다. "누가 당신을 침대에다 눕힌 거야?" 하고 그가 물었다. "당신이 그런 거야?"

"그 사람이······."

"당신은······ 걸을 수 있었던 거야?"

여자의 두 눈은 깜짝 놀라며 베일이 덮인 호수로부터 되돌아왔다. "무슨 일이······. 나는······ 아니······ 다리를 움직일수 없었어요. 내 다리가······. 어떻게 된 거예요, 라비크?"

"아무것도 아냐. 추측을 했을 뿐이야. 다 잘될 거야."

사내가 나타났다. "병원이······."

라비크는 전화기가 있는 곳으로 급히 달려갔다. "누구죠? 외제니? ······방을 하나만······. 그래요······. 그리고 베버에게 전화해 줘요." 그는 침실 쪽을 건너다보았다. 그리고 나지막하게 말했다. "준비를 다 해 놓도록 해요. 당장 해야 하니까. 구급차는 내가 불러 놨어요. 사고가 났어요, 그래, 그래, 맞아요, 십 분 내로······."

그는 수화기를 내려놓았다. 그러고는 잠시 그대로 서 있었다. 탁자. 크렘 드 망트 한 병, 구역질 나는 물건들, 유리잔, 장미 잎을 넣은 담배, 제기랄, 싸구려 영화 같군. 양탄자 위의 권총, 거기에 있는 핏자국. 모든 게 실감 나지 않아. 어째서 이런 생각이 드는 걸까, 이건 엄연한 현실이다. 그를 데리러 왔던 남자가 누군지도 이제 생각이 났다. 양어깨를 직각으로 세운 양복, 포마드를 칠해 반질반질 빗어 넘긴 머리카락, 차를 타고 달리는 동안 그를 성가시게 했던 가벼운 화장수 냄새, 손에 낀 반지 몇 개. 놈의 위협을 대수롭지 않게 여겼던 바로 그 배우였다. 잘도 맞혔군 하고 그는 생각했다. 아니, 저건 절대로 겨냥을 한 게 아니야. 겨냥했다면 저렇게 잘 맞힐 수는 없는 법이야. 아무 생각도 없이 그냥 쏘지 않았더라면, 저렇게 정확하게 맞힐 수는 없는 거지.

그는 돌아갔다. 사내는 침대 옆에 무릎을 꿇고 있었다. 물론, 무릎을 꿇어야지. 다른 도리가 있겠나. 사내는 주절대고, 하소연하고, 주절대고, 또 이 말 저 말을 굴렸다……. "일어나시오." 하고 라비크가 말했다.

사내는 순순히 일어났다. 그러고는 넋이 빠진 채 바지의 먼지를 털어 냈다. 라비크는 그의 얼굴을 쳐다보았다. 눈물이라! 눈물까지! "그럴 생각이 없었어요, 선생님! 맹세하지만 쏠 생각이 조금도 없었어요. 원하지 않았어요. 우연이라고요. 맹목적이고 불행한 우연이라고요!"

라비크는 속이 뒤틀렸다. 맹목적인 우연이라고! 이 자식이 곧 멋들어진 말이라도 할 작정이군! "그건 알고 있소. 이제 밑으로 내려가, 구급차를 기다리시오!"

사내는 무슨 말인가를 하려고 했다. "가라니까요!" 하고 라비크가 버럭 소리를 질렀다. "그 빌어먹을 엘리베이터나 준비해 놓으시오. 들것을 어떻게 들고 내려갈지도 모르겠고."

"날 도와주시는 거죠, 라비크." 조앙은 졸린 목소리로 말했다.

"물론." 하고 그는 희망도 없이 말했다.

"당신이 여기 있군요. 당신이 옆에 있으면, 난 언제나 안심이에요."

지저분한 얼굴이 미소를 지었다. 광대는 히죽이 웃었고, 매춘부는 애써 미소를 지었다.

"자기, 난 그럴 생각이 아니었어……." 사내가 문간에서 말했다.

"나가시오!" 라비크가 소리를 질렀다. "젠장, 얼른 나가란 말이오!"

조앙은 잠시 가만히 있다가 눈을 떴다. "그 사람은 멍청이에요." 하고 여자가 놀랄 만큼 또렷하게 말했다. "물론, 고의로 그런 건 아니에요, 가련한 양이에요, 좀 잘난 척해 보려다 그런 것뿐이에요." 거의 장난기에 가까운 기이한 표정이 눈에 서렸다. "그런 일이 벌어질 거라곤 조금도 생각하지 않았어요, 그냥 좀 놀려 주려고 했거든요, 그러다가……."

"말을 하면 안 돼."

"약을 올려 주었다고요." 여자의 눈이 실낱처럼 가늘어졌다. "나는 그런 여자예요, 라비크……. 내 목숨은……. 쏠 생각은 아니었어요……. 어쩌다가 맞은 거예요……."

두 눈은 완전히 감겼다. 미소는 사라졌다. 라비크는 문 쪽으로 귀를 기울였다.

"들것이 엘리베이터 안에 안 들어가요. 너무 좁아요. 반쯤 세워야겠어요."

"층계를 돌아서 내려갈 수는 있을까요?"

운반인은 밖으로 나갔다. "될지도 모르겠네요. 높이 쳐들면 말입니다. 들것에다 환자를 단단히 매는 게 좋겠어요."

그들은 조앙을 들것에다 단단하게 비끄러맸다. 조앙은 반쯤 잠들어 있었다. 가끔 신음 소리를 냈다.

운반인들이 방에서 나갔다. "열쇠는 가지고 있소?" 라비크가 배우에게 물었다.

"제가요……. 아닙니다……. 뭣 때문에요?"

"방을 잠가야지요."

"없어요. 하지만 어딘가에 있을 겁니다."

"열쇠를 찾아 문을 잠그시오." 운반인들은 첫 번째 층계참에서 낑낑대고 있었다. "권총을 들고 나오시오. 밖에다 버리게."

"저는…… 저는…… 경찰에 자수하겠습니다. 상처가 심한가요?"

"그렇소."

사내는 진땀을 흘리기 시작했다. 피부 밑에 땀 말고는 아무것도 없기라도 한 것처럼 사내의 모공에서 갑작스럽게 물이 솟아나왔다.

사내는 방으로 돌아갔다.

라비크는 들것을 든 운반인들을 따라갔다. 복도의 전등은 삼 분 동안만 켜졌다가 꺼져 버리게 되어 있었다. 그리고 각 층마다 스위치가 있어서, 누르면 다시 불이 들어왔다. 운반인들은 계단의 절반은 쉽게 내려갔으나, 회전하는 게 어려웠다. 그들은 들것을 머리 위로, 그리고 난간 너머로 높이 쳐든 채 방향을 틀어야 했다. 그들의 거대한 그림자가 벽에 어른거렸다. 언제였던가? 어디선가 이런 걸 본 적이 있었다. 좀체 생각이 나지 않다가 갑자기 기억이 떠올랐다. 라친스키였다. 개전 무렵이었다.

운반인들이 서로 소리치고 들것이 벽에 부딪혀 석회 조각
이 떨어져 나가는 소리를 들은 사람들이 여기저기서 문을 열
었다. 호기심에 찬 얼굴들이 파자마를 입고, 머리를 산발하고,
잠에서 덜 깬 얼굴로, 열대지방 꽃무늬가 있는 보랏빛, 청록색
잠옷을 입은 채 문틈으로 내다보았다…….

불이 다시 꺼졌다. 운반인들은 어둠 속에서 투덜거리며 걸
음을 멈추었다. "불을 켜요!"

라비크는 스위치를 더듬어 찾았다. 그의 손이 여자 가슴에
닿았고, 썩은 입 냄새가 났으며, 무언가가 그의 다리를 스쳤
다. 불이 다시 켜졌다. 갈색 머리 여자가 그를 뚫어지게 쳐다
보았다. 얼굴에는 개기름이 흐르고, 주름살이 늘어지고, 콜드
크림이 번쩍였다. 여자는 요염한 벌집 모양 주름이 수없이 잡
히고, 레이스가 달린 비단 가운을 손으로 추켜들고 있었다. 여
자는 레이스를 두른 침대 위의 살찐 불도그 같았다. "죽었나
요?" 하고 여자가 눈을 반짝이며 물었다.

"아뇨." 라비크는 계속 걸어갔다. 무언가가 캥 소리를 지
르곤 씩씩거렸다. 고양이 한 마리가 펄쩍 뛰며 달아났다. "피
피!" 여자는 육중한 무릎을 쫙 벌리고 몸을 구부렸다. "이런,
피피, 누가 밟은 거니?"

라비크는 계단을 내려갔다. 그의 아래쪽에서 들것이 흔들
렸다. 조앙의 머리는 운반인들의 동작을 따라 같이 움직였다.

마지막 층계참. 불이 다시 꺼졌다. 라비크는 스위치를 찾기
위해 마지막 계단을 다시 뛰어 올라갔다. 바로 그 순간 엘리베
이터가 윙 소리를 냈다. 마치 천국에서 내려오기라도 하듯이

환하게 불을 밝힌 채 어둠 속에서 내려갔다. 금박을 입힌 쇠창살 사이로 배우의 모습이 보였다. 배우는 유령처럼 소리도 없이 라비크를 지나고 들것을 지나 계속해서 미끄러져 내려갔다. 엘리베이터가 위에 있는 것을 보고는 급히 뒤따라오려고 탔던 것이다. 이해가 가기는 했으나, 어쩐지 무시무시하고 소름 돋을 만큼 익살맞기도 했다.

라비크는 얼굴을 들었다. 떨리는 상태는 지나갔다. 고무장갑을 낀 그의 손은 이제 땀에 젖지 않았다. 두 번이나 장갑을 갈아서 끼었던 것이다.

베버는 건너편에 서 있었다. "라비크, 원한다면 마르토를 불러. 십오 분이면 올 거야. 자네가 도와주고, 그 친구가 하면 되잖아."

"아니야. 너무 늦어. 그렇게 할 수도 없어. 가만히 보고 있느니 이렇게라도 하는 게 나아."

라비크는 숨을 크게 쉬었다. 이제 마음이 편안해졌다. 일을 시작했다. 피부. 하얗다. 다른 사람 피부와 다를 것 없어 하고 자신에게 말했다. 조앙의 피부. 다른 사람과 같은 피부다.

피, 조앙의 피. 다른 사람과 같은 피다. 거즈. 찢어진 근육. 거즈. 신중하게 계속한다. 은빛 실 한 조각. 연이어 실이 나타난다. 계속한다. 상처의 골짜기. 파편. 좀 더 앞으로. 골짜기는 계속 이어진다, 이어진다…….

라비크는 머릿속이 텅 비어 가는 느낌이었다. 천천히 몸을 일으켰다. "자, 이걸 보게, 일곱 번째 척추뼈야……."

베버는 상처 위로 몸을 구부렸다. "좋지 않아 보이는데."

"좋지 않은 게 아니라, 절망이네. 어쩔 도리가 없어."

라비크는 자기 두 손을 보았다. 고무장갑 아래에서 움직거렸다. 단단하고 정확한 손이었다. 천번도 넘게 수술했고, 찢긴 육체를 다시 봉합했다. 자주 성공했고, 때로는 실패도 했다. 백에 하나 꼴로, 거의 불가능한 일을 성공시킨 적도 몇 번 있었다. 그러나 지금, 모든 것이 달려 있는 이 손은, 지금 무력하다.

아무것도 할 수 없었다. 그 누구도 할 수 없는 일이었다. 수술은 불가능했다. 그는 선 채로 새빨간 절개 부위를 노려보았다. 마르토에게 전화를 걸 수도 있었지만, 그도 같은 말을 할 게 뻔했다.

"무슨 방법이 없을까?" 베버가 물었다.

"없어. 건드리면 오히려 생명을 단축시켜. 약하게 만들 뿐이라고. 총알이 어디 박혔는지 자네도 봤잖아. 절대로 빼낼 수 없어."

"맥박이 불규칙해요. 점점 빨라지고 있어요, 130······." 외제니가 칸막이 너머에서 말했다.

상처는 어둠의 입김이 스치고 지나간 듯 잿빛 그림자처럼 보였다. 라비크는 어느새 카페인 주사를 들고 있었다. "코라민![15] 빨리! 마취는 중지!"

그는 두 번째 주사를 놓았다. "이제 어때요?"

"그대로예요."

---

15) 강장제의 일종.

피는 아직도 납빛이었다. "아드레날린 주사를 준비하고, 산소호흡기도 준비!"

피는 점점 검어졌다. 바깥에서 구름이 흘러가며 그림자로 그 위를 덮은 것 같았다. 또 누군가가 창문가에 서서 커튼을 쳐 버린 것 같기도 했다. "피." 하고 라비크는 절망적으로 소리쳤다. "수혈을 해야 해. 혈액형을 모르는데 어쩌지."

산소 호흡기가 다시 작동하기 시작했다 "어떤가? 상태가 어때? 어떤가?"

"맥박이 떨어지고 있어요. 120. 아주 약해졌어요."

생명이 되살아났다. "이제는? 좋아졌어요?"

"그대로예요."

그는 잠시 기다렸다. "이제는? 좋아졌어요?"

"좋아졌어요. 더 규칙적이에요."

그림자는 사라졌다. 절개 부위 언저리에서 창백한 빛이 사라졌다. 피는 다시 본래의 피가 되었다. 아직도 피는 돈다. 기계는 작동하고 있다.

"눈꺼풀이 움직여요." 하고 외제니가 말했다.

"상관없어요. 잠에서 깨겠지." 라비크는 붕대를 감았다.

"맥박은?"

"아까보단 규칙적이에요."

"가까스로 넘겼군." 하고 베버가 말했다.

라비크는 눈꺼풀이 짓눌리는 느낌이었다. 땀이었다. 커다란 땀방울. 그는 몸을 일으켰다. 산소호흡기가 윙윙거렸다. "계속 돌려요."

그는 수술대를 빙 돌아서 잠시 그대로 서 있었다. 아무 생각도 들지 않았다. 산소호흡기를 보고, 조앙의 얼굴을 보았다. 경련을 일으키고 있었다. 하지만 아직 죽지는 않았다.

"쇼크야." 하고 그가 베버에게 말했다. "이게 혈액 샘플이야. 당장 보내야겠어. 피는 어디서 구할 수 있지?"

"미국 병원에서."

"알았어. 해 보기는 해야지. 아무 소용도 없겠지만. 생명을 조금 더 연장할 뿐이지." 그는 산소호흡기를 살폈다. "경찰에 알려야 하나?"

"그럼." 하고 베버가 말했다. "알려야 돼. 그러면 관할 직원이 두 명 와서 자네에게 캐물을 거야. 괜찮겠어?"

"아니."

"좋아. 그럼 낮에 다시 생각해 보기로 해."

"수고했어요, 외제니." 하고 라비크가 말했다.

조앙의 관자놀이에 다시 약간의 생기가 돌았다. 잿빛을 띤 흰 바탕에 불그레한 기운이 번졌다. 맥박은 규칙적으로, 약하지만 또렷하게 뛰었다. "잘하면 살릴 수도 있을 것 같아. 난 여기 남겠어."

여자가 몸을 꿈틀거렸다. 한쪽 손이 움직였다. 오른손이 움직였다. 왼손은 움직이지 않았다.

"라비크." 하고 조앙이 말했다.

"응……."

"나를 수술했어요?"

"아니, 조앙. 그럴 필요가 없었어. 상처를 깨끗하게 했을 뿐이야."

"여기 있을 거예요?"

"물론이지……."

여자는 눈을 감고 다시 잠이 들었다. 라비크는 문 쪽으로 갔다. "커피 좀 주시지요." 하고 그가 아침 당번인 간호사에게 말했다. "커피와 빵을 드릴까요?"

"아니, 커피만."

그는 돌아가서 창문을 열었다. 지붕들 위로 아침이 맑게 빛났다. 빗물받이 위에서 참새들이 찍찍거렸다. 라비크는 창턱에 앉아 담배를 피웠다. 창밖으로 연기를 내뿜었다.

간호사가 커피를 가져왔다. 그는 그것을 옆에 놓고 마셨고, 담배를 피우며 창밖을 내다보았다. 환한 아침을 바라보다가 시선을 돌리니 방 안은 어둡게 보였다. 그는 일어나서 조앙을 살폈다. 여자는 잠들어 있었다. 얼굴을 깨끗하게 씻어서 아주 창백하게 보였다. 입술이 거의 분간되지 않았다.

그는 주전자와 잔을 담은 쟁반을 집어 들고 바깥으로 가져가, 복도의 탁자 위에 놓았다. 복도에는 왁스 냄새와 고름 냄새가 났다. 간호사가 사용한 붕대를 담은 양동이를 들고 지나갔다. 어디선가 진공청소기가 윙윙거리며 돌아갔다.

조앙은 불안정해졌다. 곧 다시 깰 것이다. 고통과 더불어 잠을 깰 것이다. 고통은 점점 더 심해질 거다. 여자는 몇 시간 혹은 며칠 더 살 수 있을 것이다. 고통이 극심해져서, 주사를 아무리 놔도 소용없을 것이다.

라비크는 주사기와 앰풀을 가지러 갔다. 돌아오니 조앙이 눈을 떴다. 그가 여자를 유심히 바라보았다.

"머리가 아파요." 하고 여자가 중얼거렸다.

그는 기다렸다. 여자는 머리를 움직이려고 했다. 눈꺼풀이 무거운 것 같았다. 여자는 간신히 눈알을 움직였다.

"납덩이 같아요……."

여자는 다시 정신이 또렷해졌다. "못 견디겠어요……."

그는 여자에게 주사를 놨다. "곧 나아질 거야……."

"아까는 이렇게 아프지 않았는데……." 여자가 머리를 움직였다. "라비크." 여자가 속삭였다. "아파서 못 견디겠어요. 내가……. 내가 고통 받지 않을 거라고 약속해 주세요……. 할머니가 아플 때 봤어요……. 그런 꼴은 당하고 싶지 않아요……. 할머니한테 아무 소용도 없었어요……. 약속해 줘요……."

"약속할게, 조앙. 고통이 심하지는 않을 거야. 거의 안 아플걸……."

여자가 이를 악다물었다. "곧 괜찮아질까요?"

"응, 곧. 몇 분 내로……."

"그런데…… 내 팔이 왜 이렇죠…….?"

"아무것도 아냐. 지금은 움직일 수 없어. 다시 움직이게 될 거야."

"그리고 내 다리가, 내 오른쪽 다리가……."

여자는 오른쪽 다리를 끌어내리려고 했다. 그러나 꼼짝도 하지 않았다.

"마찬가지야, 조앙. 가만히 있어. 금방 나을 거야."

여자는 머리를 끄덕였다.

"나는 막 다르게 살려는 참이었어요……. 다르게 살려고 말 예요……." 하고 여자가 속삭였다.

라비크는 대꾸하지 않았다. 대꾸할 말이 없었다. 진심인지 도 모른다. 그렇게 생각하지 않는 사람이 누가 있을까?

여자는 다시 불안하게 목을 이쪽에서 저쪽으로 움직이려 했다. 단조로우면서도 고통에 찬 목소리였다. "고마워요, 당 신이 와 주어서. 당신이 없었더라면 어떻게 되었을까요?"

"알았어……."

오나 마나지 하고 그는 절망적으로 생각했다. 마찬가지야. 어떤 돌팔이 의사가 왔어도 충분했어. 내가 배운 것을 꼭 써먹 어야 할 단 한 번의 이 순간, 내가 알고 배웠던 모든 것이 아무 소용도 없다니. 어떤 싸구려 돌팔이도 이 정도는 할 수 있지. 아무것도 아니지.

여자는 점심때 비로소 알아차렸다. 여자에게 아무 말도 하 지 않았으나, 여자는 갑자기 깨달았다. "나는 절름발이가 되 고 싶지 않아요, 라비크……. 내 다리가 어떻게 된 거예요? 양 쪽 다 움직일 수가 없어요……."

"아무것도 아냐. 당신이 다시 일어나면 예전처럼 다시 걸을 수 있어."

"내가 다시……. 일어난다고요. 왜 거짓말을 해요? 그럴 필 요 없어요……."

"거짓말이 아냐, 조앙."

"거짓말예요, 거짓말 맞아요. 날 그냥 내버려 두면 안 돼요…… 고통밖에…… 안 남았을 때. 약속해 주세요."

"약속할게."

"고통이 너무 심해지면, 약을 주세요. 할머니는…… 닷새 동안이나 누운 채로…… 울부짖었어요. 난 그러고 싶지 않아요, 라비크."

"그렇게 되지 않을 거야. 통증은 거의 없을 거야."

"너무 심해지면, 한 방에 듣는 약으로 주셔야 해요. 그걸로 완전히 끝나게요. 그렇게 해 주셔야 해요. 내가 원하지 않거나, 아무것도 모르더라도 말예요. 내가 지금 말하고 있는 게 중요해요. 나중에……. 약속해 주세요."

"약속할게. 그럴 필요는 아마 없을 거야."

겁에 질린 표정이 사라졌다. 여자는 갑자기 안정이 되어 누워 있었다. "당신은 그렇게 해도 돼요, 라비크." 하고 여자가 속삭였다. "당신이 없었다면……. 난 지금 살아 있지도 않았을 거예요."

"말도 안 돼. 당신은 살아날 거야."

"아뇨. 나는 그때……. 우리가 처음 만났을 때……. 난 어디로 가야 할지 몰랐어요……. 올 한 해는 당신이 나한테 주신 거예요. 그건……. 선물로 받은 시간이었어요." 여자는 천천히 그에게로 머리를 돌렸다. "왜 나는 당신 곁에 있지 못했을까요?"

"내 책임이야, 조앙."

"아녜요. 그건…… 난 모르겠어요……."

창밖의 한낮은 황금빛이었다. 커튼이 쳐져 있었지만, 햇빛이 양쪽 가장자리로 비쳐 들어왔다. 조앙은 수면제를 먹고 반쯤 잠이 들어 있었다. 여자의 원래 모습은 거의 남아 있지 않았다. 지난 몇 시간이 마치 늑대들처럼 그 여자를 갉아 먹었던 것이다. 담요 밑에서 여자의 몸은 점점 납작해지는 듯했다. 육체의 저항은 녹아 버렸다. 여자는 비몽사몽이었다. 때로는 거의 의식불명이었다가, 때로는 의식이 아주 또렷했다. 고통은 점점 심해졌다. 여자는 신음 소리를 내기 시작했다. 라비크가 주사를 놨다. "머리가……." 하고 여자가 중얼거렸다. "점점 나빠져요."

잠시 후 여자는 다시 말을 시작했다. "햇빛이…… 햇빛이 너무 세요……. 타는 것 같아요."

라비크는 창가로 갔다. 셔터를 찾아서 내렸다. 그리고 그 위로 커튼을 단단히 쳤다. 이제 방은 어둑어둑했다. 그는 다시 돌아와 침대 옆에 앉았다.

조앙이 입술을 움직거렸다. "아주 오래 걸리네요……. 이제 소용없어요, 라비크……."

"몇 분만 지나면."

여자는 가만히 누워 있었다. 두 손은 죽은 듯이 담요 위에 얹혀 있었다. "당신한테 말하고 싶은 게 있어요……. 무척 많아요……."

"나중에 해, 조앙."

"아니. 지금……. 시간이 없어요. 여러 가지를…… 설명해야 해요……."

"대충은 아는 이야기야, 조앙……."

"아세요?"

"그래."

파도가 일었다. 라비크는 경련의 파도가 여자를 뚫고 지나
가는 것을 볼 수 있었다. 이제 양쪽 다리가 다 마비되어 있었
다. 그리고 두 팔도. 가슴만 여전히 부풀어 있었다.

"아세요……. 난 언제나 당신하고만……."

"알아, 조앙."

"다른 사람은 다만……. 마음이 안 놓여서……."

"그래, 알아……."

여자는 잠시 그대로 누워 있었다. 힘겹게 숨을 쉬었다. "이
상해요……." 이윽고 여자가 아주 나지막한 소리로 말했다.
"이상해요……. 죽을 수 있다는 게……. 사랑하는데도 말예
요……."

라비크가 여자에게 몸을 굽혔다. 어둠과 여자의 얼굴만 있
었다. "나는 당신께……. 좋은 여자가 아니었어요." 하고 여자
가 속삭였다.

"당신은 내 생명이었어……."

"할 수 있어요……. 하고 싶어요……. 두 손으로……. 할 수
없군요……. 당신을 안아 보고 싶어요……."

그는 여자가 두 팔을 들어 올리려고 애를 쓰는 것을 보았다.
"당신은 내 팔에 안겨 있어……." 하고 그가 말했다. "그리고
나는 당신 팔에 안겨 있고."

여자는 잠시 숨을 쉬지 않았다. 두 눈은 완전히 그늘져 있었다. 여자가 눈을 떴다. 동공이 아주 컸다. 라비크는 여자가 자기를 보고 있는지 아닌지 알 수 없었다. "티 아모.(당신을 사랑해요.)" 하고 여자가 말했다.

여자는 어린 시절의 말을 썼다. 다른 말을 하기에는 너무 지쳐 있었다. 라비크는 여자의 생기 없는 두 손을 잡았다. 그의 마음속에서 무언가가 찢겼다. "당신은 나를 살아 있게 해 주었어, 조앙." 그는 멍한 눈의 얼굴에 대고 말했다. "당신은 나를 살아 있게 해 주었어. 나는 그냥 돌멩이에 지나지 않았어. 그런데 당신이 나를 살아 있게 해 주었어……."

"미 아미?(당신도 나를 사랑해요?)"

잠들고 싶어 하는 아이의 질문이었다. 그것은 모든 피로 뒤에 찾아온 최후의 피로였다.

"조앙." 하고 라비크가 말했다. "사랑은 말로 표현할 수 없어. 충분치 않아. 강물 속 아주 작은 부분, 물 한 방울, 나뭇잎 하나밖에 되지 않아. 사랑은 훨씬 더 큰 거야……."

"소노 스타타 셈프레 콘 테…….(영원히 당신 곁에…….)"

라비크는 여자의 두 손을 쥐었다. 여자의 손은 그의 손을 느끼지 못했다. "당신은 언제나 나와 함께 있었어." 하고 그가 말했고, 자기가 갑자기 독일어로 말한다는 것을 깨닫지 못했다. "당신은 언제나 나와 함께 있었어. 내가 당신을 사랑했을 때나 미워했을 때나, 무관심하게 보였을 때나 늘 그랬어……. 변한 적은 단 한 번도 없었어. 당신은 늘 나와 함께 있었고 내 마음속에 있었어……."

그들은 지금까지 늘 빌려 온 말로 대화를 했었다. 이제 비로소 그들은 자신들도 모르는 사이에 자신들의 언어로 말을 했다. 언어 장벽은 무너졌고, 두 사람은 그 어느 때보다 서로를 더 잘 이해했다.

"바키아미⋯⋯.(키스를 해 주세요⋯⋯.)"

그는 뜨겁고 메마른 입술에 입을 맞췄다. "당신은 언제나 나와 함께 있어, 조앙⋯⋯. 언제나⋯⋯."

"소노 스타타 페르두타 센차 디 테⋯⋯.(당신이 계시지 않으면 난 외로워요⋯⋯.)"

"당신이 없었다면, 나는 더 외로웠을 거야. 당신은 모든 빛이었고, 기쁨이고 비통함이었어, 당신은 나를 뒤흔들어 놓았고, 내게 당신과 나 자신을 주었어. 당신은 나를 살아 있게 해 주었어⋯⋯."

조앙은 몇 분 동안 미동도 않고 누워 있었다. 라비크는 여자를 살펴보았다. 여자의 팔다리는 죽었고, 모든 것이 죽어 있었다. 단지 눈하고 입하고 호흡만 살아 있었다. 이제는 호흡을 위한 보조 근육까지도 서서히 마비되고 있다는 것을 그는 알았다. 여자는 이제 말도 거의 하지 못했다. 여자는 헐떡이기 시작했다. 이가 서로 맞부딪쳤고, 얼굴은 일그러졌고, 여자는 경련을 일으켰다. 여자는 그래도 말을 하려고 목을 헐떡였고, 입술은 부르르 떨렸다. 목구멍에서 골골거리는 소리, 깊숙하고 소름 끼치는 소리가 났다. 마침내 절규가 터져 나왔다. "라비크." 하고 여자는 더듬거리며 말했다. "도와줘요⋯⋯. 도와줘요⋯⋯. 지금!"

그는 주사기를 준비해 놓고 있었다. 그는 재빨리 그것을 집어 들고 여자의 피부에 찔렀다. 여자가 느리게, 극심한 고통 속에서 차츰차츰 숨이 끊어지게 해서는 안 되었다. 여자가 의미 없는 고통을 겪게 해서는 안 되었다. 여자 앞에 남은 것은 고통뿐이었다. 오로지 고통뿐이었다. 몇 시간 동안의······.

눈꺼풀이 파르르 떨렸다. 그러고는 잠잠해졌다. 입술은 풀렸다. 숨이 멎었다.

그는 커튼을 열어젖히고 블라인드를 올렸다. 그러고는 침대 쪽으로 돌아갔다. 조앙의 얼굴은 굳어 낯선 얼굴이 되어 있었다.

그는 문을 닫고 사무실로 갔다. 외제니는 책상에 앉아 환자 차트를 들춰 보고 있었다. "12호실 환자가 죽었어요." 하고 라비크가 말했다.

외제니는 얼굴도 들지 않은 채 고개를 끄덕였다.

"베버 선생은 방에 계신가요?"

"그러실 겁니다."

라비크는 복도를 걸어갔다. 문이 몇 개 열려 있었다. 그는 베버의 방으로 갔다.

"12호실 환자가 죽었어, 베버. 이제 경찰에 전화하게."

"뭐라고?"

베버는 《마탱》 호외를 가리켰다. 독일군이 폴란드로 침공했다는 소식이었다. "정부 측에서 소식을 들었어. 오늘 선전 포고라는군."

라비크는 신문을 도로 내려놓았다. "마침내 닥쳤군, 베버."

"그래. 이제 끝이야. 가련한 프랑스."

라비크는 잠시 앉아 있었다. 모든 것이 허무했다. "프랑스만의 일은 아니야, 베버." 이윽고 그가 말했다.

베버는 그를 유심히 쳐다보았다. "내겐 프랑스가 전부야. 그걸로 충분해."

라비크는 대답하지 않았다. "자네는 어떻게 할 건가?" 잠시 후 그가 물었다.

"모르겠어. 아마도 소속 연대로 가겠지. 여기 일은……."

그는 막연한 몸짓을 했다. "누군가가 맡아서 하겠지."

"자네는 그대로 여기 있게 될 거야. 전쟁 때는 병원이 필요하니까. 자네는 여기 남아 있게 될 거라고."

"난 남아 있고 싶지 않아."

라비크는 주위를 둘러보았다. "내가 여기 있는 것도 오늘로 마지막이야. 모든 걸 다 정리했다고 생각하네. 자궁 환자는 치료되었고, 담낭 환자도 제대로 됐고, 암 환자는 희망이 없어. 더 이상 수술해도 의미가 없어. 그게 그거야."

"왜 그런 말을?" 베버는 지친 목소리로 물었다. "왜 오늘이 마지막이라고 하는 거야?"

"선전 포고가 되면, 우리는 곧 체포될 거야." 라비크는 베버가 무슨 말인가를 하려는 것을 알았다. "토론은 그만 그만두세. 피할 수 없는 일이네. 그렇게 될 거야."

베버는 자기 의자에 앉았다. "난 아무것도 모르겠어. 아마 그럴지도 모르지. 전쟁도 안 하고, 항복할지도. 아무것도 모르겠어."

라비크는 자리에서 일어섰다. "저녁때 다시 오겠네. 그때까지 여기 있으면 말이야. 8시에."

"좋아."

라비크는 밖으로 나왔다. 현관에서 그 배우를 만났다. 그자의 일은 까맣게 잊고 있었던 것이다. 사내가 화들짝 일어났다. "어떻게 됐나요?"

"죽었소."

사내는 그를 멍하니 쳐다보았다. "죽었다고요?" 그는 비극적인 몸짓으로 손을 가슴에 갖다 대고는 휘청거렸다. 제기랄, 역겨운 희극배우로군 하고 라비크는 생각했다. 지금까지 비슷한 배역을 맡아 연기했을 것이기 때문에, 자기가 실제로 그런 일을 당했는데도 그런 연기에 빠져드는 것 같았다. 아니면 실제로는 정직한 성품이지만, 직업상의 몸짓이 어리석게도 진짜 고통에까지 따라와 들러붙어 있는 것인지도 몰랐다. "볼 수 있을까요?"

"뭐 하려고요?"

"그 사람을 한 번 더 봐야 합니다." 사내는 두 손을 가슴에 대고 말했다. 손에는 비단 테두리를 두른 밝은 갈색 신사 펠트 모자를 들고 있었다. "이해해 주십시오! 저는 꼭……."

사내의 눈에 눈물이 어렸다. "이봐요." 하고 라비크는 참을 수 없어 말했다. "썩 사라져요. 여자는 죽었어요. 이제 어쩔 도리가 없단 말이오. 당신 일은 당신이 알아서 챙기시오. 그리고 얼른 지옥으로나 꺼지란 말입니다! 당신이 일 년 동안 감방에서 살거나 극적으로 풀려나거나 눈곱만큼도 관심이 없단 말이야. 어쨌거나 당신은 몇 년만 지나면 다른 계집들한테 자랑 삼아 이 일을 떠들어 대며 계집들을 손에 넣으려고 할 테지. 썩 꺼져, 이 멍청이 자식!

그는 사내를 문 쪽으로 밀어냈다. 사내는 잠시 망설였다. 그리고 문간에서 몸을 돌려 말했다. "인정머리 없는 짐승! 더러운 독일 놈!"

거리는 사람들로 북적거렸다. 신문사의 커다란 전광판 뉴스 앞에는 사람들이 무리를 이루어 여기저기 서 있었다. 라비크는 뤽상부르 공원으로 차를 몰았다. 체포되기 전에 몇 시간만이라도 혼자 있고 싶었다.

공원은 썰렁했다. 늦여름 오후의 따뜻한 햇살을 가득 받고 있었다. 나무들에는 가을의 첫 예감이, 시들어 가는 가을이 아니라 성숙한 가을의 첫 예감이 배어 있었다. 햇빛은 황금빛이었고, 푸르른 하늘은 여름의 마지막 비단 깃발이었다.

라비크는 그곳에 하염없이 앉아 있었다. 햇빛이 변하고 그림자가 길어지는 것을 바라보았다. 이것이 자기가 자유로울 수 있는 마지막 시간이라는 것을 그는 알았다. 일단 선전 포고가 되면, 앙테르나쇼날의 여주인은 아무도 숨겨 둘 수 없다. 그는 롤랑드를 생각했다. 하지만 롤랑드도 마찬가지다. 누구도 숨겨 줄 수 없다. 이제 와서 도망 다니려 한다면, 오히려 스파이 혐의로 체포되고 말 것이다.

그는 저녁때까지 앉아 있었다. 슬프지는 않았다. 이런저런 얼굴들이 스쳐 지나갔다. 사람들의 얼굴과 세월이. 그리고 마지막으로 굳어 버린 그 얼굴이.

7시에 그는 공원을 떠났다. 그는 어둑어둑해지는 공원을, 마지막 남은 평화를 떠나왔다. 그는 그것을 알았다. 거리에서 몇 걸음을 가자 호외가 나와 있었다.

선전이 포고되었다.

그는 라디오가 없는 식당에 앉아 있었다. 그러고는 병원으로 돌아갔다. 베버가 그를 맞아 주었다. "제왕 절개 수술을 좀 해 주겠나? 방금 막 들어왔어."

"물론이지."

그는 옷을 갈아입으러 갔다. 외제니를 만났다. 그녀는 그를 쳐다보곤 깜짝 놀랐다. "나를 다시는 못 볼 거라 생각하셨군?"

"그래요." 하고 말하고 그녀는 황급히 지나갔다.

제왕 절개는 간단한 일이었다. 거의 아무런 생각도 없이 수술을 했다. 몇 차례 외제니의 눈길을 느꼈다. 무슨 꿍꿍일까 하는 생각이 들었다.

아기는 꽥꽥거리며 울었다. 몸을 씻기는 중이었다. 라비크는 소리를 지르는 불그레한 얼굴과 자그마한 손가락들을 보았다. 우리는 이 세상에 미소와 함께 태어나는 건 아니군 하고 그는 생각했다. 그는 아기를 보조 간호사에게 넘겨주었다. 사내아이였다. "이 아이는 어떤 전쟁을 겪을까!" 그가 말했다.

그는 손을 씻었다. 베버도 그의 곁에서 씻었다.

"자네가 정말 체포된다면, 라비크, 자네가 있는 곳을 내게 알려 주지 않겠나?"

"뭣 하러 성가신 일에 말려들려고 하나, 베버? 지금은 나 같

374

은 인간은 모르는 게 나을 거야."

"왜? 자네가 독일인이라서? 자네는 피난민이야."

라비크는 슬픈 듯 미소를 지었다. "자네는 피난민이란 게
돌들 사이에 낀 작은 돌멩이에 지나지 않는다는 걸 모르는가?
고국 입장에서는 배신자고, 외국 입장에서는 언제나 다른 나
라 국민일 뿐인 거지."

"그런 건 상관없어. 다만 자네가 빨리 풀려났으면 하고 바
랄 뿐이야. 나를 신원보증인으로 내세울 거지?"

"자네가 원한다면 그렇게 할게."

라비크는 자기가 그러지 않으리라는 걸 알았다.

"의사는 어디에서든 할 일이 있는 법이야." 라비크는 손을
닦았다. "내 청을 한 가지 들어줄 텐가? 조앙 마두의 장례를
좀 살펴 주겠나? 나는 그럴 시간이 없을 것 같네."

"물론이네. 또 처리할 일은 없나? 남긴 돈이라든지 그런 거
말이야?"

"그건 경찰에 맡기면 돼. 여자에게 친척이 있는지 어떤지도
난 몰라. 하지만 그런 건 다 문제가 아니야."

그는 옷을 입었다.

"잘 있게, 베버. 자네와 함께 한 시간이 즐거웠어."

"잘 가게, 라비크. 아직 제왕 절개의 계산이 남았는데."

"장례식 비용으로 쓰게. 그걸로는 모자랄 거야. 어쨌거나
그 비용은 남겨 두고 가고 싶네."

"말도 안 돼. 말도 아니라고, 라비크. 그런데 여자를 어디에
묻을까?"

"나도 몰라. 어떤 공동묘지든 상관없겠지. 여기 여자의 이름과 주소를 적어 두겠네." 라비크는 병원 계산서에 적었다.

베버는 그 쪽지 위에 문진을 눌러 놓았다. 은빛 양(羊)을 박아 넣은 수정 문진이었다.

"좋아, 라비크. 나도 며칠 지나면 떠나게 될 거야. 자네가 없었더라면 우린 수술도 그렇게 많이 못 했을 거야."

그는 라비크와 함께 방을 나왔다.

"잘 있어요, 외제니." 하고 라비크가 말했다.

"잘 가요, 라비크 씨." 그녀가 그를 유심히 쳐다보았다. "호텔로 돌아가시나요?"

"그래요. 그런데 왜 묻지요?"

"아, 아무것도 아녜요. 다만 저는……."

날은 어두워졌다. 호텔 앞에 트럭이 한 대 서 있었다. "라비크." 하고 모로소프가 어떤 집 문간에 서 있다가 나타나며 말했다.

"경찰이 와 있어."

"그럴 줄 알았어."

"여기 이반 클루게의 신분증명서가 있어. 자네도 알잖아, 그 죽은 러시아 사람 말이야. 아직도 일 년 반은 유효해. 같이 셰에라자드로 가세. 사진을 바꾸는 거야. 그러고는 다른 호텔에 묵으면 돼. 러시아 망명객이라고 하고 말이야."

라비크는 머리를 가로저었다.

"너무 위험해, 보리스. 전쟁 때는 가짜 서류를 가지고 있으면 안 돼. 아무것도 없는 게 차라리 나아."

"그럼, 어떻게 할 건가?"

"호텔로 가겠네."

"신중히 생각한 건가, 라비크?"

"그래, 신중하게 생각했어."

"젠장! 그자들이 자네를 어디로 보낼지 모르잖아."

"아무튼 독일로는 추방하지 않을 거야. 그럴 가능성은 지나
갔어. 스위스로 추방하지도 않을 거고." 라비크는 미소를 지었
다. "경찰이 우리를 붙들어 두려고 하는 건 이번이 칠 년 만에
처음이야, 보리스. 그렇게 되기까지엔 전쟁이 필요했던 거지."

"롱샹에 강제수용소를 만든다는 소문이 있어." 모로소프는
턱수염을 잡아당겼다. "자네가 독일 강제수용소에서 도망쳐
나온 건 결국 그 때문인 셈이로군……. 이번에는 프랑스 수용
소로 들어가려고 말이야."

"그들은 우리를 곧장 내보낼지도 몰라."

모로소프는 대답하지 않았다. "보리스." 하고 라비크가 말
했다. "내 걱정은 하지 말게. 전쟁에는 의사가 필요하니까."

"체포되면 무슨 이름을 댈 건가?"

"내 본명을 댈 거야. 본명은 오 년 전에 한 번만 써 보았지."
라비크는 잠시 침묵했다가 다시 말을 이었다. "보리스, 조앙
이 죽었어. 어떤 놈이 쏘았어. 베버의 병원에 누워 있네. 장사
를 지내 주어야 해. 베버가 돌봐주겠다고 약속은 했지만, 당장
징집당할지도 모르지. 그러니 여자를 좀 돌보아 주겠나? 아무
것도 묻지 마. 좋다고 하면 그만이니까."

"알았네." 하고 모로소프가 말했다.

"좋아. 잘 있게, 보리스. 내 물건 중에 필요한 건 가지게. 그리고 내 방으로 옮겨. 자네는 늘 내 욕실을 탐냈잖아. 그럼 가겠네. 잘 있게."

"젠장." 하고 모로소프가 말했다.

"좋아. 전쟁이 끝난 후 푸케에서 만나지."

"어떤 쪽 말인가? 샹젤리제 쪽, 아니면 조르주5세 거리 쪽?"

"조르주5세 거리 쪽이지. 우린 바보들이야. 영웅인 척하는 건달 바보란 말이야. 잘 있게, 보리스."

"빌어먹을." 하고 모로소프가 말했다. "우린 얌전하게 헤어져선 안 돼. 자, 이리 와 보라고, 이 멍청이."

그는 라비크의 오른쪽 뺨과 왼쪽 뺨에다 입을 맞추었다. 라비크는 그의 수염과 파이프 담배 냄새를 맡았다. 유쾌한 기분은 아니었다. 그는 호텔로 걸어갔다.

피난민들은 지하 묘지에 줄을 지어 서 있었다. 최초의 기독교도들이군 하고 라비크는 생각했다. 최초의 유럽인들 말이다. 사복을 입은 사내가 인조 종려나무 아래 탁자에 앉아, 사람들의 인적 사항을 읽었다.

경관 두 명이 아무도 도망칠 생각이 없는데도 양쪽 문을 지키고 있었다.

"여권은?" 사복 형사가 라비크에게 물었다.

"없습니다."

"다른 서류는?"

"없습니다."

"불법 체류요?"

"그렇습니다."

"이유는?"

"독일에서 도망쳤습니다. 서류를 가지고 올 수가 없었어요."

"당신 성은?"

"프레젠부르크."

"이름은?"

"루드비히."

"유대인이오?"

"아닙니다."

"직업은?"

"의사입니다."

사내는 계속해서 적었다. "의사라고?" 그는 쪽지 하나를 집어 들어 보였다. "라비크라는 의사를 아시오?"

"모릅니다."

"여기 산다고 하던데. 고소가 들어왔소."

라비크가 그를 유심히 쳐다보았다. 외제니로군 하고 그는 생각했다. 내게 호텔로 들어가느냐고 묻지 않았던가. 그리고 내가 아직 자유로운 걸 보고 그렇게 깜짝 놀랐던 거지.

"그런 이름을 가진 사람은 여기 살지 않는다고 말하지 않았어요." 하고 부엌문 옆에 서 있던 여주인이 야무지게 말했다.

"조용히 하시오." 하고 사내는 기분이 상해 말했다. "안 그래도 당신은 여기 이 사람들을 신고하지 않은 죄로 처벌받을 거란 말이오."

"나는 그게 자랑스러워요. 인도주의가 벌을 받아야 한다면, 얼마든지 그렇게 하세요."

사내는 뭐라고 대꾸할 듯이 보였으나, 그만두고 짧게 눈짓만 보냈다. 여주인은 해 볼 테면 해 보라는 눈길로 쏘아보았다. 여주인은 고위층의 보호를 받고 있어서 겁날 게 없었다.

"당신 물건을 꾸리시오." 하고 사내가 라비크에게 말했다. "내복하고 하루치 식량을 가져오시오. 모포가 있으면 그것도 가져오고."

경관 하나가 그와 함께 올라갔다. 방들은 대부분 문이 열려 있었다. 라비크는 오래전에 꾸려 놓았던 트렁크와 모포를 집어 들었다.

"다른 건 없소?" 하고 경관이 물었다.

"다른 건 없습니다."

"다른 물건들은 두고 가실 겁니까?"

"다른 물건은 여기 둘 겁니다."

"이것도 말이오?"

경관은 침대 옆 탁자 위를 가리켰다. 거기엔 조앙과 그가 처음 만났던 무렵에, 조앙이 앙테르나쇼날의 그에게 보냈던, 자그마한 목제 성모상이 놓여 있었다.

"그것도 두고 가겠습니다."

그들은 아래층으로 내려갔다. 알자스 출신인 클라리스가 라비크에게 꾸러미 하나를 내밀었다. 라비크는 다른 사람들도 똑같은 꾸러미를 들고 있는 것을 보았다. "먹을 거예요." 하고 여주인이 설명했다. "배고프면 안 되잖아요. 지금 가시는 곳에 먹을 게 따로 준비되어 있지는 않을 거예요."

여주인은 사복형사를 흘낏 노려보았다. "수다는 그만 떠시오." 하고 그는 화가 나서 말했다. "내가 선전포고를 한 건 아니지 않소."

"여기 이분들도 아니지요."

"나를 가만히 좀 내버려 두시오." 그는 옆의 경관을 쳐다보았다. "준비됐소? 저 사람들을 데리고 나가시오."

어두워서 분간이 잘 안 되는 사람들 무리가 움직이기 시작했다. 라비크는 바퀴벌레를 보았다던 여자를 데리고 가는 그 남자를 보았다. 남자는 아무것도 들지 않은 한쪽 팔로 여자를 붙들고 있었다. 다른 쪽 팔 밑으로는 트렁크를 끼고 있었고, 손에도 트렁크를 들고 있었다. 사내아이도 트렁크를 질질 끌었다.

남자는 애원하는 눈길로 라비크를 쳐다보았다.

라비크는 고개를 끄덕였다. "기구도 약도 있어요." 하고 그가 말했다. "걱정 마시오."

그들은 트럭에 올라탔다. 엔진 소리가 부르릉 났다. 차가 움직이기 시작했다. 여주인은 문간 아래에서 손을 흔들었다. "어디로 가는 겁니까?" 누군가가 경관 중 하나에게 물었다.

"모릅니다."

라비크는 로젠펠트와 가짜 아론 골드베르크 옆에 서 있었다. 로젠펠트는 겨드랑이에 두루마리를 끼고 있었다. 그 안에는 세잔과 고갱이 들어 있었다.

그는 얼굴을 씰룩거렸다. "스페인 비자가……." 하고 그가 말했다. "기한이 끝나 버렸어요. 제가 미처……."

그는 말을 멈추었다.

"죽음의 새는 떠나 버렸어요." 하고 이윽고 그가 말했다. "마르쿠스 마이어는 어제 미국으로 갔고요."

트럭이 흔들거렸다. 모두들 꼭 붙은 채로 서 있었다. 거의 아무도 말을 하지 않았다. 트럭이 길모퉁이를 돌았다. 라비크는 운명론자인 자이덴바움을 보았다. 그는 한쪽 구석에 밀린 채로 서 있었다. "다시 한 번 부닥치게 됐군요." 하고 그가 말했다.

라비크는 담배를 뒤졌다. 찾을 수 없었다. 하지만 트렁크 속에 충분히 넣어 놓았던 게 생각이 났다. "그렇군요." 하고 그가 말했다. "인간은 많은 것을 견딜 수 있나 봅니다."

트럭은 와그람 거리를 달려가다 에투알 광장으로 꺾어 들었다. 사방에 불빛이라곤 없었다. 광장엔 어둠만 짙게 깔려 있었다. 너무 어두워, 개선문조차 보이지 않았다.

작품 해설

1

개선문은 파리 시내 서북부인 샤를드골 광장에 위치하고 있다. 콩코르드 광장에서 일직선으로 2킬로미터쯤 뻗은 대로의 끝에 있는 샤를드골 광장은, 방사형으로 뻗은 열두 개의 도로가 별 같은 모양이라고 해서 에투알 광장이라고도 불린다. 그 한가운데 우뚝 솟은 개선문은 근현대사의 영욕이 서린 역사의 현장으로, 그 바로 아래에 설치된 무명용사의 묘에서는 연중 내내 불길이 타오른다. 영웅들의 업적을 아로새긴 개선문과 무명용사의 묘. 이 둘을 나란히 놓을 수 있는 균형 감각은 그 사회의 문화적 저력을 말하는 것으로 보인다. 역사는 강자와 승자 들만의 것이 아니라는 웅변이다. 1806년 아우스테를리츠 전투에서 개선한 나폴레옹의 명령으로 착공한 개선문은 그가 죽은 후인 1836년에 완공되었고, 나폴레옹은 1840년 유배지인 세인트헬레나 섬에서 유해로 돌아와서야 비로소 개선문 아래를 지나게 되었다. 이후 파리를 점령한 독일군이 개선문을 통과하였고, 1944년 파리가 해방되자 드골이 다시 이 문을 지나 파리로 입성하였던 것이다. 이 소설의 시대적 배경인 2차 대전 직전의 암울한 상황을 레마르크는 이렇게 묘사한다. "거인처럼 치솟은 개선문은 안개 속으로 자취를 감추며, 위로는 우울증에 빠진 하늘을 떠받들고, 밑으로는 무명용사의 묘에서 창백하게 타오르는 불길을 지켜 주는 듯했다. 무명용사의 묘는 황량함 속에서 인류 최후의 묘지처럼 보였다." 2차 대전 발발 무렵의 파리 시내 풍경은 불안과 절망으로 가득하며, 특히 여권과 증명서 없이 전전긍긍하고 있는 유럽의 피난민들은 그 어떤 희망도 위안도 없이 내던져진 상태이다.

레마르크의 소설 『개선문』은 개선문 근처 몽마르트의 싸구려 호텔에서 살아가는 망명자들의 이야기를 그린 것이다. 파리의 망명객들은 승자가 되면 짐을 꾸려 돌아가고, 패자가 되면 다시 돌아온다. 호텔 방에 걸린 액자 속의 인물들도 그때마다 교체된다. 파시스트와 공화주의자는 번갈아 가며 호텔로 돌아온다. 베를린 종합병원에서 외과의로 활동하던 독일인 라비크는 게슈타포에 쫓기는 두 친구를 숨겨 주었다가 체포된다. 라비크의 애인인 시빌은 하케의 고문으로 죽는다. 라비크는 강제수용소의 병원에서 탈출하여 파리로 망명하고, 불법체류를 하며 대리 수술로 생계를 유지한다. 그는 신분이 드러나면 추방되었고, 기회를 보아 다시 밀입국하기를 반복한다. '라비크'는 그의 세 번째 이름이다. 그에겐 살아 있다는 것, 그것만으로 충분했다. 목적도 미련도 없이 쫓기는 삶이지만 마음만은 넉넉하다.

라비크와 삼류 배우인 조앙 마두의 운명적인 만남이 이루어진 알마 교(橋)는 개선문에서 가장 가까운 센 강의 다리이다. 라비크와 조앙이 이 다리에서 처음 만나 마르소 거리를 따라 개선문 쪽으로 걸어가면서 소설이 시작된다. 파리의 모든 것에 낯설 수밖에 없는 라비크는 그 어떤 이데올로기에도 얽매이지 않는 순진무구한 조앙 마두에게 친숙함을 느낀다. 조앙은 술을 마실 때면 술이 전부, 사랑할 때면 사랑이 전부, 절망할 때는 절망이 전부, 그리고 잊을 때면 모든 걸 잊는 그런 여자이다. 사랑에 눈을 뜬 라비크에겐 무언가 달라지고 갑자기 두 눈이 생긴다. 여자의 얼굴이 새로 보인다. 머릿속의 부드러운 불길이 여자를 비춘다. 사랑은 느낌이면서 또한 깨달음이라는 말이다. 허무의 안개 속에서 의미의 환한 햇살이 쏟아진다. 사랑의 축제를 위한 용기도 따라온다. 자신을 심하게 부려먹는 악덕 의사 뒤랑에게 평소보다 많은 돈을 달라고 요구하여 관철시키고 휴양지로 같이 떠나기도 한다. 불안의 시대에 사랑의 도피와 일탈은 사치가 아니라 평화이고 안전이고 기쁨이고 축제이다. 라비크에게 마음을 연 조앙도 이렇게 고백한다. "하루 종일, 사방에서 샘이 솟는 듯 무언가가 콸콸 흘러내렸어요……. 저한테서 파란 싹이 돋고, 잎이 나고, 꽃이 피는 것 같았어요." 조앙은 라비크가 망명자인 줄도 모른 채 앙증맞고 소담한 아파트를, 앙증맞고 소박한 소시민의 생활을 원한다. 조앙과 라비크는 서로를 이해하였을까? 조앙은 이렇게 말한다. "건배! 하지만 당신도 저를 이해하지 못하네요." 라비크가 대답한다. "대체 누가 이해를 하고 싶겠어? 바로 거기서 세상 모든 오해가 생겨나는데."

2

라비크의 불안한 파리 생활에 숨통을 트이게 하는 존재는 그의 친구인 모로소프이다. 그는 십오 년째 파리에 살고 있고, 1차 대전 때의 러시아 피난민으로 자신이 황제근위대에 근무했다거나 귀족 가문 출신이었다는 등의 위선을 부리지 않는 정직한 사람이지만, 세상물정에는 밝다. 모로소프는 라비크의 든든한 조력자로서 조앙 마두와의 사랑에 대해서도 라비크에게 조언한다. "할 수 있는 한 우린 남한테 친절해야 해. 우리도 나중에 살아가면서 범죄라는 걸 저지르게 마련이니까 말이야." 산다는 것은 다른 사람을 잡아먹는 것이고, 우리 모두는 서로를 잡아먹고 있기에 이따금씩 번쩍이는 선의의 불꽃을 내다버려선 안 된다는 것이다. 외과의사인 라비크의 눈에 조앙은 낯선 생명체의 한 조각에 불과하다. 그러나 따뜻한 느낌을 주는 생명체이다. 인간은 다른 인간에게 따뜻함 외에 무엇을 줄 수 있단 말인가. 마음속에 따스함이 없다면 그게 인간이겠는가? 인간이 서로 사랑하는 것, 그게 전부이고, 기적이면서 또한 이 세상에 있는 가장 자명한 것이다. 라비크는 처음에는 사랑의 감정을 순간의 도취, 빛을 발하는 고백이라고 생각했다. 그러나 빛이 숨바꼭질하고 있는 눈부신 구름들 사이로 갑자기 초록과 갈색으로 빛나는 대지를 내려다본 비행사처럼 그는 그 이상의 것을 본다. 황홀 속에서 헌신을, 도취 속에서 감정을, 요란한 말 속에서 소박한 신뢰를 본다. 사실을 보여 주는 것은 언제나 작은 것들이며, 결코 커다란 것들이 아니다. 커다란 것들은 연극적인 몸짓과 거짓에 대한 유혹과 너무도 가까운 법이다. 반면에 연인들이 재잘대는 것은 헌신과 감정과 신뢰의 징표이다.

라비크와 같은 병원에서 일하는 간호사 외제니는 조앙과 정반대의 인물이다. 외제니는 자동인형과 같은 존재이며 영원히 살아남는 인간들의 한 부류이다. 외제니 쪽에서도 라비크를 경멸하는데, 그 결정적인 이유는 라비크가 아무것도 신성하게 여기지 않는다는 데에 있다. 신성한 것이 깡그리 없어지고 나면 모든 게 더 인간적인 방식으로 다시 신성해지며, 소위 말하는 신앙은 곧잘 광신이 된다는 것을 외제니는 꿈에서도 알 수 없다. 창녀를 경멸하는 외제니를 보고, 라비크는 반박한다. "진짜 매춘부란 남자와 자는 대가로 하루하루 힘들게 연명하는 여자들보다는, 남자와 자 본 적도 없는 여자들 중에 더 많은 법이오." 라비크는 외제니를 걸어 다니는 도덕 교과서 같은 년, 구역질 나는 열녀 타령이라며 일소에 부친다. 라비크를 고문했던 게슈타포인 하케, 라비크의 약점을 이용하여 돈벌이를 하는 의사인 뒤랑도 외제니와 같은 계열의 인물들이다. 이들은 오히려 나약한 존재이기에, 그 나약함을 감추기 위해 그 어떤 명분에 매달린다. 그들은 언젠가는 죽고 마는 인간의 삶을 직시할 수 없어 내세와 천국이라는 환상을 만들어 낸다. 진실을 회피하고, 그러한 관념에 자신을 묶어 둠으로써 노예의 삶을 산다. 그리고 그러한 삶을 타인에게 폭력적으로 강요한다. 그 폭력이 타인의 소중하고 아름다운 일상을 망가뜨리고 만다는 것을 꿈에도 생각하지 못한다.

라비크에게 인간은 신성한 존재가 아니다. 몸으로서의 인간이 가진 한계와 그것에 대한 자각이 뚜렷하다. 시인이건 반신(半神)이건 백치건 그가 누구든 두어 시간마다 천국에서 불려 내려와 오줌을 누어야 하는 존재다. 인간의 삶이란 분비선의 반사작용과 소화작용 위에 펼쳐진 낭만적인 무지개일 따름이다. 그 점을 라비크는 선명하게 투시한다. 그 모든 위선을 거부한다. 그에게 모든 것은 동일하다. 사랑도 퍼붓는 비도 지붕 위에서 번쩍이는 창백한 불빛도. 절대 평등의 시선. 그러나 라비크와 조앙 사이에 아슬아슬하게 이어지는 사랑의 와중에도 거대한 역사는 지평선에서 번갯불로 번뜩인다. 체코슬로바키아 국경에서는 돌발 사건들이 벌어지고, 독일군은 주데텐 전선을 침공하며, 뮌헨 협정은 위기에 처한다.

3

라비크의 망명 생활에 푸근한 빛을 비추어 주는 것은 또한 소시민들과의 다정한 대화 장면들이다. 조앙 마두와의 사랑,

모로소프와의 우정, 하케에 대한 복수라는 본 줄거리가 진행되는 가운데 곳곳에서 펼쳐지는 작은 에피소드들은 이 소설을 더욱 풍성하게 한다. 읽다 보면 맛있는 반찬으로 가득한 밥상을 받은 느낌이다. 본 줄거리는 엄숙하고 무겁지만 중간중간에 등장하는 에피소드들은 보다 밝고 경쾌하다. 교통사고를 당한 후 살아남기 위해 보험회사를 상대로 온갖 잔꾀를 생각해 내는 소년과 더불어 기쁨과 안타까움을 함께 나누는 장면, 성병에 걸린 유곽 아가씨들과 격의 없는 대화를 나누고 억울하게 지불한 돈을 산파에게서 찾아 주기까지 하는 의협심, 아침에 침대를 정리하는 아이하고 농담을 나누며 지폐를 건네는 장면, 환자가 떠나면서 주고 간 선물을 보고 좋아하는 간호사에 대한 따뜻한 시선, 고향으로 돌아가 카페를 차리고 결혼을 하겠다는 소박한 꿈에 젖어 있는 술집 마담과의 우정. 전쟁의 암운이 짙게 드리운 가운데서 주고받는 섬세한 인간적 배려. 배경은 어두우나 그 장면을 채우는 아기자기한 에피소드들은 따뜻한 기운을 발산한다. 무명용사가 따로 있나. 여기에 등장하는 착한 인물들이 다 무명용사들 아닌가?

내면에서 솟구치는 사랑과 우정과 친절이 아니라 주입된 이데올로기에 집착하면 그게 곧 물화된 삶이다. 라비크가 보기에 당대는 '통조림의 시대'이다. "우리는 걸어 다니는 소파, 화장대, 금고, 임대 계약서, 월급쟁이, 냄비, 걸어 다니는 수세식 화장실이 되고 마는 거야……. 걸어 다니는 당헌, 걸어 다니는 군수 공장, 걸어 다니는 맹아 학교, 걸어 다니는 정신병원이지." 신문은 우리로 하여금 아무것도 생각할 필요가 없게 만든다. 만사는 미리 짜 놓은 것이고 미리 씹어 놓은 것이며 미리 느낀 것뿐이다. 열기만 하면 되는 통조림이다. 자기가 재배하고 길러서, 질문과 의심과 그리움의 불에 올려놓고 끓이는 일은 결코 없다. 편한 삶이 아니라 값싼 삶이다.

라비크의 친구인 모로소프는 라비크에 비해서 낙천적이다. 카페에 느긋하게 앉아 세상에서 제일 아름다운 거리를 바라보며, 아름다운 저녁을 찬양하고 절망이란 놈의 낯짝에 침이나 뱉으라고 일갈한다. 모로소프는 정치 과잉의 현상을 시대의 징후로 경멸한다. 우리는 사랑의 영역에서는 큰소리를 내는 걸 두려워하지만, 정치 영역에서는 너무도 큰소리를 내고 있다는 것이다. 모로소프가 보기에 이 시대는 '화폐 위조범의 시대'이다. 놈들은 무기 공장을 세우면서 평화를 원하기 때문이라고 구실을 대며, 강제수용소를 만드는 건 진리를 사랑하기 때문이라고 말한다. 정의는 모든 당파적인 발광을 덮어 주는 가면이 되었고, 정치 깡패들은 구세주가 되었으며, 자유는 모든 권력 욕구를 변호하는 큰소리가 되고 말았다. 위조지폐! 정신의 위조지폐!이다. 사기선전이고 조잡한 마키아벨리즘이며, 암흑 세계의 손아귀에서 놀아나는 관념주의이다.

4

카페 푸케는 1901년 루이 푸케가 개점한 후 샹젤리제 거리의 명물이 되었고, 2차 대전 후엔『개선문』덕택에 더 유명해졌다. 라비크가 게슈타포인 하케를 발견하는 것은 이 카페에서다. 소설의 대미에서 라비크는 친구인 모로소프에게 전쟁이 끝나면 이 카페에서 다시 만나자고 한다. 그러자 모로소프는 카페의 어떤 쪽, 그러니까 샹젤리제 거리 쪽인지 조르주5세 거리 쪽인지 되묻는다. 다정한 친구를 가졌던 사람은 잘 안다. 만에 하나 우연 때문에 만나지 못할까 안타까워하는 심정은 충분히 짐작할 수 있다. 사랑하는 사람들 사이의 헤어짐은 눈물겹다.

레마르크는 푸케에 올 때면 늘 같은 자리에 앉았다고 한다. 샹젤리제 거리와 조르주5세 거리가 만나는 모퉁이 쪽 테라스, 개선문이 바로 내다보이는 자리가 그의 지정석이었다. 그러나 『개선문』의 두 친구, 라비크의 표현대로 하자면 영웅인 척하는 두 바보, 라비크와 모로소프는 전쟁 후 다시는 카페를 찾지 못한다. 문학과 현실은 이처럼 아득한 깊이에서 서로 만나고 서로 빗겨 간다. 레마르크는 갔지만, 『개선문』은 남았고, 라비크와 조앙 마두의 사랑, 라비크와 모로소프의 우정은 따뜻한 불씨로 더욱 생생하게 살아남았다. 『개선문』은 사랑과 우정과 친절이야말로 인간성의 꺼질 수 없는 불길임을 증언하는 작품이다.

2015년 2월

장희창

작가 연보

1898년 6월 22일 독일 베스트팔렌의 오스나브뤼크에서 인
쇄 직공이었던 페터 프란츠 레마르크와 안나 마리
아 슈탈크네히트 사이에서 출생.

1912년 사 년 동안 성당 부속 학교를 다닌 뒤 성 요한 학교
에 입학. 칸트의 『순수 이성 비판』, 니체와 쇼펜하
우어의 철학 서적 등을 탐독.

1915년 천주교 계통의 3년제 초등학교 교사 양성소에 입학.

1916년 오스나브뤼크에 살고 있던 화가이자 시인 프리츠
회르슈테마이어를 만남. 젊은이들이 모여 삶과 예
술을 논하던 그의 다락방 모임에서 자신이 추구하
던 삶과 예술의 이상향을 발견. 뮌스터 대학 재학
중이던 열여덟 살 때 1차 대전에 징집.

1917년 6월 12일 서부 전선에서 부상을 입고 야전 병원에

수용되었다가 8월 하순 뒤스부르크의 병원으로 후송됨. 이때의 경험은 이후 그의 출세작 『서부 전선 이상 없다(Im Westen nichts Neues)』에서 상세하게 그려짐.

1918년   정신적 지도자였던 회르슈테마이어가 서른다섯의 젊은 나이에 사망. 병원에 있는 동안 서기병으로 일하면서 부상자들을 위해 피아노를 치거나 시를 쓰면서 후방의 자유 시간을 즐김. 10월 31일 병원에서 퇴원하여 오스나브뤼크의 보병 연대로 배치되지만 일주일 후 종전.

1919년   제대하고 고향으로 돌아와 교사 양성소에서 학업을 계속. 8월 1일 로네라는 작은 마을에서 임시직 교사로 교직 생활 시작.

1920년   11월 20일 교직을 떠나 온갖 임시직을 전전. 회르슈테마이어와 자신의 유년기를 추념하는 처녀작 『꿈의 다락방(Die Traumbude)』 출간.

1922년   오스나브뤼크를 떠나 하노버로 이주. 훗날 오스나브뤼크는 이 도시가 낳은 세계적인 작가를 기리면서 시내의 환상(環狀) 도로를 레마르크 로(路)로 명명.

1923년   하노버에서 배우이자 무희였던 일제 유타 참보나를 모델로 한 소설 『감(Gam)』을 쓰기 시작. 이 작품은 유고 상태로 있다가 1998년에 출간.

1925년   베를린 최초의 스포츠 잡지 《스포츠 화보(Sport im Bild)》의 편집인으로 당시 문화의 중심으로 진입.

유타 참보나와 결혼.

1927년 《스포츠 화보》의 기자로 활동하면서 잡지에 자동
차 경주를 소재로 한 세 번째 소설『지평선의 정거
장(Station am Horizont)』을 연재. 역시 유고로 남아
있다가 1998년에 출간.

1929년 1차 대전의 체험을 바탕으로 쓴『서부 전선 이상
없다』발표. 49개국 언어로 번역되면서 세계적인
작가의 반열에 오름.

1930년 1월 4일 유타 참보나와 이혼. 12월 미국에서 제작된
영화『서부 전선 이상 없다』가 독일에서 상영. 나치
스와 보수주의자들이 상영 거부 캠페인을 벌임.

1931년 『귀로(Der Weg zurück)』출간.

1932년 나치스의 탄압을 피해 스위스 국경의 아스코나에 거
처를 마련했다가 같은 해 4월 포르토 론코로 이주.

1933년 1월 29일 베를린 탈출. 다음 날인 1월 30일 히틀러
정권이 수립되고 2월 27일 국회의사당에 화재가
발생하자 나치스는 이를 계기로 수많은 지식인들
을 탄압. 이미 스위스에 삶의 터전을 마련해 놓았
던 레마르크는 망명길에 오른 지식인과 예술가를
자신의 집으로 맞아들임. 5월 10일 독일의 대학들
에서 반체제적인 작품들이 불태워졌는데 레마르크
의『서부 전선 이상 없다』와『귀로』도 포함됨.

1937년 『세 전우(Drei Kameraden)』출간. 9월 리도에서 여
배우 마를레네 디트리히를 만남. 이후 그녀는 1940

년 가을까지 레마르크의 삶의 동반자가 됨.

1938년   유타 참보나가 스위스에서 추방되지 않도록 그녀와 재결합. 11월 말 디트리히가 캘리포니아로 떠나면서 그녀와 보냈던 파리 시절에 대한 소설을 구상.

1939년   미국으로 망명.

1940년   『네 이웃을 사랑하라(Liebe deinen Nächsten)』출간.

1942년   10월 비벌리힐스를 떠나 당시 망명객들이 모여들던 뉴욕으로 이주.

1946년   『개선문(Arc de Triomphe)』발표.

1947년   8월 15일 유타 참보나와 함께 미국 국적 취득.

1948년   6월 구 년간의 미국 망명 생활을 청산하고 포르토론코로 돌아감.

1951년   4월 찰리 채플린의 아내이자 배우였던 폴레트 고다르를 만남.

1952년   독일 강제 수용소 내의 투쟁을 소재로 한『생명의 불꽃(Der Funke Leben)』발표.

1954년   『사랑할 때와 죽을 때(Zeit zu leben und Zeit zu sterben)』발표.

1956년   1차 대전 이후 나치스가 등장하던 당시 독일 사회의 혼란상을 그린 소설『검은 오벨리스크(Der schwarze Obelisk)』발표.

1957년   유타 참보나와 이혼.

1958년   고다르와 결혼.

1961년   『하늘은 총아를 모른다(Der Himmel kennt keine

Günstlinge)』발표.

1963년   『리스본의 밤(Die Nacht von Lissabon)』발표.

1967년   독일 정부에서 십자 훈장 수여. 심장병으로 로카르
          노 병원에 입원.

1970년   9월 25일, 로카르노의 병원에서 사망.

1971년   레마르크가 세상을 떠난 지 아홉 달 만에 유작『그
          늘진 낙원(Schatten im Paradies)』출간.

1998년   『그늘진 낙원』이『약속의 땅(Das gelobte Land)』으
          로 재출간.

세계문학전집 **332**

개선문 2

1판 1쇄 펴냄 2015년 2월 16일
1판 9쇄 펴냄 2024년 10월 4일

지은이 에리히 마리아 레마르크
옮긴이 장희창
발행인 박근섭, 박상준
펴낸곳 (주)민음사

출판등록 1966. 5. 19. (제 16-490호)
서울특별시 강남구 도산대로1길 62(신사동) 강남출판문화센터 5층 (우편번호 06027)
대표전화 02-515-2000 팩시밀리 02-515-2007
www.minumsa.com

ISBN 978-89-374-6332-7 04800
ISBN 978-89-374-6000-5 (세트)

* 잘못 만들어진 책은 구입처에서 교환해 드립니다.

세계문학전집 목록

세계문학전집은 계속 간행됩니다.